走近秀容

Approaching Xiurong

主编 郭奔胜

山西出版传媒集团 三晋出版社

编委会

主　　任：郭奔胜

副 主 任：张　森　王改瑛　王利民　刘存旺　马欣荣

主　　编：郭奔胜

执行主编：王改瑛　王利民

编　　委：王改瑛　王利民　刘存旺　马欣荣　张宝灯　任存弼
　　　　　闫庆梅　岳占东　杨晋林　张银枝　张建军　毛宇卿
　　　　　梁生智　韩　华　朱海华　施雪琴　杨　靓　秦泽玉
　　　　　罗　强

摄　　影：忻州市摄影家协会

封扉设计：尚书堂　山西出版传媒集团三晋出版社

封面封底摄影：梁兴国

版式设计：忻州东亚广告有限公司

单元页摄影：张建军　梁兴国

校　　对：赵志峰

出品单位：忻州市文联

代序

DAIXU

读懂忻州：梦想正在起飞（代序）

◆郭奔胜

■忻州城区全貌　张会武　摄

我与忻州早已结缘，十八年前就来过五台山，几年前又曾途经雁门关，这一次却是以一个新市民的身份来到忻州的。虽然我来忻工作只有月余，还尚未充分了解忻州、读懂忻州，但依然急切地想把自己对忻州的直观感受和印象告诉朋友们：忻州是一个有口碑、有故事、有情义、有梦想的地方，散发着神奇的魅力。

有口碑的忻州

来忻几天后的一个黄昏，我独自漫步在忻州街头，一边走一边与几位市民攀谈。我问一个路边散步的老者："老人家，忻州好不好？"老者向我伸出大拇指，说了一个字："好。"他的脸上洋溢着幸福友好的微笑。同样的问题，我又问一对中年夫妻，他俩异口同声回答了四个字："当然好啦！"

忻州人说忻州好不稀奇，那么外地人怎么看忻州呢？

最近一段时间，我接触了不少来自省城太原、首都北京以及全国各地的媒体朋友、商界朋友和游客，他们也不约而同为忻州点赞。上海朋友说："忻州真干净。"福州朋友说："忻州很精致、很安静、很舒心。"北京朋友说："忻州给人感觉很亲切、很温暖，不紧不慢、不急不躁，是一个适宜居住、适宜游览的好地方。"江苏朋友说："忻州人很热情，待人做事很实在。"

朋友们对忻州的感受得到更直接的印证。不久前，中央文明委公布了全国新一轮文明城市名单，忻州位列其中。三年创文，一举成功，这对一个欠发达的北方城市来说，真是来之不易。全国文明城市是反映一个城市整体文明和谐程度的综合荣誉称号，是一个城市最具价值和竞争力的无形资产。除了全国文明城市，忻州还有国家卫生城市、国家园林城市等称号。这些金光闪闪的国字号招牌充分证明忻州是一个有口碑的地方。

其实，忻州早已是有口皆碑。

从古至今，忻州人杰地灵、英才辈出。良好的口碑已经深深镌刻在这片土地上，并融入源远流长的历史血脉中。

忻州位于山西北中部，是山西省面积最大的市，古称秀容。据记载，当年，汉高祖刘邦北上抗击匈奴时，被困白登，到达忻州才摆脱追兵，汉高祖闻讯，欣然而笑，忻州由此得名。忻州自古为"悦心"之地，今天，又被形象地称为"心灵之舟"。

忻州山河形胜，北倚长城、西隔黄河、东临太行、南屏石岭关，历史上曾是北方通往中原的咽喉要道，也曾经是古丝绸之路的重要通道和万里茶马古道的重要节点。

忻州是一片浸染着革命烈士鲜血的红色土地，播撒下红色的种子。革命战争年代，无数革命志士在这里抛头颅、洒热血，建立了卓越功勋。抗日战争时期，这里的晋绥、晋察冀根据地成为抵御外侮的民族精神脊梁和支柱，彰显了中华民族不屈的斗争精神。发生在这里的平型关大捷、忻口战役，在中华民族历史上树立了不朽丰碑。

忻州不仅有金戈铁马，更有文采风流，曾经涌现过许多历史名人。一代文宗元好问、元曲四大家之一白朴、雁门才子萨都剌、德才兼备班婕妤、文韬武略刘渊与刘聪、明末重臣陈奇瑜和张凤翼、诗书画医无所不精的傅山、近代中国正眼看世界第一人徐继畬等等。忻州还有众多革命先驱、仁人志士，高君宇、徐向前、续范亭等等，他们的名字在中华民族的历史星空中熠熠生辉。

忻州人崇文尚武、吃苦耐劳，又重情重义、宽厚包容。许多朋友一定知道忻州还是全国摔跤之乡、民歌之乡和剪纸之乡。

"近者悦，远者来。"忻州这座既古老而又年轻的城市正以独特的魅力，凝聚着本地人，吸引着外来人，不断刷新着口碑的标高。

有故事的忻州

历史悠久、文化底蕴深厚的忻州，从来不缺少故事。

忻州曾经是一个战事频仍的地方，也是一个民族交融之地。上下五千年，中华民族的历史都在忻州留下深深的印记。我们脚下这宁静而雄壮的长城曾经见证了无数或慷慨悲壮、或缠绵悱恻的故事。这些故事不仅写在史书里，也写在忻州2.5万平方千米土地上，写在千沟万壑的黄土高坡上，写在威武雄壮的雁门关、宁武关、偏头关、平型关上，写在五台山巅、太行深处。

从古至今，许许多多历史名人在忻州留下足迹，更留下韵味悠长、影响深远的故事。刘渊刘曜称雄的故事、隋炀帝巡边征服突厥的故事、杨业抗辽的故事、毛泽东路居忻州的故事、聂荣臻和贺龙在这里战斗的故事等等。

灵山秀水孕育了忻州独特的历史文化、地域文化。博大精深的佛教文化、源远流长的黄河文化、雄浑悲壮的长城文化、激扬向上的红色文化、群星灿烂的名人文化、独具特色的地方戏曲文化、异彩纷呈的民歌文化、底蕴深厚的民间民俗文化和多姿多彩的民间工艺文化源远流长。深厚的文化彰显了忻州特有的风采与神韵。

站在奔流不息的黄河岸边，我仿佛听到历史的回声和未来的召唤。

站在雄伟的长城上，我仿佛听到悠远的边关铁蹄声纷至沓来，古代边关互市榷场的繁华与喧闹在耳边轰响。

如果细说忻州的历史故事，恐怕三天三夜也说不完，但我其实更想说说现在忻州人的故事，那就是脱贫攻坚，这是一个感天动地的故事，更是一场波澜壮阔的诗史一般的伟大实践。

也许脱贫的故事有些沉重。这里的人们世世代代被贫困缠绕，那凄婉动人的二人台《走西口》一直传唱几百年。忻州曾经是一个深度贫困地区。全市14个县（市、区）中有11个国定贫困县，其中6个县分别属于燕山、太行山、吕梁山连片特困地区。全市268万人口中，贫困人口就多达46.7万人，贫困面积大、贫困程度深，脱贫任务艰巨，是全省脱贫攻坚最大的主战场。

多年来，忻州广大干部群众坚持不懈，为摆脱贫困做出了艰苦卓绝的努力。许多人以扎根的精神为脱贫攻坚贡献了青春、熬白了头发，甚至有人倒在脱贫攻坚战场上。由忻州首创的脱贫攻坚易地搬迁模式在全省全国得到推广应用。

2017年6月21日，习近平总书记来到岢岚县赵家洼、宋家沟村视察，进农户，问冷暖，话农桑。习近平总书记在宋家沟村对村民们说："人民群众对美好生活的向往就是我们的奋斗目标，现在党中央就是要带领大家一心一意脱贫致富，让人民生活越过越好，芝麻开花节节高。请乡亲们同党中央一起，撸起袖子加油干！"

代 序
DAIXU

■偏关丫角山　薛平智 摄

"撸起袖子加油干！"正是在领袖的伟大号召下，忻州人民以钢一般的意志向深度贫困发起了总攻，经过几年的艰苦奋战和合力攻坚，取得了脱贫攻坚的历史性胜利，一举甩掉了贫困的帽子，截至2019年底，11个国定贫困县全部退出贫困县序列。在这场史无前例的伟大实践中，忻州人民展现了众志成城、坚韧不拔、气吞山河的伟大精神，这种精神必将成为忻州人民迈向小康的强大精神力量。

作为一名新市民，今天当我走进忻州、融入忻州的时候，我被忻州人民向贫困宣战的故事深深感动。在岢岚县调研的时候，我沿着习近平总书记走过的路，走进脱贫户的家中，看到脱贫后的农民脸上露出幸福的笑容，我由衷地为他们感到高兴。在一个月时间内，我迫不及待地到忻州人常说的贫困程度比较深的"西八县"（宁武、静乐、神池、五寨、岢岚、河曲、保德、偏关）进行调研，印象最深的是那一个一个感人至深的脱贫故事，当然也包括社会各界帮助、支持、关心忻州决战脱贫攻坚的帮扶故事。

我想，能够战胜贫困的忻州人，还有什么是不可以战胜的呢？

有情义的忻州

说到"情义"二字,让我想起一句古词——"问人间、情是何物?直教生死相许!"这是忻州诗人、金元一代文宗元好问在《摸鱼儿·雁丘词》中的一句经典词句,情义凄切,感人肺腑,共鸣天下,千古传诵。

忻州人重情重义,且"义"字当头。这是这一方人在我心中留下的鲜活性格特征。

大家耳熟能详的赵氏孤儿的故事就发生在忻州。忻州有程婴庙、公孙杵臼祠堂、七贤巷、韩厥墓、藏孤台、藏孤洞等遗迹,中华民族千古义士的故事一直在这里传扬。程婴等人冒死历险、慷慨赴义的事迹闪耀着人性的光辉,折射出坚忍顽强的中华民族精神。

大家还记得杨家将三代人精忠报国、血染沙场那慷慨悲壮的故事吗?还记得国际共产主义战士白求恩不远万里只身来到中国,和晋察冀边区人民一道抗日,最后,牺牲在这片土地上那感天动地的故事吗?这些故事从多个侧面折射出这里的人们历来是重情重义。

阅读资料,我了解到近代忻州曾经是一个商业较为繁荣的地方,南来北往的客商在这里汇集。"忻商"则以诚信经营而享誉全国,诚信"忻商"代表的就是情义当先的忻州人。

这里的人们告诉我,忻州人评价一个人喜欢用三个字——"够意思"。做人够不够意思?讲不讲义气?是忻州人的口头禅。

来忻这段时间,我一直关注着忻州的报纸、电视和各类新媒体。从这些媒体中,我了解到许多忻州好人的故事。有尊老敬老的好人、有扶危济困的好人、有舍己为民的好人、有爱岗敬业的好人。他们是有情有义的忻州人的代表。正是因为忻州人民的爱心、暖心,让这座城市愈发充满温度和温情。大爱之情、仁义之心是这个城市永不褪去的底色,更是这个城市的"根"与"魂"。

忻州人敦厚诚实，热情好客。这里家家户户对面食情有独钟，各种各样的面食丰富精致。他们喜欢用面食招待来自远方的客人，红面鱼鱼、莜面窝窝、豆面抿尖、荞面碗饦、油糕粉汤……品种繁多，做法也各不相同，那精致而丰盛的面食，饱含着浓浓的情意，让来这里的朋友既吃得香甜，又吃得舒心，真真正正给足"面子"。

有梦想的忻州

如果要问忻州最大的资源是什么？忻州人一定会脱口而出：文旅资源。忻州人有一个梦想，把文旅产业做大做强，建成国家级的全域旅游示范区。

人说山西好风光，风光秀丽数忻州。忻州集佛教古建艺术、原始森林风景、长城边塞风光、黄河黄土风情、温泉度假休闲于一市。忻州还是汾河、桑干河、滹沱河三河源头，孕育了很多精彩的神话故事。忻州山青水秀、景色宜人、古迹众多、景点密布，而且品位高、种类全、数量多、特色浓。特别是中国佛教四大名山之首——五台山、中华第一关——雁门关、华北第一奇峰——芦芽山、黄河入晋第一湾——老牛湾、世界四大优质温泉之一——奇村温泉，享誉全国，驰名海外。全市全国重点文物保护单位36处（42个点）。

目前，山西正在全力打造黄河、长城、太行山三大旅游板块。忻州是山西省唯一同时拥有黄河、长城、太行山三大旅游元素的市。黄河入晋第一县在忻州，长城精华在忻州，太行之巅在忻州。仅以长城为例，忻州现存东魏、北齐、北周、隋、宋、明等朝代修筑的长城，总长度达478.59千米。全市有13个县（市、区）分布着长城。雁门关被称为中华长城第一关，岢岚王家岔长城是我国迄今发现的唯一宋代长城，偏关是长城里程最长、种类最全的县,被誉为中华长城博物馆。长城不仅有壮美的风景,更是一部历史教科书、人间故事会。

在忻州的文旅故事中,不得不提的还有"忻州药茶"。山西省委、省政府把药茶产业作为农业转型发展的全新引擎,正在打造中国第七大茶系——"山西药茶"。忻州是山西药茶产业六大药茶区域和重要生产基地,药茶制作和饮用在忻州历史悠久。据记载,从汉朝开始,宁武、五寨、岢岚一带的百姓就有采摘岩青兰制作毛建草茶的传统习惯。在忻州行走,药茶的浓香,不断地吸引着越来越多的游客"游忻州山水,品药茶浓香"。"忻州药茶"与佛教文化、长城文化、黄河文化、边塞文化茶旅融合。这是一个让心情放飞的美好体验。

忻州有如此丰富的旅游资源,是祖宗留给我们的宝贵财富,是得天独厚的禀赋。如何将资源优势变为产业优势、发展优势?这值得认真思考。

来忻州之前我做了一个社会调查。我问十几个朋友:"你去过忻州吗?"多数回答:"没有。"我又问他们:"你去过五台山吗?"基本上都会说:"去过。"

这个调查说明一个问题,忻州的知名度还有待提高。忻州对外地人来说似乎还是一位未掀起盖头的"新嫁娘"。如何扩大忻州的知名度,

■全国文明村镇——岢岚县宋家沟　范涛　摄

■忻州遗山公园　吴杰强　摄

吸引有志有识之士来忻州旅游、投资、兴业，需要忻州人多动脑筋，多下功夫。

来忻州的第二天晚上，我就来到越来越红火的忻州古城。徜徉在古城雕梁画栋的书院楼阁和古色古香的青石长巷里，仿佛穿越到汉唐时代，与这座拥有1800多年历史文脉的古城产生心灵对话。我走过全国多个地方，其中不少地方也在进行古城修复，旅游开发，而忻州古城为什么能在短时间内吸引这么多游客？我思考，除了忻州深厚的历史文化魅力外，独特的开发模式——"活化"古城是其中最大的原因。街院结合，产城融合，文旅相通，古今交流，让古老变为时尚，让传统融入潮流，让文化与市场对接。这是一个非常成功的古城开发案例。

尊古而不守旧，求进而不盲目。活力四射的忻州古城是整个忻州市转型发展的生动缩影。

忻州从历史走来，正阔步迈向未来。在中国特色社会主义进入新时代的新征程上，这里必将成为一片厚积而薄发的热土。

在忻州，有"无杂粮不成席"的说法。来忻不久，我专门到忻州杂粮产业融合园区调研。杂粮是忻州最具资源优势的农业特色产业。"世界杂粮看中国，中国杂粮看山西，山西杂粮看忻州。"忻州把发展杂粮产业作为战略性产业和调整农业产业结构的主攻方向，坚持市有龙头、县有园区、乡有基地、村有合作社、户有产品的发展思路，在市区规划建设集杂粮科技研发、人才培训、产品展示、品牌塑造、购销集散、市场交易、电商营销、美食体验、农旅观光等为一体的，具有综合互动功能的"中国杂粮之都"产业融合园区。我相信，这个已在加快建设的园区必然会有效发挥示范、引领、推广作用。显然，忻州人正在努力将小杂粮做成一篇大文章。

说起工业，忻州正在追赶新型工业化的道路上。在忻州开发区调研的时候，我走进开发区半导体工业园的车间里，看到现代科技和高新技术之花绽放在这片热土上,从材料到芯片、封装、应用的半导体全产业链正在形成。忻州半导体产业园已成为全省三个半导体产业集群之一。我还有两个意外发现:一是遇见4名在园区工作的日籍人士,其中有一位汉语说得很流利,甚至能说忻州方言,他们表示,爱上了忻州;二是见到了我曾在江苏工作时采访过的企业的负责人,他表示,从东部地区转移到忻州,最看重的是这里的巨大发展潜力和一流的营商环境。这个发现让我更加认识到,开放的忻州正在吸引更多的有识之士前来投资兴业,开放的忻州正在吸引更多的国外人士前来生活创业。这是忻州的希望所在,追求所在。除了忻州开发区,在黄河之滨、在五台山下,忻州各县(市、区)按照习近平总书记视察山西时提出"在新基建、新技术、新材料、新装备、新产品、新业态上不断取得突破"的重大要求,一大批新的产业和项目正在如火如荼展开,成为推动忻州高质量发展的重要力量。

奋进新时代,按照省委"四为四高两同步"总体思路和要求,市委

■宁武毛建茶种植　吴光宇　摄

代序
DAIXU

■忻州杂粮种植　据"忻州在线"

"336"战略布局，忻州人正以清醒的差距观审视自己的责任和使命，矢志在转型发展上蹚出一条新路来。这是忻州人民最大的梦想。

如果说，忻州是一本厚厚的书，我可能仅仅翻开了两三页。我希望能尽快熟悉忻州，全身心投入到建设忻州的火热实践中。我为能在忻州工作和生活感到荣幸，为能服务忻州人民感到光荣。

"走遍千山万水，还是忻州最美……""南绛北代，忻州不赖"。我真心希望广大朋友：关注忻州，了解忻州；走进忻州，支持忻州。我坚信，忻州是大有希望的，忻州是可以大有作为的，忻州的未来一定是无限美好的。

（原载于 2020 年 11 月 28 日"忻州在线"）

虞美人·忻州夜话

◆ 星北斗

暖风吹送池水碧,明月三关忆。滹沱河水逝沧桑。五台圣境着霓裳、好风光。

禅心已断凡尘爱,东洛残桥在。边声休奏秀容悠。一程山水入云游、觅归舟。

■ 压文照片:忻州古城打铁花 李林春 摄

CONTENTS 目录

读懂忻州

再读忻州：年轮不朽 这里有戏…………郭奔胜 / 2

品读忻州：怎一个"宜"字了得…………郭奔胜 / 8

悦读忻州：诗里诗外情正浓…………郭奔胜 / 19

仰读忻州：那山，这山…………郭奔胜 / 34

敬读忻州：这里的故事讲给你听…………郭奔胜 / 53

游读忻州："源"来如此…………郭奔胜 / 79

千秋神韵

古城忻州：世界目光中的发展热土…………洪慕瑄 刘云伶 武斌 / 104

忻州古城：千年神韵 千般味道…………李函林 / 111

忻州古城：好一幅家山归梦图…………杨珏 / 117

忻州古城保护改造活化述略…………苏鲁 / 121

守住古城之根 塑造文化之魂…………王国梁 张志远 / 129

忻州古城东大街盛大开街引爆全城…………李冬梅 / 134

秀容书院修葺一新惊艳古城…………赵富杰 / 137

忻州古城：城外山河 楼中书卷 千年风韵今又见……王文君 聂艳英 / 140

忻州古城：集主题精华 享院落文化…………米广弘 / 144

阅读忻州…………王改瑛 / 150

围棋，忻州又一张新名片…………郭剑峰 / 155

优雅·壮美·文明…………郎兰英 / 160

风韵古城话今昔…………张剑飞 / 164

一座古城的活化…………刘黄煜 / 168

忻州古城新韵 创文文明花开…………梁晓飞 李紫薇 / 172

古城的"新生"…………任志霞 / 179

沧桑回眸

忻州古城的前世今生…………彭图 / 192

忻州长城蕴含精彩文化…………李培林 / 203

忻州是万里茶道上重要的节点城市…………张云平 / 209

古城旧事…………李东平 / 221

忻州古城南北大街四大牌楼…………王寄平 / 227

古城的文脉…………宋晓明 / 232

忻州古城匾额文化考…………薛喜旺 / 235

漫话秀容书院…………彭图 / 239

重游秀容书院…………李录明 / 246

秀容书院，古代书院发展变迁的缩影…………张润林 / 250

金元文宗元好问…………张斯直 / 253

遗山祠春秋…………薛喜祥 / 261

新兴郡、九原县建置与并州刺史梁习…………彭图 / 266

相伴古城六十载……檀庆安 / 275
古城今与昔……张建明 / 278
话说山西长城……张珉 / 281
雁门长城：紫塞壁立 雄姿依旧……鲁顺民 / 286
倾听历史的回声……赵富杰 / 292
清代至民国的忻州商人……逸名 / 299
借我一双慧眼……赵志峰 / 309
秀容古城，那徐徐展开的"清明上河图"……李东平 / 312

市井风情

探访忻州古城 遍寻市井风情……晓蓉 子珂 馨月 / 324
古城笼蒸红面鱼鱼：忻州人味蕾的记忆……张六金 潘德华 / 327
忻州古城千人饺子宴，情暖冬至……梁春霞 / 330
老忻州人舌尖上的记忆——牙糕……樊小琴 / 332
晋北人家的那盘热炕……宋元林 / 334
古城的慢生活……徐焱 / 336
掀起你的盖头来……寇鹏杰 / 339
夜秀容……王利霞 / 343
忻州古城：古风经济"破际出圈"……米广弘 / 345

围炉品读

一座古城 一城幸福……柴俊玲 / 350
古城新韵笑语多……任琳 / 355
回到秀容……张宇冰 / 359

云中梦…………鹿鸣 / 362
忻州古城看秧歌…………李占寿 / 367
行走在忻州古城…………张斯直 / 370
雪安，忻州古城…………冯媛　张宇 / 373

后记…………王改瑛 / 374

读懂忻州

再读忻州：年轮不朽 这里有戏

◆ 郭奔胜

1 踏着隆冬的脚步，带着春天的信息，2021年向我们走来了，时光停靠新年驿站，转眼又是一个年轮。时间是公平的，但对每个国家、每个地方，对不同的人们、不同的境遇又有着不尽相同的意味。肆虐全球的新冠病毒让很多人盼望着尽快翻过沉重的2020年；病魔无情，有多少人没等到这一天。岁月不居，又有多少人没赶上这一刻。能够见证"两个百年"的交汇轮换，能够经历新时代、新征程的追梦与奋斗，我们是何其幸运，又是何等荣光。

作为忻州的一个新市民，在新年来临的时刻，感慨时光的流逝，思考时间对忻州的意味，从回顾到展望，从梦想到现实，诸多思绪涌上心头。

世上的路都是人走出来的。路与时间相伴而生，有些路就是在特定的时间走对了那便是一条光明之路、胜利之路。

站在忻州大地上，我们脚下的红色土地，仿佛凝固了流淌的时间。在岢岚、在神池、在代县、在繁峙、在五台山，当地都建有毛主席路居纪念馆，定格在一张张照片中。那些历史的片刻，记录着新中国从这里走来的光辉足迹。1948年3月，毛泽东率领中共中央机关人员，从陕西省东渡黄河，进入山西后一路东进，在忻州市经岢岚县城、五寨县城、神池县城、雁门关、代县县城、繁峙县伯强村，冒雪翻越五台山，夜宿台怀镇塔院寺。5月下旬到西柏坡。1949年3月从西柏坡进京。这是一条中国革命通往全国胜利的路，也是中国共产党带领全国人民不断从胜利走向胜利的道路。

读懂忻州
DUDONG XINZHOU

这条路一路走来，经历了多少坎坎坷坷、多少风雨挑战、多少英勇牺牲。穿过历史的风烟，今天我们走进馆内瞻仰，那段不朽的年轮，带给我们的不仅仅是历史的回忆，更是对"胜利"二字的深刻认识。铭记历史的来路，锚定未来的出路。2021年是建党100周年，是全面建设社会主义现代化国家的新征程开启之年，具有非常特殊的重要意义。在历史坐标系中，这一年，注定承载着太多的憧憬和愿望，也必然迸发更大的奋进力量，留下更多的重要印记。对我们忻州市来说，脚下的路怎么走？实际上，答案已经有了。历史上多少浴血奋战，多少不懈抗争，如今沉重的贫困帽子终于摘掉，三个门户、三个集散地、六大板块正在强势崛起，城市框架拉大、功能持续完善，国家卫生城市、国家园林城市、全国文明城市成功创建……这是忻州人民撸起袖子干出来的，曾经名不见经传的忻州吸引了越来越多的目光。

2021年乘着国家战略的东风，追赶之路、开拓之路、创新之路、高质量发展之路就在我们脚下，升腾的希望就在前方。

2 时间总是向着新的方向流淌，朋友圈一句"新年快乐"意蕴万千，一个"新"字表达了我们每个人对新事物、新生活的渴望和追求。愿所有的悲伤和不幸随着一年的结束而结束，愿所有的幸福和快乐因新年的到来而到来。新年，对一个单位、一个地区而言，也是一个新追求的新起点。

新年要有新气象、新愿望、新理想、新目标、新任务、新谋划，自然是题中应有之义。但"新"也包含着未知和不确定。尤其是疫情下的今天，不确定成为未来最大的确定因素，人们就要习惯在不确定中生活工作。当然并不是一切都不确定。尽管可能会遇到无法预料的阻碍和困难，但十九届五中全会描绘的蓝图是确定的、方向是确定的，我们坚定必胜的信心也是确定的。

新经济、新引擎，拒绝"涛声依旧"。在工作调研中，我总能听到"六新"的故事。对忻州这样一个长期走不出贫困、闭塞、传统、落后的地方来说，以新的姿态、新的追求，敢于筑梦、敢于追赶，围绕"新基建、新技术、新材料、新装备、新产品、新业态"发展，图新、谋新、求新，弯道超车、迎头赶上，半导体产业成为忻州新经济的代名词，这是转型发展新思想、新理念在这块土地上生根发芽的最好诠释。

新征程，重新定义了发展。跨越重重峰峦，开拓全新境界，国家向着第二个百年奋斗目标进军，民族复兴事业将揭开新篇章，实现由大到强的一次大跨越。对忻州来说，其漫长古老的历史，是由曾经的一个又一个新年累积起来的。站在 2021 年，建城 1800 余年后的今天，年轻的新型工业化城市忻州迈入新发展阶段。我们有理由相信，贯彻新发展理念，构建新发展格局，推进高质量发展，提升高效能治理，忻州一定会在自我超越中焕发新的生机。新时代已经站在全面建成小康社会门槛上，忻州人新生活的窗口已经打开。从"有没有"到"好不好"，由量到质的品质提升正在变为现实。

■定襄法兰锻造　张晋兰 摄

读懂忻州
DUDONG XINZHOU

3 1949年、1978年、1997年、2012年、2020年，梳理新中国的历史脉络，我们发现，时间往往会成为社会发展阶段性节点的重要标志。那些重要的年轮，那些不平凡的事件，都会在历史上留下令人难忘的印记。实际上，时间是推动者也是监督者。在重要的时间节点，往往面临艰难的挑战，也是难得的历史机遇。时间是公平的，但对待时间的态度，在快与慢之间，积淀的厚度却不一样。

干事创业的人争分夺秒，漫无目标的人虚掷光阴，不同地方经济社会的发展因为天然禀赋不同、自然环境不同也会导致发展的速度不一样。

一个"快"字，一步领先，步步领先。对忻州来讲，长期依赖于自然资源，阻隔于山高沟深，沿海地区在"时间就是生命""时间就是金钱"的豪迈口号中奔跑的时候，那个声音似乎难以穿透黄土峁岭的千沟万壑，忻州仍然在被动等待中缓慢前行。如今面对时间和财力的双重窘困，觉醒的忻州人抓住国家战略机遇，以计日读秒的速度，向集中连片的深度贫困发起攻坚战，终于甩掉了那顶沉重的帽子。在其他领域，忻州也在两步并作一步走，向时间要速度，向时间要效益，对标对表，不仅弯道超车，还要换道提速。无论在开发区，还是基层企业调研，我经常听到大家对时间的渴求，都要把目标与时间挂钩，共同的愿望就是希望在较短的时间实现跨越发展的目标。因为这里跟东南沿海发达地区的差距太大了，所以要跨越这个鸿沟，就必须把时间和速度考量进去。"高质量"已经成为忻州人口中的高频词。高质量后面还要加上一个高速度。事实上，原地踏步是好不起来的，不讲效益也不会真正地快起来。不仅要高质量，还要高速度，双高齐飞，才能又好又快。

现代化的梦想，曾经如此遥远，现在又如此真切。当忻州的GDP总量超过一千亿元的时候，何时才能翻一番，何时翻两番？我想不仅是我在询问，更多的忻州人也在关心。时间总会留下一些印记，做时间的主人，不负时代，争分夺秒。

走近秀容
ZOUJIN XIURONG

让我们提升实现梦想的速度,在不朽的年轮里,忻州必然会书写新的历史华章。

4 当我们一起跨进2021年,由于年龄、职业、阅历不同,大家对时间的感受也不同。但有一个群体,时间对他们来说,曾经那么的铭心刻骨。与时间赛跑,倒排工期精确到天,周调度、月通报、季考核,比实绩见实效……共同的经历,铸就了他们共同的精神内核;富民强市,是他们共同的目标。

他们就是经历了脱贫攻坚战火洗礼的各级干部,他们是忻州脱贫攻坚的中流砥柱,也是忻州持续发展的强大力量。2020年,经过5年艰苦卓绝的奋战终于完成了脱贫攻坚任务,但他们并没有刀枪入库、马放南山,而是继续披甲上阵,踏上乡村振兴的新征程。

正值年底,我来到"全国脱贫攻坚模范"刘桂珍家里,那是代县一个极其偏僻的小山村,两山夹一沟的段家湾。当我习惯性地问起她的新年新打算时,这位年近花甲的瘦弱老人说,要利用当地仅有的天然资源山泉水,打造矿泉水品牌。一旁的村干部插话说:"我们的名字都想好了,就叫'刘桂珍'牌矿泉水。"刘桂珍是带领乡亲们脱贫致富奔小康的领头羊,是扶贫干部当中的优秀代表,这个品牌内涵深蕴。我不知道她的矿泉水最终叫不叫这个品牌,但这个新年新设想是非常难能可贵的。

时间是努力者的朋友。像刘桂珍这样扎根基层的干部,广袤的黄土地就是他们的舞台,没有等出来的成功,只有干出来的精彩。

新年是再一次出发,这是刘桂珍的新起点,也是这支队伍共同的新起点。

5 冬日的忻州古城。当华灯初上,青石板路上,脚步声不时响起,店铺里热气伴着菜香,飘散在街上。2021年的氛围正在悄然

· 6 ·

升温，春节的彩灯让人充满期待，人头攒动的热潮已经在寒风中闪现。

百公里外的五台山，作为世界级旅游休闲目的地，隆冬季节游客渐少。抓住时机改变服务滞后、粗放的发展现状，实现景区转型提档、高质量发展的综合整治热战正酣。不久的将来，空间布局优化、服务功能完善、景区品位提升的新面貌，将给游客带来全新的旅游体验。

天寒地冻，在黄河与长城握手的地方，老牛湾国家地质公园在冬日的阳光下透出一种静谧之美，蕴藏着绿色的生机。这里刚刚被确定为国家4A级景区，这里的长城文化公园将建成传承中华文明的历史文化走廊。

当时间的指针指向2021年，这是中国发展的新征程，是忻州发展的新征程，也是我们所有人的新征程。

拥抱新年，共赴未来；国逢盛世，忻州有戏。愿2021所有的美好如期而至。

你在

我在

故乡在

忻州在

（原载于2021年1月1日"忻州在线"）

■二广高速顿村出口　吴杰强 摄

品读忻州：怎一个"宜"字了得

◆ 郭奔胜

每一座城市都有它的风格内涵。一代又一代的人来来往往，是城市的创造者、建设者，也是城市风格的塑造者，最后为城市留下搬不走、移不动的财富。建设一座什么样的城市，不仅是当代人的命题，还关乎未来人的福祉。这往往考验着城市决策者的视野、理念甚至坚守，也取决于某个阶段决策者对城市的理解。

近期，忻州市委四届十次全会提出，忻州要"建设宜居宜业宜创宜游的创新型田园城市"。我作为这座城市的一位新市民，作为参与决策的一分子，围绕忻州这一城市定位，对城市发展谈一些理解、一些随想、一些展望。

1 "城市"二字拆开来看，"城"是一种防御性的工事，"市"是一种商品交易的场所。城市起初就是因商品交换集聚人群而后形成的。

人类社会最早的城市诞生于美索不达米亚两河流域，此后数千年的历史长河中，涌现出巴比伦、拜占庭、雅典、罗马以及我国黄河流域的商城、殷城、洛阳等光彩熠熠的城市。

翻开世界城市发展史，无论东方还是西方，人们琅琅上口的名字，大多是那些流光溢彩的大城市。但据统计，居住在大城市的人们，只占到世界人口的绝对少数。除了一部分人生活在农村，那些看似名不见经传又星罗棋布的中小城市，吸纳了更多的地球人口。

读懂忻州

DUDONG XINZHOU

国际上通常以城区人口规模划分城市等级。2019 年我国调整这一标准,将城区常住人口 50 万以下划为小城市,50 万以上、100 万以下为中等城市,100 万以上、500 万以下为大城市,500 万以上、1000 万以下为特大城市,1000 万以上则为超大城市。按这个标准,忻州属于中等城市。

关于中小城市,权威机构统计的这组数据,可能会给你一个总体的印象:截至 2018 年底,我国共有建制市 672 个,其中地级以上建制市 297 个、县级 375 个。地级以上城市中有 190 个属于中小城市,占比 64.85%。绝大多数县级市都属于中小城市。另外,如果把一些人口规模相当、与建制市功能接近,但并未划为建制市的中心城镇也归于中小城市的话,我国中小城市数量将达 2809 个,行政区总面积达 876 万平方千米,占国土面积 91.3%;总人口达 10.29 亿,占全国总人口的 73.7%。

当然,这些数字只是观察城市发展的一个视角,不能绝对化看待。如果问,你的城市生活幸福吗?大城市人的回答往往不具有代表性。

■忻州新貌 据"忻州在线"

而那些体量不大、名气不大，但却多一份安逸、少一份躁动，多一份清静、少一份喧嚣的中小城市的市民，他们的回答可能更具代表性。

大建城市一方面满足了人们过上更好生活的愿望，另一方面也不可避免地出现城市热岛效应、温室效应、光污染、大气污染、交通堵塞，以及人们由此而来的"城市病"。这种起于19世纪的英国，人们因城市急剧膨胀而生的"病"，折磨着一代又一代城市人，如何治愈"城市病"的思考也从未停止。一定程度上说，城市发展史也是一部斗争史。随着我国的城市化进程，这个问题也不可避免地出现。因此"城市病"作为官方用语，出现在国家"十二五"规划纲要中，"建设宜居城市"作为治疗"城市病"的药方，也第一次写进了"十三五"规划纲要。这表明国家对这一问题有着清醒的认知。

应该说中小城市的存在，既满足了人们集聚生活、设施便利等各种需求，也摒弃了那种大城市病，特别是钢筋水泥森林和快节奏生活带给人们不同程度的压抑甚至焦虑感。

什么样的城市才能让人住得舒心，才与人类生活的本质需求更相适宜呢？并没有一个特别权威的定论，但人们总会有一些共同的主观感受，这种感受有时是跨文化、跨国界的。我国传统文化中，对宜居很重视。"安土重迁，黎民之性；骨肉相附，人情所愿也。"《汉书》中这句话，故土难离的深情背后，是追求"宜居"的情结。中国古代的"宜居"蓝图，包括坚固的城防、严密的布局、发达的水系、丰富的景观，渗透着天人合一、遵法自然等思想。

1996年，联合国明确提出城市应当是"适宜居住的人类住区"的概念，国际社会开始把"宜居城市"作为城市理想新的追求。"宜居"主要表现为，城市经济发达繁荣，社会公平安定，环境健康优美。

无论从传统纵向看，还是跨文化横向看，"宜居"都是不同地域、不同时期人类对城市的共同期许。

读懂忻州

2一座有远见的城市,必然深度考量城市与人、城市与自然、城市与发展的关系。在忻州城市建设的定位上,决策者一口气用了宜居、宜业、宜创、宜游四个"宜"字,这不是简单的叠加,而是彰显出这座城市发展的内在品质追求。应该说,每一个"宜"字的背后,都有其深刻的内涵。

忻州的现在,连接着过去,承载着未来。

历史上的忻州城,有不同版本的"八景"之说。明代有独担登高、东岩夜月、系舟隐涌、石岭晴岚、九龙连阜、伞盖青松、钟乳双山、金山绿洞;清代则有陀罗避暑、仙人棋盘、东岩映月、金山六洞、石岭晴岚、伞盖青松、双乳浮楼、阴山吃石。当我默念这些名字时,心头涌上无尽遐思,多多少少感受到了古人在这片土地上充满劳绩但诗意栖居的智慧。

如今端详这个"宜"字,与忻州这座城市是很般配的:尊重城市建设的普遍规律,不求摊大饼,不求千篇一律的高楼大厦,不求过度的流光溢彩,而是追求人与城的相悦、城与自然的相宜、本地人与外地人之间的相容,保持着城市的朴素禀性,能够让你闻到"大自然"的味道。

"宜不宜"是中国人热衷探索的生命哲学,也是一种充满中国古老智慧的生活拷问。"宜"字作为一种文化,对一座城市的定位而言也很重要,不可小觑。

毋庸置疑,大城市代表着一个国家城市的发展实力,也是综合国力的重要体现,国家需要大城市发挥

■小区晨练 梁兴国 摄

引领作用。如果说大城市是一阕宏伟壮丽的交响乐章，那么中小城市则是一首舒缓优美的协奏曲。

从大学毕业后，我先后在长春、南京、福州等地工作生活过，这些城市的城区人口上百万甚至三五百万，都称得上是大城市。后来到了北京，慢慢适应了超大城市的生活。那里有多彩的文化和丰富的机会，白日里，摩天广厦高耸矗立，散发着现代气息；夜幕下，华灯璀璨车流如织，大城市夜景同样精彩。

但也不止一次，当自己一个人走过拥挤的地铁口，看着那些行色匆匆的人群，心中也会有一种说不清道不明的陌生感和压力感，一个声音时常在心底萦绕：这是谁的城市？曾经也听到坊间有一种开玩笑的说法：生活在大城市里，整个人是那么渺小，而城市变得很大。这到底是不是城市生活追求的本质，只能是见仁见智了。

因为工作关系，我来到忻州。若问生活在这样一座"小城市"是一种什么样的体验，就是走在大街上，突然会有一种感觉：人，真正是这座城市的主人！车辆与人的关系，显得不是那么紧张。出门就可以忘掉开车，步行一段时间就能够到达想去的地方。即便坐在车里，一刻钟或不到半小时，就能见到田园风光。这与大城市里满眼铺天盖地的车流，人无处躲避甚至无处下脚的感觉形成鲜明反差。

城市与天空、土地的关系也显得那么自然。一抬头，你就可以看到辽阔的天空；一转角，或许就有一片植被茂盛的土地出现在眼前。不像大城市，开车可能要一两个小时，才能闻到泥土的气息。

这样的城市里，没有"环"的困扰，没有被环环缠绕的那种束缚感，而是通衢大道四通八达，无论你从哪个方向，都能走到田园，接上地气，都能看见远方的山水。

3忻州的城市定位，宜居、宜业、宜创、宜游，这四"宜"独具匠心，是对这座城市的深刻把握，是对发展规律的主动顺应。把宜居放在首位，彰显的正是这座城市的自信，还有自信背后的亲民意识。决策者矢志要让城市有家的感觉，让越来越多的人以忻州为家。

从宜居来说，这里属于温带大陆性季风气候，四季分明，全年平均气温保持在4.3℃至9.2℃之间。这里的温泉名扬天下，奇村、顿村、合索的温泉更是久负盛名，其水质和所含微量矿物质的保健作用十分明显。随着高铁把忻州与北京、西安等大城市的距离缩短为4小时左右，四面八方的大城市人，把这里当成了休闲度假、旅游康养的首选之地。

从宜业来说，这里最热气腾腾的景象，是每个人都在为自己的幸福生活奔波忙碌，政府也为在此打拼的人们优化环境、提升品质、引入资本，不断叩开一扇又一扇的发展之门、就业之门。这里有一扇门是通向困难群体的，它让需要帮扶者有尊严地就业、有尊严地生活下去，让他们能够享受到这座"全国文明城市""国家卫生城市""国家园林城市"的惠民福利。

从宜创来说，这里正在形成一种良好的创业创新风气。穿梭于街巷，空气中弥漫着美食的气息，除了本地美食，我还看到冒着白气的杭州小笼包、开胃的云南砂锅米线、麻辣的四川火锅、香气四溢的陕西羊肉泡馍……众多的地名藉美食之名集合于此，刺激着人们的味蕾。我想，每一家小店背后，都会有充满烟火气息的创业故事，创业大潮的宏大乐章中，最精彩的篇什，莫过于择一城立业，开一家小店，遇一人相守，和三两好友或一众有缘人做有情怀的事吧。

人们总认为，大城市的就业创业机会多，但对于忻州这样一个目前五六十万人口、未来可能达到百万人口的中等城市来说，究竟有没有创业的机会呢？答案是肯定的。因为从城市发展的内在要求来说，本身就有很多产业需要培育，比如新兴产业、创意产业、互联网产业，对一些

走近秀容
ZOUJIN XIURONG

有意创业的人来说，就是一片蓝海。谁先觉悟，提前选择这些地方，谁就会获得先机。

　　从宜游来说，这里追求的是一种放飞心灵的"游"、无拘无束的"游"。从忻州古城、秀容书院等网红打卡地，到禹王洞国家森林公园、云中河景区等热门地标，从七贤寺、貂蝉故里、遗山祠、傅山苑、忻口战役遗址等怀古凭吊之所，到陀罗山、翠岩山、双乳湖等山水灵秀之处……方圆三四十里之内，即可来一场古代与现代之间的穿越之旅。再行百十里，还有云中山、系舟山深处的别样风光。

　　你可以沿着寻常巷陌，追寻曾经的文采风流、传奇轶事；可以听一曲"二人台"，在优美的民歌中感受纯朴浓烈的爱情；还可以伴着高亢激越的北路梆子，回望金戈铁马、千古忠义的历史风云。游走在这座城市，你走着走着，就遇见了自己，就找到了自己。

　　4 城市再大也是土地上的一个点，土地永远比城市更辽阔。"田园城市"这一词的"发明者"是英国城市学家霍华德，在他的构想里，理想的城市应该兼具城市和乡村的优点，既具有城市服务设施的便利，同时拥有优美的自然环境。在忻州城市的定位中，城乡相宜的"田园城市"充分诠释了这一理念。

　　作家毕淑敏说：再简陋的乡村，也是城市的一脉兄长。对忻州而言，田园是城市并没有走远的兄长。可以说，这种组团式的"城市在田园里""田园在城市里"的格局，实现了很多人心中的田园诗梦。满眼的碧绿，温热的土地，忻州城舒展开71.8平方千米的身姿，仿佛一幅美好的画卷徐徐展开。对于我这个近30年都生活在大城市的人来说，会油然而生一种莫名的兴奋感和亲切感。

　　实际上，城市的"初心"都来自田园，所有的城市，最初都有田园的味道。只不过走着走着，大城市、特大城市就远离了田园的悠然诗意

· 14 ·

读懂忻州
DUDONG XINZHOU

和清新味道。

忻州试图通过自身城市发展的脚步来回答，今天的田园城市该怎么建。显然，今天的田园城市已回不到陶渊明笔下的世外桃源了，在城市该有的现代化设施、该有的聚集与喧闹之下，给市民们留下亲近田园的山林蹊径，留下放松身心的乡土气息。从忻州市的总体规划中不难看出，刻意为城市留白，为城市增绿，为市民们营造鸟语花香的田园风光，彰显的正是决策者、规划者和建设者们读懂城市初心的那份情怀。

在这次新的城市定位当中，"创新型"成为一个令人高度关注的词汇。遍观全国各个城市的发展定位，将"创新型"与"田园城市"并列表述的，确实不多见。创新型田园城市，不是简单的概念叠加，更不是时髦用语流于表面的提法，而是一种新的认知：城市建设绝不是简单的拿来主义，也不是过去的翻版，而是强调要创新。这个创新，某种程度上就是对现有的一些陈规的颠覆，也是对一些固有程式的刷新。

创新之于忻州，犹如血液之于人体，非常重要。这座城市处于黄土高坡上的盆地之中，自然禀赋比较缺水的问题该如何解决；这座城市的现代产业和现代性内涵还不足，该如何进行产城融合，如何处理城市人口与农村人口、本地人口与外来人口的关系；这座城市还没有那种财大气粗的底气，该如何激发创业创新的动力；面对前人留下的丰富遗产，如何解决古城与新城建设之间的协调问题……诸多的问题、诸多的挑战，都需要我们运用新思维、新理念、新办法来应对。创新型田园城市，这是一种清晰的定位，就是要在这座城市的肌体里再注入创新的基因，要滋养创新的勇气、鼓励创新的担当、营造创新的氛围。对我来说，虽然在这座城市仅生活了三个多月，但已经对这里有一种命运与共、守望相助的强烈责任感。

5 建设宜居宜业宜创宜游的创新型田园城市，既是对忻州当下的一种概括，更是对未来的一种憧憬。忻州的历史欠账多，未来挑战大，但当这座城市用市委全会这种最庄严的方式，把自己的发展理念、愿景、定位、方向、模式、路径确定下来，成为全体市民的共同意愿，并凝聚起所有人的力量奋勇向前时，这座城市正在散发出令人振奋的魅力，未来是多么值得期待。这个有包容的城市，正吸引着一代又一代、一批又一批的人参与到它的建设中来。

未来的忻州城，会是一个什么模样？让我们一起来畅想吧。

一座梦想之城。很多忻州人有一个梦想，希望自己生活的城市，能够形成一个近百万人口的组团式城市群。随着定襄"撤县设区"进程的加快，随着"忻定原一体化"战略的推进，随着雄忻高铁项目获批，忻州城市的吸附能力将越来越强，忻州有这样的勇气和毅力向梦想冲刺。在这样一种组团式的城市群里，适度的人口集聚不会导致"城市病"，反而能够更好地发挥资源配置的优势，把"宜居宜业宜创宜游的创新型田园城市"这一理念充分凸现出来。每一座城市都有属于她自己的天际线。随着人口的增加、体量的扩大，如何保护好我们城市的天际线，保护好这个层次感，保护好极目远望带来的那种辽阔感，需要我们在城市建设中很好地统筹处理。

一座融合之城。对于融合，忻州人并不陌生。穿越历史云烟，这里早就演绎过动人的民族融合发展史。今天的这座城市，将继续做好做大"融合"文章，无论是产城融合、文旅融合，还是城乡融合、军民融合，都将体现"为民建城、城为民享"的理念，把人与城市、人与产业、人与自然、人与文化更好地联系在一起，也把人与人更好地联系在一起。

一座立体之城。城市建设往往面临着面子和里子的问题，也就是说地上城和地下城的问题。忻州正在上演"双城记"，不仅"地上城"要繁华，未来"地下城"也要精彩。海绵城市作为地下城的一部分，已经让忻州人很少有雨天"看海"的无奈感受。同时地下城不仅仅指海绵城市，也包括对地下城经济、地下空间的规划与利用，这些都有助于城市的绿色可持续发展。

一座智慧之城。可以想象，忻州将变得越来越"聪明"，因为我们迎面赶上了一个移动互联网的智慧时代。智慧忻州，一定是安全的、创新的、数字的、便捷的、具有活力的。看看身边的巨大变化，小到微信支付、人脸识别、健康码，大到无人机、云计算、大数据、人工智能，智慧城市正风驰电掣般向我们飞奔而来。显然，这是一种城市发展的高级阶段。

一座鲜明之城。"千城一面"是一个全球性问题，实质上还是城市定位模糊、发展质量不高、发展目标趋同造成的。忻州迈向"千面之城"的关键，就在于持续挖掘这座城市独一无二的文化积淀，形成文化自信和内部认同感，继而形成不可复制的城市特色。在对外传播中，忻州作为一座日益现代化的城市，如何才能更好地形成自己的独特标识？如何把标识塑造得更加鲜明，让来过这里的人印象深刻，让没来过的人生发想来的冲动？这需要我们积极探索。

一座心灵之城。忻州被称为"心灵之舟"，是一座被山水关和诗词赋包围的文艺城市。曾经，忻州土生土长的诗人元好问从这座城出发，成为一代文宗后，仍念念不忘这里的壮阔景色，用深情优美的笔触写下了《金山》《九日读书山赋诗十首》《陀罗峰》等一批诗作。家乡人纪念这位伟大诗人的方式是朴素而真挚的，把他的名字化为一条路，建成一个公园。有了路和公园，就有了通往心灵的诸多期许。忻州还有一座令人赞叹的山，不是因为它集惊险、奇美于一体，而是它居然有一个如此雅致的名字—读书山。以读书命名一座山，让我这个初来乍到的人一下子肃然起敬，浮想联翩。"最是书香能致远。"只要这座城市珍存好这种文脉，我们的心灵就永远都有安放之地，我们的前行就永远不会迷失方向。

走近秀容

6忻州在走自己的城市化道路。如果说，中国城市化进程是一道需要看出门道的风景，那么忻州正提供了这样一个"门道"。她已经准备好了，用千人千面的眼光来打造永续发展的城市；她已经准备好了，要保持这座城市的个性和包容；她也准备好了，要把一座现代化的城市作为大礼包留给未来。

古希腊诗人阿尔凯奥斯说："造就一座城市的，不是精良的屋顶或坚固的城墙，也不是运河和船坞，而是善于利用机会的人们。"毫无疑问，城市最宝贵的资源是人。生活在这里的忻州人，不因这座城市的不足而埋怨，更因正视这里的不足而奋进；不因浩荡向前的城市化浪潮而迷茫，更因保持可贵的清醒而深情面对脚下这片土地。

忻州，一座不断迈向宜居宜业宜创宜游的创新型田园城市，我们共同见证着、参与着、推动着。

我们有理由相信，这座城市孕育着的层出不穷的梦想和奇迹，都能够由这座城市的人们用勤劳和汗水来实现！

（原载于 2021 年 2 月 5 日"忻州在线"）

■忻州人民公园　据"忻州在线"

悦读忻州：诗里诗外情正浓

◆郭奔胜

春天来了
正是诗和远方交相辉映之时
但并非每个人都能做到
"说走就走"
那么
暇时读诗
任思想游走
便是极好的选择

1 晋北的早春，推窗而望，阳光已有些暖意，景色还未明艳起来。想起春天的诗，首先就是李白那句著名的"烟花三月下扬州"。诗人目送长江水把孟浩然送到广陵，也顺便把扬州这座早就活在古诗词里的城市推向了巅峰。扬州因这首诗而更加名扬天下。

诗意里的中国，多么令人陶醉。因一首诗而名声大噪的地方还有很多。

王维的"劝君更尽一杯酒，西出阳关无故人"，被谱成传唱不衰的千古名曲《阳关三叠》，也把位于甘肃敦煌的阳关，永远留在了人们记忆里。

李白七上敬亭山，写就"相看两不厌，只有敬亭山"名句，把安徽宣城的敬亭山硬生生写出了哲学意味，写成了江南诗山。

走近秀容

杜甫的"三月三日天气新，长安水边多丽人"和孟郊的"春风得意马蹄疾，一日看尽长安花"，则把一个诗情画意的大唐帝都长安撩拨得摇曳生姿、风华绝代。

苏轼"日啖荔枝三百颗，不辞长作岭南人"的赞叹，让我们深感荔枝何其有幸，惠州亦何其有幸！

陈子昂一首《登幽州台歌》，短短四句，把北京作为五朝古都那种"前不见古人，后不见来者"的气势抒写得遗世独立。

一句"不识庐山真面目"
吸引了多少游客乐此不疲一探庐山真面目
一句"桂林山水甲天下"
让桂林数百余年来稳拔山水品评头筹
滕王阁之于王勃
黄鹤楼之于崔颢
岳阳楼之于范仲淹
无不受益于诗词的点拨
……

每当春天来临，最不能触碰的是西湖。许多人说，一想到西湖，便止不住思念，思念谁呢？也许各不相同吧。只因西湖边自古以来发生了太多的故事，太多的爱恨情仇，总会牵动人心中最柔软的地方。苏轼触景生情后，"欲把西湖比西子，淡妆浓抹总相宜"。看来在苏先生心中，早已懂得了浓淡之辩证法，哪怕是错爱千年，总有挥之不去的情愫萦绕。

记得在福建工作时，唯一一次去武夷山就被朱熹的诗吸引了。朱先生与武夷山缘分不浅，常年在青山绿水间徜徉，诗兴大发是早晚的事。果然，朱熹写了一首长诗献给武夷山，至今仍被传唱。《九曲棹歌》开头便是"武夷山上有仙灵，山下寒流曲曲清……"这首280字长诗饱含浓情，写尽了武夷山之秀、奇、灵。可以说，武夷山因朱熹这位常客而文脉悠远，朱熹也因武夷山之灵秀而才思奔涌，一座山与一个人，成就了永久的诗意佳话。

诗人眼里见景
心中生情
若一不小心被他们写上一笔
那便仿佛成为社会肌体的
文化基因
久久流传于后世

我在苏州时专门去拜访寒山寺。只因了张继那首《枫桥夜泊》，红遍大江南北、也红遍时间长河的"姑苏城外寒山寺"，如今已是"寒山寺外姑苏城"。尽管城市在变大，但诗意仍然弥漫在这座城市的空气里。老家安徽，也时常被诗意浸染着。别的不说，就那一汪"桃花潭水深千尺"，让多少游客不辞辛苦慕名而往。诗人已经远去，汪伦亦成记忆，但作为曾经的见证，桃花潭的

■忻府区韩岩村野史亭　梁兴国　摄

水，至今还在人们心灵的深处荡漾着旷世友情、笑醉狂歌！

　　有人说，诗人总在江南乱了方寸，因为江南四季都是诗境。此话只对了一半。风沙漫漫的北方边塞，不只有荒野的苍凉，还有那奔涌的热血。"征蓬出汉塞，归雁入胡天"，君不见，那些意境苍莽雄阔的边塞诗，抒发了多少人心底的悲情离绪，又鼓荡起多少人胸中的英雄豪情？就拿黄河来说，众多诗篇因它而兴，王之涣的"春风不度玉门关"之叹，就是大河催生的一份悲凉。当然，诗词是时代的产物，"阳关"之外照样有"故人"的今天，这份悲凉早已消散在浩浩春风里。就像忻州雁门关外，金戈铁马早已成为历史的回响，如今更多地发生着春天的故事。

　　我想无论古今，触景生情，妙笔生花，恐怕是很多诗人的共同经历，人与人同样会因诗而留下佳话。在福建工作时，一好友为现代诗人，某日相邀去福州近郊鼓岭游玩，登山时下起了毛毛细雨，在得知山中经常飘雨时，我脱口而出"山飘无常雨"，朋友立马对曰"水映有晴天"。这两句即兴吟出的诗，记载了我俩的友谊。已是几年前的事了，现在想来，仍历历在目。关于这段回忆，我来忻州工作以后，还时常提及，友人也十分感慨。

　　2 打开记忆的收藏夹，这些诗句中的地名不断浮现。我在想，诗中的远方是何等幸运，又是何等令人神往。因诗而出名，这些地方熠熠生辉起来。我以为，这可能跟中国古代诗、歌不分家有关。流传至今的古典诗词，在当时都是可以和乐歌唱或者吟诵的。诗就是歌，歌就是诗。诗与歌就像一对孪生姐妹，从诞生之日起就紧密地结合在一起，以它特有的声情韵律感染着万千读者，浸染着人们的精神世界。

　　央视前几年推出的一档文化综艺节目《经典咏流传》，给观众制造了巨大惊喜，最大的特点就是把诗歌唱出来。诗歌传唱的盛行不仅为古代文化的传播发展、继承作出了贡献，也把一个又一个地名深深地刻进人们的脑海里，令人难以忘怀。诗人天性与山水交往甚密也是一个重要原因。自古以来，人们都认为"山水有道""天地有大美而不言"。文人笃信"读万卷书，不如行万里路"，往往喜欢游历天下增长见识。古代因地理交通所限，山水是必经之路，诗人不在山水之间，就在通往山水的道路上。每一个有山有水的地方，其实都有她与众不同的灵性，都有她不可复制的故事，因而诗人在游历过程中遇到怦然心动之处，就会印象深刻，迸发灵感，吟诗作赋，直抒胸臆，在当地留下动人篇章。古人云："清风明月本无价，近水远山皆有情。"可以说，诗篇因诗人以显，地名借诗篇得传，人与自然的互相感染、互相辉映，最终成就了彼此的不朽。古代诗词还体现了中国人独特的时空意识。人自出生起就存在于时空搭建的舞台，人的一生注定充满了聚散离合，中国诗歌里反复吟咏的，也多是对时间流逝和空间远隔的感怀，送别、惜别、别愁、叮咛、希望、祝福、怀想，成为中国古代诗歌分量极重的主题。无论是《诗经》《楚辞》《古诗十九首》等诗体流变，还是李白《黄鹤楼送孟浩然之广陵》、王维《送元二使安西》、王勃《送杜少府之任蜀川》、王昌龄《芙蓉楼送辛渐》等具体篇什，都必然有一个时间在那儿停驻，必然有一个地名在那儿作陪。

"长亭外，古道边，芳草碧连天。"在那一刻，诗人更像一个空间雕刻师，运用诗歌的力量，把看似普通的一亭、一楼、一山、一水、一石、一寺用情用心浇灌，赋予了诗意内涵。经过一代又一代传承、丰富，就产生出鲜明的象征意义，形成了独特的文化气息，成为地域特色的重要标识。

当一个诗人的人生际遇与某个地方紧密相连，他会听到这片土地传递给他的心灵秘语，那是一个诗人与一方水土的内在相遇了。当他以独特的发现歌之以诗，便为这个地方铸就了文化之魂。可以说，没有脱离开特定地理的诗人与诗歌，而很多地方的文化积淀也总会打上诗歌的

走近秀容

烙印。千百年来，诗人、诗歌与地理的关系远比我们想象的要亲密许多。当我来到忻州，越往忻州的深处探望，越感觉到了这种亲密是令人动容而又历久弥香的。

3 一个地方一直被诗人关注，必然会有名句传世，扬州便是如此。据史料记载，李白六次游扬州，但他的千古名句"烟花三月下扬州"却并非在扬州写就，而是在黄鹤楼遥望所成。他这一望，便为扬州做了一千多年的免费广告。

这样的幸运当然不止一个扬州，还有我正在工作生活的忻州。工作之余，我翻看过不少写忻州的诗词，据当地一些文化人士介绍，历代书写忻州的诗不下万首。沉醉于那些触忻州之景而生情的诗，竟有几次读到深夜，欲罢不能。在忻州，最先以诗之名红遍华夏大地的，非雁门关莫属。"雁门"一词最早见于《山海经》，最初由"雁出其间"而得名。据考证，至少从汉代起，"雁门"便与雁门关紧密相连，并逐渐成为专属。"我所思兮在雁门，欲往从之雪纷纷"，写出了东汉张衡对雁门关的向往。"南思洞庭水，北想雁门关"，则记录了南朝诗人庾信对雁门关的眷恋。

当汉代一种乐府歌行体开始以"雁门太守行"命名时，雁门与雁门太守已成了诗人眼中报效国家的英雄文化象征，尽管这个象征有时并非实指雁门关，但还是对雁门关的声名远播起到了重要作用。在这些诗里，尤以初唐李贺的《雁门太守行》最为著名："黑

云压城城欲摧，甲光向日金鳞开。角声满天秋色里，塞上燕脂凝夜紫。半卷红旗临易水，霜重鼓寒声不起。报君黄金台上意，提携玉龙为君死。"斑驳的色彩、奇异的画面，展现了边塞战争风云和危城守将气节。

唐代诗人与雁门关的关系非同小可，他们剪不断理还乱的际遇纠葛，完全可以出几本专著了。看看这些写过雁门关的诗人的名字吧：卢照邻、骆宾王、陈子昂、王昌龄、李白、张谓、王维、陈去疾、许裳、李欣、张仲素、施肩吾、李峤、崔颢、钱起、卢纶、武元衡、刘长卿、常建、张祜、李益……哪一位诗人拎起的不是如椽大笔？哪一首古诗读来不是回味悠长？王昌龄在遐想"秋风夜渡河，吹却雁门桑"，李白在追忆"昔别雁门关，今戍龙庭前"。崔颢描摹的边地生活则是"高山代郡东接燕，

■芦芽滴翠　曹建国 摄

雁门胡人家近边"，这首《雁门胡人歌》也被称为唐人七言律第一。

雁门关就像一个变幻莫测的磁场一般，不断牵动着骚人墨客的诗情。此后，宋、金、元、明、清、民国时期的雁门诗犹如风铃不绝于耳。镌刻在雁门关墙楼上的这幅明代诗联"三边冲要无双地，九塞尊崇第一关"，很好地道出了雁门关的战略意义和历史地位。我想，当这位诗人眺望雁门关城时，一定是胸中万千气象激荡，心底涌出深沉的景仰。在忻州，诗作数量遥遥领先的，当属五台山。五台山是世界名山，也称得上是世界诗山。历代帝王将相、名流学士、大德高僧、善男信女在这里留下了数不胜数的诗词，这里的一草一木都被人赋予了诗的观想，几乎每一个景致都有几十到上百首吟咏之作。

据不完全统计，仅清代五位皇帝吟咏五台山的诗歌就有300多首。而且直到现在，写五台山的诗仍如寺内香火般鼎盛不衰，以至无法计数。这也从一个侧面佐证了五台山的无穷魅力。释明本的"五台山在天之北，狮子吼处乾坤窄"给我印象深刻，这气势一下子就把佛国圣地的意境写出来了。林景熙的"参透五台峰顶雪，却归大庾看梅花"、王安礼的"三伏重冰上五台"，呈现出一个高寒高远但朝圣不断的五台山。"雁门西畔是灵山，山作青螺五髻鬟。春日花开残雪里，僧房人在白云间。"成廷珪的这首则带我进入一幅诗意隽永、禅意十足的五台山春景图。

值得一提的是，宋代宰相张商英还把五台山诗写成了一种文化现象。元祐三年，他逗留五台山两月，撰写了五台山志书《续清凉传》，并作《咏五台诗》六首，包括总咏五台和分咏东、南、西、北、中台各一首，历代和者不绝。明代僧人觉同曾搜集和诗编为《五台山偈和诗集》，该书虽已散佚，但以《咏五台诗》为标题和结构的诗作层出不穷，掀起了经久不衰的五台山热。

我在读有关五台山的诗歌时了解到，有两位非常著名的诗人没有来过五台山，却写过五台山，而且写得非常棒。一位是"诗圣"杜甫，他在《夜听许十一诵诗爱而有作》一诗中开篇落笔即写"许生五台宾,业白出石壁",通篇精彩地描绘了与一位在五台山石壁学佛有成的青年士子颂诗谈禅的情景。"陶谢不枝梧,风骚共推激",意思是说,许生诵诗才高气古,可上继风骚、下凌大诗人陶渊明与谢灵运。我在思忖:这是怎么样的一位高才,竟然能博得"诗圣"如此高的评价?不由得使人浮想联翩。另一位北宋大文豪苏轼也没来过五台山,只能"北望清凉山",写下《送张天觉得山字》《谢王泽州寄长松兼简张天觉二首》等诗作,郑重推介五台山所产的药材——长松:"余光入岩石,神草出茅菅""莫道长松浪得名,能教覆额两眉青",称长松为沐浴着佛光的"神草",有使须发由白转黑的惊人功效。"无复青粘和漆叶,枉将钟乳敌仙茅",认为连神医华佗所传的养生秘方青粘和漆叶也远远不能与长松相比。这广告打得煞有介事,蛮有趣的。

  翻看写忻州的诗篇,写得最为深情的诗人当属忻州诗人、一代文宗元好问了。他的那句"问人间、情是何物?直教生死相许!"以及垒石埋葬殉情大雁的举动,荡气回肠地留下了一个网红级地名——雁丘。事实上,元好问写忻州的诗也一样深情。他吟咏家乡雁门关、石岭关,写五台山、系舟山、东山、前高山、天涯山、七岩山等河山风物之作,一问世就令人难忘。"久旱雨亦好,既雨晴亦佳""卷中正有家山在,一片伤心画不成""常著一峰烟雨里,苦才多思是金山""上不朝元峰北顶,真诚不到此中来",随口吟诵几句,就觉耐人寻味。野史亭是元好问留给忻州人的珍贵遗存,如今已成为享誉全国的网红级意象。"我作野史亭,日与诸君期",该亭原本为元好问搜集金代史料,以一己之力编撰史书而修筑。野史亭并非因建筑精巧、风景优美、佳句迭出闻名,而是以它丰富的历史内蕴和浓重的人文色彩跻身于名亭之列。元代以后,"野史亭"一词就频繁出现在文人创作中,诗作越来越多。野史亭为历代文人名士所景仰,逐渐演变为一个文化符号、一种文化象征。野史亭的影响甚至超越国界,在海外也有一定的知名度。

我想,这样的一个野史亭,比之滁州的醉翁亭、杭州的湖心亭、北京的陶然亭、长沙的爱晚亭也毫不逊色吧。忻州阵容最为强大整饬的,要属"八景诗"。据了解,这里几乎每个县都有八景诗,可能单首诗并不以质量取胜,但齐刷刷地集中起来,经过一代又一代文人和仕宦者抒写,就成为一种强大的存在,让人心生莫名的感动。翻看这些诗作,发现八景诗几乎就是大自然与人文历史的双重奏鸣,其中涉及山、水、关、城的诗分量极重。

循诗遥想,你会看到槐荫春色、季庄春色、圭峰古柏、晋陵古柏、金山绿洞、仙洞藏春,你也会看到崞山叠翠、岩山叠翠、芦芽叠翠、莲山耸翠、云际耸翠、笔峰拱秀、荷坪挺秀。檐下听雨,你会听到南楼夜雨、岩洞旅雨、天桥灵雨、巾岩濑雨、龙湾烟雨,感悟少年听雨的浪漫、壮年听雨的激越。循着水流,你会进入天柱龙泉、石峡温泉、三霍清泉,

■陀罗山胜景 樊培廷 摄

还有繁峙三泉涌冽、偏关暖泉冬草、保德温泉腾雾，把自己隐遁于粼粼波光、袅袅白雾，让身心彻底放松下来。迎着夕光，你会看到禅房夕照、七岩晚照、龙禾晚照、孤山晚照、古城残照、云际晚霞、滹沱孤舟，能不唤起迟暮之惊、能不顿生感奋之心？举头望月，你会看到东岩夜月、朝元夜月、山城夜月、凤山秋月、天池映月，同一轮明月，却展现出不同的风情。

在与忻州研究诗文的好友交流中，我还得知，历史上写忻州的诗人还有很多，比如范仲淹、黄庭坚、姚孝锡、元德明、赵秉文、王冕、王钥、冯明期、阎尔梅、傅山、吴伟业、顾炎武、曹溶、朱彝尊、屈大均、李因笃、纳兰性德、彭兆荪等人。我们今天耳熟能详的忻州的很多景致地名，其实背后多多少少都有着诗歌的助攻。当我一一列举这些名重神州的诗人时，跃入眼帘的"顾炎武"三个字特别让我心生感慨。我曾在江苏工作多年，诗人的家乡昆山千灯镇我多次到访，他那"天下兴亡、匹夫有责"的传世警句振聋发聩，至今仍然激励着我们。但我确实没想到，已届中年的他栉风沐雨，也曾踏入忻州大地，游历代县、五台山等地，挥笔写下用典颇深的《五台山》七言绝句："东临真定北云中，盘薄幽并一气通。欲得宝符山上是，不须参礼化人宫。"不仅如此，诗人还实地考察，缜密考辨，写出观点独特的《五台山记》，并在五台之北的滹沱河边垦荒，以此倡导"经世致用"的思想，这使他笔下有了更加深切的家国情怀。对我这样一个刚到忻州不久的人来说，耳边似乎又响起了顾先生那壮怀激烈的叮咛声。

或许有读者好奇，诗人笔下这么多的忻州景致，你都去过了吗？肯定没有。我要感谢那些传诵千年的诗作和各种解读文章，让我神游忻州而犹如身临其境，品读诗文而读懂忻州。

走近秀容

4 我把目光投向稍远处这片被称为"表里山河"的三晋大地。山西作为华夏文明主要的发源地,有人形容说:"一旦踏上三晋之地,落脚就会踩着文化。"这文化里自然少不了诗歌,而且诗歌绝对还是当之无愧的主角,可谓浩如烟海。诗人游历山西,写下名诗佳句,对于这样一个文化底蕴厚重的省份,其实是很自然的事情。比如曹操、李白、杜甫、白居易、王维、柳宗元、李商隐、韩愈、刘禹锡等一颗颗璀璨的人们耳熟能详的诗星,都写过山西并有名作传世,这些诗人眺望到的诗意,把山西的一些地名也带红带火,它们记录在历史的典籍里,而又存在于游人的心中。

凭窗而立,仿佛我凭的是鹳雀楼的窗,山西诗人王之涣的"白日依山尽,黄河入海流。欲穷千里目,更上一层楼"油然涌上心头,读之胸襟开阔,不愧为千古绝唱,鹳雀楼也成为历代著名的登临胜地。王维非常著名的《九月九日忆山东兄弟》中,那句"独在异乡为异客,每逢佳节倍思亲",成为传诵千古的名句,写出了中国人那份无法割舍的亲情。很多人以为诗人有一个亲人在山东,其实山东在这儿指崤山之东,诗人的老家祁县一带,也在山西。白居易"晋国封疆阔,并州士马豪"之欣喜,卢纶送鲍中丞赴太原写下"白草连胡帐,黄云拥戍楼"之气势,让人领略到一种壮阔之美。读着这些山西诗人写山西的诗,我突然想到,本地诗人写山西,因为面对的是相对熟悉的名山大川、名胜古迹,需要解决的主要是审美问题;而外地诗人写山西,距离本身产生美,也容易产生想象,需要解决的反而是置身异乡的直接观感了。

曹操"北上太行山,艰哉何巍巍!羊肠坂诘屈,车轮为之摧"之句,对太行山的直接观感是雄伟高峻和曲折艰险。陈子昂登泽州城北楼凭吊古战场,直接观感是"坐见秦兵垒,遥闻赵将雄"。

李白两次来山西,游山玩水,寻觅英豪,写下众多诗篇,对山西的直接观感更为强烈。他写太原早秋"岁落众芳歇,时当大火流",他写太行山"五月相呼度太行,摧轮不道羊肠苦",他形容晋祠"流水如碧玉""浮舟弄水萧鼓鸣,微波龙鳞莎草绿",他写恒山"天地有五岳,恒岳居其北。岩峦叠万重,诡怪浩难测",他拜谒李牧祠"胡关饶风沙,萧索竟终古"。此外,他还在众多以《古风》为题的诗中写到山西,他对诗意山西的贡献,完全可以用他亲笔书写在悬空寺附近山石上的"壮观"二字比拟。

岑参旅居山西多年,在平阳郡汾桥边放下那边塞悲壮激昂之气,写出了"可怜汾上柳,相见也依依"的深情诗句,也是对人生命运的自况。这些吟咏山西的诗句不胜枚举,捧读吟诵,情趣顿生,她们以独特的方式影响着这个省份的前世今生。当前,"游山西·读历史"活动正开展得如火如荼,古诗给我们读历史、寻文化、探地名、体验风土人情提供了一个极好的角度。相信在这个春天,与我有同感的游客、访客会带着一份诗意出发造访山西、造访忻州。在这里,不仅有可能与诗邂逅、与景邂逅,也必然会与人邂逅、与美邂逅。游走一番,停留一番,也许我们光是站在一页繁盛的古诗面前会心一读就很美好,也许我还应该用岑参的一句诗来遥问山右的朋友们:"春来更有新诗否?"

5 从历史深处抽身出来,让我们把目光拉回当下,看看今天的忻州又能给未来留下什么样的动人诗篇?留下什么样的网红诗句?这或许取决于我们给未来留下哪些创作素材。中国诗歌源远流长,有古体诗、近体诗,也有今天的现代诗。可以说,在今天这样一个充满变化的时代,我们仍然有充沛的理由来读诗和写诗,而今天的忻州也正在迎接着新一轮的以诗言志、以诗抒情热潮。我在翻看《忻州日报·文化旅游周刊》和《五台山》杂志时,时常会看到写忻州的诗,有写古城的诗、有写三关的诗、有写芦芽山的诗,有旧体诗、也有现代诗。事实上,无论是旧体诗还是现代诗,都可能写出优秀的作品。我听说,忻州现在写诗的人非常多，有诗相伴，诗意人生，那该是一件多么惬意的事情啊！

今天的忻州有太多的景可以让诗人寄情。忻州的"古八景"随着自然和时代的变迁，一些景致已荡然无存，一

■年轮飞转 时光交错 贺连舟 摄

些新的景观又生发出来。那么，我们是否可以提出一个忻州"新八景"的命题来，用"新八景"把散落在忻州大地上的"珍珠"串起来，既是继承追忆，也是创新前行。从忻州城区来说，忻州古城、秀容书院、五馆一院、遗山祠、陀罗山、云中山、禹王洞、云中河、牧马河、奇顿温泉等景观，正在次第盛开，成为忻州人眼中习以为常的生活场景和心灵深处的家乡元素，也自然而然地形成了"有城、有院、有馆、有祠、有洞、有山、有水、有泉"的格局。这些都让我们对"新八景"充满憧憬，也相信这样的景观集群可以激发诗人更集中的表达和抒情，而古体诗和现代诗相得益彰的场景，一定能够让你遇见更多意想不到的惊喜。

今天的忻州有太多的美可以借诗歌传承。我们可否依托数量可观的忻州诗歌、五台山诗歌、三关诗歌，推出心灵之舟诗路之旅，由诗歌内容做牵引旅游主线，把不同景点的诗歌串联起来，使游客在诗歌的吟咏、赏析、感悟之中完成名山之旅、清凉之旅、人文之旅，体验独属"心灵之舟"的那份诗意魅力。我们可否着眼于打造展示忻州历代诗歌的空间，建设忻州诗歌博物馆、五台山诗歌碑林、野史亭诗歌碑林，让驻足欣赏的人们体会到这里的一草一木都有诗的浇灌，这里拂过的风都有诗的味道。

我们可否开发融入忻州诗歌元素的旅游文创产品,让书写在诗词里的文字"活起来",让游客通过这些文创产品就能够直观触摸到忻州文化,亲身感受到忻州文化,从而有效地传播忻州文化。我们可否搭建一个平台,推动全民来读诗,读忻州的诗,读本地人写忻州的诗,也读外地人写忻州的诗,让每个与忻州有缘的人藉着诗歌,更加了解忻州的过去,更加热爱忻州的现在,更加期待忻州的未来。总之,为了心中的那份美好,我们能做的一定很多,而且能够做成的也一定很多。这个早春在推窗远眺间我没有感到寒意,无疑,这是一个暖春。

　　手里捧读过的诗歌也是温热的含情的,我分明感到了诗里诗外情正浓,你感觉到了吗?

（原载于 2021 年 3 月 1 日 "忻州在线"）

仰读忻州：那山，这山

◆郭奔胜

■云海雄峰晋北魂　张会武 摄

春天
是登山的好时节
人与山相遇
总有放飞心灵的畅快
总有抑制不住的雀跃
仰山有胸襟开阔之感
爬山有超越自我之趣
游山有揽胜探奇之乐
听山有曼妙合奏之致
倘暂坐山中
静看天上云卷云舒
你会忘却光阴
体验物我两相忘之逍遥
若登临绝顶
无限风光尽收眼底
则可纵目远眺

领略一览众山小之壮美

这些年，我自己的工作经历，也是一山又一山，一程又一程，从江淮大地到白山黑水，从烟雨江南到八闽山水，从壮阔京城到三晋大地，总有一种"山不转人转，而人转山仿佛也转起来"的感觉，所到之处，无论工作再忙，心头总涌动着探山之愿、看山之趣、寻山之乐、登山之梦，心中装着山，脚下便有力了许多，这份对山的挂念总在催促着自己，向山而行。

中华大地，山何其多，大大小小，远远近近，重重又重重，自己能够走进的山，又何其少。因此，在我看来，足未至，再近的山，也是远山；足亲至，再远的山，也是近山。每个人心中都有惦念之山，与山的一次邂逅，足以让人一生魂牵梦萦，而这其中有两座世界级的名山，在我心中留下了尤为深刻的印记。一座是位于福建南平的武夷山，一座是位于山西忻州的五台山。

1 武夷山与五台山
远隔万水千山
却神交已久

两座山都那么出类拔萃。

武夷山是三教名山，素有"奇秀甲东南"之美誉，最高峰黄岗山海拔2158米，为东南第一峰，号称"华东屋脊"。倘登高俯视，云兴霞蔚，那九曲溪流、三十六峰、七十二洞、九十九岩的山水奇境，令人目不暇接，啧啧称奇。五台山是世界佛教名山，享有"清凉胜境"之美誉，最高峰叶斗峰海拔3061米，为华北第一峰，号称"华北屋脊"。若置身台巅，东台能看云海日出，西台能赏清风明月，南台能观烂漫山花，北台能望

走近秀容
ZOUJIN XIURONG

■清凉胜境五台山　杨国军 摄

无垢瑞雪，中台可揽星辰万象，一时恍若仙境，不由得驰思遐想。

两座山各有拿手绝活。

武夷山是一座需要用嗓子喊出来的山，五台山则是一座需要用身心叩问大地的山。喊山是武夷山的传统绝技，喊的是山，但唤的是茶。武夷山茶树顶天立地、栉风沐雨，竞相生发于峭壁岩缝之中，茶民惊蛰铆足劲喊山唤春茶，祈盼风调雨顺，震撼天地，人与茶联袂，把一座名山烘托得更加生机勃发。叩山是五台山的古老仪式，叩的是山，但敬的是心。当人们历时半年或一年甚至更长时间，一步一叩或三步一叩，徒步上千里拜谒五台山，你会被一种朴素的力量深深地震撼，那是人与大地的相遇，人与草木的相遇，人与时间的相遇，人与人的相遇，仿佛那是赴一场世间最美的心灵盛宴，只可意会，不可言传。

两座山早就名扬天下。

如果说武夷山是色彩鲜明通透的，那么五台山的佛音中就多了些神秘。不过，这两座山都是世界级的，一座是世界文化与自然遗产，一座是世界文化景观遗产，也就是说，山在中国但其影响力早已走出国门，成为人类共同的景仰之地。

两座山缘分很深，却是由一片小小的叶子牵起来的。明末清初，晋商开辟了从福建崇安到俄罗斯恰克图的茶叶贸易线路，被称为"万里茶道"，武夷山和五台山都是这一茶马古道上重要的地理坐标。

武夷山的下梅村是这条古道的原始起点，《崇安县志》以"盛日行筏三百余艘，转运不绝"来称赞当时晋商采购运输茶叶的繁忙景象。五台山作为这条古道上当之无愧的重要支点，远远望去，那些经水路运来的南方茶叶，经石岭关缓缓进入忻州地界，经过关城村、忻州古城、崞阳古城、阳明堡、雁门关，再北上大同，历经艰险，奔向恰克图。

我想，在这条茶马古道上，武夷山与五台山注定展开过一次次隐秘而热烈的对话，这些对话与车辚马啸有关，与镖局轶事有关，与夕阳衰草有关，与客栈灯火有关，与九死一生有关，也与光荣和梦想有关。当下，"万里茶道"申遗正加快推进，两山的崭新传奇将有望再次续写，我的耳畔仿佛又响起几百年前朱子那长者般的谆谆教诲："与肩挑贸易，毋占便宜；见穷苦亲邻，须加温恤。"

在福建工作两年，我只有一次走进武夷山的机会，但就是这一次，我便对她有了"跨越千年的文化自信"的感慨，于是抒长文歌之颂之，引得友人打趣"这是一见钟情的感觉"。而对于五台山，已有三次走进的机会，虽时隔近二十年，但每一次还历历在目，认知一次更比一次深刻。今年初，当我因工作原因再次走进她时，更是饶有兴致与同行的同事讨论起打造"五台山学"的话题。

2 武夷山与五台山都是红色之山

1929年岁末古田会议胜利召开后，毛泽东主席率军由闽西根据地回师井冈山，路经武夷山，写下那首脍炙人口的《如梦令·元旦》："宁化、清流、归化，路隘林深苔滑。今日向何方，直指武夷山下。山下山下，风展红旗如画。"19年后的1948年，毛泽东主席率领中央机关撤离延安，前往西柏坡，路经忻州的岢岚、五寨、神池、宁武、代县、繁峙、五台七个县，穿越起伏的群山，走马雁门关，冒雪宿于五台山塔院寺，我们今天看到进门的照壁上就镌刻着那句极富感召力的题词："从建立山西的五台山，到建立全国的五台山，争取最后的胜利。"如今，一个又一个毛主席路居纪念馆，矗立在忻州大地，成为人们追忆伟人一程又一程足迹的红色坐标。

红色之山，当然不止这两座。翻开历史画卷，百年前那个盛夏的嘉兴南湖之上，一叶红船翩然驶来，引领一个民族在历史的浩渺烟波中，书写救亡图存的壮丽诗篇。船上那群人，在见证历史的紧张、激动、兴奋之余，一定有从画舫朝外眺望的瞬间吧。这群胸中有丘壑、眼里存山河之人，他们的眺望，望见的不会只是近处倍显沧桑的烟雨楼，还有远处四面八方涌来的大好河山。此后经年，风云际会，沧海横流，在白色恐怖的年代，红船驶过深水险滩，驶过惊涛骇浪，驶过华夏万重山，终成巍巍巨轮。红色，也成为万千山峰最深沉的底色。

如果说井冈山是红与白的鏖战，"山下旌旗在望，山头鼓角相闻"的峥嵘岁月，已成难忘的历史记忆，那么六盘山就是红对白的胜利，作为红军长征两万五千里翻越的最后一座大山，因此也被形象地称为"胜利之山"。从井冈山到六盘山，红军转战江西瑞金，进而被迫长征，纵横十数省，翻越大大小小难以计数的山峰，人们记住的往往是老山界、大娄山、乌蒙山、夹金山、大凉山、岷山等语文课本中的山峰，其实仅以翻越垭口海拔超过四千米的雪山而言，就令人惊叹不已。

一张已出版的红军长征雪山全图赫然映入眼帘，图上密密麻麻用红字标注着一大堆雪山的名字，那些名字一个紧挨一个，绵延不绝，蔚为壮观，看得人揪心！挪远了看，仿佛一群人相互搀扶，向前挪动，脚下斑斑的血迹还在流淌。再拿近些看，雪山耸峙，厉风呼号，顿感寒气凛冽，几近无法呼吸。当此之时，红军正在翻越四川红军棚子、虹桥山、巴郎山、夹金山、鹧鸪山、沙拥山、拉波山、乃陆山、伊涅阿山、沙鲁里山、扎格海格山……我不由得停住了笔！当想到长征中平均每走一千米就有三四名战士牺牲、平均每走一天就有约200人献出生命时，我屏住了呼吸，生怕多写一座山的名字，就惊动出数以百计的烈士英灵！长征，把惊天动地的旷世壮举写在了万千山岭之间。

"几回回梦里回延安，双手搂定宝塔山"。诗人贺敬之一首《回延安》写出了宝塔山在人们心目中的神圣地位。1937年，中共中央和毛主席完成长征，进驻延安，"滚滚延河水，巍巍宝塔山"，成为无数革命青年和爱国人士向往的地方，这座古塔青春焕发，像一把火炬照亮了中国革命的进程，因此成为革命圣地延安的重要标志和象征。从宝塔山到五台山，从西柏坡到北平香山，中国革命一路披荆斩棘越过重重峰峦，胜利之路一往无前，中国共产党在70多年前的金秋时分完成建国大业。这其中，翻越太行山是精彩篇章。

其实，五台山、西柏坡、香山都属于太行山脉。据《国家地理》介绍，太行山分为西太行、北太行和南太行三个部分。其中西太行主要在山西境内，囊括太岳山、系舟山和五台山；北太行主要在河北一带；南太行主要集中在河南境内。香山属于北京西山的余脉，而北京西山又是太行山的一条支阜，古称"太行山之首"。显然，巍巍太行不仅是一座山，更是山的集体群像，波澜壮阔的群像，这让太行山的分量在我心中一下子厚重起来。

翻开褶皱的太行山，八路军总部设在山西武乡县，太岳军区司令部设在山西沁源，晋察冀军区司令部设在河北阜平，八路军129师司令部设在河北涉县，百团大战发生在太行山地区。我们耳熟能详的平型关大捷、黄崖洞保卫战、狼牙山五壮士、太行奶娘等英雄事迹都发生在太行山。1942年5月25日，八路军副参谋长左权将军在太行山上壮烈殉国，朱德总司令为痛悼左权写下感人诗篇："名将以身殉国家，愿拼热血卫吾华。太行浩气传千古，留得清漳吐血花。"这些感天动地的铁血壮歌，更让太行山在我心中重如千钧。

可以说，一座座山见证了中国共产党走过的百年光辉历程，我们党沿着山走出了一条胜利之路、光辉之路。一个党，一群人，从翻越自然之山，到翻越贫困之山，再到翻越梦想之山，贯穿始终的是一种怎样惊人的跋涉。我想，在党的心中有一座山，这座山就是人民；在人民心中也有一座山，这座山就是中国共产党。不断攀登、不断跨越，正是百年大党永葆风华正茂的重要原因吧。

3 武夷山与五台山都称得上是高峰，是山的集大成者，但其实山远不止有高峰，古人云："尖者曰峰，平者曰陵，圆者曰峦，相连者曰岭，有穴曰岫，峻壁曰岩。"山，千姿百态，千变万化。

记得在江苏工作时，面对一马平川的江淮平原，总有些少了山的缺憾，于是凡叫山的地方都去探访了一遍，比如紫金山、花果山、狼山、灵山等等，山虽不高，但也有攀登的感觉。不过，这些山的脚下满眼繁华景象，让人生发由衷的感慨：这些小个子山真会生地方啊。而那些层峦叠嶂、耸入云霄的大山、雄山，常常方圆数百公里难见繁华之象，只有一山接着一山，一沟隔着一沟。如果有人问：山会寂寞吗？我想有些山不会，比如东南胜地武夷山和晋北圣境五台山，有文化的加持，就从不缺人气。但那些其貌不扬的小个子山呢？我想会吧，不禁多了些感慨。记得在福建时，一次在闽西小县连城采访，所住酒店背后不远处就是冠豸山，山并不高，美在奇险与幽秀，当时因一时怠惰没有顺道去探山，至今再无缘走近。有些山如果当下不去，错过就可能是一生，因为没有多少人会专程为了一座小山而去奔赴。

  我现在所工作生活的忻州，平均海拔900多米，这里的神池县城海拔1500米以上，相当于东岳泰山的高度。相比平均海拔不足50米的江苏，同样身处山中，因高度不同，自然会有不一样的体验，这种体验不是一句简单笼统的"南方的山有灵秀之气、北方的山有巍峨之势"就可以形容的，背后往往有着每个人与山独特的人生际遇。

  不能不说，山的存在总给人以攀登的冲动，认识山、保护山是人类的责任。我们都知道珠峰，但真正走进她的人是极少数的，即便这样，人类却因她的高大神奇而共同牵挂，甚至为了弄清楚"她是不是又长高了"，不畏艰险地去攀登测量。有人说，山是有追求的，不过在我看来，山的追求背后，是人的攀登。"山高人为峰"，这句充满豪情的话语，激励一代又一代攀登者向上、向上、再向上。

  前些年，我曾慕名到明末徐霞客的故乡江阴市霞客小镇去走访，通读了《徐霞客游记》，深为先生那种"大丈夫当朝碧海而暮苍梧"的情怀而感动，也为先生那种寻山如访友、穿越大半个中国去壮游的精神所折服，而他确实也身体力行到过五岳之泰山、恒山、嵩山、华山、衡山以及五台山、黄山、武夷山、天台山、雁荡山、武当山、庐山、落迎山、罗浮山、盘山、鸡足山，写下17篇名山游记。这样有毅力之人，这样乐山之人，足可称为千古奇人。

  山生南北，山生东西，南北东西，山各不同。面对山的态度，不应只有登顶和征服。尼采从哲学的角度说过："从半山上看，世界显得最美。"甚至有时为了山的尊严，站在山下仰望，也不失为一种好的态度。

走近秀容

ZOUJIN XIURONG

山就在那里，永远在那里，我们敬山、攀山、登山、护山，就是骨子里那份对山的情结。我们常常能看到绿色之山，孕育着生命，孕育着希望，孕育着活力，也孕育着各种各样的梦想。青山不老，绿水长存。今天，当我们游走在祖国的大好山川的时候，我们敬畏山，敬畏自然，敬畏绿色，因为我们深深懂得"绿水青山就是金山银山"的道理。

4 如果有人问，中国历史上有没有行政区域变化不大的省份？仔细想来，可能有且只有一个，那就是山西。山在其中发挥着至关重要的作用。

山西又名"山右"，自古被称为表里山河，意思是外有大河，内有高山，县县有山，无县不山，开门见山，出门爬山，以山河天险作为屏障。西边以黄河跟陕西划界，东边以太行山跟河北河南划界，"两山夹一川"的独特地貌决定了她的边界不会有大的变动。广为人知的《人说山西好风光》唱的就是"左手一指太行山，右手一指是吕梁"这两山，夹的"一川"是指中间的黄河支流汾河谷地。

我对山西山多的认知，是从愚公移山的故事开始的。如果不是大山多到阻碍出行，多到隔断诗和远方，谁会想着要费劲巴力地移呢？以前认为所移之山，太行在山西、王屋在别家，后来网上看到人们说不仅王屋在别家，太行也未必指山西段，当时心中就有疑惑，这与我以往的认知距离也太大了。来忻州工作后，我特别留意过这个故事，值得欣慰的是，一场笔墨官司经过山西人的考证举证、实地勘查，基本尘埃落定：愚公移山故事的发祥地就在山西，不仅太行在山西，王屋也在山西。进一步得知，故事的具体发生地，就在山西晋城市下辖的阳城县，国家正式出版发行的地图也都标明阳城在太行、王屋二山的环抱中。这个反转来得有些大，等于是把愚公又请回来了，把两座山又物归原主了。这件事，让我认识到山西人为了山的那种拼劲和认真，也体会到山西人与山

读懂忻州

DUDONG XINZHOU

■天涯雾涌　赵宏伟　摄

那份难以割舍的情谊。

　　山西多山，境内山脉延绵起伏，沟壑纵横，山地和丘陵的面积占到了全省面积的80%左右，也可简要概括为"北恒山、南中条，东太行、西吕梁，五台霍山在中央"。民间有人在网上投票评选山西十大名山、十大著名旅游景点、十大爬山好去处、十大最美赏月胜地、十大雪景最美的地方，搞得煞有介事。在排行榜中，山都是当之无愧的主角，这些主角有忻州的五台山、大同浑源的恒山、介休的绵山、沁水和垣曲的历山、盂县的藏山、太原的蒙山、长治襄垣的仙堂山、灵石的石膏山、永济的五老峰、宁武的芦芽山、吕梁方山的北武当山、晋城的珏山、临汾乡宁县的云丘山，等等。而在诸多山西的山中，忻州的山又有着独特的地位，不只因为她横跨燕山—太行山、吕梁山脉形成了独特的晋北地理风貌，而且山地、丘陵竟占到了全市面积约90%，这是怎样修来的一种与山过命的交情啊！

应该说，山西的很多山随便拎出一个来，都能带来很多流量。不必说享誉天下的五台山，单就说芦芽山，人们提到的往往是万年冰洞、马仑草原、悬崖栈道等景观，却鲜有人知道芦芽山也是毗卢佛的道场，而且是我国唯一的毗卢佛道场。这位毗卢佛，就是佛教经常提到的法身毗卢遮那佛。我也还是第一次知晓，全国岳山、镇山、佛山俱全的唯有山西一省，即山西同时拥有北岳恒山、中镇霍山、文殊菩萨道场五台山。

我想，上榜的山毕竟只是少数，当然值得关注，更多没有上榜的山，一定也都有着属于自己独特的存在意义。也许有些山名不见经传，但一样矗立天地之间，一样吞吐八方灵气，一样沐浴日月精华，一样值得人们仰望。而且，那些更多的籍籍无名之山，往往没有那么拥挤，没有过度的商业化，反而更能保留一份自然与淳朴，更能使人停顿下来，看山是山，看山又不是山，最终看山还是山。唐代王之涣面对老家山西的中条山而写就名篇《登鹳雀楼》："欲穷千里目，更上一层楼。"其实，对于山西这样多山的省份，需要更上的与其说是一层楼，不如说是更上一座又一座的山，更上大大小小、林林总总的山。

因为山的存在，就辟出了道路，有山路、水路、旱路。有了道路，就修建了关隘，更筑起了延绵不绝、举世瞩目的万里长城。我们所熟知的雁门关之于雁门山、平型关之于灵丘与繁峙交界的平型岭、偏头关之于丫角山、宁武关之于恒山余脉的华盖山、娘子关之于阳泉平定县的绵山，再清楚不过地表明了山与关唇齿相依、休戚与共的联系。

走进山西的山，你会发现，每一座山的背后都有着属于她的精彩故事。一山一山的故事，堆积起来就是一部数千年的文明历史，每讲述一座山，都会是一次热切的回望，都会是一次虔诚的致敬。游山西、读历史，游山一定会是其中的重要篇什吧，因为游山西的山，确实能够让我们更好地知道我们从哪里来，我们是谁，我们到哪里去。

读懂忻州

DUDONG XINZHOU

5我对忻州的认识,也是从读山开始的。有一本散文集《行吟山水》,是忻州日报社赵富杰同志所著,从中我能感受到忻州人对山的深情、山的礼赞。那么,忻州到底有哪些山?当地人会热情地如数家珍,有五台山、芦芽山、系舟山、陀罗山、管涔山、天涯山、凤凰山、飞龙山。继续追问,人们会说到双尖山、七岩山、独担山、云中山、天柱山、白仁岩,再继续追问,还有吗?说还有,但都很快化为一阵沉默,再也想不起多少来了。

事实上,翻阅地方志,粗略估算一下,忻州各县有名有姓的山加起来起码就有四五百座之多,相当可观。山的名字大抵是地方士绅和文人起的,这几乎成了中华文化的一门学问,我不由得对这些山的名字产生了兴趣。

有的山名起得富贵,让人看得眼里放光,如黄金山、金山、银山、宝山,往往山里富含矿藏。

有的山以飞禽走兽命名,如飞龙山、黄龙山、夹龙山、龙头山、龙

■荷叶坪仙境 刘纪森 摄

走近秀容

尾山、九龙冈、羊头山、马头山、白马山、马蹄山、虎头山、卧牛山、牛头山、牛心山、狮子山、凤凰山、鹰窝山、熊窝山、兔掌山、雕孤山、石蛇山、骆驼山、鹿子山，这些山名，多因地形相似，形象化比拟，读来使人浮想联翩，跃跃欲试，想一探究竟。

有的山以植物命名，像花果山、翠峰山、紫荆山、荷叶坪、莲花山、万花山、桃子山，听着就有阵阵清香入鼻，沁人心脾。

有的山以宗教命名，如观音垴、罗汉山、万华山、浮屠山、陀罗山、天蓬山、仙人山、梵仙山、和尚山、老龙庙山、雷公爷山、马峰寺山、南寺山、居士山，让人联想起刘禹锡那个名句，"山不在高，有仙则名"。

有的山以人物命名，如薛云谷、公主山、太子崖、烈女崖、周公山、孝文山、伊山、姑姑山、四郎山、七郎山、九女山，往往适合骚人墨客登临凭吊，撼怀旧之蓄念，发思古之幽情。

有的山以村庄命名，如袁家山、贺家山、潘家山、刘家山、高家沟山、段家山、土门山、杨家岭、王家岭、木瓜崖，表明山与村庄挨得如此之近，以至说成山是村庄搬不走的亲戚也不为过。

有的山以水命名，如暖泉山、苍水山、谷泉山、清水山，演绎着山水相连、山水相依，或许还有不为人知的山水之恋也未可知。

还有许多山无法归类，名字却也起得煞是有趣，如馒头山、老汉山、野人山、铁帽山、轿顶山、逍遥山，像极了那些一不小心就哼唱出来的民歌，既形象直白，又意蕴隽永。

这些山，土生土长，一看就是长期相濡以沫之山，一看就是须臾不离不弃之山。这些山，对于外地来的游客也许是野山，对于忻州人则应算是家山了。这些自家的山在哪个位置，本地人会会心一笑，因为他们对自家门儿清。这些山，历经风雨却包容万物，相守相依却自强自立，其灼灼美德，不正是勤劳质朴的忻州人的群体写照吗？在那山这山之间，一代又一代的忻州人在局促的空间里战天斗地，备尝艰辛，但终于穿过了山的那一道道沟，翻越了山的那一道道梁，蹚出了今天的幸福生活，奔跑在逐梦前行的康庄大道上，多么来之不易又令人赞叹！

当然，这几百座山名，多数肯定还在，有的就要画个问号了。即便是那些在的山，人们走到跟前能叫出名字来的又有多少，能够讲出山背后故事的又有多少，而那些不在的山，恐怕只能是纸上的记载了。这里提到的山，主要指石头山，还不包括那些土山，不包括那些土得掉渣、土得可爱的圪蛋、疙瘩、圪梁梁。

读山
其实也是读山的情怀、山的灵魂
说到底还是读人
尤其是读那些爱山之人
有两个人爱山爱得深沉
还把山起到名字里
这两个人
一个是元遗山
一个是傅山
都是天下饱学名士
都是爱山之人
也都是写山的高手

元遗山是忻州本地人，写起家乡的山来自不在话下，对陀罗山、天涯山、读书山、东山、五台山、七岩山等山都不吝诗篇，陶醉于"买尽青山不用钱"。傅山既是忻州的外甥，也是忻州的女婿，写起忻州的山来也是得心应手，他写陀罗山一写就是两首，写五台山一写就是八首，写芦芽山一写就是四十四句，真应了他那句"处士多情奈若何"。

走近秀容

还有一个人爱山爱得洒脱，却被历史深深地误会。这座山叫前高山，俗名玉皇垴，在原平西南，有很多人写过，我却对此人独有关注。他名声很大，叫尹志平。一说尹志平，金大侠的粉丝们马上会气不打一处来，脑补出一个十恶不赦的大坏蛋。但真相果真如此吗？尹志平历史上确有其人，功夫也确实了得，也确实是全真教的，但人家可是元初全真教第六代掌教宗师，同时也是诗人，德高望重，才华横溢，曾三过崞县，对前高山情有独钟，写下一众好诗。登前高山时，他赋诗抒怀："地角天涯在目前，前高堪作画图传。有人来问予名字，无数松间一散仙。"写得真性情，好一个"散仙"！登上前高山，他又一连写就五首《一剪梅》来盛赞此山，并自得其乐，认为"行也堪观，坐也堪观""行也清凉，坐也清凉""行也相宜，坐也相宜"，大有李白之于敬亭山"相看两不厌"的哲学意味，也有朱子之于武夷山"欸乃声中万古心"的理学奥义，亦有元好问之于五台山"岂知身在妙高峰"的智慧感悟。

读山是认识山的重要方式，但读着读着，心就会痒痒起来，脚步也会不由自主地迈开，想要向大山走去。本着"纸上得来终觉浅，绝知此事要躬行"的精神，这个春天，我利用周末闲暇，身临其境登过附近两座山：一座是忻府区的陀罗山，一座是原平市的天涯山。

陀罗山以佛教命名，主峰海拔 1503 米，是忻州名山，也是避暑的好去处。我去的那日，已是下午四点多，时值春天，松柏苍翠繁茂，桃杏竞相绽放，漫山遍野涌动着一派生机。一路上但见山形挺秀，怪石嶙峋，悬崖欲坠，险峻异常，同行者均已掉队，我一人独自前行。钻过一个山门，山门后的一块大石头上刻着"到此清凉""日近云低"八个大字，仿佛猜出了游人登临此处的心境，使人若有所思，驻足停步。待爬至山顶，巨大的"清凉石"兀立眼前，山顶的文殊庙小巧精致，宛如一顶桂冠，完成了加冕。此时，天色渐暗，群山黝黑，一轮新月弯弯，倒挂天穹，显得分外皎洁。终于登顶，感觉并没有征服山，但征服了自己。

天涯山主峰海拔1114米，是国家4A级旅游景区。车行进在公路上，远远望去，山势奇特，颇具视觉冲击力，像一块刚刚剥开又被风干的巨大核桃！再往近了看，有点儿像我到过的帕米尔高原，拔地而起的群峰相携并峙，山尖似牙，参差交错。进入天涯山景区，西北山麓有一奇妙山峰，形似莲花，人称"莲花山"。莲花山东南有一奇石，这便是人们口中提及的著名的石鼓了，鼓形若巨勺倒扣，昂然翘首，骤然向下，听说伫立其中可体验"暮听石鼓咏风之感"。看到此石，突然有种似曾相识的穿越感，在千里之外的福建鼓浪屿，曾经看到类似的石头，大自然造化如此神奇，沧海桑田，如今这里并没有大海，但或许亿万年前也曾经是涛声阵阵呢。再远处介子推背母的巨幅雕像赫然耸立，让人感觉他仿佛连同整座山也背起来了。登天涯山切勿产生容易之感，其山之险要，即便置身山脚也完全无感，实则攀登起来并不轻松，有人称其为"集众山于小成"，真是一语中的！确实，天涯山仿若几十座小山垒在一起，每爬几十步都有登临一座小山之感，给人以勇气，但紧接着又出现一座小山，鼓励人进发，怪不得元好问要赞叹天涯山"何年气母此融结，鬼凿神劓未奇古"了。

6 陀罗山与天涯山都有"小五台山"之美誉，也说明了五台山的影响力之大。来到忻州，武夷山成为远景，五台山就成了近景，于是难免对五台山有了更多的了解和感悟。

谈到五台山，似乎每个人都能说出些什么，皆因她太有名气、太有魅力、太有造化了，与地质相关、历史相关、人文相关，也与每个人的心灵相关，似乎一个人要是不知道五台山、不走近五台山，就是他自己的遗憾了。这不，连大漠敦煌的莫高窟，在1500年前就投来了注视的目光，整整拿出一个洞窟来礼遇她，还把这个洞窟命名为"文殊堂"，那幅巨大的五台山图成为敦煌壁画中规模最大的山水人物图，也成为最大的全景式历史地图，这份用心之至、用情之虔，由此可见一斑。

至于五台山与佛教的关系，永远也说不完、道不尽，她的信众广，研究者众，各种典籍、诗词、游记、偈语、奇闻、轶事更是汗牛充栋、不可胜计，沉浸其间，既有喜悦，也有惶恐，喜悦于她的正法不息，惶恐于她的万千气象。这种气象被宋代的宰相张商英说了个通透，他在《清凉山赋》中感叹五台山的变幻莫测："文殊现老相之中，罗睺化婴孩之内。闲僧贫道，多藏五百龙王；病患残疾，每隐十千菩萨。歌楼茶店，恒转四谛法轮；酒肆屠沽，普现色身三昧。飞蝇蠓蠛，皆谈解脱法门；走兽熊黑，尽演无生之法。"临末，还不忘提醒我们："若到清凉境内，莫生容易之心，此乃识则不见，见则不识，龙蛇混杂，凡圣同居者矣。"真是写得绝妙，让人见识了文殊菩萨的智慧，也让人们不敢轻慢任何一次相遇。

到访五台山，我多次沿幽长蜿蜒的山道行走，身边行人络绎不绝，更高处亦有先行者若隐若现，有时我会好奇地想，人们为什么来五台山？五台山到底能够给予人们什么？或许每个人心中都会有自己的答案。我的答案是在一次次行走中获得的，也是在一阵阵清风拂过时体验到的。

就我自己的体会而言，耳边听到关于五台山的嘉许越来越多，比如中国佛教四大名山之首、世界五大佛教圣地之一、中华十大名山、国家森林公园、国家地质公园、国家5A级旅游景区、国家自然与文化双遗产、世界文化景观遗产地，等等。假以时日，恐怕一页A4纸都写不下。这些嘉许是五台山不断升温的注脚，在让五台山更加走红的同时，是否也形成了一种焦虑，也就是说，人们反而不太容易看清楚五台山是什么了。

于是，我试图穿过词语的密林，探寻那可能被忽略或遗忘的词根，五台山的词根到底是什么呢？词根就是清凉。清凉就是五台山的初心。我早该知道，五台山起初就叫清凉山。"五台"突出了五台山的地理形胜，"金五台"彰显了五台山的智慧象征，只有清凉才是她的本质。唐代蓝谷沙门慧祥撰有《古清凉传》，北宋妙济大师延一撰有《广清凉传》，宋代宰相张商英撰有《续清凉传》，明代高僧镇澄撰有《清凉山志》，皆以清凉为名，这更加让我有了一种跨越时空找到知音的喜悦。

　　清凉当然有环境清凉之意。五台山台顶高入云霄，气候寒冷，岁积坚冰，夏仍飞雪，曾无炎暑，冬冰夏凉，这是大自然赠予的清凉。清凉更有心境清凉、内心清静之意。传说文殊菩萨曾发下誓愿：每个朝圣五台山之人，来时，她会亲自相迎一千里；去时，她会相送八百里。但这个誓愿有一个前提，就是只有内心清净的人虔诚朝圣，才能亲见文殊菩萨。说的就是一个人要回归清凉。

　　大道至简，知易行难。身处红尘，本就难以清凉。一般山水之地，只要给予正常看护，甚至无人看护，都会绵延不绝，但五台山不同，对这份清凉的守护让我们不得不十二分地重视她的保护与传承，可以说，五台山怎么管、怎么护、怎么用、怎么建，这道考题曾让忻州甚至让山西感到压力，怎么理顺山与人的关系？怎么理顺寺里与寺外的关系？怎么理顺文化景观与自然景观的关系？怎么理顺保护与发展的关系？怎么理顺靠山吃山与生态休养的关系？思考并回答这些问题，可能是复杂的、长期的，但大行至朴，走向清凉、回归清凉、坚守清凉一定会是重要的解决之道。

　　从去年年底以来，五台山风景区内进行了大规模的房屋征迁综合整治工作，已经取得突破性进展。核心景区的商业化氛围大幅淡化，寺内外的喧嚣之声渐渐远去，这既可看作是五台山为兑现申遗承诺而采取的具体措施，又何尝不可视为是对清凉世界的一次有力回归。对于五台山的治理者、使用者、游览者来说，面对这样一座智慧之山，需要攀登的首先就是对自然和文化的敬畏，与山保持该有的距离，让山安静下来，让心清静下来，让步伐放慢下来，让景致清朗起来，让寻访的人们在崇山峻岭、绿树红瓦、幽静庙宇中感受到清静、安详、空灵、和谐的气息，体会"非必丝与竹，山水有清音"之美妙。

　　"择日登山去，拾阶步步高"。这个春天，让我们去登一座山吧，就像去见一位新朋友或老朋友。从武夷山到五台山，从全国的山到忻州的山，从有形的山到无形的山，从一座胜利的山到另一座胜利的山。跋涉的故事从未搁笔，仰望的姿态乘梦飞翔，从中体现出的正是人的力量、人的精神、人的勇气、人的智慧。

由此

我深信

那山这山，山在，与攀登者同在

那山这山，山在，与懂山的人同在

那山这山，山在，与日月光华同在

那山这山，山在，与千年忻州同在

（原载于2021年4月29日"忻州在线"）

读懂忻州

DUDONG XINZHOU

◆ 郭奔胜

敬读忻州：这里的故事讲给你听

■关山形胜　据"忻州在线"

正值建党百年，电视和网络上热播的《觉醒年代》《理想照耀中国》等红色大剧中，那一个个义无反顾的身影虽未谋面，一幕幕动人心魄的场景虽未亲历，但隔着屏幕，仍能感受到澎湃的热血和信仰的力量。

审视此时我所在的忻州，在那个动荡年代，这里也不乏觉醒的先驱；理想照耀中国，也照耀着忻州这片红色的土地。

1 星星之火，可以燎原

对于忻州而言
星星之火在哪里
又是怎么燎原的？
我心中的日历不停地回翻

早在建党前一年，1920年深秋时分，静乐青年高君宇作为李大钊和陈独秀的学生，就在北平加入了共产主义小组，成为中国共产党最早的58名党员之一,也是山西第一个共产党员。这意味着,从那时起,这位"五四健将"就已经把山西和忻州写进了党的历史。

1926年6月初,"五卅惨案"刚刚过去一周年,肃杀的街道上行人稀少,崞县中学学生会主席刘葆粹,就在太原毅然加入中国共产党,成为忻州第一个共产党员。同月上旬,忻州第一个党支部——中共崞县中学支部也筹建成立。次年元月,忻州第一个县委——中共定襄临时县委成立。

有人说,闪电是伟大的觉醒者,因为它唤醒了沉睡的大地。高君宇先生就是这样一位"闪电"般的代表人物。他在日记中用诗句袒露心声:"我是宝剑,我是火花,我愿生如闪电之耀亮,我愿死如彗星之迅忽。"

显然,他不是一个躲在书斋里"躺平"的人。他这把宝剑带头砍断束缚新思想的旧辫子,带头冲向前方火烧赵家楼。他这簇火花拼尽羸弱之躯,数千里播撒革命火种,两次深入虎穴又机智脱险。他接受重托,担任孙中山先生政治秘书,南下广州协助平叛,北上起草《北上宣言》,不向病魔屈服。他像闪电一样穿梭于演讲、聚会、斗争、办刊之间。最后,真的如彗星般疾速地燃尽了自己。

《北京大学日刊》曾评价他:"久而益厉,猛勇有加,其弘毅果敢,足为青年模范。"这个青年模范,从忻州这样一个逼仄僻壤走出来,却真真切切展现了一个青春中国该有的辽阔与深刻。

我对先生景仰已久,在北京工作时,就知道陶然亭公园有他的塑像和墓碑,那里曾是他和中国共产党的先驱者们秘密开展革命活动之所,因辗转忙碌,自己竟未去凭吊过。来

■静乐县文庙明伦堂 据《忻州日报》

忻州工作的机缘，让我有了近距离拜谒他的机会。去静乐下乡，我专程赶到文庙东面的明伦堂院，也就是岑山书院，先生曾经读书的地方。

远远地我就望见了他的雕像。他站立在一块土坡一样的大理石台基上，仿佛正注视着我，我不由得加快脚步向他走去。快走到跟前，才看见他单手叉腰，迈开步子，正向前奔去，他的目光穿透镜片投向我，温暖而坚定。我深知，先生有着更高远更广阔的凝望。

我来到的地方，正是先生出发的地方。这让我瞬间感觉，历史原来

■静乐岑山书院　王文君 摄

离得这么近，从先生那时起到现在走过的百年光阴，就在我与先生咫尺交臂间、弹指一挥间，仿佛仍能听到他炙热的心跳，仿佛我与他处在同一时代。

忻州的觉醒者当然还有很多，可以列出一长串名单：参加南昌起义并追随朱德和陈毅到井冈山的赵尔陆上将，中央苏区政府总务厅厅长、被誉为"红都管家"的赵宝成，共和国元帅中唯一的北方人徐向前，由崞县九名就读北平大学的穷学生组成的"九穷"小组，在外求学或回乡探亲早期加入中国共产党的徐则欧、史雨三、师祥甫、郭润芝、樊瑞堂、

走近秀容

张亨晋、郭卯元、李希龙、张孝友、范若愚、高钦……

如果统计一下，从忻州走出去的革命者、领导者、将军和士兵到底有多少，从忻州南下、西进、北上的干部到底有多少，我想那绝对不会是一个小数字。信仰的种子一经播撒，就如星星之火，呈燎原之势，即便地处千沟万壑，即便闭塞至极，但革命火种还是燃烧了起来，这里的大山深沟也不能阻挡先进分子的革命热情。

那些年代，革命烽火燃遍了神州每个角落。我工作生活过的地方，无论是安徽、吉林、江苏、福建，还是北京，没有哪一个地方没有可歌可泣的故事。我不由得感慨，在中国大地上，近百年来，往往就是一段又一段的红色历史，走到哪里，都在牵引着你。一个人不是在历史故事的这一段，就是在历史故事的那一段，如果你细心去留意的话，你始终是走在红色历史的某个篇章里。

2 总有一种信仰的力量
势不可当
总有一种执着的精神
让我们感动并崇敬

在江苏工作时，我曾划进苏南的芦苇荡，如同划进一出久唱不衰的京剧里，抗日的烽火映红了浩渺烟波；我也曾叩开苏北平原的农庄，仿佛叩开一段烟雨深处的血火记忆，聆听一曲鱼水情深的英雄赞歌。更为深沉的定格，则来自我到访过的南京中山陵，那自下而上"警钟"形状的设计，给这座庄严肃静的陵墓陡然增添了几多忧思。

1935年岁末，最尖厉的一声警钟，由一个忻州人敲响！他报国无门，带着满腔悲愤，在中山陵前以剖腹自戕、洒血明志的决绝方式惊醒国人。不用我说，人们都会说出他的名字：续范亭。他被誉为中国抗战"最有血性的爱国将军"。作为辛亥革命元老，作为孙中山先生曾经的卫士长，将军泣血手书五首《绝命诗》，开篇一首就写尽英雄浩气："赤膊条条任去留，丈夫于世何所求？窃恐民气摧残尽，愿把身躯易自由。"

最令我动容的是，将军随陕甘宁边区党政军机关撤离途中，病情加剧，最后的遗书竟是申请加入中国共产党！我不由得顿住了。与高君宇先生一开始就坚定加入中国共产党不同，续范亭将军是从一个装备精良、锦衣玉食的党派切换到另一个背靠窑洞、小米加步枪的党派，这样的抉择，对于一位病榻垂危的将军，到底意味着什么？

一定是意味着那超越生死之上的真正的信仰！

惊悉续范亭将军病故的噩耗，一位与他同年生的共产党人十分悲痛，亲书挽联："为民族解放，为阶级翻身，事业垂成，公胡遽死？有云水襟怀，有松柏气节，典型顿失，人尽含悲！"内容引起强烈共鸣。人们很快知道，手书挽联者是一代伟人毛泽东。光阴荏苒，笔墨不老，毛主席写给续范亭将军的那14封书信，还在见证着彼此水乳交融的诚挚革命情谊。

当我从忻州驱车来到将军的故乡原平，走进以他的名字命名的范亭中学，走进朱德总司令亲笔题写匾额的纪念堂，仰望他高耸的半身汉白玉雕像，聆听讲解员介绍他的生平，仿佛走进他苦心孤诣、救国图强的一生。

展厅里一张将军与女儿续磊的照片，引起了我的注意。那是将军剖腹后，在南京中央医院治伤时留下的影像。照片里，续磊坐在病床边，和父亲一同望向前方，他们的眼神里，没有一丝恐惧和悲伤，有的只是坚毅和果敢。

从这一段红色展陈中，我了解到，将军的女儿是记者，嫁给了同样是记者的穆青。穆青是我们熟知的新华社老社长，也是我国新闻界德高望重的老前辈。作为晚辈，作为曾经的新华社记者、现在的忻州新市民，看到历史脉络冥冥之中的延展，我不禁心潮澎湃，浮想联翩，十分感慨

历史的机缘巧合，也感谢这样一种人生际遇。

3 这个村庄就像一把火炬
点燃了全民抗战的烽火
众多的老一辈革命家
在此留下战斗的足迹

南茹村，忻州五台县一个小村庄，曾经享有"茹湖落雁"的美誉。在那战火纷飞的年代，有一群人，他们来到这里，可不是为了观赏落雁，体味风雅，而是要鼓荡起一个民族在生死存亡之际抗争的血性。

1937年9月23日，也就是日寇发动"七七事变"后的两个多月，以朱德为总指挥、彭德怀为副总指挥的八路军总部进驻南茹村，南茹村也成为我军抗日司令部第一个驻扎地。

那些日子，南茹村沸腾了！朱德、彭德怀、任弼时、邓小平、刘伯承、贺龙、聂荣臻、左权等八路军高级将领接踵而至，电话、电报、命令此伏彼起，运筹决胜几百里之外。

我到访过八路军总部旧址，一座典型的北方四合小院，四周高山环抱，全民抗战烽火在此点燃。走进院子，曾经的硝烟已经远去，一切归于平静。

难以想象，八路军115师首战平型关的战斗号令就发布于此。我们都知道，那次战役干了一件非常了不起的大事，就是打破了日军不可战胜的神话，名扬天下。

难以想象，为配合国共忻口会战，120师雁门关伏击战运筹于此，129师夜袭代县阳明堡机场亦谋划于此。而百公里外的忻口村，经受了一场华北战场规模最大、持续时间最长、中日交战最为惨烈的战役，数万将士喋血疆场，爱国将领郝梦龄、刘家麒、郑廷珍同日捐躯赴难。忻

读懂忻州

DUDONG XINZHOU

■五台县南茹村八路军总部旧址　宫爱文 摄

口战役也与淞沪会战、徐州会战、武汉会战并称为抗战初期"四大战役"。

犹记纪念抗日战争暨世界反法西斯战争胜利70周年盛大的阅兵仪式上，10支受检阅的英雄部队忻州就占了3支！当平型关大战突击连、雁门关伏击战英雄连、夜袭阳明堡战斗模范连徒步方队踏着整齐的步伐走来，仿佛他们就是从忻州红色记忆的深处走来，走得铿锵有力，走得气势如虹。

也难以想象，那些深思熟虑的决策就是在这简陋的一隅形成。党发动群众开展独立自主的山地游击战的第一张蓝图绘就于此，党创建首批敌后抗日根据地的规划诞生于此，恢复我军党代表和政治机关原有制度的意见出台于此，体现我军对日本战俘政策的首份文件也制定于此。我看过那份文献，一千来字的《八路军告日本士兵书》，内容不多，但字字千钧！对于多数人，单看标题，就能感到一种直截了当的威慑力。

那段历史给予南茹村的时间并不宽裕，满打满算，八路军总部驻扎

■平型关雄风　陈宝　摄

于此的时间也就一个多月，当年的10月28日就进行了战略南移，转战太行山腹地。而所有这些奇迹，都是在这一个多月的时间里创造出来的。这让我意识到，时间的分量对于每个人、每个地方真的并不相同。

可以说，南茹村为中国抗战打了一针又一针的"强心剂"，使得抗战的旋律不再像开头几个月那般低沉、那般压抑，开始变得明快起来，里面已经有了大刀进行曲的激越、黄河大合唱的怒吼。

这么多的"第一"，南茹村不成为"第一村"都说不过去。果然，她像那些被党史专家誉为"抗战第一村"的村落一样，被誉为"八路军出师华北前线进行抗日战争的第一村"。

像南茹村这样，看似普通却极富传奇色彩的村落，在忻州大地还有很多。五台县的金岗库村有晋察冀军区司令部旧址；神池县的横山村，八路军团长高永祥以身殉国后改名永祥山村；举世瞩目的百团大战首战地就在静乐县的康家会，那里打响了这场规模空前的战役的"第一枪"……

　　正是这些朴素的乡村和厚重的土地，把我们带回一个个红色的历史瞬间。在那些现场，如今只有必不可少的提示，没有过分的装饰。唯其如此，我们来到的才是真实的旧地。那些广大无言的存在，正是对一段峥嵘岁月最深刻的铭记。如今的阳明堡飞机场早已没有飞机，只有一大片玉米在生长，也唯其生长，才是对长眠者最好的致敬。

　　于是，有意无意，我对忻州大地上的那些斑驳村落、羊肠小道多了几分关注。下乡途中，走访路上，从眼前掠过的一个小土包、一条溪涧、一截老树、墙根下晒太阳的老人，都有可能是一段红色历史的亲历者、见证者、讲述者。

4 理想与奋斗
战争与牺牲
那是曾经的热血旋律
致敬那些战火中做出巨大努力与牺牲的英雄

　　定襄县西河头村，一个因地道战而闻名的村落。刚走近她时，我想起一个成语：无险可守。深入进去后，又想到一个成语：坚不可摧。

　　沟通两个成语之间的秘密通道，就是那些迷魂阵似的地道。

　　当时那些在地道里战斗的人，已经走进了历史。他们并不知晓，他们用生命和鲜血守护的这片土地，已经与北京焦庄户、河北冉庄齐名，成为全国保存最完整的三大地道战遗址之一。

　　那些身影，最终幻化成近1200多位烈士的名字，镌刻在定襄革命烈士纪念碑的背面。我默读着那些烈士的名字，思绪飘得很远很远。

　　这样的碑或墙，忻州每个县都有，在那些松柏苍翠、肃穆庄严之地，长眠着在抗日战争、解放战争、抗美援朝战争以及新中国建设中牺牲的忻州数万烈士。

如果把忻州每个县的烈士名单集中放到一面墙上，如果把山西每个市的烈士名单集中放到一面墙上，如果把全国每个省的烈士名单也集中放到一面墙上，会是怎么样的一种场景？

我想，那么大的一个体量，每个人都会在视觉上、情感上感受到生命不可承受之重。是啊，那太沉重了，沉重得令人窒息，使人无法直视！那些名字里，肯定有你所认识的人的名字，或许就有我们自己的名字，尽管只是重名。他们从历史中走来，会带给我们多么巨大的心灵震撼！

当人们热衷于探究忻州第一个共产党员是谁，第一个党支部在哪里，第一个县委书记是谁时，可曾想过，在那血雨腥风的年代，早醒往往意味着早逝，第一个往往意味着杀头，参加共产党很大程度上意味着牺牲！

在一次党史学习教育的会议上我曾发问，如果现在把铡刀抬进会场，让大家过这一关，说出秘密就过，不说就铡，有多少人能够眼睛不眨向

■忻口战役纪念墙　陈宝 摄

死而去。这句直抵灵魂之问，既问给大家，也问给我自己。不是每个人都能像刘胡兰烈士那样，一个15岁的花季少女，如此忠诚于信仰，如此英勇赴义，如此刚烈不屈，感动着一代又一代人。她那"生的伟大、死的光荣"的光辉形象永远刻在了我们心中。

这样的动人故事，在忻州大地并不鲜见。英勇就义时比刘胡兰大一岁的忻州儿童团团长岳云贵，也和刘胡兰一样面临着威逼利诱，面临着生死审讯，但他怒视敌人，临危不惧。死后浑身上下有80多处刀伤，肠子流出体外，惨不忍睹，但英雄气概长久地回荡在天地之间。

不怕牺牲，从来就是中华民族的精神之魂。在福建工作期间，我了解到最为惨烈的牺牲就发生在长征初期的湘江战役。那是关于闽西儿女的故事，为了掩护大部队脱险，这支部队誓死守卫湘江，以最为壮烈的方式诠释了忠诚的内涵。这段故事让我久久不能平静，于是便与同事们采写了一篇告慰先烈的文章《闽西：红军长征史上不可或缺的一页》，采访的情形至今历历在目，英雄的事迹一直令我感动。在福建长汀，当我站在党的早期领导人瞿秋白从容就义地时，默默地想，如果当时自己站在这里，会那么从容吗？这个叩问长时间盘旋在心头。来到忻州，每到一县调研，当我了解到那些牺牲的烈士，这样的叩问就会再次响起。

5 爱情是人类永恒的话题
生死相许是最动人的音符
崇高信仰则是这音符的最强音

当我的目光触及历史长廊里的革命爱情，"我失骄杨君失柳"的蝶恋花灼然盛开，闽西深山老林的竹戒指依然闪耀如初，刑场上的婚礼举行得那么荡气回肠，雨花台下的白丁香倾听着深情的二胡《随想曲》随风摇曳……

我同样被这个长廊里忻州人的爱情故事深深吸引。

秋高气爽，我曾专门约友人去看北京香山红叶，那时并不知晓，这小小的红叶还承载过一对山西革命伉俪圣洁的爱情，这便是尽人皆知的高君宇与石评梅之恋。

我分明看到了红叶有三重面孔。第一重是绚烂的、热切的，呼应着高君宇那句深情的诗"满山秋色关不住，一片红叶寄相思"；第二重是内敛的、哀伤的，一滴露珠还是泪水打湿了石评梅写下的新诗"枯萎的花篮不能承受这鲜红的叶儿"；第三重是褪色的、悲痛的，当寄情的红叶成为遗物，石评梅心如刀割，每周祭吊，抒写《墓畔哀歌》，失声喊出："红叶纵然能去了又来，但是他呢，是永远不能再来了！"

1928年9月30日，石评梅女士在北平骤然病逝，年仅27岁的生命让她成为中国近现代女作家中生命最短促的一位，她曾和吕碧城、萧红、张爱玲一并被誉为"民国四大才女"。

无从知晓，她去世的消息传开后，她的老师鲁迅先生等大家会有怎样的惋惜，她的同学林徽因、丁玲、冰心会寄托怎样的哀思，毕竟他们在一起度过了一段"狂笑、高歌、长啸、低泣"的快意生涯，也藉此开启了各自崭新的人生。

也无从知晓，她的已先她而逝的恋人高君宇若地下有知，会是怎样的悲痛欲绝！相较于革命家、政治家这一身份，高君宇清瘦的面容、火热的情感，使他更像是一个诗人，事实上他和"新月派"诗人徐志摩是同一年出生的。

但可以知晓的是，因高君宇这位"红娘"结合的革命伴侣周恩来与邓颖超，新中国成立后，曾几次前往陶然亭湖畔的"高石之墓"凭吊。

我在网上见过高石二人的汉白玉雕像，两个相爱的人在绿树映衬下终于敞开心扉，走到了一起。高君宇的眼神专注，仿佛正在抒发胸臆："我就是被捕去坐牢也是不怕的，假如我害怕，我就不做这项事业了！""假如我要为自己打算，我可以去做禄蠹，你不是也不希望我这样做吗？"石评梅略微侧过身，眼神透露爱意，用那灼热却又苦冷的文风倔强地说："我是撑着这弱小的身躯，投入在这腥风血雨中搏战着走向前去的战士，直到我倒毙在旅途上为止。"

当我读到石评梅墓碑上刻着的"春风青冢"四个大字时，顿觉有风拂过，不禁释然：两人早已引为知己，虽生未成婚，但死而并葬，可谓死生契阔，又何必拘泥于世间流俗呢！

■静乐县康家会百团大战首战纪念馆　吕宣中　摄

在那生死两茫茫的年代，很多革命恋人离别多年情不移，等来了终成眷属，但也有人等不到那一天，等来的只有对爱情的释怀与各自成全。

当人们津津乐道于马海德、周苏菲宝塔山下的浪漫异国之恋，对于忻州五台县东冶镇的陈剑戈来说，向她奔腾而来的洪水，是来自异国他乡的爱情洪水。

忻州人陈剑戈与越南人洪水结婚了！这在今天人们的眼里可能稀松平常，但那可是红军长征后的头一宗跨国军婚，史称"八路军中第一婚"，不能不引起轰动。

陈剑戈，原名陈玉英，太原女子师范学校毕业生，是当时五台县东冶区动委会妇女主任。洪水，原名武元博，中国和越南双料"少将"，也是当时中国唯一一位外籍将军。

两人的结合在当时被传为佳话，让人体会到那种刻在骨子里的爱情。而革命者的爱情看似分外浪漫，在那个年代却又饱含着几多凄苦。今天的我们可以感受那时爱情的甜蜜，但对于革命的那份残酷，尤其当爱情面对革命需要做出艰难决绝的选择时，那种勇气恐怕是今天的我们难以体会到的。

每每想到革命者对爱情的纯粹，对自我的牺牲，对信仰的坚守，我总会肃然起敬。那个时代的觉醒者，为我们演绎了坚贞的爱情故事和不朽的革命精神。

6 从家书的字里行间
我们可以读懂
革命者的壮阔情怀
和穿过历史照亮未来的不灭精神

见字如面、展信如晤，是人们对家书的美好记忆，在"家书抵万金"的战火年代，左权写给母亲的"决心书"、赵一曼写给幼子的"示儿书"、张朝燮写给妻子的"两地书"、傅烈写给父亲的"绝命书"、王尔琢写给父母的"托孤书"，成为革命者披肝沥胆的滚烫证物。据了解，忻州也不乏这样为家国而书、为民族而书、为信仰而书的书信，那一页页泛黄的纸张，开启了一段段尘封的记忆。

一封是革命烈士梁雷写给姚雪垠的家书。梁雷在偏关县掩护战友转移，不幸壮烈牺牲后，写给河南同乡、著名作家姚雪垠的书信陆续被发现，那种决死不羁的洒脱震惊了我。他在信中说："我们是绝不惧怯、退缩、退让、逃避的！我们是要拼着头颅杀向敌人的侧方、后方去的，死的机会多着呢。"这位把死亡当成机会的共产党员，置雁北游击队司令员、偏关县委组织部部长、偏关县县长等光环于不顾，认为"我即若死了对民族革命是决无损失的，因为你们一定会因我之死而做了更多的工作，因我之死而号召更多的同志"。读罢，一股凛然正气涌上心头，难以忘怀！

一封是徐向前元帅写给妻子的家书。临汾战役中，徐向前考虑到强攻会给部队造成很大伤亡，就没有同意前线指挥员的请求，而是改用坑道爆破攻城，取得了胜利。但即便如此，他在写给妻子的信中仍充满内疚："临汾于十七日最后为我兵团攻下，顽敌为我全歼，总计自三月七日开始作战以来已整整七十天矣，不管伤亡消耗如何大，但总算最后取得了全胜，而我精神上之重负第一大包袱算已解除……但因时间拖延甚久，伤亡和消耗甚大，心中深以为憾，有时自己竟觉得惭愧万分！"

这种爱兵如子的情怀，对于徐帅而言不是偶然的。在南方传颂着"半条棉被"的美谈，说的是长征中女红军战士董秀云把自己仅有的一床棉被剪下一半留给村民，而在北方则流传着"一条棉裤"的故事，故事的主角就是徐帅。抗战时期，他奉命回家探亲，姑姑看他穿得单薄，就想给他做一条棉裤，他推辞道："我的同志有一万人，要做就得一起做，光我一个人穿暖了怎么行呢！况且多少老百姓还穿不上棉裤呢！"一南一北，从棉被到棉裤，温暖着整个中国，也温暖着人心。

徐帅故居位于五台东冶镇永安村，看上去简朴而庄重。和故居相比，

■定襄西河头地道战遗址　张晋兰　摄

走近秀容

不远处的纪念馆的视觉就更加开阔，层次也更丰富，人们希望用这种方式来承载一位元帅的丰功伟绩。我站在那里，看见他的白色大理石雕像高高矗立，仿佛仍在指挥千军万马。猛然想起他生前最喜欢于谦的那首《石灰吟》，"粉骨碎身全不怕，要留清白在人间"。多么像他光明磊落、胸怀坦荡一生的写照啊！

还有一封是一个外国人写给中国友人的。一个人在生命最后时刻，会想些什么？可能答案不尽相同，对于白求恩大夫，他唯一的希望仍是"多做贡献"。在河北唐县，去世前的那个清晨，他用颤抖的手给他的好友、司令员聂荣臻写了一封信，信中写道："今天我感觉身体非常不好，也许我要和你们永别了！请你给加拿大共产党总书记蒂姆·布克写一封信……告诉他们，我在这里十分快乐，我惟一的希望就是能够多做贡献。"

当他写下"最近两年，是我平生最愉快、最有意义的日子"时，我想，他一定想起了曾在忻州五台山工作过的100多个日日夜夜，也一定想起了来五台山之前与他深情话别的毛主席，谁料一别竟成永诀。只有那篇著名的《纪念白求恩》见证着彼此深厚的情谊。

可以说，白求恩是几代中国人集体的记忆，透过历史的帷幕，仿佛仍能听到他匆匆的步履，不远万里，奔赴延安，奔赴五台山。他是带着崇高的使命来的，他的

■①忻府区烈士纪念墙　张存良　摄
■②五台县白求恩纪念馆　宫爱文　摄

到来，让中国有了两个卢沟桥：一个是给人伤痛和警醒的卢沟桥，另一个是给人医治和希望的卢沟桥。后一个"卢沟桥"是他的一个发明。做法是，仿照农民运送东西用的那副驮子，把手术台、换药台、器械筒、药瓶车、洗手盆等设备装进一副箱子里，放在驴背上驮运，这种驮子外形像一座桥，于是就把药箱子叫成了"卢沟桥"。就是用这种"卢沟桥"，他救治了许多八路军伤病员和穷苦民众。这种"卢沟桥"一直沿用到解放战争。如今，原件就保存在中国人民革命军事博物馆里。

白求恩大夫当年亲手创建的模范病室，位于五台县耿镇松岩口村。我去的时候，恰好遇见村头一位老人，他回忆说，小时候就是在这里看见白求恩大夫在忙碌。那忙碌的一幕，穿越时空，在我脑海里立马闪现出一个弯下腰做手术的身影，仿佛还能听到他触动手术器械时发出的轻轻碰撞声。

现在，这里已扩展为由他的模范病室和纪念馆组成的红色景点，显然比他当年做手术的空间要大许多，在这片开阔的空地上，仿佛还能听见他经常对护士说的那句：把"卢沟桥"打开。如今，他的名字和井冈山、延安、西柏坡、沂蒙山以及山西的太行、吕梁这些光荣的地名一样，化为了一种精神。

7 这份珍贵的报纸
忠实记录了
那些曾经发生在岁月深处的新闻
记录了
晋西北人民浴血奋战和生产生活景象

"九·一八"事变发生后的九周年，一个离忻州很近的地方，山西兴县高家村，夜幕降临，一排窑洞里正亮起一盏盏昏暗的麻油灯，一群

走近秀容

■ 五台县白求恩模范病室旧址　宫爱文　摄

人或埋首批阅，或奋笔疾书，或沉思踱步，透过白纸裱糊的窗棂，有几间屋子里还不时弥漫出油墨的清香。

这里就是名闻遐迩的《抗战日报》所在地，作为中共中央晋绥分局机关报，这份报纸被誉为"晋西北抗日根据地的一面旗帜"，被毛主席称赞"内容丰富，尖锐泼辣，有朝气，为群众讲了话"。

一个偶然的机会，我通过网络看到了《抗战日报》影印版，随手一翻，便看到版面上注明"新华社电"的稿件不在少数，那是抄收延安发来的新闻电讯时留下的标记。这一抄收，等于每天把延安的气息和精神也抄收了过来。

部队前线炮火连天，报人后方笔墨助威。当了20年的新华人，看到这一幕，我自然感到亲切，更有从心底里升腾起来的敬意。这种敬意，既是作为同行对前辈战地记者不惧生死、记录历史的敬意，也是作为后人对生发那些报道的土地的敬意。

通过对这份报纸的深入阅读，我从中获得的关于那个时期忻州的信息越多，也就越发感动。

因为报社离忻州近，"近水楼台先得月"，《抗战日报》上大量记载了忻州各县抗战的消息。抗战胜利后改名《晋绥日报》，忻州仍然经常出现在版面上。

战争是残酷的，这种残酷首先体现在对一切存在之物的摧毁。1940年10月9日《抗战日报》第一版，就刊发过一篇触目惊心的报道，标题是《崞县敌寇大肆烧杀刘家庄惨遭屠杀者达二百余人》：

据忻县来人谈：靠近忻县边境之崞县五区刘家庄，我某部前曾在该村逮捕伪"皇协军"五名，敌寇以此为借口，于九月十八日派兵百余，将该村包围，大肆烧杀，我无辜民众惨遭屠杀者达二百零四人，房屋被烧三百余间。该村总共仅有一百余户，因此虎口余生者，现尚逃避他方，不敢归还。其屠杀之残酷，当地民众言之切齿。

■九塞尊崇第一关——雁门关　冯晓磊　摄

这样的报道经常不忍卒读，但不读就无法知道什么叫灭绝人性。我们光是说出"宁武惨案""崞阳惨案""南怀化惨案"那一连串惨案的名字，就会脊背发凉。

英勇抗敌的消息也屡见报端。1941年9月24日，报纸的第三版就以《岢岚、神池两区长殉国》为题作了报道：

（岢岚讯）岢岚三区区长王增贞，于八月二十五日，带领工作团若干人，于第三沟村休息之际，突被敌骑兵五十余人包围，王区长即以步枪一支，掩护干部退却，不幸胸部中弹受伤，被敌以刺刀杀死。行署已传令岢岚县政府从优抚恤其遗属。

（神池讯）神池第二区区长管镇南于上月八日，率部袭击神池南关，英勇殉职，除呈请上级表扬抚恤，并举行追悼大会。

因此，庆幸在这样一个偏僻之地，有《抗战日报》这样一位"大先生"，能够为我们留下这些文字，也让我们更清晰地触摸到脚下这片土地上发生过些什么。

事实上，在抗日战争、解放战争期间，忻州很多地方已经成为较为稳固的根据地。河曲、偏关、保德、五寨的解放早于全国抗战胜利，神池、静乐、岢岚、五台、代县、繁峙、宁武、原平、定襄、忻县的解放早于新中国成立。

对于根据地而言，战争与和平交织，不会只是整天打仗，也包括对根据地的建设与治理。应该说，根据地的建设与治理同样是忻州党史上的精彩篇章。报纸上关于开荒种地、减租减息、夜校扫盲、文化演出、妇纺运动、表彰英雄等消息，为人们展现出一派生机勃勃、充满希望的景象。

人是铁，饭是钢。在那个年代，开荒种地是能排到热榜上的大事。《抗战日报》上关于忻州开荒的消息换了一茬又一茬，隔上一段时间，还能以综合报道的方式登上延安《解放日报》。该报1945年6月21日

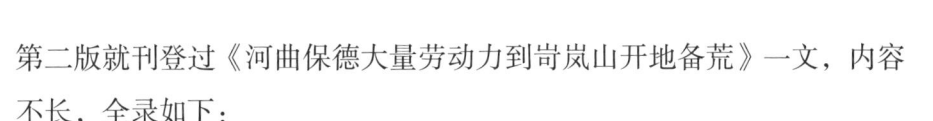

第二版就刊登过《河曲保德大量劳动力到岢岚山开地备荒》一文，内容不长，全录如下：

（新华社晋西北十九日电）河保一带，过去经常发生旱灾，人民在长期与荒旱斗争中，积蓄了防旱备荒的经验。据有经验的老农说：防旱的首要方法是不管天下不下雨，竭尽一切方法生产。第一是开荒抢种，河保农民为了防旱，特地到岢岚山去开荒，因岢岚山多灌木林，气候较凉，下雨的机会也多，今年已有大量劳动力前往开地。第二，各种庄稼都要细心照顾，多锄草，多除虫，近水的地方，还要大批的种瓜，以备跌年成时食用。第三，为了保证收成不落空，一块地里可种二种庄稼，如在棉花地里寄种瓜，看雨量及出苗情形决定去留。此外，有枣树的地区，要注意培植枣树，将来可以枣糕炒面充饥。养羊的人家里多留母羊，羊奶也可维持生活。

那真的是一个劳动创造英雄的年代，报纸上经常刊登劳动英雄的光荣事迹，生产能手是成为劳动英雄的必备条件。1945年1月7日《抗战日报》第二版上，就刊登过宁武县劳动英雄张初元带领乡亲开展生产的报道：

（宁武讯）张初元村冬季生产蓬勃开展，并与冬学密切结合。以煤炭为中心，组织了七个小组，有六十八个人上窑，又组织了两座合作油房、五个榨油小组、六个运输队、十六个妇纺小组。这些生产组织之间，经常取得联系与帮助，煤窑的炭卖给油房，油房可供给煤窑灯油，运输队给煤窑运炭，给油房往外运油，往回换盐换棉花供给群众，供给妇女纺织，使大家都能得到利益，人人有利可图。跟着冬季生产的开展，又将生产组织转入了冬学，由于冬学不但不耽误冬季生产，反而推动了冬季生产，因而全村已有百分之八十以上的群众参与了冬学，在冬学中研究公粮条例，地雷的制造使用，纺织技术等，从冬学中提高了群众的生产情绪，窑工们提出："宁叫炭等人，不叫人等炭。"提高了窑工们的出炭数目，油房、妇纺亦相继提出要提高生产量，全村四四七户人家中已有一三四户人家制定了冬季生产计划，每户要拾粪二十担、集柴六千斤，为了达到冬季生产五十万元的目标，个人与个人、小组与小组之间发动了竞赛。

窥一斑而知全豹。我想，不用再一一列举，就能够判断出，这些红色史料的价值非同一般。试想一下，如果没有这些丰满、鲜活的细节呈现，世人对于那一段历史是没有深刻印记的，人们只能是在方志的宏观叙述里、亲历者遥远的追忆中，揣测过往那段激情燃烧的岁月。

其实，从《抗战日报》到《晋绥日报》，仅仅是翻阅一下，从忻州大地上发生的那些令人振奋的变化中，我也分明捕捉到，胜利的号角愈加嘹亮，胜利的步伐不可阻挡。

8 从延安到西柏坡
一条中国革命走向胜利的路
毛泽东等中央领导一行曾路经
忻州7县
留下十分宝贵的精神财富

从延安到西柏坡，标志着党中央领导机关胜利完成了一次战略性的伟大转移。这一转移，仅从居住的条件来看，是从土窑洞搬进了土砖房，身不离土，但显然更加结实坚固，支撑中国革命走向胜利的基础也越筑越牢。

从窑洞搬进砖房，有两个重要的过渡，一个是东渡黄河，一个是路居北方的四合院。如果说黄河永远是那般滔滔不绝的表达，那么四合院则是静静地储存记忆的容器。一动一静，把这条"进京赶考"之路、走向胜利之路映衬得波澜壮阔、意蕴悠长。

1948年春，毛主席率领中共中央前敌委员会曾路经忻州7个县，并在岢岚、神池、代县、繁峙、五台山5个地方居住过。如今，主席居住过的四合院早已辟成路居纪念馆。那些纪念馆，仿佛一个个巨大的磁铁，吸引着四面八方的人们驻足停留，思索缅怀。

其实，早在1947年的4月中旬，刘少奇、朱德就率中央工委由延安出发，途经忻州的静乐、宁武、原平、五台，赶赴河北平山县，为党中央东迁选定西柏坡。深秋时节，解放军总参谋长叶剑英一行5人，则从西柏坡返晋绥边区途中，路经忻州的五台、代县、静乐。在这往来之间，我想，忻州与西柏坡一定早已相识，甚至彼此相知，当走过这一季的春暖花开，两个地方都迎来了更好的自己。

至此，有一个史实可以落笔，中央书记处"五大书记"毛泽东、朱德、刘少奇、周恩来、任弼时和开国十大元帅都曾踏上过忻州的土地。

无疑，忻州是走向胜利之路的重要节点。毛主席从4月4日下午抵达岢岚县城，到4月12日下午离开五台山，历时八天七夜，不时停歇下来，与这里的人民、山水、土地展开对话。因而，这次行走是一次很认真的路经，一点也不潦草。正因为认真，那些路居馆并不巍峨高大，却能在人们心中高高矗立，成为党史上一座座不朽的丰碑。

路居忻州，岢岚是第一站，岢岚这个头开得好。一进路居馆大门，穿过窑洞形的门洞，院子里就是毛主席的正面雕像，仿佛可以听见他操着湖南口音说那句话："岢岚是个好地方。"如今，这句话已成了岢岚最深情又硬核的广告语。

我到过岢岚路居馆，那是一个四合院，但与外界并不封闭，它的周围与农家乐小旅馆在一起，与羊肉一条街在一起，与市井烟火在一起，与人民大众在一起。在路居馆里，我看到一块竖立着的牌子，上写六个大字："我们是一家人"。是啊，在岢岚人眼里，在忻州人眼里，在山西人眼里，毛主席可能从未真的离去，就像街坊邻居一样，就像一家人一样。

走近秀容

从岢岚到五寨，再到神池，五寨并未留宿，像两句话之间的一个逗号。这个逗号，仿佛是历史有意埋下的一个伏笔。直到十几年后的1965年，当毛主席唯一一次为自己的老部下、留守苏区英勇牺牲的五寨人赵宝成，亲自作证，批示追认，把丢失30多年一直未被承认的烈士身份给找回来时，仿佛才画上了句号。

路居神池时还有一个插曲，毛主席感冒了。这感冒多多少少有着提醒的意味，这既是料峭春寒对一位伟人辗转奔波的提醒，也是晋西北遭受的自然灾害映照到他内心产生的忧虑。这种忧虑，走了一路，伴随了一路，每到一地，他都要关切地询问群众的生活状况，并要求当地"努力发展生产，关心群众生活，组织好生产自救"，就连在散步和攀谈时也不忘强调解决好群众的生产生活问题。

挺进代县，登上雁门关，凭吊古战场，从某种意义上说，算是与老朋友会面。毛主席是伟大的军事家，代县雁门关是古往今来兵家必争之地，有人说，抗日的烽火熊熊燃烧起来，毛主席那深邃的目光就一直没有离开过这里。毛主席爱吃辣椒是出了名的，雁门关下种出的辣椒也辣味十足，路居当晚，毛主席就让厨房专门炒了一小盘红干辣椒。

我想，他在咀嚼这些辣椒时，一定也顺便回味了雁门关三千年的壮阔历史吧！一个伟人和一座名关，两者惺惺相惜，气味相投，早就神交已久。

在代县，毛主席还吃到了滹沱河两岸忻州人种出的稻米，还提出一个写实又鼓舞人心的口号，就是让所有的老百姓都能吃上大米。如今这个心愿早已变成现实。住在代县，毛主席仍不忘打磨自己的思想，他兴冲冲地拿出不久前在兴县蔡家崖所作的《对晋绥日报编辑人员的谈话》手稿，征求意见。这个《谈话》也成为中国新闻史上著名的经典文献。

路居繁峙是一个生动的插曲。如果不是一场大雪的到来，如果不是大雪纷纷扬扬下个不停，繁峙极有可能和五寨一样，一路而过。也许在此与一场雪的相遇，是伟人兼诗人注定的缘分吧。在此12年前，他挥笔写就的那首《沁园春·雪》早已传遍大江南北，这一次他没有写诗，但亲自为一个村庄改了名。这个叫"壩墙"的村子此后便有了一个更为响亮也更有诗意的名字"伯强"。

如果说沁园春的雪是写意的、浪漫的，那么伯强村的雪则是写实的、工整的。毛主席在伯强村住了五天四夜，除了与村民聊天引出"人民大众才是真正的佛爷"的光辉论断外，伏案工作占了很大比重。在那几天里，他批阅了来自全国各地的一封封紧急电报，又起草了发往全国各地的一封封重要电文，对全国战局了然于胸，指挥若定。当前线传来我军攻克洛阳的喜讯时，他当即写下《再克洛阳后给洛阳前线指挥部的电报》，提醒进城部队要"禁止大吃大喝，注意节约"，"城市已经属于人民，一切应该以城市由人民自己负责管理的精神为出发点"，虽然电报内容讲的是如何治理一个新生的城市，但其意义和价值早已成为治理全国新解放城市共同的圭臬。

终于望见了五台山。五台山是路居忻州的高潮部分，这个高潮高就高在，与五台山缘分极深的毛主席，从精神的五台山来到了现实的五台山。在亲临五台山之前，他在讲话和文章里，就以赞叹的口吻多次提及这座名山。

以他军事家的眼光看，五台山是战斗之山。这座山和长白山、太行山、泰山、燕山、茅山等抗日根据地一样，最能长期支持抗日游击战争。

以他诗人的眼光看，五台山是文艺之山。他在鲁艺讲话时就说过，大纲是全中国，小纲是五台山，青年文艺工作者要研究五台山。

以他革命家的眼光看，五台山是英雄之山。他早就说过："五台山，前有鲁智深，今有聂荣臻。聂荣臻就是新的鲁智深。"这次来到五台山，他颇有兴致地打听了鲁智深大闹五台山和杨五郎出家五台山的故事，我想他一定想起过五台山僧人抗战的故事吧。

以他教员的眼光看，五台山是胜利之山。这从他赠别延安陕北公学毕业同学的讲话中就可以看出来。他和盘托出五台山的意义："聂荣臻在五台山创造了一支二万五千人的大队伍，我们要把这个例子告诉全国被占领或将被占领的区域的人民，使他们看到抗战的办法与出路。"如今，他挥手指引胜利的豪言壮语，刻在了塔院寺方丈院，也就是五台山路居馆大门的照壁上："从建立山西的五台山，到建立全国的五台山，争取最后的胜利。"

五台山，一座现实的山，诸多精神的山，因为一位伟人的到来而瞬间聚合，拥抱在一起，叠加在一起。当毛主席一行顶风冒雪，翻过海拔2800米高的鸿门岩，可以说，他们既翻越了现实的山，也翻越了精神的山。

今天回望历史，毋庸置疑，忻州无论是作为晋察冀、晋绥两大抗日根据地的中心腹地，还是作为八路军创建敌后抗日根据地的发源地，以及在这个过程中所作出的牺牲与贡献，都使其成为名副其实的革命根据地的代名词。

百年风华，熠熠生辉，红色已然成为中华民族最热烈又鲜亮的底色。来到三晋大地，置身心灵之舟，总有听不完的红色故事，总有道不尽的红色记忆，那些故事如同一条奔腾不息的长河，把记忆灌溉得如此清澈，把生命滋养得如此挺拔。

抚今追昔，幸甚至哉，我要把这里的故事讲给你听，因为这些故事，流淌在我们的血液里，闪耀在我们的双眸里，照亮我们前行的脚步，也必将放飞我们高远的梦想。

（原载于2021年6月28日"忻州在线"）

游读忻州："源"来如此

◆ 郭奔胜

■黄河偏关段　偏关县融媒体中心供图

人类的第一行脚印，是踩在湿漉漉的河边的。这句话，道尽了水为生命之源的重要性。

地上的水不断奔流、冲撞、汇聚，形成大大小小的河流与湿地，养育万物，也滋养了乡村与城市。在忻州，这一域黄土丘陵间的万古之流，又有着怎样的迷藏？我来到这里后，在一次次看河、走河、读河、品河的过程中溯流而上，愈是逼近河流的源头，愈仿佛感受到绵延曲折的生命脐带。

夏日来临，这几天忻州的雨水多了起来，工作之余，听雨思源，种种思考再次涌上心头。

1　把河流比作母亲
　　是人类古老的修辞
　　一直以来
　　河流是以母亲的形象浸润人们心灵的
　　看河
　　便仿佛注视着我们共同的母亲

走近秀容

■宁武汾河源头　曹建国 摄

　　当一条河历经跋涉，不断成长，足以支撑一个村庄、一个乡镇、一个城市的用水生计，那种奉献，那种牺牲，那种宽厚，就更能彰显母性之美。随着年龄增长，为人父母，阅世深入，愈会切肤地体味到这一比喻的深刻与高贵。

　　参加工作以来，随着地域辗转，岗位变化，我曾经置身于各种水的环绕。松花江的清澈、长江的奔腾、秦淮河的静谧、闽江的蜿蜒，永定河的绵长、汾河的潺湲，黄河的雄浑、滹沱河的幽古……走在江河的两岸，心总会被水激荡着，始终有一种湿漉漉的感动。

　　在南京工作时，我曾得空沿着夫子庙夜游秦淮风光带，沉浸在桨声灯影里回望六朝烟雨的思绪里，并没想到这"十里秦淮"就是南京的母亲河。真正识得这条河流，是随着我的史地阅历增加，看着她从通济门经过中华门，在南京城南外绕行，最后经三岔河注入长江，此时秦淮作为母亲河的形象才愈加确立起来。

到了北京工作，一个周末的清晨，凉风习习，永定河作为北京的母亲河迎接了我，那首优美的《卢沟谣》传唱着这条河流之美："永定河，出西山，碧水环绕北京湾。卢沟渡，摆渡船，渡走春秋渡秦汉。"那时我并不知晓，家门口永定河的流水，主源桑干河就来自于晋北一个叫忻州的地方。

河与城的关系，永远是这样，先有河，再有城。就像先有母亲，后有孩子。在这些我工作过的地方，每每临河漫步，心都会安静下来，缓缓流淌的波光仿佛真如母亲的手抚慰着儿女匆忙的身影。

也许正是水脉流转这种冥冥之中的纽带，让我逆流而上来到了忻州。刚来不久，很快就被一个词深深地吸引了，这个词叫"三河之源"，也就是说，忻州是三条河流的源头，这三条河分别是汾河、桑干河、滹沱河。

这三条河的名字，哪一个拿出来不是大名鼎鼎、如雷贯耳，而忻州竟是这三条河流的出生地，我对忻州河流的兴致一下子被点燃起来！

■宁武天池　冯晓磊 摄

汾河是山西的母亲河。如果我们仅仅把她看作黄河第二大支流、三晋第一大河，是远远不够的。她行程700多千米，滋养山西省

■滹沱河　焦建军 摄

6市29县区，流域面积近4万平方千米，占到全省总面积的四分之一，是山西人心目中当之无愧的母亲河。如果说，那首经典的《汾河流水哗啦啦》，把她那种万水奔涌、清澈如鉴的风姿唱得淋漓尽致，那么在她

走近秀容

一路荡漾里，以汾水之滨的良田沃野，哺育了众多光耀千古的历史名人，积淀了丰厚的文化遗产，则使三晋大地成为华夏文明的摇篮。

天空蔚蓝而悠远，注目高阳下汾河明媚的碧波，或星空璀璨而深邃，凝视夜光下汾河里神秘的月影，如数家珍般忆及汾河哺育的历代先贤，怀古思幽谈论汾河岸畔那首著名的《雁丘词》，都是极美的享受。我的思绪流水一样奔腾，掠过因汾河而得名的汾阳、襄汾、汾酒，一路来到万荣县荣河镇庙前村，心头突发一问：当汾河那一泓清水在此处注入黄河之际，她是否有过一瞬间的停顿，遥望她来时的起点，忻州宁武县管涔山脉的楼子山下，一个叫水母洞的地方？

桑干河是众多河流的母亲河。山西的朔州、大同，河北的张家口、涿鹿，都把她称为母亲河。甚至还有人把她奉为东方人类的母亲河，其依据是在桑干河畔的一个小村庄泥河湾，考古发现了坦桑尼亚奥杜威峡谷外第二个距今超过200万年的人类遗迹。作为海河的重要支流，桑干河全长700多千米，是永定河的重要支流，她的一半身躯长在山西，这也正是朔州、大同不约而同把她当作母亲河的原因。一河两源是她的特

■ 定襄滹沱河、云中河交汇处　定襄县融媒体中心供图

色，犹如花开两朵，各表一枝，但主枝毫无疑问是发源于山西省忻州市宁武县管涔山分水岭村的恢河。

桑干河在山西境内流经7个县，过河北，经北京南部流向天津，在那里注入海河，尔后流入黄海的一个大海湾——渤海。因此，桑干河铆足了劲，日夜流淌不息，是坚韧的、有气魄的，可以诗意地说，她为山西典型的北方特色平添了柔美活泼的基因。

滹沱河是忻州的母亲河。这条发源于繁峙县泰戏山的河流，全长587千米，流域面积达2.73万平方千米，一路向东，切穿系舟山和太行山主脉，抵达河北献县，与子牙河另一支流滏阳河相汇，在天津市境内归入渤海。

很多河流都有不止一个名字，比如桑干河又叫㶟水、漯涫水，但像滹沱河那样别名众多且伴有恶名的，怕是不多见。滹沱河曾被称为虖池、霍池、厚池、恶池、恶驼、恶沱、呼池、呼沱、虖勺等，听听这些名字吧，一条浪涛汹涌、横冲直撞的河流就会像怪兽一样跃然眼前。她的支流众多，阳武河、云中河、牧马河、同河、清水河、南坪河、冶河等，呈羽状排列，仿佛正待凌空高蹈。滹沱河在唐代属于黄河水系，以后黄河南迁，才归于海河水系。因此，滹沱河两岸的文明，是黄河文明的一个重要组成部分。

在忻州，究其影响力，波涛汹涌的三河，比起金戈铁马的三关，无论是内三关还是外三关，毫不逊色。顺着历史发展的脉络，一个基本常识浮上心头，是三河滋养了三关，哺育了关内关外的人们。

"忻州"这一地名，本身也与水有天生之缘。地方志上记载："考沙河名忻水，发源于崞，经流于忻，隋因以名郡。此为郡北要塞，故名忻口耳。"拂去时间的灰烬，我们可以看出，忻州之名很大程度上是由忻水而来的。也可以说，忻州本身就是水做的，因而境内众河争流，形成三河奇观。饮水思源，当三条河流跳着欢快的舞步远去，像离开母亲的孩子，憧憬着外面的世界，但愿每一滴水都不会忘记，她们晶莹剔透的生命里，都凝结着源头之处母亲般的欣慰。

纵观中华大地，三河之源当然不止忻州有。比如祁连山腹地的祁连县是黑河、托勒河、大通河的"三河之源"，河北沽源是白河、黑河和滦河的"三河之源"。但显然，就其影响、里程、面积而言，忻州作为"三河之源"的价值更加独特、更加巨大。这使我不由得对这片土地愈加刮目相看了。

2 探源
是人类与生俱来的本能和冲动

源头总会带给人们某种启示

我的思绪开始向三河之源进发

三河之源

像三只古老的眼睛

穿过群山 穿过密林

望向我们 望向万家灯火

我来到位于忻州市宁武县的汾源阁。阁背靠楼子山，俯临汾河川，高15米，上下3层。阁一层设有水母殿，塑有水母像。水母像后有一水母洞，洞内雕有汉白玉水母像，一股清冽的甘泉从水母身底的漏崖涌出，经殿底流入殿外一水潭内，潭壁镂刻"汾源灵沼"四字。泉水过水潭由龙口喷出，悬山响玉，声若雷鸣，泻入鱼湖。再从九龙坝的九个龙口、六个鱼口溢出，汇成汾河的源头。如今，汾源灵沼与管涔山的茂密森林、芦芽山的神奇冰洞连在一起，成为山西北中部著名的景区。忻州古城有宁武主题院落，名字就叫汾源阁。

在汾源阁楼第二层，有一个人在等我。他就是台骀。此刻，他正从传说里醒来，像一个英雄般站在那里。确实，他称得上英雄，他是中华民族上古治水大师，是三晋保护神。随着时间的推移，他的称谓更多起来，有人把他推崇为"雨神""雨师"，总之，凡是能跟水沾点边的都让他来，他成为一位能御大灾、能抵大患、有功于民的神一般的人物，比后来为人所熟知的大禹出现得还要早些。如果沿着宁武管涔山顺河而下，在文物部门的指点下，从上到下依次可以看到宁武、晋祠、太原王郭村、汾阳、侯马五处台骀庙。

望着他的塑像，我仿佛看到他正从天上摘下三颗星宿，垒成"品"字状，置于象顶之上作为镇压汾魔的镇魔石。事实上，在楼子山西麓，我们今天仍然可以看到这三块神奇的石头。其中一块巨石，高约三米，宽约两米，竟以两块不足一尺见方的小石为柱脚，立于倾斜峭崖边沿的平滑石面上，周遭野草古柏，背倚苍苍管涔，面临汾水深涧，煞是壮观。石头呈灰褐色状，仿佛他与泥浆和洪水鏖战的一生。因状如支锅，人称

■芦芽山支锅石　王文君　摄

走近秀容

"支锅石",成为宁武一景。

如果说汾河是博大苍茫的,恢河就是宁静沉着的。

桑干河的源头同样在宁武县。桑干河在宁武境内段称为恢河,源头就在管涔山分水岭村。村子不大,村民很热情。想要寻找源头,需要过了村北的山梁。公路西面有一条小路,再走几百米就到了。

在一片又高又密的沙棘林下有片湿地,湿地里不时有泉水渗出,这便是桑干河的源头。看着这片清澈的溪流,谁曾想到它竟会形成十里雷鸣的"桑干秋涨"。

找到了源头,尝一口溪水,在品味桑干河水甘甜的同时,再来了解下主流恢河的历史。

■芦芽奇峰　曹建国　摄

恢河古名灰河、浑河、漯水,《汉书》称为治水。恢河出于分水岭山下,宁武境内长32千米,流域面积301平方千米。它向北流到朔州马邑附近与发源于左云县辛子堡村的元子河汇合后形成桑干河。恢河为宁武县第三大河流,水流量次于汾河和洪河,但其地位和影响仅次于汾河。因为它是桑干河的上游,北京永定河的源头。

"恢河伏流"是宁武古八景之一,民间也称"十里钻沙"。清代《朔州志》记载:"恢河伏流在南50里,出宁武军山口,到红崖儿村伏流15里,至塔衣村南涌出,经城南至马邑,入桑干河,俗呼南河。"原来宁武恢河流水长达15里钻入沙中,伏流一段后再次涌出,至朔州马邑汇入桑干河。"恢河伏流"实属桑干河创造的一大奇观,是大自然的杰作。

恢河在流经阳方口堡的九牛口时,有万里长城上全国唯一的水关,流经的托莲台自古就是重要的军事要塞，宋代著名抗敌名将杨业就殉难于托莲台附近的陈家谷。九牛口，是历史上为了联结阳方口堡和宁武军山口托莲台，在恢河上建立的九孔大桥。桥下走水、桥上承托着长城，十分壮观，是中国古隘口上的一大奇观，因此宁武关也成为全国唯一的水旱关。

可以说恢河的兴衰与桑干河息息相关，恢河的悠远见证着历史沧桑和生命不息。所以说，恢河文化是神奇的、悠久的、壮美的、博大精深的。

在这方土地上，伴随着桑干河源头的灵动，还有不远处管涔山上的神奇。管涔山处于宁武、岢岚、五寨等县的交界处，主峰是芦芽山。管涔山山势险峻，林深叶茂，沟壑纵横，森林资源富集。令人称奇的是，在管涔山脉分水岭上有一座山，向阳的一面是常年不熄的火着窑——"千年地火"，背阴的一面是常年不化的"万年冰洞"。冰洞内，千姿百态的自然冰体常年不化，更是堪称世界奇观。

■宁武万年冰洞　曹建国　摄

走近秀容
ZOUJIN XIURONG

"十山九无头，滹沱水倒流。"寻找滹沱河的源头，我首先被这句流传久远的民谣吸引。

中国的地形西高东低，一般河流都是从西往东流，而繁峙县境东高西低，东宽西窄，南台北恒，两山夹峙，环境所限，地形所致，从而使滹沱水舍近求远，由东向西横贯全县130里，再徙西南直至忻口，然后折东而返，环流五台西南两面，完成对其三面环水的风水使命后，再与海河汇合，最终注入渤海。更为奇特的是，全长近600千米的滹沱河从源头启程后不久，即从上浪涧村潜入地下，成为一条暗河，在地下蛇行20多千米后又从上永兴村返回地面，进入下茹越水库，再向西流进入代县。

曲折奔腾的三条大河，孕育了忻州的物华人文，滋润了千里之外的生生不息。当你走近源头，却看不出什么惊天动地之处。我想，所有的源头，看起来都不是那么起眼，很多时候还显得局促、逼仄，甚至有些灰头土脸的丑陋，无法给人带来想象中的激动与豪情，但它的伟大之处，或许正在于给出了一个神奇的突破、一个出发的起点、一个生长的初始。庞大的水域泉群，冬天不会结冰的暖泉，泉水中欢快的鱼苗，这一切都在表达着一种神奇。饮水思源，便成为人的一种精神自觉。

3 从源头出发
水的奔流越来越宽阔
经历也越来越多样

来到一个地方，被山石、绿藻、炊烟所羁绊，多多少少留下些什么。特别是见证过人间世事的河水，就显得更加内涵起来，名字也煞是好听。翻阅地方志，发现忻州每个县至少有十几、二十条蜿蜒曲折的河流，这些河流构成了一个地方全部的生存秘密与可能的远方。读河，就是读历

读懂忻州

DUDONG XINZHOU

■河曲娘娘滩　金源　摄

史，读文化。

有些水经过一个村庄，就心甘情愿地留下来，像是嫁给了这个村庄，起的名字也直接以村庄命名，把自己藏起来，就像谁谁谁家媳妇一样称呼，显得亲切，格外温暖。当人们念出腰庄水、芦子沟水、土门沟水、扒楼沟水、龙门沟水、酸刺沟水、大涧河、镇口河这些名字时，会有一种踏实的感觉，这种踏实是那些沟沟壑壑给的，也是天上的白云和飞鸟给的。

有些水的名字直接注入神秘的轶事传说，让人难以忘怀。河曲县的巡镇，最早就叫得马水营。得马水是黄河流域一条不太大的支流，向西流入黄河，相传尉迟敬德得马于此而名。有传唱的歌谣为证："皇唐圣帝生姓李，殿头元帅无可比。胡汉敬德尉迟恭，铁鞭到处烟尘起。龙池捕马至河曲，方得回头心内喜。妪婆担水送琼浆，地名唤作得马水。"河曲娘娘滩，静卧万顷黄河，有石岛高丈余，上有娘娘庙，相传汉高

· 89 ·

走近秀容

■忻府区牧马河畔　王昌威 摄

祖之薄姬遭吕后贬于此，潜居而名。每逢春夏，岛上鸟语花香，河中小舟往来，恍若世外桃源。马跑泉，相传系唐太宗练兵于此，因其地乏水，马渴极了跑地出泉，至今居民仍在饮用。

有些水的命名像印象派画作，比如河曲方志上记载的梅花水，并非水边有梅树，盛开着梅花，而是那儿有五个井，五方相缀，状若梅花；有些水与现实中飞禽走兽有关，比如繁峙县的打鹰泉、保德县的老鸦泉、河曲县的白鹿泉；有些水则与传说中的古老图腾联系起来，比如繁峙县的青龙池、九龙泉、凤凰泉、白龙泉。

有些水早已积淀幻化为本地文化的意象，黄河、清涟河、岚漪河，都是当地文学刊物的名称，成为一城文脉的流传载体。不知作者向这些刊物投稿时，是否会沾染上这些水的灵气而文思泉涌？

还有些水，它们的流动就是为了积攒一次旷世的相遇。忻州城门楼上悬挂有"双流合抱"之匾，双流指的就是城南的牧马河与城北的云中河，两河奔腾过忻，像一对情侣，拥抱之后共赴滹沱河，这一奇景被诗人李之晔写成诗句："北有云中南牧马，双流合抱入滹沱。"嘉庆帝的老师朱珪匆匆路过忻州，竟一眼瞥见了这个边地动人的一幕："秀容低眉妩，牧马微涓流。"忻州人王锡纶近水楼台，观察得更加细致："云中之水，环伏如线，雨后溪流众多，日光照彻如明镜，不可逼视。"无疑，这些文字形象逼真地写出了水对于这座城市的人文浸染。这两条河，奔涌不息，直至今天，都在滋养着忻州人的生活和习性，也激荡了人们对未来的憧憬。

　　牧马河堪称久远的"太忻使者",她从太原阳曲县出发,自西向东,奋不顾身,流经忻府区的三交镇、庄磨镇、豆罗镇,流经忻州市区之东南,最终于定襄县西北处汇入滹沱河,你看,水无意间做了太忻一体化的急先锋。被古人诗赞为"云中水自天边至"的云中河,如今则出落得愈加美丽动人,天使一般披上了"4A级"景区、"三星级城市公园"等荣光,尤其"十里画廊"的美称令人遐想。设想如果没有水的灵动,没有那些倒影天成,怎能产生这般如诗如画的妙景?

　　忻州的水,为河、为泉、为景。各地古往今来的胜景中,水往往是绕不开的灵魂。比如保德县的带水泛黄、水心砥柱、峡口天桥、温泉腾雾,静乐县的天柱龙泉、石峡温泉、弥莲异水、天池霞映,繁峙县的滹沱落石、三泉涌洌,原平市的地角枕流、石人瀑布、阳武流金,代县的滹沱孤舟,定襄县的沱水冰消和三霍清泉;还有岢岚县的温泉漱玉,河曲县的河涯禹迹、天桥灵雨、沿流钟鼓、阳沔封冰,偏关县的偏河曲流、

■锦绣云中河　冯晓磊　摄

金河沙伏、暖泉冬草、溪洞流山，宁武县的天池霞映、汾源灵沼、恢河伏流、染峪流虾，五台县的石窟跃鱼、河边归燕、龙湾烟雨、茹湖落雁。值得一提的是五台县"古八景"中的"东冶秋禾"，县城西南的东冶镇，自古以泉岩水灌田，无干旱，岁获常丰，秋成时的农家乐终成最动人的景，可见水给当地带来的不仅是环境之美，更有丰收之乐。

也许因为忻州多山，这方土地上的水，更能够给人以生命的感悟。它以奔流的速度，抚平汹涌的思绪，颇有一些"逝者如斯夫，不舍昼夜"的意味在其中。更多的时候，当你凭风临水，凝神静听波澜声，会无由生出各种人生的体味和感慨。难怪古代方志上记："一泓澄澈，清冷之趣，可涤尘襟。每至秋高天朗气爽，山色泉声，令人动潘岳宋玉之思焉，恨少雄才以赋秋声。"

独特的山水基于自然的创造力，根植于这方乡土的人文气息逐渐积淀传承、弥漫开来，给天然生态景致赋予独有的文化内涵，神采斐然地呈现在世人面前。宏富的文采、深厚的底蕴、灿烂的地方文化精髓，随着纵横的河流浸润着每一个忻州人。

河流与人的关系如此密切，密切到直达生死，那么，由河流衍生出来信仰就不足为奇了。这种信仰在漫长的古代社会里，就集中体现为对水神的信仰。有了水神，河流就拟人化了，变成和人一样但又有人所不及的护佑能力。

当散落在忻州这片土地上大大小小的水流，最终流向自己的归宿，他们的生命才真正得以打开，曾经的逼仄和艰难已成为过去，迎接他们的天地更加广阔，乘风破浪的体验才正式启航。

4 有一个残酷的现实摆在面前
忻州缺水！

事实上

读懂忻州

DUDONG XINZHOU

山西也缺水

再往大了说

几乎华北地区都缺水

虽然情况较以往有了较大改观，但缺水的帽子还是摘不了。为什么三河之源在忻州，忻州还缺水？这几乎是一个悖论：一方面，从忻州出发远走他乡的水确实不少，但能留得住用得上的水又真的不多。

不只忻州，山西作为内陆省份，素有"华北水塔"之美誉，但因地处山地、高原地区，总的地势北高南低，由北向南、向东、向西三个方向倾斜，汾河、涑水河、沁河、三川河、昕水河、桑干河、滹沱河、漳河等八大河呈放射状向黄河及华北平原发散，"肥水外流"势不可当。这正好印证了那句话，再小的河流也梦想着奔向大海，最终直接导致水源之地缺水。当然，缺水还有以往地下水过度开采的原因。权威数据显示，每生产一吨煤需耗水 2.5 吨，地下水的下降，让缺水现象更是雪上加霜。

■汾河一级支流——暖泉沟　冯晓磊 摄

■系舟山云海　韩宇军　摄

正因缺水，加上坡地多，所以有机旱作农业成为忻州的一大特色，这也叫适者生存吧。

一些本地同事还告诉了我缺水的另外一个原因，忻州降水量偏少，十年九旱，而且降水的年均分布、空间分布并不均匀。这也就是忻州缺水，但又时有洪涝灾害的一大原因。

缺水与治水竟然并存一地，也算是忻州特色。

历史上，台骀治汾、大禹治水都与忻州有关。相传，台骀治理汾河水，就是从地处宁武的汾河源头治起的。其他各县也流传着大禹治水的故事，有些县记载有禹迹，有些还建有大禹庙，忻州城南的系舟山，便因大禹治水曾经系舟于此而名。

现实中，缺水实际上早已成为这片土地的切肤之痛。缺水不是一件小事，而是一桩大事，关涉生存发展。史料记载，清代忻定盆地各县尚武之风盛行，在缺水严重的年份，因为水量分配问题而发生矛盾甚至械斗，也是常有的事。

治理缺水的关键是引水。引哪里的水？目光自然投向黄河。黄河流经山西境内长达965千米，北自忻州偏关县入境，南至运城垣曲县出境，然而整个流程皆在山峡之中，看着飞流直下、一泻千里的黄河之水，山西人干着急，难以用上自流之水。引黄入晋，本质上是提黄入晋，就是如何把费很大劲蓄起来、拦起来、提上来的地表水、黄河水送到最缺水的地方。

这里必须提到一个地名：万家寨。这个寨位于偏关县，相传明代兵部右侍郎万世德在面临黄河东、南、北三面皆悬崖绝壁的地方建立营寨，故名。登临此地，你会看到湾里有乾坤的智慧，枯藤老树的幽静，落日映长河的壮美，日月同辉的神奇，但更紧要的却不是这些风景，而是那个令世人瞩目的万家寨引黄工程。这个工程，曾被世界银行专家称为"具有挑战性的世界级工程"。

刚来忻州工作那年的初冬，我曾去过偏关万家寨引黄工程现场，对

■偏关万家寨水利枢纽　偏关县融媒体中心供图

走近秀容

那里的核心泵站和枢纽大坝印象深刻。进入地下 100 多米的核心泵站，各种机械设备一尘不染。望着有些高远的穹顶上的蓝天白云，震撼中不由思考起来。人类发展史告诉我们，世界上几乎所有的城市和人口密集区基本上都是沿河布置，建在山区中的少之又少。城市建在河边，如果把河道的水补充上，就可以满足整个城市的用水。由于河与河之间全部是高山，要想把水泵上山，再流下去，运行成本过高，显然不现实。所以只能选择在山体合适的位置打隧洞。通过以隧洞为主的连通工程来实现，沿着原来的水系，依靠人工工程，建设输水工程。

由是，我们看到引黄入晋的几十年间，一项项由点到线的大小水网工程顺利实施，一条条河流与河流上的大中型水库相互连通。正在建设的中部引黄工程也是从保德境内的黄河天桥水电站引水，将惠及 4 市 17 个县（市、区）。无疑，忻州在成就全省供水事业中贡献着强大的力量，也使自己获得了更多利用水的能力与机会。

■保德天桥水电站　张剑光　摄

站在大坝上，阵阵清凉拂面而过，我不禁心荡神驰，此时此刻，既对这一伟大工程满怀敬意，又隐隐感到这里人们的缺水之痛。滔滔黄河水在这里勒住了翻涌的浪头，稍事停顿后，一部分穿过闸门继续前行，一部分则一头扎进南边大山腹地，越过一级级泵站，钻过一条条涵洞，化作清泉跃出地面，滋润着古老而又年轻的三晋大地。

兴水的钥匙是形成合力。山西最新给出的方案是推进水源、水权、水利、水工、水务"五水综改"，这也成为忻州的行动指南。忻州市又与万家寨水控集团签署战略合作框架协议，有了更具体的治水策略，那就是：用足黄河水、用好地表水、限制地下水、鼓励用中水。当然搞好节约用水也必然是题中之义。饶有意味的是，近年来，从省到市到县到乡四级实行的河长制、湖长制，既是一种新国策的体现，同时也能让治理者真正与山、水、林、湖这些大自然孕育的精灵直接对话，经常走动，相互倾听，变得亲切起来。

5 河流在大地上流淌 也在文化里奔涌

往往就是这样，有河流的地方就有文化，有文化的地方就会诞生文明。事实上，水让忻州的路通了，忻州人的出路更活了，文化的流传更远了。很有分量的一个例证就是，"走西口"作为中国近代史上最著名的人口迁徙事件之一，忻州人广泛参与。特别是河曲、保德、偏关等西八县的人们都要跨过黄河，从"官渡"过河，踏上外出内蒙古谋生的旅程。水的流淌实实在在带来了多元文化的交融。

"子在川上曰：逝者如斯夫，不舍昼夜"的感慨，指出了河流与时间的象征关系；李白在《将进酒》中写下"君不见，黄河之水天上来，奔流到海不复回"的名句，让经常在黄河边行走的忻州人，感慨眼前淌

走近秀容

■黄河入晋　偏关县融媒体中心供图

过的急流，原来来头不小，近乎神奇；金代梁襄主政河曲时，看着滚滚黄流，情不自禁在《谒禹王庙》中写下了"波涵九域民为鱼，帝奋忠勤亲决除。水涸茫茫尽桑稼，万世永赖功谁如……"的诗句，表达了对大禹的崇拜之情；诗圣杜甫的祖父杜审言经行岚州时，写下"水作琴中听，山疑画里看"的佳句，今忻州的岢岚、静乐、保德等地唐代曾属岚州，诗句大赞忻州的山水美景。

　　诗歌中的河流是饱含乡愁的。唐代诗人刘皂在《渡桑干》一诗中写就"无端更渡桑干水，却望并州是故乡"的句子，让桑干河从此乡愁不断。到了乾隆年间，这种乡愁在诗人宋思仁曾写下的诗句"关当宁武黄花断，河到桑干白雁飞"中仍能深切感受到。当金元大诗人元好问为画家李平甫所作家乡系舟山图题诗《家山归梦图》写到"系舟南北暮云平，落日滹河一线明"时，他一定因想起家乡的滹沱河而获得莫大欣慰，仿佛自己也进入画中，置身在忻州"万里秋风吹布袖"的一隅。无论是党承志、徐继畬这些在外为宦的忻州人，还是朱彝尊、庆凤晖等路经忻州的异乡人，他们的乡愁，就借助一条河流，撕开一道口子，润物细无声地潜入了游子的心田。这也就是定襄人、"七月派"诗人牛汉先生把滹沱河称为本命河的缘由吧，他深情地说："它大，我小。我永远长不到它那么大，但是，我能把它深深地藏在心里，包括它那深褐色的像战栗的大地似的河水，那战栗不安的岸，还有它那充满天地之间的吼声和气氛。"

诗歌中的河流是充满力量的。黄河也曾是天险，有着实实在在的御敌功效。保德天桥，历史上曾经是一座冰桥。《山西通志》记载："黄河经峡西流，上广十二丈五尺，中广七丈，下广八丈五尺，共长九十丈。冬月积冰成桥，名'天桥'，有渡。"当康熙皇帝西征路过忻州保德县时，除了公干，一面还向皇太子胤礽描述在保德见到黄河的景象，"黄河水势平缓，较湖滩河朔水势更平而不甚深，以篙探之，可至于底"，并写了一首《保德州渡黄河》的诗作，全诗不长，照录如下："入塞河声壮，朝宗势拱环。划疆分晋野，隔岸是秦山。城郭巅崖里，旌旄浩渺间。横流渡舟楫，前路指萧关。"此行，康熙皇帝还流露出对黄河石花鱼（石花鲤鱼）的赞叹："二十八日到保德州黄河边上，朕乘小船打鱼，河内全是石花鱼，其味鲜美，书不能尽。"此后，保德黄河石花鱼成为清代诗歌中一个生动的意象，成为当时文人酬和的雅事，也成为传递民生疾苦的寄物。

诗歌中的河流是令人神往的。宁武天池作为与长白山天池、天山天池并称中国三大高山天池之一，由元池、琵琶海等15个大小不等的天然高山湖泊组成，湖水清澈透明，树荫掩映下，就像一颗镶嵌在山顶上的碧绿宝石。早在隋代，诗人薛道衡以内史侍郎之职随隋炀帝杨广赴宁武管涔山避暑，有诗为证："驾鼋临碧海，控骥践瑶池。曲浦腾烟雾，深浪骇鲸螭。"这首诗真正写出了那时天池的气魄。

在忻州，有关水的故事并不止于诗歌。民歌有《天下黄河九十九道湾》，北路梆子有《黄河管子声》，古老而独特的民俗活动也有九曲黄

走近秀容

河灯阵。在偏关老牛湾，有一首传诵较广的民谣是这样唱的："九曲黄河十八湾，神牛开河到偏关，明灯一亮受惊吓，转身犁出个老牛湾。"这是老牛湾形成的民间传说故事。老牛湾作为中国最美峡谷之一，地处晋陕大峡谷的核心阶段，是黄河入晋第一湾。

我印象更为深刻的是河曲河灯会。作为黄河岸边隆重的祈福活动，河灯会最早记载于明万历年《河曲县志》，后发展为每年农历七月十五举办，历时三天，在黄河边漂放河灯，通过各种祭祀形式，祈祷神灵消灾免难、风调雨顺。随着时代的变迁，河灯会的意义也发生了变化。在这一天，人们三五结伴，全家出动，看放河灯，赏焰火，河面上弯弯曲曲的河灯与空中的焰火交相辉映，呈送着吉祥，寄托了人们美好的愿望。

岁月不居，时光如流。水不舍昼夜流淌，最像光阴的模样。古希腊哲学家赫拉克利特说："人不能两次踏进同一条河流。"意指事物是变化的，两次的河流其水文状况、波浪性状等都不一样，于是推演出两次见到的河流不是同一条河。

■老牛湾水韵 偏关县融媒体中心供图

■河曲河灯会　张玉明　摄

　　一路走来，来到忻州，我路过几多河流，踏入几多河流，游读几多河流，或许不可胜计，但总有源头在心头闪过。纵目忻州，更是得遇三河之源，感觉与水的缘分瞬间增加了不止三倍。

水有灵 人有情
就让这份不舍的
天长水阔 静水深流
泅润我们的心灵吧

（原载于2022年5月10日"忻州在线"）

千秋神韵

古城忻州：世界目光中的发展热土

◆ 洪慕瑄　刘云伶　武斌

"哥哥你走西口，小妹妹我实难留……"一首脍炙人口的山西民歌被几代人口口相传，道不尽的是山西忻州等地人民迫于生活、背井离乡走西口的艰辛故事。如今，具有近1800年建城史的忻州，不仅宜居宜业，还在中国对外开放政策推动下焕发出勃勃生机。

从引进国外高端人才，到五台山机场航空口岸临时开放后首条国际航线开通；从改善营商环境吸引外资，到大力建设经济开发区半导体产业园……作为一个正在"加速追赶"的欠发达地区，忻州的营商环境、资源优势、政务服务以及宜居城市建设正吸引着越来越多的外资、外企、外国友人来此投资兴业。

忻州位于山西中北部，曾是山西省唯一横跨燕山－太行山、吕梁山两个集中连片特困地区的贫困大市。如今11个国家级贫困县全部脱贫摘帽，其发展正是中国中部城市崛起的一个缩影。

当前，中国正加快构建以国内大循环为主体、国内国际双循环相互促进的新发展格局。在此背景下，不少中西部地区进一步深化改革、扩大开放，利用劳动力、土地资源以及税收优惠等优势，持续提升对全球产业链的吸引力，正成为吸引外资的"新磁场"。

我会向日本亲朋好友推荐忻州

"我叫尾藤康则，是日本人，来到忻州工作已经两年了。"眼前的男子文质彬彬，身形瘦高，他推了一下鼻梁上的眼镜，带有一丝羞涩。尾藤说着十分流利的中文，要不是他自我介绍来自日本，我们还以为他就是忻州本地人呢。

2013年，尾藤来到中国苏州张家港工作。当时，作为半导体器件专家的他，十分看好中国的改革开放发展机遇和中国发展半导体产业的巨大潜力和市场。加上他多年的好友、同为半导体器件专家的新加坡华人蒋建热诚邀请，他决定抓住中国对外开放和高速发展的大好机遇。也是从那时起，他开始学习中文。

忻州古城东大街开街　任杰　摄

近年来，中国对外开放的大门越来越大，从东南沿海开始向内陆地区延伸。在区域协调发展的机遇下，中国中西部省份大幅迈开对外开放的步伐。

中西部省份纷纷抓住政策利好机遇，全方位发力，优化营商环境，吸引外资外企。山西省一再推动资源型经济转型发展，着力构建中国内陆地区对外开放新高地，切实加强与国内外投资者合作，引进国际高质量科技人才。

跟随着中国对外开放的脚步，尾藤从日本到苏州，从苏州到忻州。2017年年底，尾藤来到忻州，从事无线通信领域的芯片研发工作。刚来到园区时，那里只有一片空地，他和另外两位同事在政府提供的酒店房间里办公。

2018年，尾藤与蒋建正式成立"北纬三十八度集成电路制造有限公司"，并落户忻州经济开发区半导体产业园。当地政府部门不仅为他们"量身定制"加工制造车间，还为企业配套道路、水、电、气等相关设施，提供人才公寓并解决职工子女就学问题。

林立的厂房、开阔的街道、轰鸣的机械……短短两三年间，尾藤亲眼见证了园区从无到有，从有到优。如今，他所在的企业员工人数从起初的3个人扩大到100多人。他和同事们研发的应用于手机无线通信的芯片将于2021年投产。

这些变化要得益于忻州对半导体开发的大力支持。随着5G时代到来，半导体产品需求量会越来越大，引进半导体企业将助力当地新兴产业发展。为此，忻州下大力气建设经济开发区半导体产业园，加强服务，切实深化外商投资便利化改革，以吸引外商向半导体企业投资。

据尾藤介绍，园区内的外籍专家都住在政府提供的人才公寓里，一个人90平方米的两居室，各项设施齐全，条件相当好。

"忻州环境很好，我很适应这里的生活。"谈话中他一再强调忻州的环境。来忻州前，尾藤本以为会遭遇黄土高原的漫天黄沙，但让他没想到的是，忻州是一座美丽、整洁、干净又带有古韵的城市。

"中国古代文化的中心在山西，我常跟朋友说，来到山西就来到了中国历史文化的中心。"在尾藤看来，在忻州工作生活可以更好地了解中国，"因为五台山地处北纬38°，所以我们的公司取名'北纬三十八度'"。

2020年11月，忻州被评为全国文明城市。"这里有中外闻名的佛教圣地五台山，有历史悠久、古朴厚重的忻州古城……我会向我的日本亲朋好友们推荐忻州，让他们来旅游、工作、生活。"尾藤说道。

中西部成外资"新磁场"

来自秘鲁的麦孟达、来自新加坡的蒋建以及来自日本的尾藤康则……在记者的采访中，不少外籍人士有一个共识：在中国已成为全球最大成长性市场的今天，中国的中西部地区蕴藏着更多机遇，蕴含着强劲的发展动力和巨大的发展潜力。

以忻州为例，作为山西对外开放的代表城市之一，近年来忻州着力打造优质营商环境，动员各类社会资源，创造良好生活环境，以优质的服务保障和真诚的服务态度吸引外籍人士、外资企业来此投资兴业。

在半导体行业打拼了30年的蒋建，来忻州前已在"中国最强地级市"苏州工作生活了近10年。放弃一座发达城市，扎根在相对落后的中部地区，加之从事新兴产业顶端的半导体产业，蒋建的选择常令人不解。对此，他的回答是"潜力"。

"山西有丰富的资源优势和能源优势，这对发展半导体是得天独厚的条件，也意味着拥有无限的机会和可能。"蒋建说，吸引他选择忻州的是资源，而让他真正决定留下的则是当地政府给出的"高含金量"优惠政策和"保姆式"服务。

"以电价为例，忻州商业用电的市场价是0.59元/度，但我们在产业园内只需要支付0.19元/度，剩余部分全部由政府补贴。"蒋建说，在当地政府的大力扶持下，公司正以"惊人"的速度崛起，"目前已跟华为、小米、大疆无人机等国内知名大型企业对接合作，打造的全产业链模式得到多方肯定。"

近年来，山西着力将半导体产业打造成又一支柱性产业，引进培育了一批如中科晶电、烁科晶体等龙头、骨干企业，并围绕这些核心企业，逐渐聚集上下游企业，在太原、忻州、长治形成了三大半导体优势集群。而忻州着力打造的便是一个专注于复合半导体全产业链的产业集群基地。

目前，除北纬三十八度集成电路制造有限公司外，入驻产业园的企业还有4家。这些企业总投资超百亿元，涉及半导体产业上游的衬底材料加工制造、中游的集成电路芯片设计开发，以及下游的终端应用。

中国商务部数据显示，2020年1至10月，中国实际使用外资

8006.8亿元人民币，同比增长6.4%，延续了稳中向好态势。其中，中西部城市正成为吸引外资的"新磁场"。

"外资、外贸是忻州经济发展中的短板，但也是潜力所在。"忻州当地官员介绍，忻州正着力改善营商环境，并将此转化为现实中的生产力，持续加大面向世界的招商引资力度。

用"绣花功"打造营商环境

10月26日至29日，中国共产党第十九届中央委员会第五次全体会议在北京举行。全会审议通过《中共中央关于制定国民经济和社会发展第十四个五年规划和二〇三五年远景目标的建议》。

在此基础上，各地深入调研，聚焦面临的老难题和新挑战，认真谋划"十四五"时期发展的目标、思路、举措，为向第二个百年奋斗目标

■喷珠溅玉——忻州遗山公园　吴杰强 摄

进军的第一个五年擘画蓝图。

　　访谈中，记者发现很多外国人对中国政事兴趣十足，频频提及"十四五"规划。

　　"中国的'十四五'是世界的机遇，也是未来。"来自秘鲁的麦孟达已在中国生活了近10年，拥有两个硕士学位的他刚刚取得中国人民大学博士学位。如今，他选择到忻州寻找机遇。

　　据麦孟达介绍，读大学时他便时常听老师提起五台山，那个神秘又富有东方色彩的地方一直深深吸引着他。2012年，在中国读书的麦孟达收获了爱情。因为妻子是忻州人，他也因此成了忻州的"常客"。

　　忻州古城、五台山、莜面窝窝……几年间，麦孟达走遍了忻州的大小街道，吃惯了当地特有的杂粮小吃，也亲眼见证了忻州的飞速发展，"马路越来越宽，高楼开始林立，每一次来你都会发现它跟之前不一样。"

　　2019年，麦孟达决定扎根在这片土地上。在他看来，这里的发展前景"十分乐观"。

　　"对中国的中西部而言，实体经济意义重大，与世界各国开展贸易同样重要。"麦孟达说。一次偶然的机会，麦孟达在忻州发现了家乡秘鲁的特产——藜麦，这让他倍感亲切，同时也被忻州的杂粮产业所吸引。他说："家乡的亲友希望通过我在这里找到合作机会，我也很乐意协同各方资源，帮助忻州杂粮走出国门。"

　　眼下，麦孟达正谋划着通过实地调研掌握忻州的杂粮生产情况，以便为他在大洋彼岸的亲朋好友寻求更多机遇。

　　与麦孟达一样，在忻州工作了一段时间的蒋建也打算扎根于此。"这里山好、水好、人好，还有难得的温泉资源，我把远在新加坡的太太和孩子也接了过来，打算以后在这里养老。"对于忻州的未来，蒋建充满期许，"当地政府正在规划康养板块，我的一些朋友恰好是做康养的顶级人才，我很乐意将他们引到忻州来。"

12月中旬，忻州召开"十四五"规划编制工作专题会。会上，"加速对外开放"成为热词。为打造"近者悦、远者来"的投资洼地，忻州致力于将营商环境工作纳入县（市、区）年度目标责任制考核内容，建立市级统筹协调机制，在规范市场环境、激发市场活力、营造法治环境、打造宜居忻州等方面下足"绣花功"。

在山西，各级部门积极行动，持续深化"放管服效"，加快推进数字政府建设，统筹推进打造审批最少、流程最优、体制最顺、机制最活、效率最高、服务最好的"六最"营商环境，以"店小二"精神服务企业和群众。

随着中国对外开放的大门越开越大，不少中西部省份与山西一样，持续优化营商环境，扩大对外招商力度，以此助力当地经济高质量转型发展。

今年8月，国务院常务会议正式批复同意并印发了《全面深化服务贸易创新发展试点总体方案》，进一步拓展开放领域、加快探索开放制度、优化有利于开放发展的营商环境。值得一提的是，此次新增试点地区中有一半在中西部和东北老工业基地。

展望未来，中国开放已经瞄准更高水平更高质量绘就施工蓝图。中共十九届五中全会提出，坚持实施更大范围、更宽领域、更深层次对外开放，依托中国大市场优势，促进国际合作，实现互利共赢。

"每当日本朋友问我忻州好不好的时候，我都会跟他们说，这里蕴含的潜力来了就知道。"在尾藤看来，未来，包括山西在内的中国中西部地区将会吸引越来越多的世界目光。

（原载于2020年12月24日《参考消息》，作者系《参考消息》驻太原记者）

千秋神韵

QIANQIU SHENYUN

忻州古城：千年神韵 千般味道

◆李函林

■古城南北大街夜景 李林春 摄

这座古城，文物古迹星罗棋布，木雕壁画巧夺天工，北路梆子绕梁坊间。这座古城，留下了不少文人墨客佳话。金代诗人元好问，曾在此留下"问人间、情是何物？直教生死相许！"的佳句。

这座古城，文旅产业引领经济转型升级，为城市发展注入勃勃生机……海纳百川、兼容并蓄，传统与现代和谐并存，这正是忻州，一座历史文化名城的魅力所在。

通古：让古城更像"古城"

明媚秋日，来到山西忻州古城，沿南城门拾级而上，琉璃碧瓦、飞檐翘角、层楼亭阁、朱栏雕栋，尽显古朴庄重、秀丽雅致。登上城楼，俯瞰浩瀚千年、藏古涵今的忻州古城，这里蕴藏着1800多年遗留下来的文化底蕴，写尽了历史变迁中的沧海桑田。

谈历史，忻州古城可追溯至东汉年间。这里是连接冀、陕、蒙的商贸集散地，也是山西重要交通枢纽、军事要塞。"文跻九原、雅出秀容""三关重镇、晋北锁钥"……古往今来，人们对于忻州，向来不吝赞美之词。

说文化，忻州古城文化底蕴深厚，以晋北民俗文化、佛教文化、晋商文化为代表的忻州文化源远流长，走出了不少在中华民族颇有影响的人物，如"宫词之祖"班婕妤、"一门忠烈"杨家将、"元曲四大家"之一的白朴、共和国元帅徐向前等。

漫步在一条条承载着时光密码的街巷上，感受着这座古城独特的气质：署衙庙宇、城门城墙、祠庙旌表、市集商铺……这里如同晋北地区文化的"博物馆"，承载着忻州历史发展的脉络。

——"明月楼""八座门""王家牌楼"等巍峨雄伟的建筑贯穿古城南北，迎接来自四面八方的宾朋好友。

——秀容书院作为乾隆年间建立、山西唯一一处保存完好且仍具有教育功能的书院，敞开开阔胸怀，用古风古韵的建筑群向人们讲述着忻州悠久的历史故事。

——关帝庙、财神庙、泰山庙、文昌祠等寺庙点缀其间，趣雅韵美的楹联词句和精工雕刻的艺术，承载着忻州厚重的文化历史和生活记忆。

在保留古色古香原风貌的同时，忻州古城又不失活力盎然的烟火气。风味小店、温泉民宿等老字号活跃至今，商业店铺鳞次栉比，几乎仍可触摸到明清时期这一地区的繁华。

然而，由于历史原因，忻州古城的肌理遭到局部破坏。2017年开始，忻州古城进行修复保护。

时任忻州市委书记郑连生强调："古城修复的建筑风格要遵循历史原貌，既要保持古风古韵，传承忻州的历史文脉、传统习俗，也要具备现代特色，满足古城居民的生活需求"。

"忻州古城的最大特点是'修旧如故，以存其真'，这是贯穿于整个忻州古城修复、保护、活化和开发的核心所在。"古建专家、忻州古城古建顾问张福贵说。

修复历史文化根脉，是发展古城文化旅游产业的前提与基础，古城的灵魂与生命力方能得以激活和延长。

这些书写着旧日繁华的街巷、牌楼、庙宇、名人故里和老字号商铺，是古城之魂的象征，是古城之美的体现，是千百年来延续传承的历史文化精神，让忻州古城在现代社会熠熠生辉。

活化：一城千面的"味道"

每一个来到古城的人，心中都有一个别样的忻州印象，亦新亦旧、魅力四射，这里给人留下了千人千面之感。

如今的古城不仅呈现了隔世的沧桑，还焕发出生命的活力。修复活化后的古城，莹润而富有生机，复现了明清时期忻州古城商贸繁盛、休闲安逸的社会生活画卷。

徜徉于小巷中，随处可邂逅忻州非物质文化遗产的精巧匠心。中华榫木艺术的千古绝唱"王尔文玩"木雕、烙画葫芦艺术、具有山西民俗风情特色的剪纸……各种文化瑰宝，令人流连忘返。

历史文化氤氲在忻州古城的每个角落。貂蝉拜月等故事传说搬上戏台；北路梆子、二人台、挠羊赛、威风锣鼓等丰富多彩的文艺表演在假日期间轮番上演。游客们潮水般涌聚到这里，共享精神食粮。

文化的内涵与品质，决定着古城的知名度与美誉度。"想要留住游客，在硬件过硬的基础上，还需要丰富的软件内容，让历史文化资源中的灵魂为游客所感动、所触动"，忻州古城运营部经理王建文说，未来将不断探索以多种形式讲述古城故事，增强游客的体验感、参与感。

如今，在修缮保护和文旅开发之间，忻州市政府找到了平衡点。坚定文化自信，挖掘根植于古城历史文化传统的旅游业态，让游客在领略人文之美中感悟文化之美、陶冶心灵之美。

与此同时，创新产品、创新业态、创新服务的不断催生，推动了历史文化资源优势转变为发展优势和产业优势。一个"好吃、好玩、好看"的崭新古城已逐渐形成，进而对产业升级和高质量发展起到了积极促进作用。

目前古城已入驻了小吃、主题餐厅、特色民宿、文创小店等文旅要素多样的休闲新业态。红面鱼鱼、一窝酥、莜面窝窝、羊汤、驴蹄子面、手工搓搓……一店一品，呈现丰富多样的地方特色美食，让传统文化融入新的活力。

"我们还打造了云集忻州14个县（市、区）的特色风物、地域文化及典型院落为一体的商业街，打造了'五台山下的自在生活'之城的文化名片。"王建文介绍道。

当1800多年的晋北民俗传统文化与现代文化创意、旅游休闲方式有机融合，这种可触摸、可体验、可感知的文化载体就构成了极具特色的旅游吸引力，彰显着忻州古城保护活化理念的全新突破。

以文塑旅，以旅彰文。在这座社会效益与经济效益兼得的古城，历史文化资源正被系统性全方位地激活，一个全面活化的新时代已开启。

运营："两只手"都在做对的事

古城之内闲适惬意，古城之外车水马龙。"慢生活"与"快发展"彼此交融，既是忻州这座文化古城优雅气质的体现，也是当代忻州在修复建设古城、推动产业转型升级中，干部群众敢闯敢干奋斗姿态的生动写照。

据中国旅游研究院调查数据显示，今年国庆假期，85%的游客参与了各类文化休闲活动，其中历史文化街区的游客比例占41.8%。数字的背后，折射出文化游已成为旅游发展新趋势。

与全国乡村振兴、文旅产业典范袁家村的联合，为古城文旅融合、活化保护注入新思路，做活"吃住养闲情奇"等旅游要素，从而让游客获得更多新体验。

集思广益之下，一个立足当下、放眼未来、求真务实的修复保护思路诞生：秉持"因循古城肌理，复苏古城记忆，古今兼顾、新旧两利"的规划建设、活化运营理念，对历史、对人民、对后世负责。

政府主导、社会招聘、市场运营、自主管理，已成为忻州古城开发的总基调和总纲领。政府充分尊重企业的市场主体地位，引导、培育了一批具有较强市场竞争力的企业。

"为了避免古城内商铺的同质化经营，我们采用'一店一品'的招商理念。"王建文介绍说，不仅如此，餐饮的食品原材料、商铺内的每一样货品，古城都进行了严格的质量管控。

在引导规范经营的同时，政府不断优化营商环境，对古城内的手艺人实行免租金政策，扶持非物质文化遗产等传统民间工艺走市场化道路。

非物质文化遗产项目剪纸传承人李斌杰说，作为早期入驻古城的商户，这里已成为传播剪纸技术、对外交流的重要窗口，每天成百上千的游客将富有忻州文化特色的剪纸作品带走，让忻州文化走向全国各地。

"有为政府"与"有效市场"相伴共生，形成两只强有力的抓手，如今这座古城，已发展成为助推忻州经济提质增效的原动力。

"忻州古城是'对外开放的窗口、产业升级的平台、招商引资的枢纽、经济发展的高地'。"时任忻州市委书记郑连生说，"开发古城的最终目的，是建设公平、公正、规范、有序的市场环境，为忻州群众提供更多的就业岗位，提升收入水平和生活水平。"

走近秀容

"目前古城营业店铺已超过 400 家，日均接待游客 1.5 万人次。"王建文说，"这里已成为忻州城市的品牌符号和形象窗口，是众多游客前来的旅游景点和网红打卡地。"

古城文化"火"起来了，节庆活动"燃"起来了，创意产品"热"起来了，人民群众的获得感、幸福感不断提升。这座可持续发展的古城，不仅有力推动了当地乡村振兴、生活富美、文化繁荣，也为忻州高质量发展注入文化内涵、创新因子。

"江山留胜迹，我辈复登临"。如今的忻州，一幅文旅富民的壮美画卷正徐徐展开。在这里，古老历史和现代文明交融并存。巍巍古城，讲述悠悠历史；活化改造，则延续文脉、描绘未来。

（原载于 2020 年 11 月 26 日"山西省文化和旅游厅"公众号，作者系新华网记者）

千秋神韵
QIANQIU SHENYUN

◆杨珏

忻州古城：好一幅家山归梦图

■家山梦景 张建军 摄

"别却并州已六年，眼中归路直于弦。春晴门巷桑榆绿，犹记骑驴掠社钱。"1221年，诗人元好问闲居汴京，回忆起儿时骑着毛驴撒欢，跟着小伙伴争抢社钱的情景，提笔写下了这首寄托思乡之情的《家山归梦图》。

元好问，太原秀容（今山西忻州）人。如今，他所怀念的家乡，正在致力于复现忻州古城商贸繁盛、休闲安逸的社会生活景象，打造悠然恬适的家山归梦图。

忻州古称秀容县，忻州古城又称"秀容古城"，始建于东汉建安二十年，是中俄万里茶路上的历史文化名城。曾因繁荣富庶而得"南绛北代，忻州不赖"之赞，也因文风昌盛而有"文跻九原、雅出秀容"之誉，更具"晋北锁钥、三关总要"之名，是晋北政治、文化中心和商品集散重镇。穿越历史风尘，2017年，忻州启动古城修复保护。

古色古香的青石长巷里，响起穿梭的脚步声；雕梁画栋的书院楼阁

走近秀容

■铜锅豆腐脑　石丽平 摄

中，传来高亢的北路梆子；热气腾腾的食肆小铺，刺激着人们的味蕾……清晨，这座有着1800多年历史的北方古城从熟睡中醒来，开始了一天的喧嚣。

原本以为寒冬时节，古城难免会有些冷清。不想，一走进古城却是一片人来人往的热闹景象。据说，2020年，开城仅仅一年的忻州古城就接待游客超500万人次。

难怪2020年11月，来忻工作只有月余的时任忻州市委副书记、宣传部部长郭奔胜发出了这样的感慨："我走过全国多个地方，其中不少地方也在进行古城修复、旅游开发，而忻州古城为什么能在短时间内吸引这么多游客？"

经过一段时间的思考，曾经担任新华网总编辑的郭奔胜认为，除了忻州深厚的历史文化魅力外，独特的开发模式——"活化"古城是其中最大的原因。

街院结合，产城融合，文旅相通，古今交流，让古老变为时尚，让传统融入潮流，让文化与市场对接，不搞大拆大建，也不限于小修小补，让游客在领略风景之美中感悟文化之美、陶冶心灵之美，退进转承之间一座可持续发展的古城散发出迷人的光彩。

漫步古城，拾级而上，至古城最高点秀容书院。它建于清乾隆四十年，为忻州第一所学府；清光绪二十八年改称"新兴学堂"，创山西书院改学堂之首例。现在的秀容书院，依旧古朴雅致，更具备了宜学、宜游、宜赏、宜娱的城市文化休闲配套功能。站在千年柏树下，周围的一切仿佛按下了暂停键，远处依稀传来琅琅读书声。

历史文化氤氲在古城的各个角落。"忻州市非遗扶贫就业工坊"里，天然染色技艺——草木染传承人赵慧，一遍又一遍地向游客展示古老的天然染色技艺。桑葚、石榴、紫甘蓝、黑豆等，这些大家熟悉的材料，都成了她那五颜六色的染料。作为第一批入住古城的非遗传承人，赵慧希望通过自己的小店，将天然染色技艺一代代传下去，让更多的人了解家乡传统文化，知道忻州、认识山西。

古城内，像赵慧一样的非遗传承人还有很多，他们用日复一日的坚持与期待守护着这座古城。

为旅游注入文化内涵，既提升了旅游体验，也为带不走的景点赋予

■推陈出新　新华社记者马毅敏　摄

了带得走的文化。"这里已成为传播剪纸技术、对外交流的重要窗口，每天成百上千的游客将富有忻州文化特色的剪纸作品带走，让忻州文化走向全国各地。"非遗项目剪纸传承人李斌杰说。

冬天的夜总是来得更早一些。明月楼下，一出《貂蝉拜月》正在上演。红衣舞者挥动长剑，向游人诉说着三国群雄纷争的岁月。而另一边，小茶馆内自创的文艺演出，又将人们带回到现实的岁月静好。

走在南门外的"程婴街"上，一边回想着"程婴救孤""赵氏孤儿"的故事，一边又被油糕、案子糕、红面鱼鱼、荞面饸饹、忻州凉皮、莜面栲栳栳……传统的、现代的上百种不重样的忻州特色美食勾起了品尝的欲望。

也许，忻州古城的不一样，正是体现在她的忻州味上。忻州古城选择恰当地形和位置，根据所辖14个县（市、区）的不同地域风貌，打造了14处具有浓郁地方文化特色的典型院落，集中展示当地风土人情、民俗文化、饮食文化、旅游文化、产业资源。

"卷中正有家山在，一片伤心画不成。"800年前，元好问面对画卷中思念的故乡伤心不已。如果今天能够让他回到这个魂牵梦萦的家乡，那该是多么的快意啊！

（原载于2021年1月24日《光明日报》，作者系《光明日报》记者）

千秋神韵

QIANQIU SHENYUN

忻州古城保护改造活化述略

◆苏鲁

■古城新姿 张建军 摄

　　东汉建安二十年（215），九原城在九龙冈畔的旷野上拔地而起，历经1800多年后的2017-2020年，古城在城墙颓毁、古建零替的集镇民居中开始重获新兴。

　　2017年1月，按照忻州市委、市政府关于不断完善城市功能，保护和传承珍贵的历史文化资源，提升城市品位，改善人居环境，促进文化旅游产业发展的忻州古城保护改造建设总体部署，启动实施了忻州古城修复、保护、改造、活化工程。

· 121 ·

走近秀容

古城保护改造以中国杂粮之都为支撑，三产融合发展为目标，忻州全域旅游为联动，汲取晋北民居建筑文化精髓，融入现代人文精神，打造具有浓郁忻州地方特色的历史文化保护片区，让沉积上百年的忻州古城"秀容"再现。

古城保护改造集遗产保护、文化展示、传统商业、旅游休闲为一体，致力于旧城活化，复现明清时期忻州古城商贸繁盛之貌，融入现代假日旅游、休闲安逸的生活形态与景观。

古城重获新兴，秀容再现，是忻州市委、市政府从2012年以来连续大干城建年，实施"五城联创"取得的又一丰硕成果，新旧城区联为一体，现代化的高楼大厦与古朴典雅的彩楼画栋交相辉映，创建国家园林城市，又增耀眼明珠；千年古城凤凰涅槃，经济腾飞如虎添翼；开放高地窗口畅开，文旅产业发展再加活力。这意味着忻州市委、市政府在"真正走出一条产业优、质量高、效益好、可持续发展新路"的落实上，又迈开了新的一步。

2017年启动的古城保护改造项目第一期工程涉及22个大项，规划面积1.9平方公里。包括秀容书院、泰山庙、关帝庙、财神庙、东城门楼及城墙、南城瓮城及城墙6个项目。

2017年3月，修缮工队先后进入工地，忻州古城保护修复一期工程正式开工。规模浩大的忻州古城保护改造建设工程逐渐展开……

2017年7月南城瓮城及城墙、财神庙、关帝庙、秀容书院、泰山庙等建设项目规划方案进行公示：

南城墙全长1351米，修复城墙及瓮城，使忻州古城城防设施成为当地历史文化的壁垒、科学信息的载体，文物保护的范例。

财神庙位于忻州市忻府区南城办事处西街村财神庙巷，整体建筑坐西向东，现存文物建筑有中轴线上的大殿、献殿及两侧的钟楼、北配殿，均为清代遗构。需对戏台、望海楼、石旗杆、石狮、石牌坊、庙门、影壁、鼓楼、南配殿、南耳殿、北耳殿进行设计复建,并新建厕所、管理用房,共计13座。

关帝庙坐北向南,现存主要建筑为明代至民国期间建造,中轴线建筑由前而后依次为乐楼、山门、大殿,两侧附属建筑由南而北分别建有东西掖门、西侧碑廊、钟鼓楼、东西廊房、西配房、西耳殿、西配殿、共计14座文物建筑。复建建筑包括:过殿、寝殿、东配殿、东耳殿、东配房及东侧两座碑廊,共计7座仿古建筑。

秀容书院始建于清乾隆四十年(1775),2004年6月10日由山西省人民政府公布为省级重点文物保护单位。秀容书院总占地面积30250平方米,总建筑面积9612平方米,其中文物修缮工程3830平方米共40座、151间,主要包括文昌寺山门、戏台、文昌寺大殿、白鹤大殿、孔子祠、六角亭、八角亭等;新建复建工程5782平方米共56座、192间,主要包括藏书楼、吕祖阁、山长室、六艺院、国学馆、游客服务中心及消防设施等。同时还修缮和新砌护坡960多米,围墙、花栏墙1400多米。

泰山庙位于忻府区南城办事处西街泰山庙巷,整体建筑坐北向南,文物建筑仅存中轴线上的大殿及西侧的钟楼。大殿为明代遗构,钟楼为清代遗构,为使泰山庙原风貌及完整性得以展现,对牌楼门、戏台、献殿、东厢房、西厢房、钟楼、垂花门、东配殿、西配殿进行设计,并新建厕所、管理用房,共计12座。

古城保护改造工程顺利实施,到2018年10月,东城墙、南城墙和秀容书院、泰山庙、财神庙、关帝庙等一期修复工程已全部完成。

忻州古城保护改造工程是忻州市的重点工程,同时也是山西省2018年的重点工程,市、区两级主要领导经常深入施工现场调研指导,现场办公解决实际问题,使工程建设按照计划如期推进。西城门楼、停车场等一期延伸工程于2018年启动,2019年3月全部完工。忻府区成立了忻州古城保护改造活化建设服务保障组,全力为二期工程顺利开工

建设提供全方位的服务、协调和保障。

　　二期工程，主要是旧城区活化改造，包括忻州古城保护改造活化建设东南城墙合龙项目和内容为商业、住宿等仿古院落及其配套工程的忻州秀容古城旅游综合开发项目。

　　2017年8月31日，时任忻州市委副书记、市长郑连生带领忻州市政府考察团赴陕西省袁家村考察文化旅游产业。考察结束后，9月7日，由新组建的"忻州秀容文旅产业投资有限公司"发出了"忻州古城保护改造项目投资、运营招商公告"，引进了陕西袁家村策划运营团队。袁家村策划运营团队承建的古城修复活化建设二期工程于2018年8月份开工，2018年9月全面铺开了忻州古城二期活化建设工程。

　　山西秀容古城袁家村策划运营管理有限公司建设的忻州秀容古城商业街区旅游活化建设项目，以古城历史文化街区为布局载体，以忻州文化和十四县（市、区）及五台山风景区风情为创作主题，以古城街坊商业生活形态为创意元素，打造集文化展示、商业休闲、民俗娱乐、手工创意、民俗体验等于一体的文化旅游综合体。二期工程开工后，经过近一年的努力，到2019年8月10日为止，完成总建筑面积约20万平方米，从南北大街到草市巷包含古城西南大部分片区以及东大街部分规划建设已初具规模。

■八方游客纷至沓来　张存良　摄

　　2019年6月24日，古城活化项目

建设招商部共与362名商户签订意向协议，65名商户进场装修，忻州古城羊汤馆本日试营业。

7月1日，忻州市委、市政府与袁家村共同打造的秀容古城"活化"项目开街仪式，在古城东大街与南北大街丁字路口举行，表示二期活化项目改造建设工程开始收尾、进入运营阶段，为古城全面运营拉开序幕。

2019年7月19日，为期3天的忻州古城第一届小吃项目商户选拔大赛拉开帷幕，参赛的美食项目有地方名吃"红面鱼鱼""猪杂碎"等来自各地的小吃近30个品类。通过此次美食商户的选拔、展示和服务，对外有力地宣传了忻州古城的整体形象，并挑选出一批手艺好的优秀商户继续入驻古城经营，为当地百姓提供了创业平台。

9月13日中秋节，忻州古城迎来数万游客，一场主题为"畅游古城·分享团圆"的中秋文化活动举行，让游客沉浸在浓浓的节日氛围之中。市民纷纷走进古城，共赏明月度佳节。

2019年12月14日上午，忻州古城"城墙欢乐跑"暨城墙开放仪式举行。时任忻州市委副书记、市长郑连生发表即兴演讲，他说：我们忻州主城区，现在将致力于打造"四大板块"。南部要打造以古城为核心的对外开放高地、窗口和枢纽，做晋北生活的体验地；西北要打造我们忻州的杂粮交易中心；东部打造以半导体为标志的新型产业集聚区；北部打造以云中河为核心的养生和生态康养集聚区，真正把我们忻州建设成为宜居、宜业、宜生活的一个产业新城、文旅名城、田园城市。

在忻州市产业发展这盘大棋上，忻州古城修复改造、活化保护是至关重要的一步。这步棋走好了、走活了，整个忻州市产业发展的大局就布下一个眼，一个产业发展纵横捭阖的活眼。

忻州产业发展这盘大棋其实布局已久，就在古城修复改造顺利进展之时，2017年11月1日，"忻州半导体及新材料产业园"在忻州经济开发区奠基，标志着忻州战略性产业集群发展揭开序幕。

走近秀容

2019年3月30日，忻州市深化转型项目建设年项目集中开工仪式在忻州经济开发区举行。砷化镓项目在2018年9月完成产品下线的基础上，2019年4月底前销售2200万元，年内实现2亿元销售。蓝宝石项目，年内完成200台单晶炉安装调试，实现销售收入5000万元。2019年5月，投资10亿元的砷化镓项目，经检测6英样品已达到了人脸识别系统标准，成为全球第三家（除德国和日本）掌握该技术的企业。

2020年6月18日，忻州市与中北大学举行签约和揭牌仪式，签署共同推进半导体产业发展战略合作协议，进一步加强政、产、学、研、用深度合作，推动高质量转型发展。时任省领导及省相关厅局、院校领导出席揭牌仪式；时任忻州市委书记郑连生出席并揭牌，时任忻州市委副书记、市长朱晓东与中北大学校长沈兴全代表双方签约。

与此同时，以南云中河生态康养区与云中河景区、奇村温泉、顿村温泉、合索温泉三大温泉构成大云中河景区的现代温泉生态康养基地也正在完善中。

2019年5月13日，忻州市杂粮产业发展中心在位于忻州经济开发区的忻州市"中国杂粮之都"产业融合核心园区举行挂牌仪式。

■云中河夕照　樊培廷 摄

2020年4月，忻州秀容文旅产业投资有限公司、忻州市城乡建设开发有限公司公布了忻州秀容古城旅游综合开发项目北城墙的修复三期建设工程。三期工程全面展

■国家级山西忻州杂粮市场　张存良　摄

开。

就在中科晶电忻州半导体产业基地砷化镓项目正式开业运营的同时，2018年9月，忻州市规划勘测局委托中国城市规划设计研究院编制了《忻州市南云中河生态修复工程详细规划》，本着规划先行的原则，为双乳湖及南云中河区域的生态修复及资源开发提供直接指导，在忻州打造北方知名"心灵水都"。

与此同时，推动第一产业发展的忻州粮忻谷都杂粮交易有限公司，国家级忻州杂粮市场建设项目，于2019年4月12日在忻州经济开发区备案。2019年5月13日上午，"忻州市杂粮产业发展中心"在忻州市"中国杂粮之都"产业融合核心园区举行挂牌仪式。

忻州一粱（高粱）、二薯（马铃薯、红薯）、三麦（莜麦、荞麦、藜麦）、四米（小米、黄米、糜米、甜糯玉米）、五豆（红芸豆、大豆、豌豆、蚕豆、绿豆）的常年种植面积达350万亩，占全市农作物总播种面积的一半之多，总产量6亿多公斤，约占山西全省的1/3。其中，红芸豆、藜麦种植面积与产量均占到全省的80%以上、全国的1/3以上；忻州以320万亩的种植面积和年均60万吨的产量位列全省第一。忻州市被称为"中国杂粮之都"，岢岚县、神池县、静乐县分别被授予"中华红芸豆之乡""中国亚麻油籽之乡"和"中国藜麦之乡"称号。忻州是优质小杂粮产业重点建设区，已形成"世界杂粮看中国，中国杂粮看山西，山西杂粮看忻州"的产业地位。

国家粮食交易中心杂粮分中心、国家级忻州杂粮市场，中国（忻州）杂粮交易中心的建设，夯实了忻州小杂粮走向全国大市场、走向世界的决心与信心。

2017年开始的古城修复改造是一次全方位的修复改造，也是一次对古城的活化。忻州市委、市政府立足于产业第一、项目至上，把古城作为对外开放的窗口、产业升级的平台、招商引资的枢纽、经济发展的高地去修复、保护、改造、活化，着重在古城对区域经济的引领、助推和示范作用的发挥上下功夫，把保护和活化结合起来，真正把文物完完整整地保护起来、传承下去，让文物活起来，以留存城市记忆，建设生态宜居的新忻州，打造内陆地区对外开放新高地，为忻州发展创造了前所未有的广阔前景。

（原载于《忻州日报·文化旅游周刊》）

千秋神韵

QIANQIU SHENYUN

守住古城之根 塑造文化之魂

◆王国梁 张志远

活化建设，是忻州古城保护、改造的灵魂。让忻州古城"活起来"是这一省级重点工程所追求的最终目标。

站在"改革创新、奋发有为"的新起点，胸怀"功成不必在我""功成必定有我"抱负的市决策者说，"忻州古城保护改造是关乎新忻州城市建设与惠及子孙后辈的千年大计、千秋大业"。

资深文旅产业研究人士指出，"活化"理念无异于古城保护与改造中警戒"空城、死城"教训的点"穴"之招。

■秀容新容 李林春 摄

当城市之北忻州开发区"中国小杂粮之都""中国二代半导体新材料及芯片之都"完成产业布局呈现崛起之势,特别是当忻州之"芯"成为山西创新之"能",成为引领全市转型发展、高质量发展新引擎之际;

当奇村温泉、顿村温泉、合索温泉成为"大云中河景区"建设的三颗明珠,"奇顿合"依托"一山一水一寺一营地"构建城市后花园,联手打造全新模式的现代温泉生态康养基地之际,特别是以看黄河、走长城、穿越太行"2018中国忻州旅游文化嘉年华、越野拉力赛"成功举办为标志,全市文旅产业发展的新格局初步形成,为助推忻州旅游产业转型实现全域旅游发展目标注入新动能之时;

与"城市之北"新兴产业、大旅游发展格局相呼应,"城市之南"的忻州古城保护改造和活化建设项目的稳步推进,形成了以北城楼"晋北锁钥"为典范,集东、南、西三座古城楼以及连接城墙的修复与重建,以秀容书院为标志的古城文化的复兴,将更为全面地展示这座城市历史、军事、文化的丰厚底蕴……

"城建为忻州塑形,产业为城市铸魂。"春风送暖,又是一年奋发时。古城建设者们表示将以质量建设为抓手,对标一流,汇聚奋进之力,用勤劳双手向全市人民交上一份新答卷。

古城改造牵动每一个市民的心

表里山河英雄地,晋善晋美看忻州。

对于居住在秀容古城片区80岁的居民邢有根来说,多年的梦想就是能够看到秀容古城再展雄姿,重温儿时古城赶集的那份热闹、那份记忆。

随着秀容古城活化改造工程的一步步推进,秀容书院及三庙(泰山庙、财神庙、关帝庙)的一一竣工,老人的梦想将变成现实。他由衷地说,如今的改造不仅彻底改善了老城区的环境和居民的生活环境,也将让这座有着千年文化底蕴的古城焕发生机。

特别是以秀容书院成功举办"两展一论坛"("年画重回春节"展、"杨家将传统年画精品展"和国家非物质文化遗产传统年画保护与发展学术研讨会)为标志,秀容古城喜迎四方客人。

秀容书院承载忻州文脉

3月7日,农历二月初一,80岁的邢有根早早来到修缮一新的秀容书院,参观由文化和旅游部恭王府博物馆、忻州市人民政府共同主办的"年画重回春节"收官展暨"杨家将传统年画精品展"主题展览。现场观赏了200余幅来自全国18个传统年画产地的门神年画精品及杨家将年画收藏品。

展会上,多位国家级非物质文化遗产传统年画项目传承人现场展示技艺,与嘉宾一起讨论传统年画的发展和创新,并与市民面对面交流分享年画背后的故事和文化内涵。

工作人员介绍,此次展出吸引了全省各地的游客前来观展。游客在这里不但可以观看秀容书院的古建风貌,还可以欣赏传统年画。

邢有根欣喜地说,在这里不仅可以驻足品味传统文化的魅力,还仿佛完成了一次穿越千年的时空之旅。他接着说,在古城片区改造前,周边环境很是脏和乱,高低不齐的平房,破旧的古迹,断垣残壁,令人惋惜。而如今,随着古城修复各项设施的日益完善,书院及周边各类复古建筑的恢复原貌,让千年古城愈发显得雄伟壮观。如今身体硬朗的他,每天早上都要到古城内转一转,看看秀容书院、逛逛关帝庙、察看每一天的工程进度,抚摸着历史的遗迹,感受着浓厚的忻州文脉。老人坚定地表示,古城,就是忻州文化所在,也是自己精神生活的最好归宿。

二期古院落工程进展神速

3月18日上午,记者在秀容古城施工现场看到,一堆堆建筑木材堆积如山,运料车来回穿梭,建筑工人毫不懈怠挥汗奋战,复古建筑工地上如火如荼。采访中,秀容古城改造建设单位山西秀容古城袁家村文旅产业投资发展有限公司负责人叶经理介绍,市委、市政府领导心系古城修复改造项目,把"活化"的理念贯穿于每一个步骤当中。市里与袁家村共同打造"忻州古城"项目,致力于复现明清时期忻州古城商贸繁盛、休闲安逸的社会生活景象,打造一幅悠然恬适的"家山归梦图"。

据了解,忻州古城修复改造项目以"中国杂粮之都"建设为支撑,以"中国二代半导体之都"为映衬,以建设三产融合发展为目标,以忻州全域旅游为联动,汲取晋北民居建筑文化精髓,融入现代人文精神,让沉积千百年的秀容古城再展新容。

据有关人员介绍,2018年开工的二期工程主要以古院落建设为主,工地现有1800余名各类技术工人加班加点奋战在一线。截至目前,古城活化改造项目已经完成一院(秀容书院)、三庙(泰山庙、财神庙、关帝庙)、东城门楼及城墙、南门瓮城及城墙主体土建工程,预计今年5月上旬古建院落工程及2个地下车库和5个地上停车场即可完工,7月1日古建院落全部投入使用。届时,一个独具晋北风情及创新内涵的"忻州古城"将呈现在世人面前。

古城运营吸引天下商

采访当日,虽已时值下午5点,但古城招商部办公室仍是人来人往的繁忙景象。来自内蒙古的客商张耀光的签约引起记者的注意。交谈得知,他的父辈是走西口出去的忻州人,在内蒙古做德顺源烧麦,这次选择在忻州古城投资，准备建一个内蒙古名小吃"德顺源创新烧麦"馆。吸引全家人投资信心的是市委、市政府"守住古城之根、塑造文化之魂"的古城修复改造理念和家乡较好的人文环境及诸多优商护商的政策举措。作为一名祖辈就走出去的忻州籍商人，愿意为家乡的经济发展贡献一份力量。

古城招商部负责人袁帅介绍说，自古城运营开始招商以来，已有2000余家商户报名。目前全国各地商户的报名数仍在持续"爆增"，日均签订协议100家以上。

据了解，古城项目在袁家村团队的精心策划下，一期工程以南北大街到草市巷，包含古城西南大部分片区以及东大街一部分规划建设已初具规模。整体业态包含11个功能板块：分别是三庙一院古城墙人文景观板块；老字号老商业复兴板块；晋商会馆、忻商会馆、茶马商会板块；地方小吃、农家小院餐饮客栈板块；十四县（市、区）和五台山风景区主题院落板块；传统手工作坊板块；研学、文创、古玩、民俗、非遗文化板块；时尚新业态板块；三家店温泉酒店会所板块；城市综合服务业态等。

古城活化改造项目全部建成后，将落成民俗院落400余套，将云集上千家商户，年可接待容纳数十万人深度游、漫生活。袁家村人矢志与忻州人民共同努力，将忻州古城打造成一座五台山下的自在生活之城。

据悉，忻州古城修复改造项目总投资约10亿元，项目区规划面积1.9平方千米，修复改造涉及22个大项，部分修复项目已在去年国庆节向社会开放。

古城见证担当，见证历史。活化改造承载文脉，承接未来。2019年忻州古城文旅建设的序幕已经揭开，浓墨重彩的美好画卷正向我们徐徐展开……

（原载于2019年3月22日《忻州日报》）

忻州古城东大街盛大开街引爆全城

◆李冬梅

随着"七一"建党节的到来，7月1日19点，忻州市委、市政府与袁家村共同打造的秀容古城"活化"项目东大街开街仪式，在古城东大街与南北大街丁字路口盛大开幕。这意味着一个独具晋北风情及创新内涵的

■东大街开街小戏　樊培庭　摄

"忻州古城"在山西北部、五台山下涅槃重生。

忻州市民纷纷前来，现场人山人海，一派喧闹繁盛的景象。东大街小吃、文创、晋北映象等古城"活化"项目全面铺开，古今元素交相辉映，喜迎八方游客。

现场有乐队表演、活灵活现的醒狮助阵、传统经典晋剧、民俗挠羊赛、高跷表演、汉服走秀等丰富多彩的文化活动相继登场，沿街表演，异彩纷呈。

当地美食、烧烤、啤酒饮品等在东大街缤纷亮相……好吃的！好喝的！好看的！好玩的！使游客在体验到美好味觉享受的同时，产生强烈的视觉震撼。

为了保护和传承珍贵的历史文化资源，提升城市文化品位，促进忻

千秋神韵

QIANQIU SHENYUN

州旅游业的发展，忻州市政府2017年启动古城保护改造项目，包括秀容书院、泰山庙、关帝庙、财神庙、东城门楼及城墙、南城瓮城及城墙6个项目，致力于复现明清时期忻州古城商贸繁盛、休闲安逸的社会生活景象，打造一幅悠然恬适的"家山归梦图"。古城以中国杂粮之都为支撑，三产融合发展为目标，忻州全域旅游为联动，汲取晋北民居建筑文化精髓，融入现代人文精神，让长期失修沉寂的秀容古城重获新生。

忻州古城"活化"建设将复兴古城老字号作为一个重要项目。这些"老字号"不仅记录着忻州商业厚重的文化历史，也承载着古城一代代人的生活记忆。古城东大街是一个小吃集中地，在这里可以看到古今忻商活动中形成的一系列地方商业文化特色。晋谚有云："南绛北代，忻州不赖。"古代忻州商业极盛之时，城内约有商号470余家。

忻州古城袁家村团队多方面查阅史料记载，拜访古城老人、忻商后

■忻州古城盛大开街游客爆满　张存良 摄

代，听取这些老人亲身讲述那些活在他们记忆中的古城老字号的故事，为忻州古城寻找逝去的记忆。如今，许许多多的忻州老字号即将"复活"！这些老字号有：泰山庙饭店、九原驿、复和长、忻县老醋厂、天源成杂货店、三家店、聚丰泰钱庄、成育敦药店、万盛兴醋酱铺、同义和、公益昌绸缎庄、元恒泰糕点铺、日新铭照相馆……一个老字号，就是一个故事，更承载忻州古城的"独家记忆"。

忻州，一片被文化和历史浸润的土地；秀容古城，一个承载着忻州古今市井繁华的地方。岁月流逝，时代更迭，如今的忻州古城东大街，用更优雅、更古典的姿态，绽放着古城的风采，延续着一代代忻州人的故事。

（原载于2019年7月1日"忻州在线"）

千秋神韵

QIANQIU SHENYUN

秀容书院修葺一新惊艳古城

◆赵富杰

■书院新颜 卢建荣 摄

"七一"前夕，记者来到修葺一新的秀容书院，书院以全新的面貌和姿态呈现在市民面前，惊艳了忻州古城。古老的秀容书院有240余年历史，几经风雨剥蚀，损毁严重。近两年，忻州市根据古建保护工程的标准，对秀容书院整体建筑群进行了修缮和加固。新增建筑有书院下院、上院六艺院、迎旭楼、护坡窑洞等。

忻州古称"秀容"，书院名称由此而来。

秀容书院始建于清代乾隆四十年（1775）。书院建成后，取代了忻州儒学，成为当时忻州的最高学府。清光绪二十八年（1902），改称"新兴学堂"，创山西书院改学堂之首例。

1773年江西新城人鲁潢来忻任知州，深以元好问故乡、泱泱忻州而无书院为憾，于是决心创建书院，并取名为秀容书院。

在书院的选址上，选择忻州西南最高处九龙冈源头的文昌祠旁。书院东面是文昌祠和白鹤观。这里居高临下，俯瞰全城，是难得的风水宝地。

为了建造书院，绅商踊跃认捐，带动忻州民间有识之士都来捐资。筹集银四千余两。除解决了兴办书院和文昌寺添建房屋、制修器物外，还解决了教师的工资、学生的资助问题，为办好书院奠定了基础。

书院从启动到建成，历时两年，于乾隆四十年建成开学。有清一代，秀容书院就考中进士39名、举人64名、贡生71名，出现了"文跻九原、雅出秀容"的盛况。

新开放的秀容书院展现出三大亮点——新景观、新定位、新业态。

白鹤大殿：始建于唐天宝年间，属皇家宫观，当时叫七圣观。因每年二月十五道教真元节这天，有仙鹤飞来落在亭台或道院而得名白鹤观。建筑上下错落，气势宏伟，如仙境一般。

文昌祠院落：由槐树院、枣树院、柏树院三个院落组成，内有戏台、文昌祠及忻州政府、文化和旅游部恭王府博物馆合作建立的工作站。古树、古院都洋溢着悠远厚重的历史沧桑气息，庄重而不失典雅，淡泊而难隐辉煌。

六角亭：忻州古城全城最高点。站在六角亭上，古城全景，尽收眼底。

八角亭：其高度略低于六角亭。

秀容书院藏书阁、山长院、六艺院、校歌展示、名人塑像等。

修葺一新的秀容书院是忻州古城开发的重要组成部分，对古城文化旅游开发将发挥三大功能：

一、景区引流：作为忻州古城的文化标志性景观，依托书院深厚的历史文化背景，将传统与现代文化相融合，以多种业态形式落位于书院，使其具备宜学、宜游、宜赏、宜娱的城市文化休闲配套功能。

二、文化研学：以元好问、傅山、徐继畲等忻州历史文化名人为文脉，以琴、棋、书、画、国学、摄影、茶艺花艺、读书会等业态为依托，吸引文化艺术学者、社会文化名人、民间文化及非遗传承者、收藏大家等前来研学交流，以文化聚众，以点带面，将秀容书院打造为全国知名书院。

三、文创孵化：结合忻州本地文化及书院落位商户经营项目，打造特色文创孵化平台。

新开放的秀容书院是一个设施配套、功能齐全、管理先进，新理念、新业态的文化旅游综合体。

新的业态和项目主要包括：一、秀容茶园。二、秀容琴社。三、五台山围棋社。四、书法培训室。五、琉璃艺术品工作室。六、秀容画苑。七、禅修瑜伽基地。八、国学研学。九、影友之家影视工作室。十、《遐步中国》影视传媒等等。

（原载于2019年7月2日"忻州在线"）

走近秀容 ZOUJIN XIURONG

忻州古城：城外山河 楼中书卷 千年风韵今又见

◆ 王文君 聂艳英

■巍峨东城门楼 梁兴国 摄

　　随着忻州古城东大街的盛大开街，忻州古城吸引了四面八方的眼球，古城修复"活化"建设工程还在继续进行，人们已经迫不及待地关注起古城的整体面貌，期待着徜徉于这座"五台山下自在生活"的小城，体验不一样的小城生活。

　　我们今天看到的额有"晋北锁钥"的北城门楼，外涂朱红，上配蓝瓦，下筑券门洞，洞顶甚高，底阔三米多。在夏日的蓝天白云下，巍峨高大，富丽堂皇，分外壮观夺目。城墙内外两侧，各有砖砌台阶，曲折通上墙顶。古城广场宽敞干净、规划整齐，如今成为小城居民休闲、游玩的热闹场所。

　　与北城门楼遥相辉映的南城门楼，楼梯三层，构思精巧，楼内无柱，拇指台阶，三层檐下正中悬挂"三关总要"匾额。南城门楼修缮了瓮城，城墙向东西各延伸100米，东西各新建两个门洞，新建两座堞楼。目前，严重脱落的古城墙内壁已经修复，坑洼不平的墙顶也保护性维修平整。

东门又称"永丰门",为"望百业兴,物产丰"之意,檐下高悬"双流合抱"门匾,诗云:"云中牧马水悠悠,为过冈东合抱流。一入滹沱三水汇,春浇夏灌益忻州。"东门内有一棵古树独揽美景,此次修建改造古城,这棵古树被原地保护起来。在古城改造工地,部分有价值的院落也保留了下来。

为了保护和传承珍贵的历史文化资源,提升城市文化品位,促进忻州旅游业的发展,忻州市政府2017年启动古城保护改造项目,包括秀容书院、泰山庙、关帝庙、财神庙、东城门楼及城墙、南城瓮城及城墙6个项目。

2018年10月,东城墙、南城墙和秀容书院、泰山庙、财神庙、关帝庙等一期修复工程已全部完成。目前,忻州古城二期修复建设工程正在紧张进行当中。

古城修复是一项功在千秋的浩大工程,目前工程建设正在如火如荼地进行。但我们从已经建设完成的局部景观中,就可以感受到这种古风古韵给人带来的审美愉悦和文化熏陶。

忻州是山西的北方门户,四方高山环绕,是进入山西中南部的交通要冲,兵家必争,历来被称为"晋北锁钥"。

忻州城池高大雄伟。早在东汉建安二十年时城郭就初具规模,"跨西冈而城,冈占城之半,是为九龙之塬",故有九原之称。古城选"西枕龙冈,东襟牧马"之势筑城,恰与华夏之地西高东低之势相合。从东汉末到明代,由于城墙都是夯土所筑,加之在金代末期曾遭受蒙古军的严重破坏,城池已年久失修,破败不堪。忻州城大规模维修扩建有三次,人称三展卧牛城。

第一次大修是明嘉靖二十八年(1549),当年春夏干旱,入秋却连降大雨,久阴不霁,早已失修的城垣经不住如此淫浸,竟塌陷十之六七。忽又传来蒙古军侵抵雁门的消息,使得人心惶惶。知州正紧急筹划之间，绅商公推代表，表示全力支持修城。史料记载，维修忻州城时，商铺按资本、官吏按俸银、商民按房屋地产之多寡捐资，城内按户口分派劳役（无劳力则雇佣），乡民三丁抽一，狱中在押犯人统一遣调修城，服役好的可酌情减刑。一时上下一体同心协力，夜以继日一个多月便将州城修好。

第二次维修是在明神宗万历二十四年（1596），由山西巡抚魏允贞倡导并委派太原府同知贾一敬参与其事。忻州知州张尧行具体掌办。当年四月开工，万历二十六年（1598）十月竣工，历时两年半。这次扩展卧牛城，首先将城垣的周长扩展为二千一百九十丈，城高加至四丈二尺，并且把城墙全部用砖石砌筑。四座城门之上新建城楼。如北城楼，砖石基座高12米，中辟门洞，楼身为木结构，面宽七间，进深四间，高17米，系三重檐歇山式建筑，四周围廊，每层施廊柱22根，楼内无柱。这次修城时将原来四门的名称作了更改，东"迎晖"更名为"永丰"，南"康阜"更名为"景贤"，西"留映"更名为"新兴"，北"镇远"更名为"拱辰"。四座城楼均悬有木刻巨匾，东为"双流合抱"、南为"三关总要"、西为"九峰雄峙"、北为"晋北锁钥"。

■清代忻州城池图　资料图

这次维修城墙时还在四门增筑了瓮圈，并在四门城楼各自对面的瓮城墙上都筑了箭楼（俗称敌楼），一体砖结构，上下三层，各层的四周布满小窗，用于瞭望敌情和放箭。此次还环城增设了雉堞（俗称垛子），补修了损坏的城墙，维修了城楼。

经过多次修治、扩展，城内建筑规整，庙宇林立，形成了"忻州城，真有名，四面城墙八座门，明月楼（凌云楼）修在街当中，十二座牌楼好威风，商贾云集古韵浓，民宅砖瓦圪洞洞"的忻州城美景。

民国时期的忻州城，以南北大街为中轴线，直通南北两座城门，大街两侧全部是建筑考究的古店铺。据统计，民国时期南北大街共有154家商号，连同大东街、石狼巷、打磨巷、草市巷及南关、北关等街道共计商铺470家。经营门类有醋酱、糕点、粮食、肉类、皮类、药材、豆制品、纸扎、绸缎、杂货、银号等。在城内各大街上有许多寺庙古建点缀其间，为古城增添了浓厚的文化色彩。

1926年夏，著名学者黄炎培推广职业教育时曾来过忻县，他参观忻县中学时曾环城远眺，作联留言：村男于耕，村女于裳，古风犹及今时见；城外山河，楼中书卷，一般不厌百回看。

抗日战争时期，日军侵占忻县期间将东城门楼拆毁。1948年7月，我人民解放军和地方武装在围困忻县城期间，阎锡山的守城部队因过冬无柴烧，将西城门楼拆毁当柴烧。

中华人民共和国成立后，1954年县城维修马路时将城内的明月楼、八座门、连三木牌楼全部拆毁，理由是因阻碍交通。20世纪60年代，古城的城墙多处被拆开口子，城墙上的城砖也大部分被集体和个人拆去。1972年，因搞农田基本建设需要大量小平车、独轮车，当时领导下令拆除南城门楼。

历史的烟云已经成为过去，站在今天新时代新起点，人们对忻州古城的修复充满期待，一如人们对各种美好生活的向往。不久的将来，一座令人神往的古城将给你一种别样的"自在生活"，或许恰好给你的身心带来别样的舒展和慰藉。

（原载于2019年7月3日"忻州在线"）

忻州古城：集主题精华 享院落文化

◆米广弘

上篇

走遍千山万水，还是忻州最美。忻州古城开展了以北城楼"晋北锁钥"为典范，集东、南、西三座城楼以及连接城墙的修复与重建，以秀容书院为标志的文化复兴，以产城融合为特点的新业态崛起，全面展示了忻州这座城市的历史、军事、文化的丰厚底蕴。

忻州古城作为对外开放的窗口、产业升级的平台、招商引资的枢纽、经济发展的高地，注重在古城对区域经济的引领、助推和示范作用发挥上下功夫，让古城活起来。古城活化保护要打好文化牌，忻州的14县（市、区）主题院落作为文化集中展示的组成部分，云集地方特色风物，成为呈现地域风情的重要基地。

"忻府院落"由北中南三个小院组成，北院庆丰园，取五谷丰登、万物熟成之意，突出农业特色；中院九原驿，取商贾往来、南北通衢之意，彰显忻商魅力；南院惠风苑，取传承文明、弘扬文化之意，延续历史文脉。院落"忻"景添亮色，古城"忻"韵续华章。

"原平院落·老崞县"以弘扬原平慧远文化为主题，依托院内原有的百年梧桐树和移植的百年楸树，将"古树古寺古村落"元素贯穿其中。院内设有展厅，展示原平非物质文化遗产"炕围画"。弘扬茶道文化，餐饮以原平特色菜为主，主食以农产品和特色小吃为主，饮用水、沏茶使用原平柏枝山神泉水。院外门面房展销原平土特产，包括锅盔、三尖、干烙、小米、古法雪糕等。

"五台院落·圣境五台"主题院落内设红色文化长廊、民俗文化展厅、特产售卖专区等,是一个传播五台文化,助推"五台"文化品牌,展示地方风味美食,独具五台特色的院落。不仅宣传推介了五台县特色资源,畅通了五台名特产品销路,还为助力脱贫攻坚发挥了重要作用。

"五寨院落·清荷人家"建筑形式采用中国北方传统的四合院格局,引入荷叶坪、清涟河等标志性景观装修设计,极具地方特色且与古城浑

■庆丰园"得雨茶楼" 梁兴国 摄

然一体。集旅游推介、文化宣传、特色餐饮、招商展示、联络接待为一体,已成为五寨县对外宣传和展示新形象、新风貌的一张亮丽名片。

"河曲院落·西口古渡"古朴典雅的餐饮区,为游客带来舒适、惬意的感受和体验,色、香、味俱全的菜品,既有南北风味,又具地方特色,充分满足游客的饮食需求。干净整洁、环境优雅的民宿区,可接待游人入住。古城的夜格外静美,素雅的客房格外舒适,让人流连忘返。

"岢岚院落·岢岚谣"主题院落，持续运营实现推广岢岚的三个"窗口"价值，目标是将主题院落打造成岢岚文化的展示窗口、岢岚特产的销售窗口、岢岚旅游的宣传窗口。经营上坚持以"岢岚柏籽羊"为主题打造特色饮食名片；整体布局上，以表现岢岚旅游资源为基调，多角度展示岢岚文化；力争强化"岢岚谣"品牌形象，增加县域知名度。

　　"静乐院落·静乐生活"主题院落本着突出地方特色原则，重点打造了以"静乐土豆宴"为主的特色餐饮，设立了以"静乐生活"公共品牌为主的土特产、农副产品和以"静乐裁缝"为主的鞋垫、刺绣等手工艺品，以"静乐剪纸"为主的剪纸等非物质文化产品等展销窗口，加大对静乐风土人情、土特产品、旅游资源等的宣传推介力度，使主题院落成为宣传静乐、推介静乐的一个重要平台和载体。"静乐生活"切实发挥了院落对外宣传的窗口效应，在开发文旅产品、打造旅游品牌、招商引资方面取得了重大突破，形成了静乐产能集聚、文旅融合发展的大平台，进一步扩大了静乐的全国知名度。

下篇

　　忻州是山西地域文化最丰富的地区之一。忻州古城活化改造中地域文化实现了全域性呈现并达到极致，14县（市、区）和五台山风景区每家选择进驻古城一处大院，办一处会馆，从衣、食、住、行及特产等方方面面展示自己的文化。从此，走进忻州古城，游玩消遣于特色院落，相当于欣赏了每个县（市、区）的精华，品味到了个性迥异的县域，体验到了与众不同的人文形态。

　　"定襄院落·定襄郡"致力展现县域人文资源，打造县域文化品牌。定襄作为忻州文旅大县，文化底蕴深厚，石刻、木雕、面塑、剪纸是当地四宝；摔跤、秧歌、八音、社火是传统四艺；荞面饸饹、大肉片汤是特色小吃。定襄注重农副产品深加工，蒸肉、陈醋、黄烧饼等亮点纷呈；甜瓜、糯玉米、西红柿等口味独特；法兰等各类工业产品畅销海内外。按照"景点化、综合化、功能化"的原则，将进一步加快发展乡村旅游，营造浓厚的文旅氛围。

晋蒙文化交界带，黄河长城握手地。"偏关院落·偏头关"主题院落紧邻明月楼和西城门草市巷，地理位置优越，交通便利，环境优雅。院落紧紧依托"双龙并行、晋陕峡谷、石板窑、泥皮墙、黄河船、红柳编"等偏关特有的元素，集旅游推介、文化宣传、特色餐饮、招商展示、联络接待为一体，成为偏关县展示风土人情、民俗文化、饮食文化的窗口，为旅游文化和产业资源提供了发展平台。

"繁峙院落·滹源里"风格为北方传统四合院建筑，整体布局为二进院落。主题院落集文化娱乐、特产展销、特色餐饮、商务洽谈接待为

■定襄郡院落　梁兴国　摄

一体，以民族音乐、健康素食、古代壁画等为元素，从独特的角度展示"滹源新韵繁峙不凡"的主题魅力。"滹源里"以繁峙十景（笔峰拱秀、圭峰古柏、崖山叠翠、台背冰岩、三泉涌冽、卤城现影、孤山晚照、峨岭秋红、滹沱落石、峪口晴岚）为基调，推动全域旅游发展；以名优特产（台蘑、炸油糕、大红枣、莜面栲栳栳、疤饼、胡麻油、神堂堡乡苹果）为推介项目，全面展示县域扶贫工作的成效；以繁峙文化（壁画、佛乐、刺绣）为桥梁，进一步拉近距离，加大招商引资力度。

"宁武院落·汾源阁"借助古城搭建的良好平台，全力把主题院落打造成"一个平台三个窗口"。对外开放的平台指：借助古城吸引企业家、投资者，积极开展商务对接、招商引资工作，宣传宁武的特色文化和旅游资源，努力把主题院落打造成展示宁武形象的平台。旅游宣传推介的窗口指：通过室内装饰、图片展示，将宁武旅游要素体现出来，深度打造具有地方特色旅游的古城院落，让游客更多了解宁武、关注宁武、钟爱宁武。特优农产品展示的窗口指：大力开展宁武特色的农产品、手工艺品展销推介，进一步提高县域农优土特产品的影响力。美食文化体验的窗口指：通过开展各种美食表演、竞赛活动，把宁武的代表性食品展示出来，打造别具地域风味的餐饮文化，让主题院落成为特色美食及文化的展示区、体验区，吸引更多的有识之士前来兴业创业。

"神池院落·食在神池"深度挖掘地方文化。在依托神池院落精心打造地方特色菜品的同时，组织策划专家和摄制团队，邀请米广弘、修渊等文化界人士围绕神池地标特色农产品，深入挖掘地方文化，推出《食在神池·说羊肉》宣传视频。利用新媒体线上宣传优势，以文化艺术作品的形式包装地方土特产，推出了《食在神池·唱莜面》《食在神池·品月饼》视频；特邀音乐界人士，推出原创神池民歌《割莜麦组曲——炕角角》，取得了良好的宣传效果。

"保德院落·保德人家"根据保德地域文化特质，院落设计融合了黄河土窑洞建筑风格，以及渡口文化等内容，突出了外观上的古朴；外墙上装饰着枣串、海红串、蒜和玉米穗，农家气息浓厚；院内安放石磨、石桌、石凳，檐顶悬挂红色灯笼，烟火气十足，给人一种家的感觉；在饮食上精选保德县最负盛名的保德碗饦、保德猪头肉、黄河鲤鱼等地方特色饮食，延续了保德人"舌尖上"的乡土情怀，展现了丰富多样的美食文化；在民宿设计上，采用传统与现代相结合的手段，修建火炕，墙上装饰保德景观照，处处体现怀旧特色。

"代县院落·代州杨府"主题院落，精致规整的木结构民宿建筑与生机盎然的绿植水系错落有致，既有北派建筑的恢弘气势，又有塞上江南的草木葱茏，呈现出"诗和远方"的新奇感。壁画展厅，根据评书《杨家将》以及京剧创作而成，运用现代光影技术与木板绘画艺术的完美结合，为游客呈现精彩。壁画对面是杨府家宴主题餐厅，菜品以独具代县特色的菜肴为基础，食材精致，享誉三晋的"代州鳌鱼"，鱼骨酥软；"金波沉醉雁门州，端有人间六月秋"的代州黄酒，酸甜可口，不仅满足游客味蕾的享受，更能在其中感受到一种乡愁……

忻州古城是一个文商旅的综合体。主题院落除了赋予原有文化内涵之外，加强与其他领域的合作，与其他区位的互补，让游客与市民更有真实感和亲近感，强势打造了既保留传统又风格多样的新城市、新地标。

（原载于2020年9月21日、27日"环球网"）

◆王改瑛

阅读忻州
——忻州城市文化建设走笔

■恢宏古城 张宇 摄

认知一座城，首先是认知它的历史和文化。

唐代诗人李白有诗云："黄河之水天上来，奔流到海不复回。"黄河，以它势不可挡的气概自天而降，直奔大海，偏偏在偏关老牛湾巨臂一弯，一揽忻州入怀，开启了一方乾坤世界，展示出一幅恢宏壮阔的历史文化长卷。这里，长河涛涌浪翻，长城蜿蜒起伏，太行之巅巍然矗立，三大旅游板块糅合融汇，关河壮丽，风光独秀，忻州城，宛如一颗璀璨的明珠镶嵌其中。

一座城，就是一部历史，一部书。

始建于东汉建安二十年（215）的忻州古城，春秋属晋，战国属赵，历来为兵家必争的战略要地，也是商贾辐辏之地。从巩固边塞角度来看，当年，曹操置新兴郡、筑九原城的起因，是因东汉末年此处战乱频仍，民不聊生，边民背井离乡，十室九空，所以曹操"省云中、定襄、五原、朔方郡，郡置一县领其民，合以为新兴郡"（《三国志·魏书·武帝纪》），对于忻州的历史演变来说，曹操可谓功不可没；从军事战略角度来看，明代以今，忻州古城与内长城上的"外三关"——雁门关、宁武关、偏头关构成掎角之势，形成扇面，连通一气。三关像指，忻州如掌，进则如掌使指，迅速有力；退则坚实如拳，牢不可破；从民族文化融合视角看，忻州的历史就是一部民族文化融合史，忻州是中原仰韶文化与北方红山文化接触的"三岔口",是农耕文明与游牧文明的交织带,是中原文化与北方文化交流的双向通道。

历史的长河奔流到今天,忻州迎来了推动高质量发展、加速现代化建设的新时代。忻州的决策者们高屋建瓴、审时度势、筹谋擘画,全面贯彻新发展理念,紧紧围绕省委的部署要求,主动服务和融入新发展格局,建设宜居宜业宜创宜游创新型田园城市,全面建设国家全域旅游示范区,大力推进城区基础设施建设,加快中心城市扩容提质,同步推进"五城联创";打开门户,积极抢抓重大战略机遇,坚持"南融、东进、西引、北联"协同开放发展思路,以太忻一体化经济区建设为牵引,锚定建设开放发展前沿城市,努力把忻州打造成为有特色、有魅力、有品质、生产生活性价比最优的精品城市,忻州城区发生了翻天覆地的变化。

2017年1月,忻州古城保护改造活化序幕拉开。

古城保护改造活化的设计者和建设者们,秉承"修旧如故,以存其真"的理念,从保护古城历史建筑、传统街区和文化遗产的维度,做好"产城融合"文章,筑牢产业新城主阵地。以国家全域旅游示范区建设为牵引,延续原有街巷肌理,汲取晋北民居建筑文化精髓,融入现代人文精神,他们以自己的卓越智慧和高超技艺,将一砖一瓦赋予艺术的灵魂,将飞檐斗拱精构得淋漓尽致,将碧瓦琉璃演绎得熠熠生辉,将花鸟鱼虫雕刻得栩栩如生,将亭台楼阁展现得气势恢宏……打造具有浓郁忻州地域特色的历史文化保护片区,让沉寂百年的秀容古城重获新兴,让一座既有烟火气、又有书卷气的古城再现世人面前。他们是古城改造活化的建设者,也是忻州文化的传承者。

忻州的宣传文化界,从忻州城市建设的起始阶段2012年开始,就从未缺席过。他们以一种强烈的责任感和担当意识,为城市建设注入文化活力和灵魂。坚定文化自信,秉持开放包容,坚持守正创新,根植于中华优秀传统文化和忻州地域文化,把握时代脉搏,弘扬时代精神,以文培元，以文铸魂，将人间正道和世事沧桑凝聚于笔端，将历史变迁和时代光华凝集于方寸之间，将对家乡的赤诚和热爱倾注于文艺创作中……面对如火如荼的建设工地，他们才思泉涌，灵感迸发，热情讴歌！充分展现了忻州的历史之美、山河之美、文化之美，抒写了忻州人民的奋斗精神、创造伟力和发展成果，凝心铸魂、启智润心，厚植文化自信之基、激扬文化自强之势，为进一步发挥忻州文化价值引导、凝聚人心、汇聚民力的重要作用，引导人们认知忻州、读懂忻州、热爱忻州、共建忻州，作出了应有的贡献。

在忻州市委、市政府领导的高度重视和相关部门、单位大力支持下，他们开始了一场艰苦的文化之旅。于历史时光中挖掘有价值的信息，于文化积淀中梳理忻州文脉和走向，把自己的心、情、思沉浸到历史和时代中，以文存史，以文化人，温润心灵。在为城区道路拟名，为云中河景区拟名、拟匾、拟联，为忻州古城建筑拟名、拟匾、拟联和整理说明文过程中，大家翻典阅籍、寻踪觅迹、殚精竭虑，常常会为一种思路、一个理念而较真，为推敲一个词儿煞费苦心、绞尽脑汁，甚至在夜半灵感突然迸发时披衣掌灯、展笺提笔……他们走遍了古城的每一个角落，走过城市的每一条道路、每一座桥、每一个景点……为表述准确，他们冒严寒、顶酷暑、爬城墙、钻地窖，实地察看，一丝不苟……书法家们为了写出楹联匾额的正大气象和生动气韵，悉心研习，悟其精义，孜孜不倦……更有孙伯翔、陈巨锁、余秋雨、赵望进、石跃峰等全国、省、市60余位书家、作家的翰墨佳作为古城添彩，可谓"焕采摛文书大雅，流丹泼墨染千秋。"（遗山艺苑联）他们以文化人特有的执着与真诚，为忻州人民交上一份满意的答卷。

阅读这些文字，就是阅读忻州的历史和神秀风光。远在旧石器晚期，忻州就有人类文明的印迹，留下独特瑰丽的远古文明。从文化源头上看，忻州是最早进入农耕文明的地区之一，夏商遗迹丰富。忻州古城秀容书院国学院有"史溯夏商源久远；文追汉魏韵飞扬"之联。

北城门名为"拱辰门"，意指此地为拱卫北野之重镇。忻州素有"晋北锁钥"之称，它根抵三关，咽喉全晋，南襟中原，北控大漠，因而北城门楼有前匾"晋北锁钥"、后匾"秀夺燕赵"（忻州战国属赵，隋代忻州城亦为秀容县治所在地，又名秀容城）。忻州有"三山并峙"之称，五台山、管涔山、系舟山东西耸立；亦有"三河之源"之谓，为汾河、滹沱河、桑干河发源地，北城门楼后联云："赵风汉骨，有台奇涔峻以东西兼顾；古郡名城，挟汾冽滹清而左右逢源。"

南城门名为"景贤门"，因城南为明代四乡建制时的"集贤乡"而名。忻州是最早开始多民族文化交流与融合的地区之一，春秋战国时期，忻州这块土地上，拉开了民族碰撞融合的序幕，境内山峦起伏，关隘险峻，有"三关总要"之称，因而南城门楼前匾为"三关总要"。这里还流传着"三义救孤"的故事，演绎了赵襄子夺代、赵肃侯筑长城、赵武灵王胡服骑射等历史正剧，因而南城门楼后匾为"诚鼎春秋"，寓意忻州有春秋大义，诚信如鼎；在忻州这块热土上，还上演了历代帝王修筑长城、历代忠烈保家卫国的英雄史诗和英雄壮歌；更有汉高祖刘邦于忻口摆脱追兵，六军欣然如归的故事传奇；昭君出塞、文姬归汉的民族融合佳话，多元文化在忻州传播开来……明代，忻州战略地位更加突出，内长城上的"外三关"成为边防要塞和互市之地，雁门关及其军防体系书写了半部中国军事史。南城门楼前联曰："人世几回，紫塞高悬秦汉月；山形依旧，金城空锁燕云秋。"忻州也是最早出现商业雏形的地区之一，明清时期忻州商业发展达到鼎盛，成为繁荣富庶之地。诚如南城门楼后联所云："环城韵远，书亭毓秀贾商盛；绕郭流深，龙壁钟灵忠信延。"

东城门名为"永丰门"，因云中河、牧马河双流交会，城东物产丰饶，水草丰茂；亦因明代四乡建制时的"永丰乡"而名，因而东城门楼前后匾分别为"双流合抱"和"涛涌河汾"，也有寓意忻州廉吏辈出、蜚声三晋之意。东城门楼前联为:"腾二水以搏烟云,鳞文烁日;卧一城而观世界,角握存雄。"后联为:"碧野永丰,逶迤七岭开天宇;清波长漾,潋滟千畦润梓乡。"

西城门名为"新兴门",因东汉曹操设新兴郡,有"新续兆瑞、兴盛绵长"之意,故名。原城楼匾有"九峰雄峙",意指西城门面迎九原冈,"九原"即"九峰",因城西陀罗诸山蜿蜒东西,横亘数十里,峰峦叠嶂,气势磅礴而名;亦指西城门地处忻州城最高处,在古城防御战略上处于极其重要的位置。

古城四座城门楼的楹联匾额浓缩了忻州的历史文化和自然地理风光,是忻州历史文化底蕴的集中展现。

沧海桑田,几千年来,忻州这块文化沃土,孕育了班婕妤、慧远、元好问、白朴、萨都剌、傅山、徐继畬等历史名人和文化巨匠;而近现代史上的忻州,更是一方闪耀着荣光的红色热土,孕育了高君宇、徐向前、续范亭等一批杰出人物。在古城西园、在云中河牧马桥上,他们的精神气质和思想灵光闪耀在亭台楼阁上,散发着隽永的魅力。

走在忻州古城沧桑的青石板街上,我突然有了一种感觉,能与这座城相遇,实属幸运。那些古色古香的街巷门楼,那一座座古风浓郁的四合院,那大街小巷的烟火气,那些穿着汉服的小姐姐们与现代潮人相拥相携,融汇于古城的街巷间里。对于他们而言,这里才是精神家园。在这里,他们可以尽情地享受慢生活,品味人生的美好。传统与现代、开放与包容、奋进与守望和谐地统一于一座城中。你可以逐门逐户体味一番史诗传奇、文心雅韵,可以到关帝庙戏台根儿看一出慷慨激昂的北路梆子,追寻昔日的铁马冰河、风云过往;可以在槐树院舒心地品着香茗,看一场民歌二人台,体味炽烈缠绵的爱情神话;可以在月上东城楼之际,登上鳞次栉比、书香浓郁的秀容书院,看满城灯火璀璨、天地同辉……

一路走来,我好像找到了自己。

围棋，忻州又一张新名片

◆ 郭剑峰

■ 罗睺寺"五台山禅棋院"效果图

　　一甲子前的1960年，在北京召开的全国文教"群英会"上，当时的忻定县被命名为全国"摔跤之乡"——这种国家级别的"认证"，缘于忻、定、原三地的摔跤运动历史悠久、群众性基础极为深厚。此后几十年，忻州摔跤健儿在全运会等赛场上屡屡斩金夺银。摔跤，成为当年许多外地人了解忻州的媒介。

　　在中国的"围棋版图"上，忻州以前籍籍无名。2017年11月11日，五台山围棋文化交流中心成立，以此为分水岭，忻州与围棋的联系日益紧密，围棋活动中的忻州元素日见其多。就如当年的摔跤一样，围棋，现在成为推介忻州的又一张新名片。

　　五台山围棋文化交流中心成立三年多来，一系列具有开创性的大动作令全球围棋界、全国围棋迷瞩目：在五台山上承办全国女子围棋甲级联赛专场比赛、分站比赛；在五台山、忻州古城连续举办两届五台山棋禅大会；组建忻州历史上第一支职业甲级运动队"粮忻谷都队"参加全国女子围甲联赛且成绩不俗；在五台山罗睺寺兴建五台山禅棋院……

"棋圣"聂卫平欣然应聘五台山围棋文化交流中心总教练，与王汝南、华以刚等棋界元老一起上五台山，为中国围棋史上第一通落于名刹、纪念女子围甲联赛在五台山举办的《罗睺寺围棋记》揭碑。聂老评价：《罗睺寺围棋记》碑的落成，是五台山佛教界和中国围棋界的一件大事，标志着中华四千年围棋文化和一千几百年的佛教文化在大智文殊道场首次融和。多少年后，我们这些人都不在了，但这块碑记载的围棋比赛和事迹将代代流传。

忻州在全国率先举办棋禅大会，创造了以棋禅文化为代表的围棋普及活动新样式。中国围棋协会主席林建超四年间四次来忻州、上五台山，高度推崇、赞赏五台山围棋文化交流中心为推动"棋禅融和"做出的努力，称其给全国乃至世界围棋运动的深入开展注入了新的动力和活力。

上述几次在五台山、忻州举办的重大棋赛和活动，人民网、新华网、中央电视台、中国体育报、体坛周报、新浪网、腾讯网、凤凰网、弈城网、天元围棋频道、今日头条等媒体均进行了报道，"忻州"二字，频频出现在全国受众面前。中国最具权威性和最有影响力的围棋专业期刊、也是全世界发行量最大的围棋杂志《围棋天地》，2020年6月第12期、10月第19期、11月第22期，接连刊出三篇与忻州有关的报道《棋禅融和五台山》《"令狐冲"台山行》和《棋禅大会落子忻州》。此等"礼遇"，对一个地级城市而言，从无先例。

相应地，忻州群众性围棋普及活动也持续升温。2020年4月，忻州市围棋协会组织了规模空前的首届围棋擂台赛——"晋商银行杯"忻州市第一届网络围棋擂台赛。来自全市各县（市、区）的、具有业余三段及以上水平的40余名围棋爱好者，组成秀容古城队、芦芽山队和雁门关队三个队，以打擂台的形式一决高下。每局比赛通过网络实时直播，部分棋局还聘请专业棋手、省内外业余高手进行网络直播讲解。在前不久举办的忻州市冬季围棋定级定段赛上，450多名儿童、少年围棋爱好者在忻州赛区、五寨西八县赛区参加了比赛，参赛、定级定段人数再创新高。

2020年山西省十大体育新闻不久前揭晓，其中一条新闻是"山西同时拥有男女三支职业围棋甲级队伍"。这三支职业围棋甲级队中，就有代表五台山围棋文化交流中心出战全国女子围棋甲级联赛的忻州"粮忻谷都队"。中国女子围棋甲级联赛是国内最高水平的女子围棋赛事，10支参赛队伍中，忻州队是惟一的地级市队。在2020年联赛首站——山西大同站的比赛中，女子围甲新军"粮忻谷都队"发挥出色，四轮比赛三胜一负，特别是战胜女子围甲"七冠王"江苏致远队冲进前三，成为首站比赛最大的"黑马"。被誉为"逆战之王"的忻州队选手曹又尹三段四轮全胜，罗楚玥四段战胜女子世界冠军王晨星五段、执白完胜女子世界冠军、韩国超级外援吴侑珍七段。首次亮相，忻州队就惊艳女子围甲联赛赛场。

2020年10月17日，第二届五台山棋禅大会暨第八届"中信置业杯"中国女子围甲联赛忻州公益行——"希望围棋教室"授牌、职业棋手公益指导棋活动在忻州古城南门城墙上举行。女子围甲联赛创办8年来每年皆有主题，2020年第八届联赛的主题是"寻根中国·遇见名城"。这一主题，恰好与修复、活化后的忻州古城高度契合。在南门城墙上，中国围棋协会主席林建超等嘉宾向忻州长征小学等四所学校授"女子围甲希望围棋教室"牌匾，李赫五段等11位职业棋手与76名忻州围棋爱好者下了"多面打"指导棋。对围棋爱好者来说，很多人可能终其一生也没有向职业棋手面对面讨教一局的机会。参加"多面打"的多是忻州的少儿围棋爱好者，这盘棋，足以令他们记忆一生。

2017年11月12日，女子围棋甲级联赛五台山专场比赛在罗睺寺举行，这是五台山与围棋结缘、象征"棋禅融和"的标志性事件。2018年、2019年，两届"商界棋王赛"又连续在罗睺寺举办。而2019年首届五台山棋禅大会的举办，则第一次诠释了"棋禅融和"的实际意义——嵩山少林寺、杭州灵隐寺、上海真如寺、山西白云寺、成都文殊院等国内著名寺院均派出棋僧参赛。五台山棋禅大会第一次请爱弈、善弈的寺僧登堂入室，为他们提供了与职业棋手面对面博弈的机会。《罗睺寺围棋记》碑落成后，罗睺寺顿时成为专业棋士、围棋爱好者、各界名流到五台山观光时的"打卡"之地。2020年9月，五台山围棋文化交流中心和罗睺寺双方协商，决定由中心出资，在罗睺寺共建"五台山禅棋院"。

■ 2020年7月，江铸久九段在忻州古城"修渊岛壁画馆"指导忻州小棋手　郭剑峰　摄

《罗睺寺围棋记》碑坐落在罗睺寺东庙门北院，院内有一幢使用面积160多平方米的木屋。双方商定，在不改变木屋结构、格局的前提下，五台山围棋文化交流中心请陕西古建专家设计，对木屋由外而内进行装饰、装修，总体风格符合"棋禅融和"的内涵，体现幽静典雅、冲淡空灵的禅院特色，在木屋内设置棋桌、棋具及相应设施。平时，寺僧可在此习棋对弈。棋界人士、社会名流谒山游览，此处就是待客礼宾之所。目前，"五台山禅棋院"已完成了设计和施工图。合作双方将在这里进行禅棋文化的推广与普及，把"禅棋院"打造成五台山上独具特色的文化品牌。

"五台山下自在生活"是忻州古城文化旅游的主题。目前，"五台山禅棋院"古城别院主体建筑已经完工，格局样式古朴雅致。全部完工后，这里将成为又一处体现"棋禅融和"、开展围棋活动的绝佳场所。

忻州围棋和忻州古城在全国有了知名度，体育界及社会各界名人就来忻州一探究竟。2020年8月，中国继何振梁之后第二位担任国际奥委会副主席的于再清先生来到忻州古城，对五台山围棋文化交流中心这几年的工作给予高度肯定。

7月，当年中日围棋擂台赛上连克日方五员大将的江铸久九段来到忻州古城。来忻州的第二天，江铸久就发了一条关于忻州古城的朋友圈：古城人气旺。城内有所"秀容书院"，联想到"本因坊"一门喜欢执白下星位的、受到师父吴清源推崇的秀荣。以后带着"铸久会"的孩子们来古城研学，对孩子们肯定会有好的影响……随文还配发9张照片——华灯初上，古城游人如织；秀容书院山门；清晨的秀容巷；在禅意十足的修渊岛壁画馆对弈；指导忻州业余五段小棋手党景岳；参观修渊岛壁画馆……

9月，在央视版《笑傲江湖》中饰演令狐冲的著名演员李亚鹏，在五台山围棋文化交流中心发起人梁小军的陪同下来到五台山罗睺寺。演艺界喜欢围棋的名人不少，比较出名的还有葛优、孙浩，后者最近还客串了一回央视讲棋嘉宾。李亚鹏自言一段时间"嗜棋如命"，自八九岁开始学棋以来一直没有放下。在罗睺寺，李亚鹏与洛桑多吉大管家等交流参禅心得，并与梁小军手谈一局留念。

作为忻州围棋的"形象大使"，因为"忻州围棋"渐得大名，梁小军工作之余也经常被邀请出席一些围棋活动。2020年11月，少林寺棋院院长、二祖庵住持释延勇邀请梁小军上少林寺交流"棋禅融和"的心得。女子围甲联赛的赞助方中信公司最近邀请梁小军到公司总部，联棋对弈之余，晚间聚餐时特意把梁小军安排在聂老身边，以此举显示对"忻州围棋"的尊重。在去年12月召开的珠海第20届"水泊梁山棋友会"上，给梁小军冠以"赛仁贵郭盛"的雅号。那么，谁是"及时雨""呼保义宋江"呢——聂卫平！

忻州是全国文明城市，围棋是最文明的智力运动。五台山围棋文化交流中心在推广围棋普及、推动"棋禅融和"的同时，令关注中国围棋的各界人士知道了忻州、了解了忻州、对忻州刮目相看。围棋与忻州互相加持，忻州因围棋而美名远播。

（原载于2021年1月17日"忻州在线"）

优雅·壮美·文明
——我眼中的忻州

◆郎兰英

■忻州火车站　梁兴国　摄

　　忻州古城，历史悠久，亘古以来，人杰地灵。雄踞晋北，魅力四射。东靠巍巍太行山，西临蜿蜒黄河流，南依省城太原市，北耸佛教圣地五台山。放眼忻州市，翻阅浩瀚史志，文脉底蕴博大精深，地域物产丰富，灵山秀水，孕育奇才。

　　秀容崛起歌盛世，日新月异竞风流。如今的忻州市，高歌猛进，气势如虹。通讯便捷，一键遥连全世界；经济腾飞，与时俱进奔小康；芳魂雅韵，和谐乐园文明风。

　　2020 年 12 月初，忻州市离退休干部 e 缘党组织规划建设读书班成功举办，我以网宣员的身份参加了为期三天的读书班，入住汉鼎国际酒店。饭前饭后，闲暇之时，散步、观景、徜徉忻州市市区大道，溜达忻州市大街小巷，观看秀容书院，领略了忻州市的优雅环境、壮美景观、精神风貌，感觉妙不可言，确是宜居宜游的好地方。

优雅环境流连忘返

12月4日上午，我从太原启程坐火车到了忻州，在火车站附近转悠了两个多小时。初冬的忻州，还是满眼绿色，遍布街头，芳草小林，鸟语花香，亭兰通幽，碧水蓝天，好似一个风姿绰约、秀色宜人的生态家园，美不胜收。我吸一口清爽的空气，唱一曲鲜美的赞歌，悠然自得，心旷神怡，体验着回归大自然的陶醉与惬意。

我穿行在忻州市区，忘记了疲劳寒冷，目光总是不由自主地向身旁的深绿色对焦，来到广电大厦附近，琳琅满目的美景吸引着我流连顾盼，一眼望去，宽阔的街道，优雅的环境，顿生一种舒适的感觉，偶尔有行人擦肩而过，个个步态轻盈，举止文雅。即使三五成群，相携而行，也无非是柔声细语，绝没有高声喧哗的现象。我情不自禁走进那一条条绿树成荫的街道，吸纳冬日里依然绿色芬芳的瑞气；踏入那一片片花草相映的草坪，观赏胜似初秋花红草绿的景致。

不知不觉，太阳已经落山，我们五台来参加忻州市离退休干部e缘党组织规划建设读书班的五人团队已经来到忻州，带队的老张给我打来电话，我才恋恋不舍地告别了林荫路，和他们一起报到。

躺在床上，回顾白天在忻州市的所见所闻，和七八年前来忻州的感觉大不相同。近年来，绿地面积持续增加，绿地布局更趋合理，散步休憩的地方更多了；公园、街道、广场显得更加宽阔和明亮了。忻州市不愧是国家园林城市，到处是绿的装点，美的象征。

壮美景观引人入胜

12月5日，午餐之后，我走出汉鼎国际酒店，在周围转了一圈，发现道路景观别具一格，很有特色。可谓一路一景，景景美观实用；一草一木，层层绿荫壮观。惠及居民，恩泽游人。主干道中央隔离带和侧分带以乔灌木、绿篱等多层复合结构组成，路侧配以植树带，形成高低错落琳琅满目的道路景观，特别引人注目。

抬头仰望，高楼广厦，鳞次栉比，桥梁飞架，彩虹高悬，雄伟壮美的景象气势磅礴，引人入胜。平视周边，商贾云集，市场繁荣，大街小巷，平坦通畅，物阜民康，宜居宜业。

因时间关系，两点半，带着留恋与欣喜，返回汉鼎国际酒店，准备下午三点的听课学习。

12月6日，利用午间休憩时间，我游览了久已向往的秀容书院。

外观秀容书院，伟岸、蓬勃、雄壮，西高东低，依崖而筑，占地面积巨大。我从大门进入，只见人们川流不息，进进出出。信步走进下院，书舍坐北朝南，多为卷棚或硬山顶。拾级而上即为中院，我观赏了北面的柏树院、中间的枣树院、南面的槐树院。然后，走过高高的台阶来到上院。有个文昌祠大殿，该祠青碧琉璃瓦覆顶，檐下有廊，建筑颇具古典特色。

秀容书院千年古柏挺拔参天，古柏、古祠、大殿、戏台使得整个书院体现出悠远厚重的历史沧桑。院内，楼亭林立，高耸入云。四角阁、六角亭、八角亭乃是三个风景亭。其中，六角亭最雄伟、最高大，每边长约三米，亭高约九米，为全城最高点。置身亭上，可俯瞰全城。

秀容书院雄伟壮观，布局层次分明、错落有致，既有诗意的园林意境，又有古典的宏大建筑群，更有文脉传承的书香气息。

文明乐园美丽家园

忻州古城历史悠久、人杰地灵，特别是近几年来，随着社会经济的快速发展，精神文明建设进一步加强，秀容书院修缮复建，尊师重教蔚然成风，人们的精神面貌越来越好。

通过游览秀容书院，我感知了这里浓郁淳朴的民俗民风，了解了这里厚重的历史文化底蕴，明白了这里求真求知和育人兴邦的办学理念，感悟了这里传承尊师重教的文化传统，大开眼界，受益匪浅。

秀容书院是忻州市青少年综合实践基地，全市中小学、大专院校经常在这里开展爱国主义教育活动，开展传承国学经典、服务社会文化等活动。同时，面对成年人群，开展探秘忻州古城、研习秀容书院理念及读书、摄影、戏曲表演等各类活动。这对整合社会资源、推动三晋文化交流、促进精神文明建设具有特别重要的作用。

置身于忻州市区，总有一种和谐、温暖、舒适、快乐的感觉，忻州市———文明的乐园，让我痴情沉醉，流连忘返。漫步街头天地宽，不辞长做忻州人。

走近秀容

风韵古城话今昔

◆张剑飞

■夜秀容 曹滨 摄

"南绛北代，忻州不赖"，如今的忻州早已脱离不赖的认知。持续十年的城市建设，大手笔的规划，让忻州在许多人眼中成为更宜居的城市。优越的位置，不算高的物价，温湿的气候，成片的绿化，吸引了不少外地人退休后定居忻州。

纵横交错大多双向八车道的棋局形马路，让城市纵横通行便捷快速，毫无拥堵的担心；从南到北的古钟公园、九龙冈森林公园、遗山公园、体育公园、人民公园、云中河公园，连同一系列广场的星罗棋布，让城市充满激情和活力；"全国文明城市"的成功创建，让本就风姿绰约的忻州更显靓丽和知性。夏日漫步街头，满眼的苍翠繁花，夜晚徜徉街巷霓虹闪烁、酒肆茶馆人流如织，温泉泡浴人来人往，到处是生活的烟火气。

忻州的教育出名，省级名校忻州一中、忻州师院附中名闻遐迩，不少县里的学子慕名而至，每到周末各县家长流入这座城市，形成了周末消费小高潮。外来流动人口有规律的涌入，带动了城市的整体消费，也造就了这座城市类似于成都的慢节奏生活，你会发现在忻州各类商店是上午9点才开张的，但晚上的营业会一直持续到午夜后三点。

曾经，随着城市框架的延伸，忻州的发展重心开始北移，开发区往北的房价升值明显，但城南破旧残存的忻州古城被冷落了许久，只有北城门楼孤零零地伫立在古城广场上。

2017年，忻州古城开启了满盘复活之旅。

继秀容书院修缮一新后，古城的东门、南门也巍然高耸，展现出新的风貌，古城的断壁残垣逐步连通，地面路网渐次清晰起来。2018年的工地上热火朝天，泰山庙、财神庙、关帝庙、古戏台、沿街商铺、四合院雏型逐步修复活化，一座古城转眼间脱胎换骨，浴火重生，惊艳了所有忻州人的眼睛。2019年古城一期工程结束，在陕西袁家村运营团队的协助策划下，古城各巷的商户开始进驻，各地小吃名食、工艺品、汉服店、特产店蜂拥而入，街头巷尾游人渐丰。"九原驿""老崞县""滹源里""汾源阁""代州杨府""清荷人家""西口古渡""静乐生活""保德人家"等县域主题院落纷纷亮相古城，真有"一入古城遍览忻州风情"的氛围，着实让土生土长的忻州人既能尝到记忆中的美食，又能找到乡情的慰藉。十四个县（市、区）和五台山风景区每月轮番主题招商活动的开展，更为展示忻州不同地域的风土人情，非遗项目、特产资源搭建了很好的平台，为古城的活化注入了浓郁的生活气息和商业活力。

沉寂多年的忻州古城火了，忻州的经济活力重心又开始了南移，一座城市因为一座古城的复活达到了新的平衡，犹如一体两

■奇村杂碎鱼鱼　石丽平　摄

翼振翅腾飞的鲲鹏。

　　古城的活化是需要内涵的，忻州古城一亮相便展现出非凡的风韵。

　　雄踞九龙冈之首的秀容书院便成为文化人驻足留恋的地方。不说秀容书院第六任山长米毓瑞的文化展厅，单是三进院落的古树和校歌影壁就值得人玩味许久。作为过去忻州的第一书院，忻州一中秉承了秀容书院办学的精髓，彰显了文化接续传承的魅力。

　　秀容书院是艺术家的天地，摄影协会的专业人像拍摄、风光摄影作品让本地的景点如此拉风，文联和书画协会、读书会等举办的各类活动和作品不断陶冶人的心灵，开阔人的视野，真正让人感受到了心灵之舟的净化作用。

　　拾级登临南面城墙，远处的系舟山在苍茫中高耸入云，不禁让人想起了大禹治水的壮观场景。一片汪洋潮水渐落，历经岁月终成平湖，继而诞生了这一片忻定盆地，建起了史称"三关总要"、通达晋阳城的这座古老卧牛城，伴随着牧马河的流淌，车水马龙的繁华之地凝集了多少历史的时光。

　　北城门楼的"晋北锁钥"牌匾格外醒目，道出了山西太原最后屏障的地理要义；"六军欣然"，忻州的历史，铭记了汉高祖白登仓皇撤军到此的心理变化历程；远处的忻口战役遗址又诉说着军民决战日寇誓死保卫太原的斗志与气节。城墙内鳞次栉比的穹顶屋檐犹如反扣的一部部厚重的历史书籍，翻起来便是儿女情长、金戈铁马、驼铃声声……

　　眼前的街道上，绣球招亲的锣鼓声正吸引了一圈游客驻足观看，瓮城内斑驳的石基边几个摄客正在忙着对焦，大树下一群鸽子围着游客手里的食物，时而飞到肩上、手上，孩子们笑着，看着，在快乐地玩耍。街巷里，衣着华丽时尚的游人在穿梭，蒸莜面和炸油糕的香味不时窜入鼻孔。音乐响起的地方，那位身着汉服的女子在簇拥中款款漫步，那不是昭君出塞的情景吗？历史与现实在眼前不断地变幻：

千秋神韵

QIANQIU SHENYUN

听,战鼓声声,看,旌旗猎猎,雁门关内的杨家将正在紧守城门,那不正是代州的点兵秧歌吗?

瞧,一对对夫妻抱头痛哭涕泪涟涟,扁担上挑着被褥和炒面袋子,凄婉哀愁的歌声响起,

■古城街口牌楼 刘黄煜 摄

那不正是河曲的西口情歌吗?

看,穿着精美戏服扮相俊美的挠阁表演队正在走来,那肩上的孩子们像在树上盛开,一个个笑靥如花。

"加油!"啦啦队来了,哗哗的掌声中两个身着半截羊皮的壮汉正在舞台上闪转腾挪,这不正是忻州的挠羊赛吗?

……

夜幕降临,古城的巷子里到处散发着美食的味道,古老的技艺和口味继续在这里延续。猜拳的汉子、喝咖啡的情侣,做糖稀的艺人,酒吧里摇滚的歌手,在古韵与现代的交织中,忻州的新生活又开始了!

走近秀容
ZOUJIN XIURONG

一座古城的活化

◆刘黄煜

■北城门楼　刘黄煜 摄

这座古城叫"忻州古城"，现在，我正享受着她活化后的新丽、包容和宜居。

如果以"古城"命名一座城市，她的城龄越久越好，最好是先秦的，汉魏的也好。

东汉建安元年（196），曹操把献帝刘协从长安迎归许昌，于建安二十年（215）置新兴郡九原县，县城就是今天的忻州市忻府区。所以，这座古城已有1800余年的城龄，名之为"九原古城"显得更为古老。

北魏永兴二年（410），明元帝拓跋嗣在今忻州境置秀容郡，领秀容、肆卢二县，后秀容县治移至九原城，所以这座古城被称为秀容古城。

隋开皇十八年（598），文帝杨坚改"九原"为"忻州"，距今1420多年。我们将她名之为忻州古城，与今天的建置更吻合。

鉴古而知今。有必要回溯忻州古城的前世。

建安九原城只是一座土城，用以抵御南匈奴的金戈铁马，实在单薄。

还是这座寨堡式的土城，历代守斯土者修修补补，城防功能未有显著提升。

历史来到明朝。长城外，蒙元残余贵族鞑靼、瓦剌各部，与明朝政府之间长期处于对立地位，其野蛮的侵夺严重破坏了北方的生产。那是万历岁次丙申（1596），山西巡抚魏允贞莅忻巡视，所见土城颓废倾圮，所闻民声"时苦蹂躏"，慨然喟叹，亟令州衙"揣厚薄、度崇卑、量经费，凡既具矣，与督府王公合疏以闻"。

情势紧迫，时不我待。州守张尧行等官员在奏报恩准后，即行城防修筑工程。采用抽取酒税、支出部分盈库粮银、收取各种罚没金等办法，筹足了经费。同时，征调三千兵壮即行上马。工程于万历二十四年（1596）四月启动，于二十六年十月完工，耗银两万六千七百余两。城墙全部用砖石筑成，石基厚八尺，砖厚七重，高四丈二尺，周九里十八步。建四门：东永丰、西新兴、南景贤、北拱辰。从此，城池坚固的忻州城，更像是守卫省城太原的坚强卫士。

为这座古城做出巨大贡献的另一位知州叫戈济荣。清同治七年（1868），他组织了忻州古城的又一次大修。

万历以降，垂三百年，城楼损坏，雉堞崩剥，不修不行了。更令地方官不安的是太平天国起义军在咸丰癸丑（1853）由豫入晋，全省不无风鹤之惊。

历来城以盛民。只要是惠民、盛民的事，老百姓就会支持，即如筹资一事，州衙经收取房租、收缴商户利润、动员富商捐资，共筹得6万余两白银，顺利解决了钱从何处来的问题。接下来，工程的组织实施采取"析城四所、分绅董之"的责任制。戈公则不时巡视，劳其勤而扶其惰。民众则众志成城，踊跃趋事。经两年半苦战，实现了"三展卧牛城"的目标。

戈公工程，城上增修垛口，城门外增设瓮圈；在四座望楼的上层增高饰顶，成重檐三滴水歇山顶式建筑，遥相呼应，蔚为壮观。又在北门楼上悬"晋北锁钥"匾，南门楼上悬"三关总要"匾，东门楼上悬"双流合抱"匾，西门楼上悬"九峰雄峙"匾，更为古城画龙点睛，益显文明厚重气息。此外，两条主街道青石铺路，四条深巷口均竖起牌楼，精雕细琢，尽显古风雅韵。

古城，储满乡愁；古城，留有艾怨。

永丰门和新兴门毁于战火，景贤门毁于五十年前，供奉先师的文庙被"农业学大寨展览"烧毁，那九里十八步的城墙也在20世纪六七十年代被拆毁……无人看管无人道歉甚至连一声叹息都没有。

历1800年文明史的古城，拥有太多精彩，她亟待重建。

2017年，忻州市委、市政府决定实施"忻州古城保护与活化工程"，决心要把这份珍贵的历史遗产活化成为文旅产业的高地、对外开放的窗口。

很快，在半年时间里，一期工程如期完成。南城门即景贤门增筑瓮城，两翼重修城墙，墙顶可六马并行。泰山庙、财神庙、关帝庙大幅度修复增建。特别是建立于清乾隆四十年（1775）的秀容书院活化为一处展现明清书院风貌的纯旅游景点。

在一期工程实施当儿，时任忻州市委副书记、市长郑连生带队前往陕西古建专业村袁家村进行考察洽谈。宏大的工程，诱人的前景，还有合作的诚意，吸引了袁家村领头人郭占武，双方达成了"将非古城功能移出，植入文商旅元素和业态"的合作意向。

新时代转型发展的新路是蹚出来的，忻袁牵手，蹚新路的力度就更大了。2019年7月1日，东大街开街仪式的举行，标志着古城保护活化二期工程的完成。看吧！全部街巷青石铺设，两旁明清风格的商铺和院落几百套，可云集上千家商户经营兴业，可容纳十数万人深度游、慢生活。

2020年春天，时任忻州市委书记郑连生主持召开专题会议，研究古城北城墙、环城公园、光明街的合理布局，要求三期工程"以城墙为主体，体现出古城的雄伟壮观"。

从拿出图纸到工程告竣，百多台大型机械、千余名建筑工人，发扬"白加黑""五加二"精神，仅4个月就完成了工程任务，从而使时间节点赶在了"山西省第六次旅游发展大会"在忻召开之前。2020年9月9日晚7时，古城华灯齐上，那饮水于牧马河，施尾于九龙冈上的城墙，宛如一条天宇降落的火龙，将蓬勃的生机赐给人间。

一座城池，化茧成蝶，在伟大新时代的起点上，活力四射、生机逼人，这便是活化。

不妨古城一游：

在秀容书院，操着不同口音的游客，进进出出，在十多个不同的院落里遥想四百年前书声绝井邑之哗的盛况。他们由下院到上院，一路拜玄元观、叩文昌殿、访山长院、登六角亭，在游历中读史，从古迹中悟道，带着满足和赞叹离去。

在城内大街，全市14个县(市、区)的厂商，展销着特色农产品。作为全国小杂粮之都，展台上的农副产品应有尽有，与以往不同的是精品精装，极大地满足了现代人的消费需求。

特色小吃无疑是旅游打卡地的标配。在几条小吃街上，具有忻州特色的小吃撩逗着游客的胃口。杂割鱼鱼、莜面窝窝、荞面饸饹、大肉片汤等等等等，只要花十几元就能吃好。当然，进主题院落要一桌风味大餐也是一种选择。

如果有谁爱好地方群艺，尽可循声而动，不一定在哪条街巷不期而遇。真的，如若远方的朋友欣赏到河保偏的二人台、忻定原的挠羊赛、五台佛乐八大套，那将是一次惬意的遇见。

（原载于2021年3月2日"大美忻州"）

忻州古城新韵　创文文明花开

◆梁晓飞　李紫薇

忻州并不富裕，甚至还有些许拮据，三年创文为何能够一举成功？

以创文为契机，忻州为老百姓解决了最为关心的难点、痛点、堵点，实现了全民齐心共济。

文明之花在忻州华丽盛开。

镶嵌在山西省中北部，拥有大名鼎鼎的五台山，忻州自建城以来，就被誉为黄土高坡上的"悦心"之地。但就城市而言，忻州规模不大，曾长期默默无闻，烟囱林立，尘土飞扬。

它并不起眼，甚至有些"土气"，却只用了三年，就摘得"全国文明城市"这一全国城市综合类评比的最高荣誉，引发广泛关注。忻州市是如何成功突围的？奥秘何在？

三年创文：功夫在诗外

据记载，汉高祖刘邦北上抗击匈奴时被困白登，到达忻口一带才摆脱追兵，他欣然将这里命名为"忻"。北倚长城、西隔黄河、东临太行、南屏石岭关，忻州，是一座古老而又年轻的城市。

古韵悠悠，回响千年。忻州古城始建于东汉建安二十年（215），距今已有1800年的历史，又称"秀容古城"，曾是北方通往中原的咽喉要道。

山河形胜，也困住了忻州市。它历史欠账多，贫困如影随形。忻州市是全国少有的横跨吕梁山区、燕山—太行山区两个集中连片特困地区的地级市。全市 14 个县（市、区），其中 11 个曾是国定贫困县，直到 2016 年，每 7 个人中就有 1 个贫困人口。

城市建设也不尽如人意，城市与人的关系一度十分紧张。"20 年前的忻州就是一个大乡镇。前面是单位大院，后面是职工宿舍，中间一个大锅炉，左边一堆煤，右边一堆灰。"时任忻州市住房和城乡建设局党组书记、局长王连生回忆说，当时经济发展严重依赖煤炭产业，城市建设缺乏动力，停滞不前。

可以说，忻州市经济发展水平较低，文明创建起步较晚。三年创文，一举成功，对忻州人来说，是功到自然成。

文明的种子早就在忻州生根发芽。

全国文明城市是反映一个城市整体发展水平和文明和谐程度的综合荣誉称号，是一个城市极具价值和竞争力的无形资产。自 2016 年起，忻州连续获得国家卫生城市、国家园林城市等称号。文明城市的成功创建是城市接续建设的综合结果。

走在忻州的大街上，干净是第一印象。"走过不少城市，忻州是最整洁的，它在短时间内经历了巨变。"曾在国外留学的忻州市民张新丽说。

变化，始于 2012 年。忻州在当时意识到了城市存在的问题，奋起追赶。一条条新建道路纵横延伸，这座城市以前所未有的速度生长。十年来，随着车辆的增加，忻州市的道路格局从"申"字形变成棋盘状，公园绿地服务半径覆盖率达到 81%。

创文工作干了三年，又远不止这三年。持续近十年的城市蜕变，为创文打好了底子，补足了短板。在城市建设方面，忻州市已经形成了稳定的工作机制。忻州市城市管理局党组书记、局长刘云飞说："责任到人，打破管理壁垒，减少了扯皮推诿，就是干工作，就是要建设！"

城市宽阔了，功能齐全了，人和人的美好生活有了足够的空间。张新丽说:"家乡开始变得舒服、便捷,我们离现代化的生活方式近了。"

搭建好城市骨架,忻州市还从"神经末梢"入手,在"麻绳最细处"着力,抓实城市建设的"里子"。

在忻州市创建文明城市的工作总结中写道,除了游园、广场、道路绿化外,大量内容聚焦在城市的犄角旮旯。比如,修补路面坑槽2963平方米,修补人行横道2200.13平方米;疏通、清淘雨水管网433余千米,清淘雨、污水井21013座;清理了540个小区地下室、楼道间堆放的陈年旧物……

尊古而不守旧,求进而不盲目。活力四射的忻州古城是整个忻州市转型发展的生动缩影。这座多年来安居一隅的千年古城曾遭到局部破坏。2017年,忻州启动古城修复活化项目,三年时间,它就以崭新的面貌亮相。

2021年春节期间,古城着实"火"了一把。据统计,正月初一到正月十五期间,忻州古城共接待游客137万余人次,旅游收入3000余万元,游客接待总量山西省第一。忻州古城也成了"网红",人头攒动正成为常态。

如今的忻州人,出门就是充满文化气息的古城,累了能在路边小凳上歇歇脚,困了能望望城市里的成荫绿树。在这里,文明与文化成为可感可触的存在,自然而亲切。

全民行动:共画"同心圆"

城市与人、城市与自然、城市与发展关系为何?一座放眼未来的城市理应深度考量。

利用创建文明城市的契机,忻州交出了一份答卷:与人民共画"同心圆"。这就是它三年创文,一举成功的奥秘之一。忻州市文明办主任葛小树说:"忻州并不富裕,甚至还有些许拮据,办成这样的事全靠机制创新和全民参与。"

忻州市突出了"创建为民、创建惠民、创建靠民"的创建主线。时任忻州市委副书记、市长朱晓东说："这是我们创建全国文明城市的根本动力和最大底气。"创文期间，忻州市始终站在群众角度，动员全体市民参与文明城市创建，同时不断提升忻州市民的文明素养。

位于忻州市中心的利西新苑曾令所有人头疼不已。它原名"利民西街北二巷"，始建于20世纪70年代，有13个院落、17栋楼，分属于15个单位，由各单位自行管理，基本处于无序状态。这样的老旧破，硬是被改造成了公共设施齐全、管理服务一流的小区。华丽一跃只用了70天。2020年夏天，忻府区组织专班，昼夜推动，拆墙、绿化、管线入地、一体整合，利西新苑面貌一新。

喊口号易，聚民心难，忻州是怎么做的？小区居民李志刚向记者讲

■云中胜景 郝智 摄

述了他眼中的"忻州办法"——同甘共苦、一心为民，终有上下共振。他说："那会儿一群人来小区修整路面，清理楼道，刚开始没人当回事，后来邻居打赌说他们坚持不了一个星期。再后来，发现他们天天在为我们认真做事，居住环境真的变好了，大家伙儿没事也就一起干！"

利西新苑是忻州城建工作的缩影。近10年，忻州市聚焦人民群众反映强烈的医疗、住房、出行等方面的实际问题，一件一件落实、一项一项推动，群众感受到了真真切切的变化，得到了实实在在的好处，也把创文事当成了自家事。

从旁观到出力，不论是顶着满天星斗出工的环卫工人，还是自觉清理楼道垃圾的小区大妈，抑或自觉遵守交通规则的垂髫稚子，人人都在为文明城市的建设添砖加瓦，也找寻着自己在城市中最舒服的状态。如果说文明城市创建是道考题，那么，每一位忻州人都是答题人，而考题中最难的题由干部作答。

在这里，人与城的关系是放松的、互相成就的。忻州市长征街和七一路交叉路口的柏油马路上分布着几条彩色"跑道"，忻州市公安局交警支队古城大队副大队长雎艳飞说，这是非机动车专用车道。交警们发现，很多在路口乱走的非机动车驾驶员并非故意，而是不知道如何行驶。画好路线后，违章率大大降低，路口的交通事故也少了。

市民彭嘉怡对此赞不绝口："城市治理，贵在将心比心。政府不是一味罚款，是真正理解大家的难处。"非机动车道隔离桩、遍布在各个路口的志愿者……这样的例子还有很多。在这座城市，人与人的关系也是放松的，市民在路上走不会慌，办事也不会处处碰壁，与人沟通起来少龃龉。

以创文为契机，忻州为老百姓解决了最为关心的难点、痛点、堵点，实现了全民同心共济。为了让人参与城市的建设，忻州市专门成立市民寻访团，通过政务热线、问政平台、市民巡查等方式，深入社区、主次道路等 180 多个公共场所调查寻访；鼓励市民网上参与文明创建和城市建设，累计回应解决民生诉求 3.7 万件。

来自北京的游客费皓说："忻州给人感觉很亲切，是一个适宜居住的好地方。"的确，人是城市的主人，城市是自然的有机部分，而现在书写着未来。

守护金字招牌再出发

"全国文明城市"创建成功后，忻州人并没有就此松一口气，而是保持了审慎和清醒。面对从北京带回来的奖牌，他们没有立马召开表彰大会和庆功大会，而是在受表彰一月有余之后，在 2020 年 12 月 18 日召开了"创建文明城市总结和巩固提升再动员大会"，建立创建文明城市联席会议制度，印发了《关于进一步建立健全全国文明城市创建工作常态长效机制的意见》。

对此，时任忻州市委副书记、宣传部部长郭奔胜说："我们深知，新的荣誉也意味着沉甸甸的责任——守护金字招牌。"这并非易事，让文明之花持久绽放，城市治理要继续经历从外到内的彻底蜕变。将创建活动转化到常态化状态中，将创文与开启全面建设社会主义现代化国家新征程相向而行，与依法行政、干部作风转变同频共振，与"放管服"改革激越合奏，与高质量转型发展并驾齐驱。

多年来，忻州市致力于建设法治政府。近 10 年来，党委政府组织的项目基本能"一把尺子量到底"。同时要求干部做到用法律手段和法治思维办事。经历淬炼，忻州市干部敢闯敢冲的精气神得到提升，依法依规的办事作风得到锻炼，营商环境明显改善，新产业、新气象油然而生。

林立的厂房、开阔的街道、轰鸣的机器，这里一片热气腾腾。党委政府为在此打拼的人们优化环境、提升品质、引入资本，不到 3 年时间，一批生产砷化镓晶体及芯片的高新技术企业相继落户忻州。

忻州中科晶电信息材料有限公司是第一家落户忻州经济开发区的半导体企业，从开工建设到试生产不到一年时间。随后，华晶恒基、北纬三十八度、台湾德晶等一批优秀的半导体材料和设计制造企业接踵而至，累计投资已超百亿元。北纬三十八度集成电路制造有限公司总经理蒋建说："从中科晶电身上，我们看到了地方政府的诚心实意，看到了忻州的潜力。"

文明洒满一座城，每一个市民都在成长。"忻州好人"张未荣上班路过小吃店，不顾个人安危，及时抢救了煤气中毒的店主，并将3000元送给店主妻子办理住院手续；志愿者郭美丽拉起一支千余人的志愿者队伍，三年来组织百余次公益行动；民营企业家沙万里多年来为家乡捐资3000多万元……

为激励群众崇德向善，忻州市注重从群众身边选树"最美家庭""最美医生""最美护士""最孝儿女""星级文明户"，邀请道德模范参加春节联欢晚会，对忻州好人进行表彰，建起山西省首家"好人馆"，供广大市民参观学习。榜样力量、好人精神正在成为这座城市的"魂"与"根"。

文明创建是一项赓续前行的"耐力比拼"，更是一场绵延发展的"幸福接力"。时任忻州市委书记郑连生表示，文明城市建设永远在路上，它承载着全体市民的共同期盼和愿望，是一座城市永远坚守的初心。

（原载于2021年3月30日《瞭望》，作者系《瞭望》周刊记者）

千秋神韵

QIANQIU SHENYUN

古城的"新生"

◆任志霞

上篇

历经8年精心修复的太原古县城揭开神秘面纱，再现600年前的辉煌；被称为山西最低调城市的忻州，却在全球旅游业陷入低谷的2020年迎来高光时刻……近年来，随着文物遗存的保护和开发，屹立千年的

■南城门楼揽胜　米广弘　摄

走近秀容

古城正在悄悄改变,在山西,有大大小小十几座古城正在或者已经被修复。那么,古城该如何做好活化利用?如何在吐故纳新中实现"新生",为提升城市品质、助力高质量发展注入动能?

古城修复 开辟旅游新空间

花灯闹市的宋街上,王家罗锦匹帛铺、陈家画团扇铺、书坊、画坊,让人分不清画里还是画外;登上"汴河码头"的客船,从黄昏日落到华灯初上,繁华盛世恍若昨日;坐在"孙羊店"的大堂里,喝茶听曲,窗外烟雨中的汴河美不胜收……这幅北宋画家描绘的《清明上河图》已不是泛黄的一幅画,而是太原古县城城墙上梦幻灵动的情景体验,是生生不息的中华文明的延续。

就像《清明上河图》描绘的一样,就像影像图册里定格的画面一样,时光流逝,那些场景那些人已不复存在,但那些伴随他们生活的街巷、房屋却以新生的姿态延续了下来,包括曾经的优秀传统文化。

"优秀的传统文化一直是山西的比较优势所在。古城作为一种对历史文化的承载,凝聚着我们的民族记忆。古城的修建对山西的经济社会发展,尤其是文化旅游的发展,具有直接的帮助作用。"山西省委党校省情与发展研究中心主任郭玉兰如是说。

恰是因此,一大批古城开始修复、复建,也为文化旅游开辟出新的空间,增加了多元的内容。比如太原古县城,从明洪武八年(1375)至清代,一直是太原县治的所在地,比北京的紫禁城还要大45岁,因形似一只头北尾南、振翅高飞的凤凰,且根据唐朝墓碑考究,在唐朝就叫凤城。2013年,太原古县城修复建工作开启,79处文物建筑、49处历史建筑中丰富的历史文化遗存,为太原古县城提供了极高的文化价值和游览价值。

相较于大同古城、忻州古城、榆次老城、太谷古城……这些已经修复的古城来说，太原古县城算是后起之秀。那么，这些修复建的古城要如何开发打造，才能与众不同，涅槃重生？

太原市龙城发展投资集团有限公司文旅产业总监高伟伟说："我们要打造五大功能，就是华夏历史文明的沉浸体验地，比方说清明上河图等沉浸式体验项目，这在全山西乃至全国都是独一份，还有山西省地域特色产品展销地，更重要的是我们还有文物保护研究地，市民休闲地以及旅游集散地。我们将晋祠、太山、蒙山、天龙山、晋阳湖等晋源区所有景区全部辐射，以点带面，形成旅游的产业链，从而推动太原市的文化旅游发展。此外，除了沉浸式体验，在文化方面，晋阳诗社、晋阳棋院等都将在太原古县城有所呈现。"

■陈公祠　梁兴国　摄

情感服务　创新消费新品质

在很多人的记忆里，依然还留存着2021年的春节印象，在山西的44个重点景区里，忻州古城成为旅游业的一匹黑马，游客接待量位居第一。

郭玉兰说："一座古城，应当是既有烟火气，又有书卷气，如此内涵才比较丰富。忻州古城的人气就是融合了这样的多种情感服务。"

的确，一座活着的古城与历史博物馆的区别就是"炊烟"。忻州古城最不缺的就是炊烟。上百种小吃，其中80%来自忻州地区；几十家四合院式的主题餐厅，融汇南北中西各种风味；风格迥异的民宿客栈，精巧整洁；古戏台上每天都有不同的故事上演；徜徉在井格状的小街巷里，一个转弯、一次回头，就让你与穿着汉服的小妹妹们不期而遇……不论你从何而来，在这里，你的眼一定是忙碌的，你的胃一定是喜悦的。

"修旧如故，以存其真"，说到书卷气，从文保点到老字号、名人故里、宗教场所、历史街区再到全城保护，忻州古城的保护修复是一次由点到线再到面的脉络相承的总结和探索。

据忻州古城保护策划总顾问张福贵介绍，始建于元至正十三年（1353）的遗山祠是为纪念金末元初的著名文学家和历史学家元好问而修建的；始建于乾隆四十年（1775）的秀容书院，238年来（2013年停用），琅琅书声从未间断；曾是忻州城里地标建筑的白鹤观、泰山庙、财神庙、关帝庙里，大殿房梁上的明代彩绘至今依然清晰可见。

对此，忻州古城策划运营管理有限公司相关负责人表示，忻州古城的运营管理，其实是政府让利企业、企业让利商户、商户让利游客的共建共赢的过程。忻州古城的人气来源，最重要的在于忻州市政府与袁家村的携手，双方强强联合，将古城的保护改造打造成了一个转型项目。而且，整个招商运营过程中招聘了大量当地人，把他们的情感融入项目建设中。所以来到忻州古城，享受到的不单是古城的服务，也是整个忻州的服务。

忻州古城活化保护建设项目部经理叶楚劼说，忻州转型的四大片区，包含北部的云中河片区、南部的古城片区、中部的杂粮园区以及东部的半导体产业园区。古城作为南部最重要的产业转型发展片区，它肩负着一个打造晋北生活体验旅游目的地的重要任务。相信，随着忻州四大转型片区建设的日益完善，忻州将成为一个宜居宜业的文旅名城和产业新城。

千秋神韵
QIANQIU SHENYUN

■北城门楼英姿 米广弘 摄

创新融合 打造旅游新未来

读万卷书，行万里路。近年来，消费结构的变化之一，就是旅游成了城市消费者日常生活的一个重要组成部分，且逐步升级。就像人们对古城文化的迷恋，不再是单纯的行走观赏，还有更深的文化研究、科普教育、价值观培养等。只有从文化事业和文化产业两方面深入研究规划，才能为古城注入更充沛的生命活力。

忻州古城的成功是街院结合、产城融合、文旅融合、古今交流的一个成功案例，它让古老变为时尚，让传统融入潮流，让文化与市场对接，由此注定了黑马之日的到来。

忻州古城的成功还告诉我们，一座古城的人气背后不仅仅是城市品位的提升，还有政务理念的转变，政府的决心和担当，各个职能部门的通力协作，当地居民的支持和参与。

郭玉兰认为：忻州政府把忻州古城作为一个创新发展、相互协作的平台是很成功的。这对我省今后的古城项目转型发展提供了很好的搭建经验。首先是资源转化的平台，创造性转化，创新性发展。忻州古城把传统历史文化资源变成了经济优势，体现了文化应有的价值，甚至包括更多更高的附加值。第二是古城保护和资源开发并举的平台。忻州古城很好地处理了资源保护和旅游开发之间的关系，是在保护中开发，在开发中保护。第三是一个转型发展的平台，忻州古城很好地把忻州的历史文化资源融入山西转型发展的大局当中去，从而取得了多重效果。

"同样，在新消费市场趋势下，在山西文旅转型的这条路上，也需要百家争鸣，求同存异，百花齐放。在古县城开发保护品类里面，竞争伙伴也需要结伴同行，共同把山西古城文旅市场做大、做强。"袁家村相关负责人坚定地说。

"以前大家来山西是游大院，现在我们应该和平遥、忻州、大同等其他古城一起，努力做到让全国的老百姓来山西游古城。"面对太原古县城的建设和古城项目的开发，高伟伟充满了期待和信心。

古城见证担当，见证历史；活化改造，承载文脉，承接未来。历经风雨和沧桑，穿越千年的古城有了不一样的今生。转型发展中的古城建设，让我们的城市有了不一样的色彩，变得更有内涵、更有格调、更包容、更宜居、更美丽。

下篇

"五一"小长假到了，超七成的人选择自驾跨省游，租车订单同比增长了126%。但也有人选择不出远门，在"家"放松身心，在省内逛古城、赏民俗便是个不错的选择。

从平遥古城20年长盛不衰，到全国各地纷纷上马古城项目，说明消费者对古城有一种天然的亲近感。但是，古城建好了，如何让它火起来，并长久地活下去，实现建设初衷，这考验着经营者的智慧。

因地制宜 创建个性化创意古城

古城见证担当、见证历史；活化改造，承载文脉、承接未来。经常逛古城、体验文化民俗的游客会发现一个问题，那就是并不是所有的古城项目都会火起来，有一些即便一时火起来了，却没有持续下去。

对此，山西省委党校省情与发展研究中心主任郭玉兰认为，我们应

■街巷里穿汉服的小姐姐　梁兴国　摄

当高度重视避免进入同质化发展误区问题。就山西来看，北部和中部，特别是北部很适合发展古城。因为山西的北部地势开阔，且冬季比较寒冷，古城的温暖和厚重不失为一种好的选择。但这种模式并不一定要推广到全省。比如说，山西东南部的晋城是生态环境最好的区域，更适合结合传统古堡等特色来开发山水庄园；再比如山西南部的运城和临汾，更适合开发大型的生态农庄。也就是说，我们一定要避免把自己的比较优势变成发展的劣势，落入同质化发展误区。

如郭主任所言，避免同质化其实就是要有自己的特色和个性。那么，如何体现自己的特色和个性？忻州古城用自己的成功诠释了这个道理，那就是讲好自己的故事。

忻州有14个县（市、区）和五台山风景区，每个县在忻州古城里都有一个主题院落，院子里充分展示了14个县（市、区）和五台山风景区的历史文化和旅游资源及特产，从而把地域文化和市场开发作了有效结合。

忻州古城策划运营管理有限公司相关负责人说："其实，我们在做古城的沉浸式演绎时，也结合了在地文化。比如说，貂蝉是忻州人，我们就开发了'貂蝉拜月'项目；忻州温泉丰富，我们便开发了温泉酒店，还依托五台山禅修院落进行设计等。"

同样，太原市龙城发展投资集团有限公司文旅产业总监高伟伟认为，特色和创意是避免同质化的唯一途径。他们在打造太原古县城时更注重独特的业态和产业链。比如国潮项目里有一个百星百匠的创意，是把一百个明星和一百个非遗匠人结合，努力把国潮做到极致，同时将带货直播间"搬"到国潮乐园，定期到古城开展线下促销活动，开启线上线下联动，玩转非遗产品。

以业养城 赋予古城更多生命力

差异化、独特性，或许能让古城火起来，但要想长久地活下去，就必须赋予古城更多生命力，而不是只注重古城的旅游功能。

如何破解这个问题？专家一致认为，可以以业养城，用产业来供养古城。

郭玉兰说，以业养城，首先要对古城里面的业做一个精心选择，让古城的业能够真正和古城的发展相适应，让这些产业赋予古城源源不断的生命力。平遥古城之所以能够长盛不衰就是通过先进创意加上不断的品牌创新。诸如平遥国际摄影节、国内第一部大型室内实景剧《又见平遥》、平遥中国年以及平遥国际电影展等等，如此让自己拥有了持续不断发展的生命力，有了持续不断的品牌效应。

和平遥古城一样，在即将到来的"五一"小长假，忻州古城特别策划了2021年文创艺术周，以文创方式来做好忻州古城生命力的持续，讲好忻州的故事。在太原古县城，有一个沉浸式体验项目，是和故宫以及凤凰科技共同合作的，复原光绪皇帝的大婚情景，并做了主题馆、生活馆。

"之所以做皇帝大婚这样一个项目，主要是想把婚庆产业引入到太原古县城，通过该项目，让年轻人爱上中式婚礼、中式婚纱照，从而把婚庆产业辐射

■忻州名吃——瓦酥　李国伟 摄

到全太原乃至全山西。"高伟伟解释说。

　　文化赋予了古城内涵，对于一座古城来说，文创产品和文化产业都是必不可少的。将文创产品和文化产业发展下去绝不是简单的事。文创包括从一个产品IP的提出，到整个产品的打造再到后期的推广行销。众所周知，忻州是中国的杂粮之都，很早以前杂粮的销售大多停留在销售原材料上，且价格很便宜。现在，可以通过简单的文创方法，通过文化的植入和创意创新的做法，让产品获得议价空间。

　　在太原古县城，高伟伟将国潮公社分为国潮乐园和国潮产业园。国潮产业园就是为国潮乐园来做配套，国潮产业园里面研究出来的好游戏、好玩法、好项目，会适时放到国潮乐园里进行体验，如此相得益彰，就会有源源不断的新想法、新项目、新产品。

■泰山庙前直播　石丽平　摄

城市更新 让古城持续遗存且宜居

古城的修复是山西转型发展的比较优势和重要内容，也是"游山西，读历史"最生动的体现。那么，是不是有了独特性、有了文创产业，古城就能够长久地活下去？

中国城市规划设计院副总规划师张广汉认为，从全国和全世界的古城来看，真正有活力、可持续发展的是历史文化保存比较完好的古城本身。而且古城里依然居住着老百姓，所以保护真实的历史遗存和保留原居民，是城市可持续发展的一个重要的目标或者手段。

"其实就是宜居问题。"郭玉兰说，古城的宜居有很多经验，也有很多模式。保留原居民就是其中一种模式。我们现在可以不必拘泥于这一种形式，不必过分纠结古城保留的是不是原居民。实际上，很多古城修建之后会重新移民进去，这些人和古城现有的产业、店铺密切相关。他本身既是古城的居民，也是古城的工作人员、店铺老板员工等。也就是我们所说的古城的活化，也是"十四五"规划纲要中提到的城市更新。

不同于聚焦基础设施更新的旧城改造，城市更新是产业、文化、环境、基础设施、居住条件等要素的同步更新，是把美术和艺术融入城市规划中，通过建筑的改造、街景空间的营造、业态的引入和升级，用文化激活城市，织补城市功能，提升人居环境，推动以人为本的城镇化发展。

忻州古城的改造活化便是一个城市更新的样本

袁家村相关负责人说，当初在整个古城修复的过程中，忻州古城把原居民先迁出去，然后再做完整的古城生活配套、设施设备，重新修建以后又把原居民请进来。严格来说，修复后的忻州古城成了一个帮助手艺人创业、立业的平台。原居民有手艺的可以回到古城来创业；无技能原居民可以回到古城来就业，比如环卫队伍、安保队伍等。整个古城里面的建筑形态大多以院落为主，回到古城的居民可以在邻街的商铺做销售，同时可以在后院居住。

当前，城市更新主要涉及三个方面：第一个是再开发；第二个是整理整治；第三个是保护。

"太原古县城的修复，主要是保护和改造，是太原城市文脉打造的一部分。太原具有深厚的历史文化底蕴，城市改造是要增强历史文化自觉，做好文物遗存的具象化和活化，体现厚重的城市文化。"高伟伟说。

千年古城，遍地美食，很多人来古城是要享受历史的厚重和沧桑，感受古今不同的生活节奏和舒适休闲，所以古城的修复应该既宜游，更宜居宜业，还要更智慧、更便利、更科技，这样的古城才能生机勃勃。

（原载于2021年4月29日、30日《山西日报》，作者系《山西日报》记者）

沧桑回眸

忻州古城的前世今生

◆彭图

A 沿革

忻州古城迄今已有1800多年历史。东汉建安二十年（215）"省云中、定襄、五原、朔方郡，郡置一县领其民，合以为新兴郡"，内迁于今忻州市境内，置新兴郡并九原县，筑九原城为郡、县治所。九原初次置县，即为郡治所在。

这座建于东汉年间的九原城，正是今天忻州城的始建城。之所以称其九原，一是河套五原郡郡治九原县，因匈奴侵扰，东汉朝廷无力抵御，便将五原郡十六县吏民（多为官吏、富户，及愿意内迁的平民）集中于九原县，内迁至今忻州地面筑城而治；二是筑城选址时，发现此地有九龙冈。这样的巧合为新兴郡城和九原县城的新冠名提供了合理的依据。此后，200余年一直叫九原城。

北魏太平真君九年（448）置肆州（州治九原），新兴郡城成为肆州州城，肆州基本统今忻州市地域全部。同时，在城东15里芝郡村筑城置平寇县，县治离开州城。魏孝庄帝改新兴郡为永安郡，并移秀容郡、秀容县于境内（郡、县治所在今忻府区奇村一带），遂有秀容之称。北周大象元年（579）肆州州治徙今代县城，州城遂废。北魏末年到北齐、北周乱世，战伐不断，直到隋朝统一，才又重置州县。

隋开皇十年（590），废平寇县，开皇十八年（598），置忻州，重筑州城，废秀容郡，秀容县迁入州治。当此时，古城方有忻州与秀容之名。

隋大业二年（606），废忻州，秀容县改属楼烦郡，城遂为秀容县城。唐武德元年（618）复置忻州，辖秀容、定襄，州县治又同在城中。天宝初改称定襄郡，乾元初复为忻州，宋为忻州定襄郡秀容县。金、元俱称忻州秀容县。直到明洪武初（1368）省秀容县入州治，废秀容县，忻州州治与秀容县治皆在城中。秀容叫了近千年，遂成为忻州城别名。

B 城池

古城建城以来，历代皆有修葺。见于史志记载的主要有：北魏肃宗熙平二年（517）九月，扩建肆州城。隋初重筑州城。唐太宗时于旧基重新修筑，周九里二十步，高二丈五尺，护城河池深一丈七尺。明洪武三年（1370），知州钟友谅重修；嘉靖十六年（1537）知州李用中加修。嘉靖二十八年（1549）因积雨，城墙塌毁十之六七。知州周梦弘倡议捐修，亲自监督，众力齐心。筑城清河，修城墙壕堑，增设敌台，一个多月完工。万历二十四年（1596），巡抚魏允贞用赋税课金作资金以砖石砌墙，万历二十六年（1598）十月完工。砖厚七重，石基八尺，高四丈二尺，

■晋北锁钥（拱辰门楼）　梁兴国　摄

周长二千一百九十丈。城壕三重，深二丈，阔丈余。四门，东门迎晖，更名永丰；南门康阜，更名景贤；西门留映，更名新兴；北门镇远，更名拱辰。忻州城墙修竣后，四座城门，连同洞门八座，洞门城门相对。清乾隆十八年（1753）、同治七年（1868）到九年两次重修。乾隆年间小修小补，同治七年到九年大修，共用白银六万余两，城墙之上增修垛口，重建门楼，并建堙门。

古城一直为州制规模，从建安二十年始建，即为新兴郡郡城，后又为肆州、忻州治所。北倚雁门、宁武、偏头三关，县境内又有忻口、石岭、赤塘三处险隘；南屏省府太原，城内南北大街是太原以北唯一通道，为"晋北咽喉和门户"。西汾河、东滹沱，两河源头数代皆在州境之内，县境内又有云中、牧马二河。群山环绕，襟山带水；关隘林立，四通八达。进则如掌使指，退则坚实如拳，进可攻，退可守，历来为兵家必争之军事战略要地，故南城门楼匾书"三关总要"；北城门楼匾书"晋北锁钥"。古城背依九龙冈，西临牧马河，平面势成椭圆，俗称卧牛城，是一座易守难攻的坚固堡垒。城内有不少寺庙古建，如秀容书院、遗山祠、关帝庙、财神庙、泰山庙等都是忻州宝贵的历史文化遗产。

忻州古城是一座雄伟壮丽集中国建筑精华的州城，然而在近代冷兵器战争结束以来，却日渐颓毁。1948年忻州全境解放前，古城四门四座箭楼中的东西二楼先后被毁；解放战争时期，由于晋绥军挖战壕，修碉堡，城墙亦有较大损毁；中华人民共和国成立后，由于城区建设，城墙逐步有所拆除，东南西北四面仅剩断壁残垣。四门只留北门"拱辰门"，北门遂成忻州古城所遗标志性建筑。

北门拱辰门墙顶四周砖砌围廊，中部为城楼。城楼总高28米，宽7间，深4间，四周围廊，重檐三滴水，歇山式屋顶，三层檐下，四周共有红色廊柱22根，檐下高悬"晋北锁钥"门匾。楼内无柱，梁架结构简洁，连接严实。楼身坐落在12米高的城墙之上，更显其巍峨高大，雄伟壮观。

城墙外涂朱红，下筑券门洞，洞顶甚高，底阔3米多。整个城楼红柱蓝瓦，富丽堂皇，具有很高的文物保护价值。城墙内两侧，各有砖砌台阶，曲折通上墙顶。城门楼广场景观宜人。北城门楼西原有三官庙。

南门"景贤门"，重建于明万历二十四年（1596），1972年拆毁，2002年再次重建。城楼面阔7间，进深4间，重檐歇山顶，四角飞檐，楼梯三层，构思精巧，楼内无柱，三层檐下正中悬挂"三关总要"匾额。

东门"永丰门"，重建于明万历二十四年（1596）。城楼匾额"双流合抱"。1945年城楼被毁。东门到南北大街是东大街。

西门"新兴门"，重建于明万历二十四年（1596）。城楼匾额"九峰雄峙"。城楼毁于解放前。西门通南北大街，古城原有略显弯曲的西大街。

C 街巷

城内以十字路口为界，分为南北大街。一条大街纵贯南北，将城分为东西两部分，两旁是街巷，东部亦称街，西部为巷。南北大街西侧的街道由北往南依次有石狼巷、周家巷、打磨巷、草市巷、泰山庙巷、秀容巷、关帝庙巷7条东西向主巷。

南北大街东侧由北往南依次有学道街、兴寺街、东大街（亦名丁字街）、顺城街4条东西向主街。整个州城街巷内店铺、民居、寺庙布局合理，井然有序。

除以上主要街道外，还有东街云路巷、锦衣巷、火神庙街、焦家西巷、李家巷、仰圣牌楼巷、观音庙街、奶奶庙街、三道十字街、文昌寺街、蓝墙底巷、枣涧巷、三眼阁底、财神庙巷、二道坡街、赵家堡街、大坡街、南主事巷、北主事巷、北关七贤古道巷、东二道巷、东三道巷、西六巷、南关王家巷、杨家巷等小街巷。

古城内古街道青色石条铺面，历史上两侧布满建筑考究的商号货栈。

古城建筑主要有州署、寺庙、牌楼等。在南北大街上从北到南建有明月楼、八座门及连三牌楼。民居里巷纵横排列，以南北大街为中轴线，直通南北两座城门。街道巷口均竖坊表，数楹重檐，跨越街心，彩绘金碧，色泽粲然。许多寺庙古建点缀其间，名胜古迹花插全城，为古城增添了浓厚的文化色彩。

D 商业

忻州地处晋北交通枢纽，也是晋北商品集散地，历史上商贾云集，经商遂成为县人必然的选择，忻商也因此闻名。行商坐贾，忻州商人除在本地经营店铺的坐贾外，更为著名的是足迹遍布大江南北、长城内外的行商。忻商是晋商的重要组成部分。忻商所以能在商海中独树一帜，是因为他们遵循诚信为本、信誉第一、俭以持家的经商理念。经商使得忻州成为富庶之地，境内经商和离邑从商者"多如牛毛"。据1935年版《山西大观》统计，全县20万人口中，从商者竟达3.8918万人。

清末民初是忻州商业的黄金时期。城内有商铺400余家，资本3.26万元。南北大街、东大街、南北两关以及临近大街的各条小巷商店林立、鳞次栉比。各商铺货物齐全，种类繁多。尤其是地处城中心的十字街，更为热闹繁华。全城商业以绸、币、纸、钱、粮、铁、药、估、木、当十大行为主，以邰、王、张、陈、石、连等姓氏家族为主要业主。他们开办钱庄、发行钞票、办理汇兑。同时六大财主在城内设有账庄，负责总、分商号的结算，成就了许多具有丰富内涵与人文背景的老字号。

E 古建

元遗山祠堂：位于城内南北大街北端西部，坐西向东，东西长40米，南北宽17.8米。创建于清道光年间（1821-1850），现存建筑为清代遗构。中轴线上有西大厅，南北两侧各存有碑房11间。祠堂现存西大厅面宽三间,进深四椽,硬山顶式,为典型的清代厅堂建筑。大厅右侧檐下有"元遗山先生祠堂碑记"碑一通。2007年,忻州市人民政府公布为市级文物保护单位。2010年,元遗山祠堂重修,整体结构仍保持祠堂原貌。

明月楼:又名凌云楼。在北城门南近百米,砖木结构建筑。三檐歇山式阁楼,四角飞檐,明柱周匝,底层明窗棂隔扇围拢,顶有圆形脊楼。楼体高峻,屹立当街。楼体中部有门洞,行人车马从中通过,二层高悬"凌云楼"匾额。建筑造型美观,做工精巧。登楼入口处在遗山祠大门北侧,解放初期文化部门把底楼作图书馆,1954年因阻碍交通而拆除。

学道街:街北有文庙,街南有九龙照壁。往东过十字路为奶奶庙,再往东为火神庙。

文庙:忻州文庙原建于州城西南隅九龙冈上的文昌寺一侧。后晋天福二年(937)所建。明弘治五年(1492)王轩任忻州知州时,文庙连同儒学,由九龙冈迁徙到学道街。明建文庙坐北向南,三进大门棂星门雄伟壮观。庙中有泮池,泮池上有泮桥,池水之阳,有巨大照壁。照壁由西而东,琉璃碧瓦盖顶,像一巨大屏风,照壁上龙飞凤舞。池以北正对"戟门",戟门四楹三间,六扇合扉,脊高坡缓,兽头高昂。戟门正中为"官厅",左右各有"名宦祠""乡贤祠""忠义祠""孝悌祠"。进戟门,穿过殿,往北,单檐顶式大成殿巍然耸立。大成殿全部为木质结构,"五脊殿顶",顶部以绿色琉璃瓦盖顶。门窗棂楣雕刻精致,凤板雀替形制玲珑。殿檐四角飞起,殿内木阁中塑有大成至圣先师孔子巨型雕像。1977年3月8日大成殿不幸毁于大火。大成殿背后是"明伦堂"。另有"尊经阁""崇圣祠"等配套殿宇。文庙大院之中,建筑恢宏,古木参天,古柏六株,乔松无数,呈现出苍翠碧蔚之幽雅美景。文庙西曾有包公祠,东有文殊寺。

陈家牌楼:位于南北大街北段中部,为连三牌楼。高大雄伟,是为纪念忻州人陈功而建的功德牌楼。牌楼南面匾额"鲲奋春溟",北面匾

额"鹗横秋汉"。

兴寺街：也称十字街，因兴国寺在此街而名。它与学道街、东大街、顺城街一样，是古城的4条东西向街道之一。但它却独有三个十字街口，即与南北大街、西边的草市巷构成了古城唯一的、最中心的十字街口，与南、北主巷形成第二个十字街口，与仰圣巷、三道十字街形成了第三个十字街口。兴国寺始建于唐高祖武德六年（623），原名圣国寺，后唐长兴年间（930-933）改为兴国寺。兴寺街内的商号，虽不及东大街店铺林立，也行当俱全。有银铺、账庄、粮行、铁店、木店、粉坊、裁缝铺、鞋铺、剃头铺等32家，著名的有万和园、义和园、义盛和、永益源等。

东大街：从东门进城是东大街，东大街过十字路路北为旧时的州衙（忻州州署在东门街宣化坊）、贡院。贡院是州县庠生考取秀才的专门场所。贡院内设有考棚，考棚只有隔墙，没有门窗，每间一桌一凳专供考生考试时使用，一人一间。贡院的考试一般三年举行一次，考中者称为生员，也称秀才。1900年中秋节（9月8日），曾为慈禧太后从北京逃赴西安时的"西狩"行宫。

城隍庙：在东大街州治西，忻州城隍庙正中大殿塑有城隍神，身着红袍，手执纸扇，左右站文武二判宫，上方挂着"杨府灵佑侯"金字大匾。两边厢房塑着十殿真君殿、救苦殿、丰都殿等。据传原忻州城隍为汉朝萧何，明洪武三年重建后，忻州人请威镇三关的杨延昭杨六郎做了忻州城隍。城隍庙明清两代多次重修，民国战乱损毁，新中国成立后庙产属公，现城隍庙为忻州七中占用。城隍庙西有节孝祠。州治东有龙王庙。

古钟楼：位于城东古钟公园内，据钟铭文记载，公园大钟铸于金大定（1161-1189）年间。

顺城街：也称丁字街。丁字街口路西稍微往南，坐西面东，三间平房（现在的南北大街107号）有成育敦商号。东顺城街，为顺着城墙一

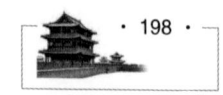

直往东之意,以"九原驿""柳林泊"最为著名。

石狼巷:因有石雕二郎神而名,巷内有开办于民国初年的日新铭照相馆、石印厂。此巷的"后畦子"曾是城中人消遣、赏景、买菜的地方。巷内中华人民共和国成立后曾修起了大礼堂,是区直机关干部开大会、听报告的地方。

周家巷:周家巷因早年属周姓所居而名,后因有"聚丰泰钱庄"而辉煌。聚丰泰,位于周家南二巷口,坐南向北,是当年晋商众望所归的诚信银行。聚丰泰钱庄旧址,中华人民共和国成立后改设粮食贸易公司。庆春厚钱庄,位于周家巷内,十字路口西南角。

周家牌楼:周家巷口的周家牌楼,木结构彩画,为朝廷敕造。所赐匾额"公益梓里",是对周家所做社会贡献的褒奖与肯定,"周氏矜式"是给予周家的崇高荣誉。

打磨巷:因有数家打制大小石磨作坊而名。曾是名匠、作坊云集之地,集聚着许多金器、银器、玉器、铁器、石器等设计、加工、制造行。打磨巷口,跨南北大街,高耸的三层过街木牌楼,一面的巨大匾额"百叶臻荣",描述了忻州当时工商业繁荣的景象;另一面的"精勤信必",昭示了忻州人精益求精、勤劳敬业、坚守诚信的人文精神。进巷不远,中华人民共和国成立后为忻县军分区驻地,尽头为三家店,人称"圪蛋上"。因早年有南北并列之三家旅店而得名,专门接待骡马帮、骆驼队。光绪二十五年(1899)由基督教英国传教士兴建福音堂,占地40亩,中华人民共和国成立前为忻县农职校所占。后为地委专署所在地。现东胜泉温泉精品酒店、东胜泉温泉会所、左右客温泉精品酒店入驻三家店。

草市巷:草市巷因古时交通多为车马、驮队,故有买卖草料的商市而名,草市巷内曾经有各业商号38家,钱庄7家,其名是:义生恒、敬业慎、源义恒、义聚恒、天德恒、义丰久、晋义兴、元义恒、复合源、选青源等,可见此巷当时的红火热闹景象。草市巷口南,其址最早是南呼延村张姓财主的产业。有店铺名为"元和德",初为面阔六间、两层歇山顶的木式古楼,后经一场大火烧毁,改建成中西合璧式楼房。当地人嫌它呆板灰暗,故称"闷楼旦"。南北大街与草市巷的交叉路口,解放初期建"合作大楼",后改称"红旗商店",是一座综合性商场,其经营规模在解放初期很长一段时间内为城内之最,是老城的商业地标。闷楼旦往南,有一雕花门楼、砖雕影壁的二进院。草市巷往西高处旧时是有名的监狱,窨子院。光明街南一巷及草市巷交叉口,早期为嘉禾陈氏布庄,开阔五间门面,门楼高耸,彩布显眼。"复兴泉"几经演变,解放初,几位同仁合资,院内开设澡堂,生意格外红火。

泰山庙巷:因巷内泰山庙而得名,泰山庙又名东岳庙,创建于北宋时期,文物建筑仅存中轴线上的大殿及西侧的钟楼。大殿为明代遗构,钟楼为清代建筑。巷南有一处甜水井,也叫官井,为附近居民提供水源。巷北是发电厂,也称电灯公司,泰山庙巷口以北是一家炉食点心铺,两间铺面,前店后院,与德胜楼、兴盛楼、桂香楼同为忻州城最负盛名的炉食点心铺。泰山庙西有财神庙,财神庙始建于明代永乐年间,庙内供奉财神爷赵公明,配祀文财神比干等。是隶属于忻州道正司白鹤观的子孙庙。财神赵公明系道教神仙,黑面浓须,头戴铁冠,手执银鞭,骑一黑虎。财神庙整体坐西向东,现存文物建筑有中轴线上的大殿、献殿及两侧的钟楼、北配殿,均为清代遗构。

仁义巷:忻州老城经南北大街进入泰山庙巷,20米向南有条不足两米宽的窄巷,可直通秀容北巷。

秀容巷:因秀容书院而名,巷内有忻商连氏的"义聚隆"醋酱庄。位于南北大街秀容巷口有周家的九间楼百货庄。

王家牌楼:王家牌楼为连三牌楼,位于南城门楼附近,是为纪念王治所建。第一道牌楼,匾额正面为"进士坊",背面为"连登科第"。第二道牌楼,匾额正面为"太仆正卿",背面为"祖孙继美",以表达对王家祖孙三代勤政爱民的赞誉。两道连三王家牌楼，并肩而立，位于顺城街和秀容巷之间。

关帝庙巷：关帝庙巷因有关帝庙而得名。关帝庙始建于宋宣和年间，明嘉靖三十四年（1555）、清雍正三年（1725）重修及改建，1999年再次重修，现存为明清建筑。关帝庙亦称护国寺，庙门上关帝庙和护国寺两块牌匾并列。庙内供奉"显灵义勇武安王"关羽，配祀姜太公、骊山女娲娘娘等神殿，大殿称崇宁殿，清雍正三年重建，崇宁殿塑关帝、周仓、关平之神像。1985年4月由忻州市人民政府公布为县级文物保护单位。2007年6月6日，忻州市人民政府公布为市级文物保护单位。

八座门：靠近南城门，横跨马路，也称文殊阁牌楼。始建于明朝万历年间，它正中有个大门洞，供车辆出入，两旁各有一个行人通行的小门。在大门洞与小门洞之间各有一堵隔墙。加上台顶中央文殊阁处的一个门洞，上下一体，大小相间，各施其用，排列有序，共计有门洞八个，故称"八座门"。

民国时期，忻县城内街道承袭以往，无大改变。中华人民共和国成立后，1953年，城内南北大街铺设为水泥路面。此后，将北关的石条路面拆除，铺为水泥路面，未设下水道。

为了保护和传承珍贵的历史文化资源，提升城市文化品位，促进忻州旅游业的发展，忻州市委、市政府从2002年开始局部修复古城，保护城内传统民居与建筑。首先修复了1972年拆毁的南门，根据旧照片重建了南门和城上的景贤楼，对旧城的传统建筑实施了保护。2017年启动古城修复改造项目，包括秀容书院、泰山庙、关帝庙、财神庙、东城门楼及城墙、南城瓮城及城墙6个项目。

忻州古城保护改造工程是忻州市委、市政府不断完善城市功能，提升城市品位，改善人居环境，促进文化旅游产业发展的一项重大举措，古城保护改造集遗产保护、文化展示、传统商业、旅游休闲为一体，致力于复现明清时期忻州古城商贸繁盛、休闲安逸的社会生活景象，打造一幅悠然恬适的"家山归梦图"。

（原载于 2020 年 5 月 31 日"忻州在线"）

忻州长城蕴含精彩文化

◆李培林

一、天成形胜，政治军事必争之地

忻州市辖地境，西断峡谷大河，东踞巍巍太行，北阻绵绵恒山，南通太原盆地，东南循滹沱河谷，可出河北平原。正北恒山绝岭之上，天成一线南北通道，西周称"隃"，战国、秦、汉称"勾（句）注、夏屋"，魏晋南北朝时期称"陉岭"，唐、宋称"雁门寨（西陉）"，明清称"雁门关"。历代中原王朝，得之则开疆拓土，国泰民安，祚运绵长；失之则藩篱尽失，门户洞开，三晋华北屋脊落于敌手，使成高屋建瓴之势，中原王朝无险可据，必将危殆，雁门关诚为中原华夏王朝特别重要之北大门。

西周穆王十三年（前994），周天子穆王率大军北征，翻越太行山，顺循滹沱河北上，于三月二十五日，"绝隃之关隥"，过雁门关，奏周乐，展周礼，盛军容，绥和西戎北狄，各部落遂相献贡臣服，北境安宁。东周时期赵襄子受父赵简子使命，策马驰骋于常山（恒山）之上，北望朔漠，便怀吞并代国（今河北省蔚县）之志，赵襄子元年（前458），赵襄子设宴于夏屋山上（今代县北草垛山）邀会代王，阴使厨人用铜斗击杀代王，吞并代国，使赵国百年未有北方之忧。赵武灵王二十年（前307），赵武灵王逾勾注山，破林胡、楼烦，开拓疆土，北至内蒙古阴山一线，筑长城，自代并阴山下，至高阙为塞。战国末期，赵国大将李牧镇守雁门郡（今朔州市右玉县东南），北却匈奴，西防秦国，被佞臣郭开谗言致死，于是秦国破勾注险隘，赵国遂灭。秦始皇统一天下后，忧虑北方匈奴之患，

走近秀容
ZOUJIN XIURONG

■五台山佛光寺　刘纪森 摄

以大将蒙恬统军，太子扶苏监军，筑长城以防匈奴，后太子扶苏、将军蒙恬受赵高迫害致死，至今，代县、原平市犹传说二人死葬其地，立祠岁以祭祀。汉高祖七年（前200），刘邦驻大军于广武（今代县阳明堡古城村），未待辎重过句注山，即率轻骑袭攻匈奴，被围困于平城（今大同）七日，用陈平奇计，方受辱解脱奔归，随后周勃、灌婴平定征服大同盆地，用和亲政策，使北方安宁。北魏登国二年（387），道武帝拓跋珪率大军四十万，南出陉岭之隘，平晋阳（今太原），定中山（今河北省定州），统一了北方。北周保定三年（563），大元帅杨忠出奇兵，大破北齐陉岭长城防线，攻袭晋阳，北齐由此渐衰而终灭。北宋雍熙三年（986），宋太宗志欲收复幽、云十六州，派三路大军北伐辽国，大将杨业挺陇上雄姿，驻守雁门长城沿线，随西路军北出雁门，大败辽军，收复了云州（今大同）、朔州（今朔城区）、应州（今朔州应县）、寰州（今朔城区东北）等四州。后失利撤兵，为监军王侁和元帅潘美所误，被辽军俘获后绝食三日而死，忠义感动千古。抗日战争时期，中国共产党领导的八路军，肩负民族希望开赴抗日前线，取得了平型关伏击战、雁门关伏击战、夜袭阳明堡飞机场等胜利，依托太行山、恒山、黄河，创建了晋冀鲁豫、晋察冀、晋绥等敌后抗日革命根据地，开展了独立自主的山地游击战，最终取得了全民族抗日战争的伟大胜利。此皆雁门关三千年政治军事概略撮要。

二、多民族共同生活之家园

商周时期，恒山、管涔山、滹沱河、汾河上游谷地生活着燕京戎、代戎、林胡、楼烦、鲜虞、无终等戎狄族。东周时期周景王四年（前541），晋国势力北扩，经过太原一战，打败以无终为首的戎狄部落联军，占领滹沱河上游，无终、鲜虞东走河北。战国时期，赵国赵襄子灭代国，赵武灵王破林胡、楼烦。东汉末年，迫于鲜卑、乌桓侵压，南匈奴内迁长城内，曹操分南匈奴为五部，安置在山西中南部，其中北部匈奴部分居住在今忻州市静乐县、忻府区、定襄县、五台县等县（区），迁塞外的云中（今内蒙古托克托）、定襄（今内蒙古和林格尔）、雁门（今朔州右玉县东南）、代郡（今河北省蔚县）、上郡（今陕西绥德县）等流民于今忻府区设新兴郡。三国时期魏明帝青龙元年（233），鲜卑侵略陉岭，并州刺史毕轨率兵征伐，轻出陉岭，为鲜卑轲比能所败。而鲜卑泄归泥率部投降魏国。晋武帝泰始八年（272），匈奴中部帅刘猛叛逃塞外，屡犯边境，并州刺史胡奋率领四部匈奴大军，在陉岭一线击败并斩杀刘猛，凯歌奏还，刊石立碑于今定襄县居士山上，以纪军功。其时，晋武帝安置部分乌桓、鲜卑居住在今五台县、原平市、代县、繁峙县等地境。于是，塞上塞下黄河沿岸深谷溪水间，散居着鲜卑、乌桓、匈奴、羯、氐、羌、稽胡、契胡等众多民族。后来西晋王朝内部纷争，爆发了"八王之乱"，公元304年，新兴郡匈奴人刘渊乘机揭竿而起，众胡云集，于左国城（今

离石市方山县）建汉国，后刘曜改建赵国，从此中国北方风云离合，内迁各民族纷纭建国，此处渐成龙兴之地，一时涌现出匈奴人刘渊、刘和、刘聪、刘粲、刘曜、赫连勃勃等诸多帝王。北魏、北齐时期，鲜卑、乌桓、稽胡、契胡、柔然等少数民族杂居此地，其间涌现出了契胡族尔朱荣、匈奴族刘贵等英雄豪杰。隋唐时期，中亚等国士人渐入此地定居，聚成村邑，如今五台县东冶镇石村，就因唐代昭武九姓中石国人居住而得名（有墓志为证）。沙陀族人李克用、李存勖父子起兵代州，建立了后唐政权。金元时期产生了一代文宗元好问和雁门才子萨都剌。

三、多民族文化融合创新之高地

殷商时期，黄河东岸为商王朝附庸国"沚方""鬼方"等方国之地，既与商王朝保持着密切的联系，也与中亚北方草原民族有着文化交流和贸易往来。保德林遮峪商墓出土文物中，既有黄金饰品、铃首剑等草原文物，也有青铜礼器等中原文物，反映出当时草原游牧文化和中原农耕文化融合的特征。战国初期，随着此地初步融入赵国版图，滹沱河上游今代县沙洼、蒙王村，原平市峙峪、练家岗、刘庄塔岗梁，定襄中霍等古墓葬的出土文物，反映出晋文化和本土戎狄文化融合的特征。赵武灵王变华风为戎俗，胡服骑射，以成霸业。五世纪末的北朝时期，魏孝文帝身处帝都平城，南望绵绵恒山，慕中华文化之正朔所在，意图一统分裂之南北，做出迁都洛阳之重大决定，舍弃胡俗，学习中华文明。迁都洛阳之际，两次途经肆州（今忻府区），于肆水（今云中河）北岸讲武练兵，并赈恤鳏寡高年。此时匈奴、鲜卑骑马射猎风气盛行，忻府区九原冈北朝壁画墓狩猎图、商贸图、升天图，生动呈现了此时此地汉民族和游牧民族的思想文化融合，其绘画技艺代表了北朝晚期的最高水平。忻府区古城出土的北魏到唐的石刻佛像，美轮美奂，粲然可观，其雕刻技艺与云冈、龙门一脉相承，为上乘之作。

隋、唐、宋以下，五台山佛教兴盛，都城长安、开封的建筑艺术、雕塑艺术、壁画艺术输入五台山地区，至今保留有唐代古建筑南禅寺、佛光寺，宋金建筑金洞寺、岩山寺、洪福寺、惠济寺、普济桥等寺庙、桥梁，这些寺庙和桥梁无不蕴含了古代劳动人民的聪明才智，是祖先留给我们不可多得的文化瑰宝。大元朝奄有天下，蒙古人占有此地，一度变农田为牧场，改木河之名为牧马河。

四、中外贸易之重要通道

商周时期，此地与中原已有商贸往来，保德县林遮峪晚商墓葬出土的铜贝和中原青铜器，反映出当时游牧民族与中原汉民族已有商贸往来。岢岚县馆藏文物商时期青铜管銎斧，证明3000年前岢岚县就与新疆阿尔泰地区有商贸往来。战国时期，随着赵襄子平定代地，赵武灵王开疆拓土，版图北扩至大青山、阴山一线，建立了云中、代郡、定襄、雁门郡等郡治，忻州市境滹沱河沿岸有了原平（今原平市新原镇）、广武（今代县古城村）、阳曲（今定襄古城）、虑虒（今五台县古城）、葰人（亦

■ 长城·广武古城 王文君 摄

称霍人，今繁峙县城东）等城市。陆路北越勾注山可通达内蒙古河套地区，南经石岭关、赤塘关可达太原，水路沿滹沱河可出河北平原到达赵国都城邯郸。城市的建立，水陆交通的便利，社会环境的安定，促进了商业贸易的繁荣，今原平市遂成当时之重要商业枢纽。1963年，原平市武彦村出土了4403枚完整青铜钱币（残3000余枚），皆为赵、齐、魏、燕等国铸造钱币，足证原平市为当时之商业重地。北朝时期，因地近北魏都城平城，正当平城洛阳南北通道之间，中亚胡商粟特人商旅成行，往来雁门塞下，此地一度又成丝绸之路重要通道。此后历经千余年，此地商旅不绝，贸易繁盛，清代成晋商通运货物北上内蒙古、俄罗斯进行商业贸易的商旅大道，发展成为万里茶马古道一个重要节点。

五、佛教文化繁荣发展之地

佛教的传入对中华文化产生了巨大影响作用。西汉末年，佛教初传中国内地。十六国时期，河北扶柳人释道安在太行、恒山一带传播佛教，雁门人慧远、慧持二兄弟投师其门下皈依佛门，另有雁门人支昙谛亦与道安为友。慧远博综六经，尤善老、庄，隐居庐山三十余年，为僧伽争人格，与王侯相抗颉，礼接西方僧人，协助翻译佛教经典，为佛教在中国传播和佛教思想中国化做出了重大贡献。北魏末年，雁门人昙鸾，离道入佛，致力于念诵弘扬净土思想，成为中国净土宗初祖。起于北魏，经北齐、隋、唐、宋、元、明、清等历代帝王之扶持，五台山成为了历代高僧大德驻锡研学之地，也成了世界各国僧人朝拜之圣地。2009年，五台山因文化景观被联合国教科文组织列入世界遗产名录。

（原载于2021年3月21日"忻州你好"）

忻州是万里茶道上重要的节点城市

——从"三个判断"看忻州历史贡献

◆张云平

万里茶道是古代中国、蒙古、俄罗斯之间以茶叶为大宗商品的长距离贸易线路,是继丝绸之路之后在欧亚大陆兴起的又一条重要的国际商道。200多年前,山西商人抓住历史机遇,开辟北方商路,勇闯茫茫戈壁,把生意做到了俄罗斯。

国家文物局将万里茶道列入《中国世界文化遗产预备名单》,成立了万里茶道保护和联合申报世界文化遗产城市联盟,一系列实质性的举措相继跟进,亮点频频,再一次引起世人瞩目。

一片绿叶,万里飘香。忻州与万里茶道有什么关系?忻州是否是万里茶道上的重要节点城市?本文从"三个判断"回答这一问题,重温那段辉煌历史,致敬前辈们的卓越贡献,弘扬晋商的开拓精神,以引发更多人对万里茶道的重视、关注、研究和参与。

判断一: 综合的历史地理位置

三晋大地,山河壮丽,自古就有"表里山河"之称,整个轮廓山环水绕,与四邻界线十分明显,西部是黄河、吕梁山,东部是太行山,北部是长城,南部有中条山,从纵向来看,两边是大山,中间夹着盆地,大运通道约550千米,东西距离约300千米,地势大致近似一个北高南低的平行四边形。

走近秀容

忻州位于省城太原以北，是山西面积最大的地级市，也是省内唯一地理上横跨东西的地级市，所以占据山西"左手一指吕梁山，右手一指太行山"的重要高地，也才有了郭兰英歌颂山西的那首《人说山西好风光》的经典传唱。具体说到忻州地形，大体与山西地势一致，也是两边山地，中间盆地，南有石岭关门户，忻州古城因此而被誉为"晋北锁钥"；北有雁门关门户，被誉为"中华第一关"，自古以来，忻州就是中原通往塞外的咽喉要道，战略位置十分重要。

五千年文明看山西。山西是华夏民族的起源和发展地，自然地理和人文历史的相互影响作用，孕育了三晋文化，从而也形成了山西人赖以生存又各具特色的经济区域文化。著名学者王尚义在其《晋商商贸活动的历史地理研究》一书中，将明清时期山西的经济区划分为四个板块：大同府经济区、太原府经济区、平阳府经济区（今以临汾为中心县市）和潞泽经济区（今以晋城、长治为中心县市）。

忻州属于大同府经济区，包括了宁武府4县、忻州2县、代州3县、保德州1县，从大的区域看，

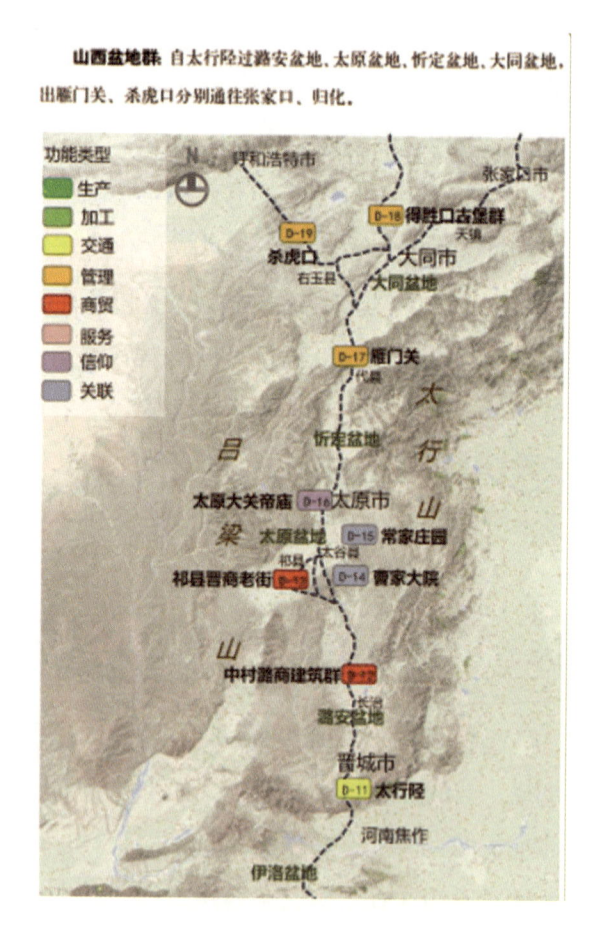

■万里茶道山西境内图　秦建新提供

忻州归晋北，这里紧邻蒙俄，很早就是以"茶马互市"为主要贸易形式，皮毛制品是本地的特产，同时又从南方贩运来茶、棉、丝等物品。为什么茶是大宗商品？因为茶叶最早产于中国南方，有助消化、提气神的药用价值，北方寒冷地区生活的人们"恃茶为命"，这种产茶区和耗茶区的远距离相隔，导致茶一度时期被西方人喻为"绿色黄金"。据俄罗斯科学院院士BG·米斯尼科夫研究统计，当时半磅（1磅等于454克）中等品质的砖茶就能换到一张貂皮，一磅普通的花茶也可买到三到四头奶牛，因此忻州地区经济结构从一开始就是一种具有边贸特色的市场型经济。

忻州从军事区划分上战略地位更加显著。朱元璋建立明王朝以后，蒙古人并没有消亡，而是逃往北方大漠草原，不断侵袭中原内地。为了北方边疆安全，明政府在北方长城沿线设立九边重镇，进驻70万军队，其中有四镇在地缘上与山西有直接关系，包括大同镇、山西镇、宣府镇、延绥镇。大同镇驻地大同，管辖边墙东至宣府镇，西至偏关鸦头山；山西镇驻地偏关，管辖边墙东至偏关鸦头山，西至老牛湾延绥镇；延绥镇驻地榆林，管辖边墙东至老牛湾，西至宁夏镇边；宣府镇驻地河北宣化，管辖边墙东至居庸关，西至大同平远堡。从中可以看出，忻州几乎与四镇都有直接关系，而且忻州的"外三关"与"内三关"具有共同拱卫京师的特殊地位，与九边重镇中另外五镇也有一定的间接关联，也都是山西商人活动的重要区域。

正是由于明代九边重镇的设立，边关战略位置的提升，给山西商人提供了军需供应和庞大驻军消费供应的机会，山西商人也因此涉入边镇贸易，催生了中国十大商帮之首的晋商，由此拉开了晋商纵横商界500年的辉煌史。我们平时所说的"晋商"，就特指明清时期崛起的山西商人。

晋北地区在中国历史上，版图时进时退，但一直以来是中原汉民族与北方游牧民族的分界线和缓冲区。晋商走出三晋大地，迈出的第一步就是进行俄蒙贸易，开辟北方贸易通道，而茶叶贸易是大宗商品。山西地理位置的优势，晋商财力的不断积累，万里茶道开始登上了历史的舞台。

万里茶道从福建武夷山的羊楼洞、武汉的汉口、湖南的安化、河南的社旗镇和孟津渡口，穿越太行山峡谷进入晋城，走进晋中祁县、太谷、榆次，北上晋北，经忻州的石岭关、忻州古城、崞阳古城、阳明堡、雁门关，北上大同方向。其中忻州石岭关和雁门关是必经的重要关卡，雁门关更是重要的交通枢纽，从这里兵分两路，一路经走西口通道，从右玉的杀虎口去归化（今呼和浩特），大部分走东路出大同，到达塞上重镇张家口，再从张库大道到达库伦（今蒙古国乌兰巴托），直达恰克图，然后转往欧洲各国。由南向北，先是肩挑，再是船行江河，接着是骡马，最后是驼队，绵延1.4万千米，途经国内八省区200多个城镇，贯通中、蒙、俄三国，在中华贸易史上写下了辉煌的一页。

判断二：勇于开拓的商界领军人物

晋商之所以历经千难万险，几度沉浮，称雄商界500年，靠的是"勤奋节俭、明理诚信、精于管理、勇于开拓"的晋商精神，彰显的还是开放精神。从最初成功开拓北方商路，到向南拓展，将盐粮和茶马活动范围，进一步拓展到京津和江淮地区，进而走向全国，走出国门；从前期主要从事商品贸易，到后期顺应市场规律变革为票号，关键是在晋商发展的每一个阶段上，都会涌现出一批勇于开拓的商界领军人物，力挽狂澜，引领着发展方向。如祁县乔家大院创业发家的始祖乔贵华，榆次常氏家族通往万里茶道的先驱常万达，平遥日升昌票号的创始者雷履泰，晋商中唯一留有传世著作并才华出众的经理人李宏龄等。

忻商是晋商中的一支生力军，忻商虽没有像太谷曹氏、介休侯氏、祁县乔氏和曹氏、榆次常氏和王氏那样进入晋商十大家族排名榜,但忻商走口外、谋生致富的并不少见。清光绪《重修直隶忻州志》序文中说,忻州人"乾嘉之间,习于边情者,贸易蒙古各部落及西北口外各城,有无相通,权其子母,获利倍蓰。忻人不但不受近边之害,转受近边之利,以此致富起家者实多"。如周朴斋兄弟两人继承父业,到40岁时周朴斋开始致富,后来"以塞外非首邱地,复移家于故土,晚年家益丰。忻州屈指巨富者,必及于公"。忻州人中还涌现出一批优秀的经理人,如闻名商界的山西旅蒙商号大盛魁,创办人是太谷人王相卿和祁县人张杰,分支机构遍布大半个中国,极盛时从业人员有8000多人,在道光至同治年间,代州人王廷相担任过这个商号的总号大掌柜,他从学徒做起,精明能干,一步一步升为大掌柜,使大盛魁商号进入黄金期。

在群星璀璨的晋商大家中,不能不提一位名叫程化鹏(1824-1892)的忻州商人,他不仅是万里茶道上的开拓者,也是革新者和推动者。榆次常氏家族后人、民国著名学者、书法家常赞春在其主持编写的《山西献徵》中,专门为两位忻州商人程化鹏和陈吉昌作了小传,称程化鹏为"晋商领袖",肯定了程化鹏的卓越历史贡献。

明清时期,总体上奉行闭关锁国的政策,当时整个中华大地仅有北

■雁门雄风 宫爱文 摄

方的恰克图和南方的广州两个官方的对外贸易交易市场。恰克图是万里茶道上标志性的节点城市，位于当时俄蒙边境线上，俄国市场称"恰克图"，中国市场称"买卖城"，由最初的四顶帐篷，到后来稳定在100多家大商户，可以说晋商几乎垄断了北方恰克图的俄蒙贸易。

万里茶道上的恰克图俄蒙贸易，曾遇到过两次危机。第一次是道光、同治年间，国内民族矛盾加深，白莲教起义及后来的太平天国运动，富裕的江南及沿海地区战火不断，万里茶道交通要道几近中断，清政府为镇压太平军筹措军费，实施厘金制度，税收加重，晋商"获利无多，是以生计日穷，渐行萧索"。当时，中俄双方在恰克图已设官管理，中方在朝廷的理藩院设有官司，但不征税，出口和出口税分别由张家口关和归化关（今呼和浩特）征收，凡商人前往恰克图贸易，必须先去上述两关领取理藩院票，又叫信票，也叫部票或龙票，上面注有商人姓名、货物、日期、住宿等事项，沿途道路各个关卡严加盘查，稍有不符或注名不清晰，不是退回两关重办，便是罚金或扣留货物，手续繁杂又费时间，十分不方便，没有办法生存，一些商人便避开官道，从事对俄走私贸易以营利，大凡走私者既要承担风险，又要受官吏勒索，同时也使得政府减少了税收，其结果是"病商损国"。

在这种危急情况下，忻州商人程化鹏挺身而出，不顾个人安危，赴京上书理藩院，陈述政府管理弊端，请明定税则，简化手续，准许商人运茶直接与俄人贸易，并建议开辟新的贸易商埠伊犁和塔城，获得了批准，为山西商人争取到了正当的贸易权利。据《山西贸易志》分析，"咸丰期在恰克图晋商的倍增，当与批准程化鹏的呈请有关。"

第二次是第二次鸦片战争之后。随着一系列不平等条约的签订，外国在华势力日益强大。原本晋商垄断的万里茶道，因为清政府允许俄人直接进入中国湖北等地建茶厂并享受最惠国待遇降低关税，贸易收入受损。在这种事关国家、民族危亡的情况下，为了晋商的生存，程化鹏"回狂澜于既倒",与另外两位商人余鹏云、孔广仇等呈请绥远城将军,"俄商到我中国来,夺我商利,我华商也可以去俄国而觅新途"。要求由恰克图假道俄边行商并经绥远城将军转呈于清政府,引起恭亲王奕䜣足够的重视,最终经同治皇帝御批,准山西商人之请,并予减少厘金税额,以示体恤。晋商又一次在艰难中顽强地站起来,重振旗鼓,返回了恰克图,并陆续深入俄国境内各地,同俄国商人公平竞争商业利益,程化鹏功不可没,因此而被业界公认"商界领袖"。

判断三：珍贵的历史文化遗存

在南起福建武夷山,北至库伦（蒙古乌兰巴托）、恰克图,西至欧洲这条漫漫的万里茶道上,至今仍保留有晋商及沿线商民留下的大量珍贵的历史文献资料和文物遗存,诉说着那段曾经荣耀和辉煌的历史,这是一笔珍贵的文化和精神财富。

在2020年12月10日武汉召开的万里茶道联合申遗城市联席会议暨万里茶道八省区文物局局长申遗工作座谈会上,通过了申遗工作三年行动计划（2021-2023）,正式成立万里茶道保护和联合申报世界文化遗产城市联盟,文件中将"保护好遗产的景观环境和历史风貌,切实维护遗产的真实性和完整性"作为当前一项重要的工作,提出抢救和保护沿线丰富的历史文化遗存十分迫切,引来沿线节点城市更多人的关注。

说到晋商留给今人丰富的历史文化遗存,最直观、最珍贵的当属遍布山西境内的大院建筑和全国各地现存的晋商会馆。一般来说,大院是晋商在外地经商致富后,为显示"富实气象"而在家乡兴建的宅院,像祁县的乔家大院、太谷的曹家大院、榆次的常家大院、灵石的王家大院等,如今已成为知名的文化旅游景点。会馆则是晋商在向南拓展商道时,为了维护本行本帮的利益,在民间筹建的联络感情、开会议事的场所。历史上山西商人究竟建了多少会馆？没有准确记载，也无法统计。晋商研究大家黄鉴晖据仅有的资料统计，至少在京城、汉口、上海、广州等地建有28个会馆，山西商人建立的会馆之多，是我国其他商帮都比不了的。清道光年间出版的《都门纪略》一书中，记载在京的全省性质及府州县会馆共34个，这些府州县是太原、代州、忻州、平定、太平、翼城、闻喜、洪洞、浮山、曲沃、襄陵、临汾、解州、永济、赵城、灵石、介休、汾阳、盂县等，其中全省性质的7个，府性质的4个，州县建立的23个，这些州县，一般都是晋商人才大县，财力雄厚，忻州、代州位列其中，这也从一个侧面反映出忻商兴盛的状况。

具体说到忻州在万里茶道上留下的珍贵历史文化遗存，大致可分为几个部分：一是官方的资料，包括国史、正史、地方史志中有关忻商茶道方面的记载，以及历史档案中忻商茶道商贸活动保存的原件资料和实物。二是国内外专家学者对晋商的研究及资料专著中对忻商茶道方面研究成果的各种专著。三是忻商各个时期店铺的账簿、信函、票据、商标、合同、文书等直接文献资料，这是研究忻商茶道的第一手资料，这部分大都散落在民间收藏者手中。四是文物遗存，包括万里茶道经过忻州地界上相关的建筑、道路、寺庙、石碑、墓志、器物等，有可移动的和不可移动的。

近年来学术界关于中蒙俄商家、商路的研究，一度成为热点，出版了一批有价值的学术专著，对于万里茶道途经的主干线路都有一致的结论。《行商遗要》是一部知名度和史料性很足的清代茶商手抄本，详细记录了晋商从湖南安化采办茶砖的全过程，晋商研究学者张亚兰对此手抄本进行了释读与研究，茶帮将茶叶从南方经水路运至河南社旗镇，改走陆路，渡黄河，穿太行山峡谷，进入晋中盆地的平遥、祁县、太谷等地休整，北上晋北，到达塞上重镇张家口，再北抵蒙古及恰克图。其中忻州号称"晋北锁钥"，是晋北的南大门，大同是晋北的北大门，晋北通道是山西通往京津地区及蒙古、欧洲方面的交通要冲。晋商研究大家张正明在《清代的茶叶商路》考证中,也记录了这条福建茶叶运至汉口后去往张家口的主干线,"转汉口至樊城起岸,贯河南入泽州(今晋城市),经潞安抵平遥、祁县、太谷、忻县、大同、天镇到张家口"。晋商研究学者程光、李绳庆编著的《晋商茶路》中也有一些有关忻州的记载,"在祁、太老号稍事休整后的晋商,全部改换畜力大车,经徐沟、太原、阳曲、忻州、原平,直抵代县黄花梁"。此外,权威版的《山西历史地图集》中也专辟"清代晋商商路"一节,划出了从南方转汉水至襄樊,贯河南入泽州,经潞安抵平遥、祁县、太谷、忻州、大同、天镇到张家口,贯穿蒙古草原到库伦至恰克图,这是一条重要的茶叶商路。

这里补充说明一点,万里茶道的主干线是北路,也叫北商,就是指南起福建武夷山,北至俄罗斯恰克图这条线路,但历史上茶路呈多起点、多阶段特点,相对于恰克图的北路,还有一条西路,即忻州商人程化鹏上书理藩院要求新开辟并获准的商埠伊犁和塔城贸易,从而催生了《中俄伊犁塔尔巴哈台通商章程》的签约。据清同治朝卷《筹办夷务始末》记载,走西路所办之茶多为安徽建德朱兰茶,"专有茶商由建德贩至河南十字店,由十字店发往山西祁县、忻州,由忻州而至归化(今呼和浩特),专贩与向走西疆之商,运至乌鲁木齐、塔尔巴哈台等处售卖"。从中可以看出,无论是北路还是西路,万里茶道必经忻州地界休整或中转,而且不是单纯的过路,当时的忻州古城外南关、北关驿路发达,驿站有马匹、马夫、客栈及仓储的配置,已是一个功能性的重要的晋北商贸城市。

万里茶道从太原北上,经石岭关进入忻州地界,依次经关城村、忻州古城、崞阳古城、阳明堡、雁门关,出雁门入山阴县至大同。第一站是石岭关内的关城村。关城村位于石岭关东南,出石岭关有古商道通往关城村。城墙现已不存,仅保留有关帝庙戏台,院内石碑六通,重要的有四通,功德芳名碑上记载有德义成、隆兴德、智天赐、和合成、义合成等商号捐资助建情况，可作为晋商老字号在主要通道存在的证明。尤其是功德芳名碑上记录有时任忻州城守府何圣北、忻州同知方世贤、石岭关巡检司马驎、崞县原平驿驿丞祝维泰等的捐资助建情况，是万里茶道上官方机构登录的实物证据。另据了解，关城村世代有习武风气，当时创立有许多镖局为沿途运输安全提供服务。

　　第二站是忻州古城。忻州古城城池砖石结构修建于明代，至今保留有南城门瓮城、北城门楼、东门、西门和东段、东南段、西南段城墙残存。古城内还保存有部分古建筑：秀容书院、财神庙、关帝庙、泰山庙、兴国寺及少量古民居。关帝庙，供奉财神关公的寺院，现有古碑八通，重要的有三通，记载大量商号捐资情况，涉及山西、河北、内蒙古等省市区，可见南来北往商户之众、寺庙香火之兴盛。财神庙最有价值之处在于这里曾设商会、会馆，门楼至今还有"会馆"二字，据说过雁门关的路引在这里出具，并且南来北往的商户一定要到这里上香祈求财神保

■崞阳古城　王文君 摄

佑人货安全，财源广进。忻州古城还保存下来一座忻商程化鹏祖居宅院，清同治年间依太谷宅院样式重新修盖砖瓦结构四合院，大门保存完好，上有砖雕"履谦恒益"四个字，反映了程化鹏经商的理念和做事的风格。忻商大户郜、王、张、陈、连、石在忻州古城原都有商铺和大院，现大都不复存在，仅有5处在家乡的宅院还部分存在，双堡村郜家堡堡墙较完整，淤泥村赵家钧城堡较为完整，嘉禾村陈家大院有处旧居残存，新路村连家连氏堡有堡墙，樊野村王氏二进宅院基本完好，这些忻商历史遗存亟待保护。

第三站是崞阳古城。崞阳古城为旧县城所在地，1958年迁县治于原平，古城分内城和厢城，现存南门和北门，分别是景明门、宁远门。古城茶路遗存有普济桥、泰山庙、关帝庙、城隍庙、文庙。普济桥始建于金代，位于崞阳镇平定街村南桥河上，为山西省重点文物保护单位，北上商人由此从南门进城，现今石板路上清晰可见有大车碾压凹陷痕迹的古道。泰山庙现主体建筑为清代所建，存有重要碑刻二通，其中道光二十三年《重修岱山庙前商寓碑记》是极为珍贵的实物。

第四站是阳明堡。阳明堡是明清时期北去商人过雁门关的集结地，也是代州重要的商业集镇，现残存东墙50米，南墙60米，北墙10米，墙体属土质夯筑，堡内主大街上还保留少量明清店铺及老宅，如和府、刘缸房老宅等。

第五站雁门关。雁门关北面出路有东口、西口之分，自始至终万里茶道必须经过雁门关，历史文化遗迹丰富，保留有大量文物遗存，现雁门关关楼下石板路上铁轱辘车碾压出的深深车辙印痕以及沿途村庄至今仍残存的多处店铺和货栈遗址，可印证当年雁门关商道的盛况。还有一个重要实证，雁门关南路旁立的一处分道碑。碑文如下："正堂禁示：雁门关北路紧靠山崖，往来车辆不能并行，屡起争端，为商民之累。本州相度形势，于东路另开车道，凡南来车辆于东路行走，北来车辆由西路经由，不得故违，干咎未便！特示。乾隆三十六年三月吉日立。"当年过关人多车多交通繁忙的景象可想而知，这件珍贵文物是晋商在万里茶道进行茶叶贸易途经忻州地界的最好佐证。

"辗转上万里，壮举照汗青"。从综合的历史地理位置、勇于开拓的商界领军人物、珍贵的历史文化遗存"三大判断"，可以毫不夸张地说，忻州是万里茶道上的一个重要节点城市。万里茶道由晋商主导，忻商是晋商的生力军，万里茶道的分支枢纽也在忻州，万里茶道申遗不能缺少忻州。

回望万里茶道，我们不仅仅是为了唤醒历史辉煌的记忆，唤醒忻州人的文化自觉和文化自信，更重要的是走进新时代奋进再出发，认识万里茶道在政治、经济和文化上的历史价值，认识万里茶道申报世界文化遗产的现实价值，认识忻州是万里茶道重要节点城市的重大意义，充分利用好这块金字招牌，把晋商、忻商、忻州古城和万里茶道串起来，更好地传承和延续晋商开放创新、合作共赢的核心精神，再创万里茶道新时代的辉煌。

（原载于2021年4月18日"忻州在线"）

沧桑回眸

CANGSANG HUIMOU

古城旧事

◆李东平

没几年的工夫，忻州发生了天翻地覆的变化。马路宽了，高楼多了，绿化漂亮了，亮化工程更美了。特别是城市框架一直拉大，跨过了云中河。滨河蓄上了一湾碧水，架了四座大桥，到了夜晚，霓虹闪烁，流光溢彩，成了忻州一道靓丽的风景线。

从这里顺着新建路前行十多千米，矗立着一座古城楼，也修葺一新，这便是北城门楼，楼层中央高悬"晋北锁钥"匾额。古城楼建于明朝万历二十四年（1596），历经400多年的沧桑，见证了古城的变迁。

我出生在城西泰山庙巷里往南的蓝墙根底，童年是在南门跟前度过的。长大后，参加工作时，初在南北大街上，是在打磨巷口北侧。后又在北门西侧工作，北边紧靠着城壕沿子，抬眼就是城门楼子。结婚成家，住在石狼巷父亲单位宿舍，随后在学道东街分得单位上两居室落脚。古城一直是我往日生活的轨迹所在。

■ 20世纪80年代作者在城门楼前留影　李东平　提供

走近秀容

昔日的古城不大，西高东低，粉墙黛瓦，青砖门楼，杨柳依依，水泊点缀，城墙环绕。城外云中、牧马两河双流合抱，是一个有着厚重文化底蕴的小城。

古城在我幼小的印象中留下最为美好的记忆。

1 我出生在蓝墙根底一个大户人家的深宅大院，这是一户戏班班主人家，著名歌唱家郭兰英曾经在这里学过唱戏。其时，我父母在这里租房居住，房东正含冤入狱。院内有四五家房客，在这里没有什么记忆，只是听老人们说过官井呵嘞儿（方言，即巷儿）有一口甜水井，旁边院子盛开的一株白牡丹，彼时非常稀奇。以后经常随母亲探望过去的邻居和房东。

懂事的时候，我家已搬到南门跟前，这是父亲回五台老家卖了房子后举债购买的，在忻师附小的隔壁，是一个大杂院。院子东西很长，住着八九户人家，有裁缝、厨师、钉鞋的、教书先生，后来还住进了一家卡车司机。我家买了两间正房、两间南房，这时候，奶奶也从老家下来跟着我们在一起生活。

记忆中，南城门楼下曾经是州城最为红火的地方。每到夏日傍晚，当街横挂一盏大号氙气灯，密密麻麻的蚊虫、蝶蛾在灯光下盘旋着，街头上是我们一大群孩童在疯玩着，大人们则在马路两侧乘凉闲聊着。那时的傍晚，乘着习习的凉风，纳凉的人真多，这是记忆中最快乐的一道风景线。还有就是每天追逐着公共汽车跑，从火车站发往南门的一辆公共汽车，一天要跑好几个来回，车到南门后会转弯调头再返回来，在转弯时，我们就追着车跑，直到公共汽车加油提速，我们一排排小孩子被汽车尾气快要掀翻在地了才止步。但这是我们的一大乐趣。正是天天在马路上乱跑，终一日，我被太原来忻州跑电影片子的摩托车卷了进去，造成锁骨骨折，床上躺了好长的时间。

那个时候倒的垃圾会集中拉走的,每天有人拉着板车,摇着铃铛收垃圾,听到铃铛声,家家户户赶紧把垃圾送到车上。每天还有个送牛奶的,骑着自行车,后边左右各挂着两只铁皮桶,盖子封闭得极好,从忻定农牧场风尘仆仆地赶往古城送奶,我就是吃着这送来的牛奶长大的。此外,还有绿色的邮差送报送信。那时的通信联络,大多只有一封家书了。

那个时候南城门楼子还没拆掉,里面堆满了喂牲畜的草料,我们常常藏在草堆中捉迷藏。破败的门楼子里头四面来风,上边黑压压地住满了燕子,一不小心就会让空中的鸟屎击中。每年深秋,燕子南飞,在走之前会连续多日在城门上盘旋呼叫,然后依依不舍,飞离古城。在次年春天的时候,成群结队的燕子又会北归,南城门楼子仿佛是燕子的栖息地,甚是壮观。城墙上积满了白花花的鸟屎,墙头上摇曳着些枯草,更显得凄凉。不过,城门楼子还站立在那里。只是没过多久,便也被拆除了。

我家附近有好多单位,忻县地区门诊部、鞋厂、幼儿园、供销社的加工厂等等,还有爸爸的单位——忻县地区食品公司……尤其是对门就是地区文工团,几乎每天可以看排练,时常能听到锣鼓声、乐器声、演唱声,后来还从这里走出了张美兰和尹占才,成了国家级民歌演唱家。

■北城门楼闹红火 李东平 提供

那个时候闹红火，都要走东大街。我记得在这里看过许多热闹，每年春节、闹元宵及喜庆日子等都能看到红火……

有一年放暑假的时候，部队拉练来到了隔壁的学校，在这里安营扎寨住了下来，我们天天去看热闹，看人家训练、看人家造饭、看人家演习、看人家宿营……直到有一天，部队在学校的舞台上进行了一场精彩的慰问演出。之后的第二天，下着雨，当我们再次来到学校时，感觉到这里静悄悄的，教室里的桌凳排放得整整齐齐的。原来，部队在天未亮的时候就已经出发了。门口那棵歪脖子老树上，悬挂着一口古钟，钟绳被孤零零地系在树腰上。还在假期，再过几天就要开学了。幼小的我，第一次心里感到失落落的……

没过多久，我家也搬离了这里，让我的心更加怅然若失。一年后，我背着书包，上了小学。

2 虽说家搬迁到北城外去了，但是古城依然与我们息息相关。

每年"六一"儿童节，红旗广场铁定是要集会的，火神庙体育场也举办过。讲话、表彰……我总是白衬衫、蓝裤子、白网鞋。我扛过红樱枪，拿过花练，有一年拿的是硬纸板画的铁锹，排练的时候就撕开了一个口子，到了表演的这一天，干脆断裂了一多半，让我走了一路，羞愧了一路，现在想起来仍然还脸红耳热。

那个时候学校也常常包场看电影，那会儿除了东风电影院，就是城内的职工俱乐部了，这是那个时代最红火的地方，打上了时代的烙印。改革开放初期，古城的演出还有很多，北路梆子复演了许多古戏，诸如《金水桥》《打金枝》《杨门女将》等等，成就了小电灯、压八百、九岁红、狮子黑等等许多名人。忻州地区文工团也编排了几部话剧，如《霓虹灯下的哨兵》等，风靡古城。此外还有忻县剧团王春林领衔主演的《逼上梁山》也非常叫座。后来还成立了个二人台班，引进了河曲民歌，也红火了一个时期。那个时期的文化馆也很热闹，吹拉弹唱、写画创作颇负盛名，特别是还有全国著名诗人公刘的加盟，成为文化馆历史的记忆。

在东北城墙废墟上建造县委、政府大楼的时候，原来所占据的旧衙门保持还算较为完整，起码有看守所（旧监狱），只是后来随着住宅楼房的不断崛起，古城的一些建筑逐渐消失了。

刚参加工作时，我就在古城的一片店铺，门面房子原是老店铺改造的。一日，我和同事闲聊，她说她老家平遥正在恢复古城建设，我还随口说其实咱们州城稍微改造一下，不也是现成的秀容古城吗？上世纪80年代的时候，忻州古城还颇负盛名，有北城门楼，南北大街老店铺依旧，古衙门也能连串起来。牛脏泊子、柳林泊子消失了，但还是幸存下了部队团部门前的那个学士泊子，后来一并连那古钟改造成为一个公园。最幸运的是保护住了秀容书院，那八角亭、六角亭还独立在夕阳中。三家店以及附近的房屋虽然破旧不堪，毕竟还带着历史的风韵站立在西门坡上。过去人们叫作"圪蛋上"，地委、党校、商校、部队医院都在过上面，成为州城老人们些许美好的记忆。就是那个时期，还粉饰过一次古城的街道和门面，古色古香，风韵犹存。

唯有北城门楼非常幸运，始终没有人去挑战她，她是忻州之魂，一

■北城门楼前热闹的集市　李东平　摄

直享受贵族的待遇。每个时期,总会有每个时期的色彩,打上时代的烙印,风风光光地延续了下来。今天,她又披上了五彩缤纷高科技耀眼的霓虹。有人说她就是古城的天安门,总会得到历史的宠幸……

现在古城已得到修复改造活化,成为忻州一张亮丽的名片,城外无论怎样高速发展,都离不开古城的历史文化,因为魂在古城、情系古城。

(原载于2019年6月20日"忻州记忆")

忻州古城南北大街四大牌楼

◆王寄平

在老忻州城内的南北大街，由南往北，原有四大牌楼，皆为连三规制。即四柱三间，土木石结构，上部为歇山式楼顶。中间的一间较大，两边略小。正视、左视均为中轴对称形状。红柱支撑，斗拱托起，碧色琉璃瓦生辉，精美的垂花垂柱巧夺天工。这组牌楼，主要功用是用来记事和表彰，也增加了忻州古城的气势和韵致。这是忻州人难以泯灭、历久弥坚的明晰记忆，更是忻州人骨子里的文化骄傲，暗藏着解开忻州文化的密钥。

一、王家牌楼

两道王家牌楼，位于南城门楼附近，临八座门，乃为纪念王治所建。王治，山西忻州人，字本道，号心庵。明代嘉靖三十二年（1553）进士。曾擢太仆少卿、太仆正卿。属兵部，管理全国马政，从三品。

乾隆版《忻州志》中有《王治传》。《王治传》记录了王治主动请缨边关，消除守边文武怯战心理，处分冒领军功罪错，奋勇作战，斩获敌将，并为真正出生入死将士报功的事迹。还有迁任吏科给事中，隆庆元年偕御史王好问核内府诸监局岁费，审核开销，抑制腐败的政绩。

嘉靖皇帝，即明世宗朱厚熜（1507年9月16日—1567年1月23日），为明宪宗朱见深之孙，明孝宗朱佑樘之侄，兴献王朱佑杬之子，明武宗朱厚照的堂弟。王治公，为重振礼法，甘冒杀头之罪，向皇上进言，兴献王朱佑杬虽贵为皇父，后封帝，因不曾为君，不应在太庙与列祖列宗皇帝并列，应该另外祭祀。

因此，王治公确是嘉靖皇帝倚重的忠直之臣，实干之臣，无私之臣。《明史》215卷列传130有记载。丁忧归乡后，热心兴学育人，因此桃李满天下。死后葬南张村。忻州王氏宗谱，尊王治为忻州王氏始祖。

敕造的两道王家牌楼，并肩而立，位于顺城街和秀容巷之间，世所罕见。第一道王家牌楼，匾额正面为"进士坊"，背面为"连登科第"，以纪念王治嘉靖壬子年中举，第二年殿试高中进士。

第二道王家牌楼，匾额正面为"太仆正卿"，背面为"祖孙继美"，以表达对王清、王尧臣、王治祖孙三代清官勤政爱民功绩的崇敬。

■ 1939年的王家牌楼　梁兴国　提供

二、打磨巷牌楼

忻州古城南北大街西侧，有两条东西并行的巷子，一条叫作打磨（mó）巷，另一条为周家巷。两巷中部、西部，有南北小巷相连。

历史上的打磨巷，曾经是名匠、作坊云集之地，集聚着许多金器、银器、玉器、铁器、石器等设计、加工、制造行。因此，打磨巷的"打磨（mó）"二字，既是一个生产过程，也体现着一种精工细作、诚信永恒的工匠精神,不仅仅局限于石磨加工。

打磨巷口,跨南北大街,高耸的三层过街木牌楼,一面的巨大匾额"百业臻荣",描述了忻州当时工商业繁荣的景象;另一面的"精勤信必",就凝练地昭示了忻州人精益求精、勤劳敬业、坚守诚信的人文精神。

三、陈家牌楼

陈家牌楼,位于南北大街北段中部,原职工俱乐部与新华书店之间。为连三牌楼,高大雄伟,是为纪念忻州高洁人士陈功而建。陈功,字惟志,进士。明万历朝曾任南京京畿道御史。乾隆版《忻州志》记载:陈功,"褆躬冰立,执法霜严,历按详谳(yàn指审案)惟明,激扬不谬,

■ 1950年的陈家牌楼 梁兴国 提供

馈遗勿取，举荐谢金不纳。过家有人进锵（qiǎng指银钱），以事托着，叱绝之。身后厥子称贷叠见，几不保故物焉。"上文中，裼：读tí，此处指衣冠整洁。谳，读yàn，指所审案件。从文中可以看出，陈功先生，站如冰立，一身正气。审案明察秋毫，断案公正；为人办事，礼物不收；举荐人才，谢金不纳。有人来家送银钱求办事，他总是一口回绝，并且斥走来人。因此，家里没有多少余钱。他过世后，子孙频频以借贷维持生计，几乎连家宅都难以保存。

其功德牌楼，向南高悬巨型匾额"鲲奋春溟"，赞扬了陈功鹏举万里振翅远方之志。向北的匾额"鹗横秋汉"，鹗，为鹰类猛禽。鹗横秋汉，为鹰击长空、纵横秋水高天之意，赞扬了陈功卓然高绝的人性与品格。

四、周家牌楼

打磨巷与周家巷周家，为忻州望族。明洪武二年（1369），周家始祖周基良，由朔州马邑县，迁到忻州豆罗镇白石村，经四世，迁城中。周家巷大多数宅院、打磨巷部分宅院，世居周氏族人。

据周家十三世孙周文良老先生介绍，周家的兴盛发达，始于周基良公的七世孙周锡吉。周锡吉率二子周茂、周盛赴内蒙古沙县（今萨拉齐）一带，承租大面积农田，兴修水渠，发展生产。因当时土地过多，种不过来，曾"走马撒黄芥"，广种油料作物，主营榨制胡麻油。之后向亦农亦商模式发展。在萨拉齐城内开有多家店铺，加工、出售粮油，经销日用百货，积累了大量财富。周家为人仁信，自己修建的水渠，允许友邻合用，因此朋友众多，生意兴隆。至八世将大量金银运回故乡，在忻州城内周家巷、打磨巷修造宅院。高峰期，周家巷、打磨巷、南北大街遍布周家的店铺和住宅。其中，"九间楼""聚丰泰""庆春厚"比较著名。九间楼，位于南北大街秀容巷口，为百货庄；冬季修建时，为抢工期，曾用烧酒和泥拌灰，可见当年周家的实力。聚丰泰，位于周家南二巷口，坐南向北；庆春厚，位于周家巷内十字路口西南角；两者均为钱庄、账庄，经营存贷款、转账业务。而且，周家热心公益事业，深有德望。

清代道光年间（1821-1850），从萨拉齐退归故里的周盛，字朴斋，敕封儒林郎，从六品。福建巡抚徐继畬与之投缘，曾赠《诰封武翼都尉周公朴斋八十寿序》，为其贺寿。朴斋公诏封后，周家子孙因对朝廷的巨大贡献，陆续叩接六道圣旨，接受爵位封赏。

朴斋公勇力过人，曾在内蒙古习武。他非常重视对四个儿子召扬、召南、召虎、召熊文韬武略的培养。他不仅请名师，教习孩子们四书五经，而且请武术名师教习武艺。子孙可谓人才辈出。次子召南，曾任忻州宣教谕，深得忻州知府戈济荣赏识。他办事干练，不仅领导忻州教育教学，还负责重修秀容城。周家南二巷中，曾有其文书房。三子召虎，天资聪慧，道光年间，高中武举，封游击将军衔加二级，出任蒲州训导，弘扬了周家习武之风。三眼阁亦曾有武书房，亦为周家子孙习武场所。九世周召棠，曾受封忻州直隶州候补知州。十世周执信，乳名炳红，由州官彭赞华委任为忻州蚕桑会负责人。大清中期，周家氏族，已为忻城富户之一。

（原载于2019年9月8日《忻州日报·文化旅游周刊》）

走近秀容 ZOUJIN XIURONG

古城的文脉

◆宋晓明

修复改造古城前,南城门的墙壁朽蚀剥落,有的墙上几乎没有一块砖保存完整,这是古城的伤痕,也是历史的伤痕,像一首浑厚却低沉的古曲,断断续续,在北方天空下铮铮有声。

■遗山祠 梁兴国 摄

不是偶然,是一种必然,这座明代遗存瓮城数丈高的墙壁在历经一千多年沧桑岁月后变得如此千疮百孔。墙壁曾经坚硬无比,巍峨城楼气势威严,北方风沙夹杂胡、汉将士吼声在古城上空回荡,这个写满传奇的地方啊。战时,交锋的双方都是铁血汉子,只要城墙不倒,很少有人会在城墙上插一面白旗的;休战时,胡人驼队,汉人马帮,来了又走,走了又来,可以碰头做买卖,可以盘膝而坐一起大碗喝酒。农耕与游牧在此一次次碰撞交汇,使得这个盆地里的小城变得热闹非凡。那时的街巷缜密而烦琐。

今天,如果想转遍忻州古城,仍是件不容易的事情。从南城门北行,两个多小时仅转了半个城。茶肆酒吧、古玩小吃、饭庄客栈看得你眼花缭乱。穿走街巷,遇到代县人开的店铺、五寨人开的店铺、定襄人开的店铺,临近朔漠的北方城市极尽热闹丝毫没有萧瑟之感。一个古戏台上古老的北路梆子响起，古老戏剧让古城生活节奏更加放慢，有好听戏的一天到晚什么都不做，只坐在戏台前安心做个票友，听着古戏，回到古代，亦真亦幻的历史一幕幕上演。匈奴、鲜卑、突厥、契丹、女真、蒙古人……他们骑马从你眼前走过，汉家的文臣武将，走卒商贾也从你眼前走过，你方唱罢我登场，民族融合的大戏在古城里轮番上演。

山西有好几个古城，大同古称平城，太原古称晋阳，还有平遥，还有临汾……前两个都做过一些朝代的都城，曾经的皇城与宫殿应该是两座城市有别于其他古城最卖座的资本。忻州没做过都城，不记得曾建有宫殿，除了泰山庙、关帝庙、财神庙、文昌祠等庙宇，更多的是店铺、驿站，这些色彩朴素的建筑，与百姓生活息息相关。还有遗山祠、秀容书院，生活稳定时不忘精神寄托……可以说，商业性和文化性是忻州古城的一大特色。从这点看，我觉得平遥也不及忻州。平遥晋商票号是古代商业奇迹，相比之下，忻州古城因代县黄酒、神池月饼、原平锅奎、定襄蒸肉、静乐小米、五寨烩菜，以及羊肉、驴肉、莜面、荞面等等美食的熏陶，不仅具有了商业气息，也有了丰厚的文化气息、民俗气息。除饮食文化，更大更广的文化深藏这里，就比方秀容书院和元好问，两张名片使得这座城光彩照人。

忻州古城西高东低，秀容书院位置极其显眼，建在城西土冈上。高处没有车马喧闹，适宜静心读书。现在书院里开设茶社，边品茗边读书，闲余还能俯视眺望整个古城景色。

南北大街北端的遗山祠是专门纪念元好问的。忻州历史上最大的文豪生活在金末元初两个北方少数民族朝代新旧更迭时期，而元好问的艺术成就，在这个时期的此地熠熠夺目。元灭金，元好问"不食周粟"，仍自称金国人。他目睹和经历了战争灾难，民不聊生，国破家亡，他编纂金史或许是对家国的纪念与回报。金代短暂，而他的作品却成为照亮北方文坛的一颗启明星，以至于800年后，"问人间、情是何物？直教

走近秀容

■秀容书院文昌殿　梁兴国　摄

生死相许！"这样前无古人后无来者的名句仍广为流传，成为不朽。

五代十国结束，南方建立大宋王朝。北方虽先后被辽、金统治，但辽金元时期，也出现相对和平局面。少数民族政权热衷于汉化，文化因之没有断代。元好问《中州集》《壬辰杂编》等专著成就了这个北方文学代表、文坛领军人物的地位。正因了元好问的脱颖而出，籍籍无名的忻州古城，从此成为世人仰之弥高的一座文学巅峰，也让忻州这座城，才调秀出，文运通达。

忻州古城匾额文化考

◆薛喜旺

■古城街门楼"澹泊宁静"匾　梁兴国　摄

忻州城始建于东汉末年,时称九原县建制的九原城,迄今1800余年的历程。随着历史的变迁,原有的建制亦在变更,城池的称谓随着建制的变更而相应在变。历史上有九原县、九原城、秀容县、秀容城、忻州、忻州城、忻县、忻县城……等称谓。

20世纪80年代初,我在距忻州城西北45华里的奇村镇县立中学执教,受邀参加了"忻县县志办"在奇村举办的征集史料信息吹风座谈会，与会同仁各抒己见，而我亦谈了自己的所见所闻。会后，原忻县县志办公室主任郝卫民先生借调我到县志办工作。自此，我与全家人由乡下人变为城里人。这些年里，我如饥似渴地考察忻州境内古迹遗存，广泛地借阅与搜购有关忻州的文献书籍及文史资料，徒步走遍古城大街小巷，考察"匾额"文化的过去与现在。

"匾额"词条按《辞源》解："厅事及轩斋等题名也。匾本作扁，古户册之遗意，犹今门牌，为居宅之符号，故堂题名通谓之扁，以施于室上端，故扁额"。又曰："挂在厅堂或亭榭上的题字横牌，谓之匾额"。

匾额是我国独具特色的文化遗产，发轫于何时？暂且难以考究。从忻州古城的匾额来说，多数为清朝末期、民国初期及中华人民共和国成立后改革开放以来的产物。这三个时期，匾额从材料质地、文化内涵、书法优劣，各有差别。其共同点即悬挂或粘贴在门厅之额。据不完全统计有300余面，其中1949年前的88面，改革开放以来的212面。

清朝末期

清朝末期匾额有"亿则屡中""积德流芳""滋兰树蕙""素风可行""龙峰拱秀""双合老号""善成源""龙冈拱秀""知乐仁寿""文昌祠""新兴学堂""灵文叶梦""步云梯""青云洞""纯阳宫""清虚无上境""神灵默佑""天之衢""龙冈第一景""振衣千仞""鸢飞鱼跃""热心兴学""灵虚圣境""龙冈山馆""双流合抱""九峰雄峙""三关总要""晋北锁钥"等，皆系木质横牌匾额，题字出于书法名家，阴雕刻、阳雕刻皆有，字形遒劲浑厚，如秀容书院之"振衣千仞"系清乾隆年间忻州知州汪本直所题书；东街龙王庙"灵虚圣境"匾额出自忻县名宿梁硕光先生之手；"龙冈山馆"匾额出自清光绪年间忻州知州方戊昌之手；"热心兴学"是忻州末代知州朱善元赐予奇村创立小学堂的李子中先生的匾额。清朝末期的匾额文化内涵深邃，寓意深远。如城内打磨巷周氏宅院大门匾额为"滋兰树蕙"，而"兰"与"蕙"皆香草名，预示着周氏族人养育呵护子子孙孙长大成才，犹如辛勤培植浇灌兰与蕙一样，定能人才辈出；又如泰山庙巷门牌三号庭院门匾额"龙冈拱秀"，是描绘此庭院位于风景秀丽的龙冈环绕之下，风水独好。

■砖雕门匾　梁兴国　摄

民国初期

民国初期匾额有："履谦恒益""居敬行恕""谦受益""居之安""宝藏兴焉""旭升处""其旋元吉""安乐第""吃亏好""付和处世""谦和平恕""视履考祥""天锡纯嘏""山川增秀""安分自足""福寿金山""恪守前训""耕读传家""寸草春晖""植柳培槐""行笃敬""言忠信""钦厥止"等。匾额材质多数为水磨砖上书字，一般无落款，字形大方浑润，阳阴雕刻，内容上时人渴求安居乐业，对人与事谦虚诚信，事业有成。尤其是商业发展繁荣昌盛期，商家从长期的经商实践经验中深感"诚信""谦虚"的重要性，以顾客为上，获益永恒。清末民初忻州人程化鹏，经商于内外蒙以及俄国，当时号称商界领袖，在大东街牛脏巷33号他亲手建造的别具一格的宅院大门上额有"履谦恒益"四字匾，冀希他的子孙以及社会各界人士，经商或干其他事业，要遵守"一言一行要谦虚诚信"，其精神是值得后人学习的。

改革开放时期

十一届三中全会召开之后，我国步入了改革开放的新时期，迎来了经济的繁荣昌盛，乡村呈现兴建民居热潮，高大宽敞宅院大门之上的"匾额"亦不少，这也是清末民初"匾额"文化的一种传承。可是材质与制作工艺有了创新，千篇一律的瓷质烧制品，字的形体上略逊于清末民初的书法。文化内容上追求家庭"人财两旺""幸福美满""万事如意""青云直上""五福临门""福禄康乐""吉祥如意""幸福之家""前程似锦""家兴财旺""风华正茂"等等。

在此，还须提及一下的是清末民初的匾额，由于民国中后期的兵燹及后来日本侵略者的"三光"政策，中华人民共和国成立后"文革"中的破"四旧"，再加之改革开放以来的拆旧布新，匾额遭到严重毁坏，现存的清末民初那种典雅质朴的匾额寥若晨星，屈指可数。

（原载于2018年11月12日"大美忻州"）

沧桑回眸

◆彭图

漫话秀容书院

■风雅书院　梁兴国　摄

秀容书院在忻州城西南九龙冈上，始建于清乾隆四十年（1775），占的是原忻州儒学旧地。明朝弘治五年（1492）以前，忻州儒学和文庙都在城西南九龙冈上，所谓"有学必有庙，庙以崇奉孔子，学以长育人才，俾学孔子之道也"。旧文庙原在九龙冈上的文昌寺一侧。《忻州直隶州志·学校》云：忻州儒学"旧在治西南九龙冈上。后晋天福二年（937）建"。明弘治五年（1492），王轩任忻州知州时，文庙连同儒学，由九龙冈迁徙到学道街。九龙冈旧儒学与文庙俱废。

旧儒学和旧文庙废了283年后，忻州来了一任新知州叫鲁潢。鲁潢瞅中了这块地方，在忻州首次创立了秀容书院。现存书院碑记记载："忻州至清乾隆四十年（1775）无书院。忻州牧鲁公，倡捐四千金，始立此书院。""将余金发交典行，量取薄息，以资永图"，"每年山长束脩，生童膏火奖赏，皆由生息项下发给"。鲁潢（1727-1783），字守原，号纬躔，一号渭川，黎川中田（今江西新城）人。据碑记说鲁潢任忻州知州"历三年"头上"……而思创为之"。也就是说，他于乾隆三十七年（1772）任忻州知州，三年后的乾隆四十年（1775）创立秀容书院。

忻州既有283年前迁到学道街一直兴盛的文庙儒学，忻州知州鲁潢为什么又要建书院？因为儒学与书院作为学校都有它让人读书明理掌握知识的相同之处，而不同之处是，儒学是官学，书院一般是私学。教儒学的都是官员身份或有功名的人，即儒学教授、学正、教谕、训导等各级学政官员；而设立书院的一般是硕学大儒或聘请硕学大儒讲学，所以书院的主持者称"山长"，山长的意思表示的就是非官方的在山野之人。儒学是培养科举人才的学校；书院也培养科举人才，但书院主要是创立学派，研究学术的学校。儒学的最高管理机构是国子监，下面是各府州县儒学；国子监管不了书院。儒学的学生称生员，生员指国学及州、县学规定的学生员额，有员额限制；书院没有员额限制，只有学舍的限制。儒学生员国子监的叫监生，府、州、县推荐给国子监的生员称贡生（明代有岁贡、选贡、恩贡和纳贡；清代有恩贡、拔贡、副贡、岁贡、优贡和例贡），生员又有廪膳生、增广生、附生，初入学为附学生员，廪生给廪米，即有助学金；膳生不给廪米但管吃饭，廪膳生、增生有定额，据岁考、科试成绩递补，所以叫增广生；生员俗称秀才，亦称诸生。生员常受本地教官及学政（明为学道）监督考核；而书院的学生首先要考中秀才，才有参加科举考试的资格。

书院创立后，鲁潢聘请忻州本籍硕学名儒崔嶫为首任山长。崔嶫（1715-1781），忻州曹村人，乾隆二年（1737）丁巳科进士，字云峰，号乙轩。官至郑州知州、礼部员外郎。后因其父母二老年迈，无人赡养，便辞官归里。崔嶫任山长时已六十高龄，但"每年二月官定日开课，腊月、正月不课"，"每月初一、十一、二十一日为斋课，十六日官课，十七日诗赋课"（《碑记》）。在任期间，不仅勤于教学，还应邀参加社会活动，曾为忻州的关帝庙竣工及七贤庙修复撰写碑文。

崔嶫之后，比较著名的山长有忻州令狐庄的薛河东（字凤一），于崔嵘去世 55 年后的道光十六年（1836）任秀容书院山长。忻州前播明村赵宗先，字槐符，号午轩，于道光二十九年（1849）已酉任秀容书院山长；忻州泡池村董宇炜，字青平，号砚农，于咸丰九年（1859）任秀容书院山长。忻州董村郝椿龄，字曼修，在秀容书院主讲二十余年。忻州北关米毓瑞于光绪二十六年（1900）在秀容书院讲学。

光绪二十七年（1901），清政府颁布废科举立学堂章程，谕令府及直隶州书院改办中学堂，以"兴学育人"。秀容书院遂于光绪二十八年（1902）改为"新兴学堂"，原秀容书院山长米毓瑞转任总教，也即学堂堂长或校长。光绪二十九年（1903）改称"新兴中学堂"。新兴中学堂整整存在了 10 年，1911 年辛亥革命，南京临时政府成立后，民国元年（1912）各州、府均废，原州、府皆称县，忻州称忻县，学堂一律改称学校，新兴中学堂遂改称"忻县中学校"。学堂改学校后，扩大学校规模，将原学校东邻之文昌庙院址及文昌庙东邻之道教白鹤观一庙一观，先后划归学校占用，校园面积扩大，且独占城内最佳景区。地势高峻，院落依山叠起，错落有致，台阶层层，曲径通幽，四角阁、六角亭和八角亭矗立高冈，全城瞩目。

合并入忻县中学校原书院西南部的文昌祠又称文昌庙、文昌宫。文昌帝君是读书人的保护神，保护文运昌盛。文昌初指文昌星，文昌星简称文星，或称文曲星，系星宿中主文运者。《史记天官书》载："斗魁戴匡六星，曰文昌星，一曰上将，二曰次将，三曰贵相，四曰司命，五曰司中，六曰司禄。"后来又叫"五文昌"，包括关圣帝君（文衡帝）、孚佑帝君（吕洞宾）、文魁夫子、朱熹（朱衣星君）、魁斗（魁星爷），合称为"五文昌"。也有说是梓潼帝君张亚子的，《明史·稽志》："梓潼帝君，姓张，名亚子，居蜀七曲山，仕晋战殁，人为立庙，唐宗屡封至英显王，元加号为帝君，而天下学校亦有祠祀者。"古代士人仕进，以科举为途径，于是天下府县，处处建立文昌宫。明代以后，每一所学校都将部分建筑物用于供奉文昌帝君。清代，每年农历二月初三文昌帝君生日那天，朝廷要派人前往北京文昌庙祭祀。文昌帝君掌理考试命运、主宰士子的功名利禄，凡读书人必要奉祀文昌帝君。每逢文昌帝君诞辰，童生、秀才、廪生、贡生、举人以及私塾老师都要准备全牛及供品，至文昌庙行"三献礼"祭祀之。历代官府都要通令天下学校，来奉祀这位文昌神。忻州文昌祠西大殿中央，曾塑有文昌爷的塑像。至于这位文昌帝君到底是魁星爷还是梓潼帝君张亚子，则就随人心仰了。

■鲁潢

鲁平 鲁建清 鲁建荣 提供

  文昌祠入间最深，檐下有廊，青碧琉璃瓦覆顶，推为明代建筑。由北至南为柏树院、枣树院、槐树院三进院落。并入学校的白鹤观又名天庆观，为唐代所建道观，唐代李氏皇帝认为自己是老子李耳的后代，所以大建太上老君庙。唐高宗龙朔二年（662）敕建洛阳上清宫，以祀道祖太上玄元皇帝老子，于是天下老君庙皆称上清宫。忻州上清宫老君殿内，列祀有唐朝李渊、李世民、李治、武则天、李显、李旦、李隆基等唐朝七个皇帝，因改名"七圣观"，后唐庄宗李存勖时再改太清宫。后晋时又改为"白鹤观"。元遗山《天庆观记》："始为七圣观，创自唐天宝间。其后有白鹤之异，改白鹤观。宋祥符间又改为天庆观。每岁二月望，道家云是老君诞日，及期，有鹤降此。多至十数，翔舞阶庭，三日乃罢。予两见之，特乱后不至耳。因为招鹤谣，并刻之石"。观内三皇殿、无极殿、紫薇殿、玉皇阁、天师殿、太清殿、元君殿等气势宏伟，建筑上下错落。据传北魏寇谦之天师曾在此结庐祭祀老子。金贞佑年间蒙古屠城，天庆观损毁严重，元代全真教道士王志常与弟子王守冲重修。明万历二十七年（1599）二月望日，群鹤复集，山西巡抚魏允贞亲见之，有诗云："谁知三百年来后，又睹联翩下碧云"。明代，朝廷在天庆观设道正司，统领忻州道教各派。正一道道士杨正梅住持大修道观，增祀吕祖殿，重修晋天福年间的文昌祠，天庆观重现往日辉煌。乾隆四十年（1775）建秀容书院后，形成道观与书院并存的奇观。

在书院西面的山坡上，先后修建有三个亭阁：正中四平八稳的魁星

■ 书院戏台　　　■ 书院山长室　　均由梁兴国 摄

阁，兴建于大清雍正三年（1725），处世低调，静观忻州的沧桑风雨；北面的六角亭，直插云端，高为忻城之最；南面的八角亭，富有轻、巧、静、翘、曲、飞之韵，建于嘉庆二十四年（1819），高度次之，与六角亭互为掎角之势。

六角亭，边长三米，高九米，原来五面有清朝的精美花窗；六根一楼多粗的擎天柱支撑、头顶碧绿琉璃，古朴简约、超凡脱俗。立于六角亭上，忻州全景尽收眼底。

八角亭，位于忻州古城西南高地之最南部。八角攒尖顶形，顶部青灰瓦布顶。旧以"萱堂"代指母亲的居室，亦指母亲供堂。一直在外居

官的鲁潢思念远在江西的母亲，在忻州任知州时常常在秀容书院登高远望，以解思念之情。忻州人感于鲁潢知州的孝心，遂在鲁潢登高望远的高地筑亭，以存对鲁公建书院壮举的感念之情，同时也以此勉励书院学子孝亲睦友。

民国以来，忻县中学为国家培养了不少栋梁之材，既有专家学者，也有革命志士，中华人民共和国成立前忻县最早加入共产党、参加革命的人士，多数是忻县中学的学生。如曾任过山西省委书记、国务院农业部部长的霍士廉，曾任过华北局书记处书记的黄志刚，全国妇联书记处书记的董边，电子工业部部长的张挺等，都曾在忻县中学读过书，而且大都是从忻县中学开始走上革命道路的。

民国二十六年（1937）日寇入侵，中国人民抗日战争暨世界反法西斯战争爆发，忻口战役在即，学校南迁平遥，辗转晋南，结束于陕西汉中。民国三十六年（1947）阎锡山政府于忻县城内火神庙重建忻县中学，时称忻县县立中学校。1948年7月，忻县全县解放，将忻县中学和忻县农业职业学校合并为晋中区联合中学校，校址由火神庙迁回九龙冈原忻县中学文昌庙旧址。1948年10月，联合中学校更名为晋中区忻县中学校。2004年6月10日，忻县中学前身旧址原秀容书院由山西省人民政府公布为省级重点文物保护单位。

2017年1月，忻州市委、市政府开始对忻州古城进行修复改造。秀容书院列入第一期改造工程。忻州古城一期工程的最大特点是"修旧如故，以存其真"。秀容书院改造工程总占地30250平方米，规划建筑面积9612.25平方米，其中文物修缮工程3830平方米共40座、151间，主要包括文昌寺山门、戏台、文昌寺大殿、白鹤大殿、孔子祠、六角亭、八角亭等；新建复建工程5782平方米共56座、192间，主要包括藏书楼、吕祖阁、山长室、六艺院、国学馆、游客服务中心及消防设施等。同时还修缮和新砌护坡960多米，围墙、花栏墙1400多米。

在风景优美的九龙冈上，经过能工巧匠的精雕细琢，拥有240多年历史的秀容书院亭台楼阁错落有致，旧貌换新颜。

新复修活化的秀容书院现有房屋208间，多数为旧制，院内地形西高东低，高低错落，依自然地貌可分为上、中、下三个院落。上院为主院，主院为三进院落布局，中轴线上依次建有乐楼、过厅和正房，两侧为厢房、耳房、生舍。中、下院为书舍。秀容书院上、中院修缮面积3829.86平方米，包括白鹤大殿、桂香殿、六角亭、魁星阁、八角亭、牌坊、龙冈第一景等建筑。秀容书院重建面积5782.39平方米，其中上中院包括老书院、六艺院、藏书楼、吕祖阁、碑廊等；下院包括展陈馆、国学馆和服务中心等。原秀容书院的外院，原来的大门，学校的食堂，校办工厂，教工宿舍都变成了错落有致的座座古院落、古房屋，院内景色整洁怡人。中院的白鹤观，早已维修完毕，庄严肃穆，静静地伫立在那里。中院原来的民国建筑依然耸立，与阳光交相辉映，诉说着它的历史过往。

（原载于2019年《忻州日报》）

重游秀容书院

◆李录明

20世纪60年代，我在忻县师范上学，当时学校在古城的秀容书院。

记得那时县城很冷清，想找一家正在经营的饭店不容易，街上倒是支着几个大铜锅，卖的是粉汤、老豆腐之类的早点；也有现炸油糕的，现烙饼子的，不多，就那几个摊子。想一想，在校三年，饭店也好，街上的小吃摊也罢，我一次也没光顾过。

如今的老城旧貌换新颜，东大街路口往西不远，就是秀容书院。书院门楼古色古香，匾额是陈巨锁先生手迹，刚劲，霸气。书院依九龙冈山势而建，院落重叠，气势雄伟。共有上、中、下三个院，一进门就是下院。

忻县师范的食堂和伙房原来就在下院，可供几千人就餐，现在都被两排仿古建筑代替了。当时的食堂伙食很差，说是每人每天一斤粮，实际上经常用代食品充数，红薯、炒面、白菜汤是最常见的主食，吃不饱，每人肚子里都饿得咕呱乱叫。有几个大个子同学，实在饿得不行，也不管什么面子不面子，每次吃饭，等值日生分完饭，他们就把盛过饭的柳

■书院教室（修复前）　梁兴国 摄

条筐抢去,用勺子敲打,缝隙里遗留着一些炒面糁,会被敲打出来,然后就被他们打了"牙祭"。也正是从那时开始,我养成了珍惜粮食的好习惯。每次吃饭,我都会把碗里最后一粒米扒拉进嘴里。

中院在高台之上,与下院相连的是高高的台阶,少说也有一百多级。师范的教室在中院,而食堂在下院,那些台阶,我们每天都不停地走上走下,反反复复,不知疲倦。我那时还想,为什么不把书院建在平地上呢?后来才知道,古人建台阶有节节高升的寓意。而对我们来说,权当是锻炼了。

进教室前,要穿过一条走廊。如今教室还在,六十多年的风雨沧桑,连无言的建筑都呈现一副老态,而我眼里已蓄满泪水。凝视着教室,同学和老师们的音容笑貌浮现在眼前。当时,国家为了提高小学基础教育,首先提高小学教师水平,从全区中考生中优先录取师范生,学生素质比较高,而师资队伍也是从全区选调上来的优秀老师。我记得我们那批学生毕业后,各县都抢着要。

在师范上学,印象最深的有两件事,一件是看闲书,还有一件是练毛笔字。我除了按规定学完全部课程外,还"忙里偷闲"迷上了看闲书。学校图书室的藏书很多,借书方便,看课外书简直成了瘾,这为我后来从事文字工作打下了基础,同时让我养成了爱读书的习惯,并且受益终身。说到练毛笔字,其实是师范里的一项硬性规定。每个星期,都有一节书法课。老师布置作业让每天练习,要求写毛笔字的水平必须达到可以给小学生写仿引。校长程友三就是很有名的书法家,对同学们影响很大。虽然我从小就喜欢写毛笔字,但离学校的要求还有很长的距离,在专业老师的指导下,我几乎天天临习褚遂良的《雁塔圣教序》,渐渐有了感觉。参加工作后,毛笔字派上了用场,给小学生写仿引,给村民写对联都不在话下。

从中院到上院的台阶比较少,不太费力。现在房屋、地面、台阶都整修一新，比原来的要好很多。师范的正门就在上院，一进校门，有一个大照壁，上面用红漆写着"为人师表"的校训，老师们经常用"为人师表"来要求学生。校门旁边有一棵古柏，树枝上挂一口铜钟。全校师生起床、熄灯、上课、下课都听钟声指挥。那清脆悦耳的钟声，仿佛现在还能听到。敲钟人姓李。老李除了敲钟，他的主业是看大门。人瘦小，脸上总带着笑。就因为敲钟守时，山西电视台还播放过他的先进事迹，想来这就是三百六十行，行行出状元啊。

上院的几进院落，长着好多柏树，那里是学校领导和老师们的办公室，学生一般不敢上去。最后面是一个大操场。走廊两边窄小的房子原来是老师们的宿舍，西边有一间是我的班主任赵仁昌的宿舍，他床下面放着好几颗篮球。每到体育活动，我们就敲开门，说拿篮球，赵老师便笑着说：拿吧。

■夕照秀容书院　梁兴国　摄

再往上走，是书院乃至全城的制高点，颇有"会当凌绝顶，一览众山小"的感觉。上面建有三个亭阁，南为八角亭，中为四角阁，北为六角亭。

忻州发展太快，特别是近10年。60年前，忻县城区在城墙以内，而今站在六角亭里，放眼望去，早看不到城市的边际了；60年前，忻县城区很少能看到楼房，而今满眼都是高楼大厦了。

在校三年，每逢节假日，同学们三五成群爬上六角亭观风景。据说六角亭前，原来还有一个砖拱门，称"天之衢"，经过"天之衢"，意指飞黄腾达。细细想来，古人把书院建在九龙冈，又修这么些门亭，都藏着很深的说道啊。二百多年来，书院改为学堂，学堂改为学校，文风一脉相承，占尽了天时地利，那时候从忻县师范毕业的学生，被尊称为"老忻师"毕业生。

秀容书院，古代书院发展变迁的缩影

◆张润林

作为忻州乃至山西教育文化的重要组成部分，忻州秀容书院是目前山西省唯一保存完好且仍具有教育功能的书院，它既是我国古代书院发展变迁的一个缩影，又是清代教育文化在忻州发展的一种体现。

秀容书院是清代山西发展较为鼎盛的大型书院之一，从规制上考察有以下出色之处。第一，秀容书院庞大宏伟的建筑群，决定了其作为一座大型书院的基本地位。第二，秀容书院在乾隆四十年（1775）曾募捐白银四千余两，此外"书院有公地十七亩，在西高村，租米亦供日常消费"。第三，秀容书院规制完备，秩序井然，"每年二月官定日开课。除正月、十二月不课外，每月初一日、十一日、二十一日斋课，十六日官课，十七日诗赋课，永为定例"。

秀容书院是在清代中期全国大规模兴建书院的背景下产生的，由时任忻州知州的鲁潢下令修建。鲁潢在《新建秀容书院碑记》中道："忻

■ 1939年的忻县中学校　　■ 1922年的秀容书院　均由梁兴国 提供

沧桑回眸
CANGSANG HUIMOU

■秀容书院①槐树院、②枣树院、③柏树院　梁兴国　摄

于省北为大郡，幅员辽阔，民户殷繁，家有盖藏，人丰囊橐，讴吟弦诵之声，不绝于耳。独书院至今缺如，此司牧者之咎也"。于是，他先于"文昌祠考选秀才，延师入舍，其岁费，则余官俸中，预行分给"，终使书院得以建成运行。清光绪二十八年（1902），秀容书院改称"新兴学堂"，民国元年又改为"忻县中学校"。中华人民共和国成立后，这里先后成为忻县师范、忻州三中、忻州第一职业中学的校址。

历史上，秀容书院在忻州州官的主持下进行了多次修缮。清道光二十九年（1849），直隶天津举人华典任忻州知州时，"值军兴、羽书旁午、供亿浩繁、禁浮冒、惩奸蠹"，而且他还"尝捐廉增书院膏火"，为生员的学习提供了极大便利。清咸丰十年（1860），知州张其恕募铜七千

· 251 ·

缗，以资助诸生考试，谓之"宾兴"，有力推动了书院的发展。清同治八年（1869），在忻任职的直隶景州人戈济荣"改定章程，膏火奖赏，以每次甲乙为断，另添课诗赋一次""因课生童无多，又复谕令续捐增加奖赏""住院肄业者亦无定数"。

（原载于2020年12月8日"史志忻州"）

金元文宗元好问

◆张斯直

我国有五千年灿烂文明史，在漫长的历史进程中，仁人志士辈出，廉吏能臣频现。他们胸怀理想，情系家国，为民族文化的传承、人民的福祉做出了巨大贡献，元好问就是其中一位杰出的代表。

胸怀理想　接受"民政"

金章宗明昌元年（1190），元好问出生于太原秀容（今忻州市忻府区），后过继给叔父元格。元格是一位清廉敬业的官

■元好问画像　梁兴国　提供

吏，元好问深受其影响，从小热爱读书，钟情诗文，决心长大以后报效国家。

1233年正月，金都汴梁被围，形势岌岌可危，44岁的元好问在此危急时刻，为其多年从政时所收集的金朝杂事一书取名《南冠录》并作引。在引文中，他详细交代了自己的生平："予自四岁读书，八岁学作诗，作诗今四十年矣。十八，先府君教之民政，从仕十年，出死以为民。自少日有志于世，雅以气节自许，不甘落人后"。从这篇引文中不难看出，元好问少时虽接受的是古代诗文教育，但"自少日有志于世"，从小就有经国济世、出死为民的宏伟理想，待即将步入弱冠之年，父亲教

授他从政为民的方式方法，他认真学习，不甘于人后。

1228年冬，元好问移居河南省内乡县白鹿原长寿村（今河南省西峡县丹水镇菊花山下）新居后作了一首《新斋赋》，其中写道："有三年之至谷，有一日之归仁。动可以周万物而济天下，静可以崇高节而抗浮云。"面对混乱的金国政局，元好问做官修身知进善退。为官时，要兼济天下，出死为民；罢职时，也要一日"归仁"，崇尚高节。

越挫越奋　终考进士

虽然元好问在少时就有经国济世的理想，然而要想真正实现这个愿望，却并不容易。除非皇室贵族子弟特有的世袭制，否则一般官员和贫民的子弟，只有通过科考才可晋级。也就是说，元好问唯一的出路只能是科考，考中进士才可步入官场，一展其为国为民的宏图和理想。

元好问4岁开始读书，除去父母对他的教育指导外，当时在太原久负盛名的王汤臣、河北学士路宣叔也曾教他数年，而让他一生受益、获取知识最多、受教时间最长的是陵川学士郝天挺。元好问14岁随郝天挺读书，一直到20岁出师，求学六年，知识大增，具备了科考的资格和条件，遂在学习期间开始不断参加科考，屡经挫折，却越挫越勇，直到金榜题名。

元好问科举之路十分坎坷。早在1205年，16岁的他还在陵川学习时就赴太原参加过科考，但以失败告终，在汾阳途中还作了著名的《摸鱼儿·雁丘词》，以寄托其对殉情者的哀思。1212年春，元好问再次参加考试，但仍名落孙山；1215年春，赴河南汴京参加进士考试，未中；1218年春，二赴河南汴京考试，还是不中；1221年春，元好问三赴汴京参加科考，金国礼部尚书赵秉文主持，终获成功。但由于金国朝内有人攻击赵秉文，污赵为"元氏党人"，故元好问虽科考成功，但仍未被录取。1224年，蛰伏三年的元好问第四次在汴京参加金朝博学鸿儒科（进士中的一个科目）考试，考中后被分配到金国史馆任编修之职，总算步入仕途。

综合各方面评述，元好问六次科考才步入仕途，是有多方面原因的。第一，元好问学习重在诗文，不在策问，而策问是进士考试中最重要的一个方面。元好问恩师郝天挺强调"所以教之作诗，正欲渠不为举子耳"，遂让元好问"肆意经传，贯穿百家"。用我们现在的话说，郝天挺的教学理念不属于应试教育，而是素质教育。在"学而为举"、依照进士考试提纲学习的年代，就显得格格不入。第二，金元时期根深蒂固的门阀制度。元好问是在21岁时携《琴台》《箕山》等诗篇与金代名士高官赵秉文开始交往的，赵秉文对他极其赏识。金国朝内官员都认为元好问是赵秉文的门生，所以前几次担任礼部尚书主持考试的官员故意不录取元好问，从而导致元好问三考汴京。第三，金元时期混乱的思想观念分歧。元好问科考时期正值金朝衰落混乱时期，各种观点纷纷涌现。元好问无论在作文还是在策问中，都会提出一些与当时朝政不同甚至是截然相反的观点，这些观点大部分都不被阅卷人和主持策问的官员所接受，所以不选他也在情理之中。

元好问虽处动乱年代，但他为步入仕途数次参加科考，其坚定的意志、百折不挠的毅力、越挫越勇的精神，都是值得肯定的。

步入仕途　十年为政

金哀宗正大元年（1224）春，元好问任金国史馆编修；金哀宗正大三年（1226）秋，元好问调任河南镇平县担任县令；1227年春夏之交，调任内乡县担任县令；1231年正月又任南阳县令，后调京城任左司都事一职；1233年又任尚书省左司员外郎，1234年正月金亡。

元好问少有经世济国之大志，十年为政，正是他实现理想壮志的大好年华，怎奈天时不济，最后成了亡国遗民。十年间，他紧紧把握机遇，安社稷，重民生，不负韶华，勇于担责，廉洁从政，呕心沥血，真正把自己献给了国家和黎民。

■元好问编撰《中州集》（砖雕）　梁兴国 摄

元好问并不认为，文人就一定要做国史馆编修，相反，他心头时刻激荡着"动可以周万物而济天下，静可以崇高节而抗浮云"的抱负，做官为民、经世济国才是他的真正追求。为此，在担任两年国史馆编修之职后，他便主动放弃，先后去往河南镇平县、内乡县、南阳县三任县令，尽力于民事，争做能臣，留下很多佳话。河南《内乡县志》记载："元好问在内乡任县令期间，为官清正，勤于政务，催民农桑，安抚流亡，不负皇命，乐于助民，调离内乡时，百姓攀辕卧辙，挽留不舍。"

元好问在河南镇平县、内乡县、南阳县任县令期间，正值战火四起、国遭危难时刻，上有"军租星火急，期会切莫违"，下是"汝乡之单贫，宁为豪右欺"。此情此景，使他内心焦急，坐卧不宁，在《镇平县斋感怀》中写道："老计渐思乘款段，壮怀空拟谩峥嵘。西窗一夕无人语，挑尽寒灯坐不明。"在《内乡县斋书事》一诗中他这样表露自己的心迹："吏散公庭夜已分，寸心牢落百忧熏。催科无政堪书考，出粟何人与佐军？饥鼠绕床如欲语，惊乌啼月不堪闻。扁舟未得沧浪去，惭愧春陵老使君。"好在他并没有被眼前的困难所吓倒，而是采取正确的方法，适当权衡朝廷旨意和老百姓利益之间的关系，从而极大地缓解了三个县的官民矛盾，基本解决了老百姓的口粮问题，保证了社会稳定。其做法如下——

一是告诫百姓要按期交租，否则将受鞭刑。作为一名县令，完成国家下发的催粮征租任务是他必须做的工作。他劝慰百姓自己会禁止吏卒深夜催租，恫吓大家；同时要求百姓按期完成交租任务，免受鞭刑之苦。其次，针对个别当地有钱有势的人囤积粮食、欺负穷苦百姓的实际现状，呼吁百姓就地举报，并对这些人采取强硬措施，给予重罚处理。第三，开仓放粮，救济流离失所、生活无济的穷苦百姓，此外他还带头拿出自己微薄的俸银予以赈济。最后，元好问站在长远的角度划线立碑，号召民众垦荒种地，由县衙提供优惠政策，及时组织民众耕作，使田野呈现出一片欣欣向荣的景象。在诗中他曾写道："桑条沾润麦沟青，轧轧耕车闹晓晴。老眼不随花柳转，一犁春事最关情。"在当时战火纷飞的国难时刻，元好问不仅按时向朝廷缴纳了十万火急的赋税，还解决了三县百姓的生计问题，受到百姓称赞，实属不易。

1231年，元好问调任左司都事，负责文稿的撰写工作，无任何实际权力，且官微职低（正六品）。当时金朝的政局已十分复杂，1232年蒙军围攻汴京，金哀宗逃亡河南归德府。汴京被围后，元好问不顾自身安危，和朝廷重臣许安国、杨居及民间志士刘祁、麻革等纷纷谏言上书，请求金将完颜奴申和完颜习捏阿不"以城换降"，换汴京百万生灵免遭屠戮。1233年，金蒙两国因议和中断，蒙军第二次围攻汴京的时候，元好问看到金朝大势已去，遂在危难中修书一封，致时任蒙古丞相的耶律楚材，请求保护54名中原秀士，得到蒙古国采纳，这再次展现了他经国济世的民本情怀。1234年正月，在蒙军与南宋的联合夹击下，金朝灭亡，元好问被俘山东聊城，十年仕宦生涯结束。

在十年的从政生涯中，元好问努力实现少时抱负，忠于国家，勤奋理政，廉洁从政，即便面临巨大的困难，他始终坚持为国为民、干好自己的本职工作，这种品质十分难能可贵。针对金国上层腐败不堪的吏治，元好问提出强烈的批评，并在《寿阳县学记》一文中写道："予行天下多矣，吏奸而渔，吏酷而屠，假尺寸之权，朘民膏血以自腴者多矣！"他对廉吏十分推崇，在诗《薛明府去思口号》（七首）第一首中写"能吏寻常见，公廉第一难。只从明府到，人信有清官"，在第三首中写"麋鹿山中尽，公厨破几钱？只从明府到，猎户得安眠"，第四首中写"木索人何罪？累累满狱中。只从明府到，牢户二年空"，对清廉无私、执政为民的薛知府进行了多番赞颂，而这位薛知府又似乎是他本人的真实写照。

针对金朝后期许多大小官员虽领着俸禄，但遇事避让、得过且过、只求自保、不愿担责的实际情况，元好问借怀念已逝好友李钦叔给予了谴责。在七律《四哀诗·李钦叔》中云："赤县神州坐陆沉，金汤非粟祸侵寻。当官避事平生耻，视死如归社稷心。文采是人知子重，交朋无我与君深。悲来不待山阳笛，一忆同衾泪满襟。"一句"当官避事平生

■遗山祠主建筑　梁兴国 摄

耻"，道尽金朝后期不少官员的卑劣心理和不作为姿态，间接揭露出金朝必然灭亡的历史趋势。

筑亭修史　流芳千古

亲身经历金朝亡国之痛后，元好问一心为民从政的理想也终化为泡影。为此，他感伤不已，在《甲午除夜》一诗中写："神功圣德三千牍，大定明昌五十年。甲子两周今日尽，空将衰泪洒吴天。"在诗《秋夜》中，他的心情几近绝望，读后不免让人深感同情："九死余生气息存，萧条门巷似荒村。春雷谩说惊坯户，皎日何曾入覆盆！济水有情添别泪，吴云无梦寄归魂。百年世事兼身事，尊酒何人与细论？"可以说对于金朝的灭亡，他已然无言。

经过两年的囚牢生活，元好问终于从绝望的情绪中走了出来，几经辗转，于1238年秋在朋友们的协助下回到故乡山西忻州，筹划建设野史亭，并决心将修史作为后半生的责任和担当，用另一个方式实现自己经国济世、为国为民的宏伟理想。

元好问始终认为"国亡史不可亡"，"不可遂令一代之美，泯而无闻"。为完成编撰金史的任务，在没有任何官方支持的情况下，他只身搜集，十余年奔波在晋冀鲁豫等地，先后完成《中州集》《壬辰杂编》《金源君臣言行录》《南冠录》《续夷坚志》等多部作品，为已故名人撰写碑文100余篇，共计百万余言。

元好问修史是在十分艰苦的环境中进行的，他所面临的困难和压力我们可以从他所写的《野史亭雨夜感兴》中看出来："私录关赴告，求野或有取。秋兔一寸毫，尽力不易举。衰迟私自惜，忧畏当谁语。辗转天未明，幽窗响疏雨。"即便如此，元好问仍旧全力以赴地开展修史工作，直到生命最后一刻。诚如其学生郝经在《元遗山先生墓铭》中所写：

"（先生）每以著作自任。以金源氏有天下，典章法度，几及汉唐，国亡史兴，已所当为。而国史实录在顺天道万户张公府，乃言于张公，使之闻奏，愿为撰述，奏可，方辟馆，为武安乐夔所阻而止。先生曰：'不可遂令一代之美，泯而无闻。'乃为《中州集》百余卷。又为《金源君臣言行录》，往来四方，采摭遗逸，有所得，辄以寸纸细字亲为记录，虽甚醉，不忘。于是，杂录近世事至百万余言，捆束委积，塞屋数楹，名之曰野史亭，书未就而卒。"这个结局难免让人觉得有些遗憾和惋惜。今天我们去忻州市韩岩村先生陵园再拜野史亭的时候，依旧可以体会到先生的伟大情怀，那是一种超越天地的中华赤子的人文精神，且始终在亭内外萦绕，闪烁出耀眼的光芒。

元好问不愧是享誉全国、名垂青史的金元文宗。他少有大志，胸怀理想，经国济世，一生都在为实现理想而努力奋斗；他胸怀抱负、服务家国的精神永远值得我们学习。

（原载于 2016 年 9 月 26 日《中国纪检监察报·文化周刊》，原题目为"和风送我拜廉吏——一代文宗元好问"）

沧桑回眸

CANGSANG HUIMOU

◆薛喜祥

遗山祠春秋

■遗山祠全貌 梁兴国 摄

40年前，我就在忻州城读书，闲暇时常来古城的南北大街转转。在街东边的那个剧院看过戏，书店里买过书；在街西头的那个照相馆照过相，文化馆里看过画展；当然，也在那边的商店买过生活用品。那时候，古代和现代建筑在大街周边"和平共处"，很多古建筑一任自生自灭。

近十几年，我没去过古城。而今，历史文化氤氲在古城的每个角落，满眼皆是古朴典雅的明清式建筑。古城商贸繁盛、休闲安逸的社会生活景象已经显现。套用一句广告语，我看到了一幅悠然恬适的"家山归梦图"。

在南北大街，我看到西侧有一座特别的牌楼式大门，悬山顶式，檐角上翘；门额上悬挂"遗山祠"匾额。走进祠内，眼前的景象似曾相识，仔细想来，这与四十年前看过画展的县文化馆何其相似？

1979年，我在忻县师专上学。有一次，我就走到现在这个地方，看到路西的大门。顺着门口往里看，有种庙院的感觉，尤其西面一溜老式瓦房，还立在一个高高的台基上。大门边挂着"忻县文化馆"的牌子。我想进去看看，又担心被人撵出来。最后，还是蹑手蹑脚走了进去。院里没人，我照直走向西面那排大瓦房。

门开着，我发现里面同样没有人。房顶高高的，地面基本呈正方形，也没有放什么物品，只是墙上挂满字画。我记得第一次看画展，是在我们村泰山庙里，展出的是北京插队知识青年的一些国画和水彩画。而这次应该说是第二次看画展了，而且展出的画作比泰山庙里的画作起码高出几个档次。

多年以后，想起这次经历，还为当初做贼一样的惴惴不安感到脸红，文化馆的画作本来就任由大家参观的。而让我更加想象不到的是，当年的文化馆，它的前身居然是鼎鼎大名的遗山祠，我又为我当初的孤陋寡闻感到脸红了。

遗山祠始建于元至正十三年（1353），由元氏八世孙元林枝、元林泉、元林茂等筹建。明朝万历至清同治年间，祠堂改为魏允贞祠。清康熙三年（1664），地震被毁。康熙五十二年（1713），州衙"奉文兴义学"，改为教育之所。乾隆六十年（1795），知州汪本直恢复遗山祠，并与元氏几位后人组织重建。同治四年（1865），由忻州正堂（知州）戈济荣组织捐资修葺元故茔、修葺野史亭时，又对祠堂作了扩建。民国时期被日寇和国民党侵占，新中国成立后一直是忻县文化馆的办公之所。

遗山祠原为砖石结构大门，坐西向东，门额嵌有石刻牌匾，上书"遗山祠"，门内额上悬挂书有"杜陵嫡派"字样的牌匾，字体古朴刚劲，出自清道光间（1821-1850）著名学者、进步思想家、五台县东冶镇人徐继畬之手。入大门便是前院，院内靠近大门处是一座高约3米的园林小品——梅山。遗山先生生前酷爱花木，尤爱杏花、梅花，故造此小品以为纪念。前院和上院之间有三间过庭，过庭门额横标"野史亭"三字，仍系徐先生手迹。

穿过庭，进上院，迎面高台上筑有三间兽嘴装饰的高大梢独房，此即遗山祠堂。这里既是礼敬凭吊先生的祭祀之所，又是文物陈列室。堂内正面墙上，悬挂落地大云谱。所奉先人甚多，以唐代诗人元结为始祖，以下是高祖元谊、妣赵氏，曾祖父元春、妣王氏等，凡七代14人。

云谱下方置丈许长香案，其上置"元遗山先生神位"龙牌。右边摆10个较小的牌位，前五位供奉着先生的五个女儿，后五位则是金代文坛领袖赵秉文、遗山之师郝天挺、遗山门生郝经、遗山之徒魏初和姜彧、清乾隆朝忻州知州汪本直。龙牌左面置有《元氏家谱》以及致祭所用钟磬香炉。两侧墙上配以历代名人字画。靠墙各置书架一栏，珍藏各种版本的先生遗著和论著约上千册，清光绪七年（1881）刻制的《中州集》原版也存放其上（现藏于忻府区文管所）。

祠内南北配房共22间，正房称作会馆，为接待宾客或举行会议之所；南房储存什物或宴飨待客之地。

全祠呈四合院，内高外低，游人有步步登高之感，同时也使主祠处在高位而显得庄严肃穆。

遗山祠主祠北侧，存清朝同治七年（1868）岁次戊辰七月上浣吉日所立的扩修"遗山祠功德碑"。正面碑文镌刻"特用道蓝翎候补府忻州直隶正堂加五级随带加四级记录十次戈捐银三百两"等字样。记载时任忻州直隶候补正堂戈济荣，为官一任，率先垂范，十次捐银300两的贡献和荣誉。这次大修元祠，知州戈济荣用力最多。功德碑背面镌刻清朝同治七年（1868），忻州先贤因应扩建"遗山祠"慷慨捐资者名录。

新中国成立后，到2010年9月间，这里一直是文化馆馆址，曾留居过一批知名的文化艺术人才。其中，最著名的是参加《阿诗玛》搜集整理工作的当代诗人公刘。1990年，在先生诞辰800周年之际，在这里举办了中国元好问八百诞辰学术研讨会，中外学者发表30余篇研究论文，盛况空前。之后，学会又依托忻州市委、市政府的支持和忻州师范学院的具体组织，召开过三次研讨会，新论纷呈，开辟了元好问研究的新境界，忻州也由此扩大了在全国的知名度。

2010年上半年，文化馆迁出，新祠落成。遗山祠以崭新的面貌迎接来自全国各地的到访者。

2010年3月末，忻州市作出"搬走文化馆，重修遗山祠"的决定，并提出"把文物保护好，把文脉传承好，把名人效应发挥好"的"三好"重修要求。经半年，一座雕梁画栋、内涵丰富的新祠出现在原址上，为元好问先生诞辰820周年献上一份厚礼。

新祠古今结合，本着"沿袭明清风格，融汇金元元素"的风格，在原址上巧加布局，上下院结构不变，主祠不变，配房不变。但在细部减少配房，增设碑廊；增加月台，扶高主祠；牌楼和山门相融合；主祠内引入浮雕技艺；配房内增加现代化的声光电设备。最后形成主次分明、高低错落的整体效果。它是忻州最精美的明清风格建筑之一。

遗山祠总占地面积720平方米，计有大小房屋29间（座）。主祠坐落在设有青石栏柱的月台上，门额之上悬有书法家姚奠中先生所书"金元文宗"描金行书大字巨匾。廊庑立柱上悬挂一副小篆字体楹联："三河雨雪成诗草，百代风骚入论文"，亦出自姚奠中之手。

进入殿内，迎面是先生汉白玉坐像，底座上镌刻其生卒年代。先生汉白玉雕像神情凝重、风骨凛然，令人肃然起敬。

雕像左侧精致的倾斜桌面上，刻有先生的简介，右侧摆放五代谱系图。三面墙上饰有古铜色浮雕画6组，集中展现了先生的精神风范和思想文化成就。

第一幅："师生教学图"。此图描绘的是先生在14岁到20岁间，受教于陵川（陵川县今属长治市）知名教育家郝天挺先生的情景。第二幅："南渡避乱图"。金宣宗贞祐二年（1214）三月三日，蒙古军队攻破忻州，屠城十万。此图描绘的是兵荒马乱中先生与人民一起向南避难的情景。第三幅："循吏风范图"。此图意在表现先生"出死以为民"的为官之道。第四幅："羁管聊城图"。此图表现了先生在极度困厄的囚居状态下，依然坚持著史立说的文化担当。第五幅："觐见元帝图"。此图描绘的是先生觐见主政汉地的元世祖忽必烈及致函蒙古中书令耶律楚材，请他们保护中原人才的情景。第六幅："构亭著述图"。此图描绘的是先生在家乡韩岩村建"野史亭"，专心撰写史书的情景。

碑是会说话的石头，碑廊则是石头集成的书籍。碑廊给后人提供了一份了解遗山先生思想文化成就的精美财富。这10间配房的碑廊，丰富了全祠的人文内涵。碑廊由南北两廊构成。北廊精选遗山先生5首颇具代表性的诗词作品。南廊是金元以来的5首咏遗山诗碑石，有主有客，相得益彰。最著名的《摸鱼儿·雁丘词》也在其中。

元好问一生，大致可分为五个阶段：早年求学（1193-1216）、避乱科考（1216-1224）、十年为官（1224-1233）、羁管山东（1233-1238）、晚年修史（1239-1257）。

而先生毕生的成就也可概括为五个方面：文学创作成就斐然、修史存史影响深远、社会活动存文延道、指授后学延续文脉、书法艺术自成一家。

元好问是有多方面成就的文化大师，对后世的影响正随着时代的节拍，发挥出历久弥新的深远影响。而"遗山祠"的重修又使得忻州文化高峰在兹重现，金元文学之旗于此再树。

（原载于2021年9月3日"北国风光文艺号"）

新兴郡、九原县建置与并州刺史梁习

◆彭图

东汉建安二十年（215），在今忻州市地面上发生了一件具有深远历史意义的大事，这就是曹操"省云中、定襄、五原、朔方郡，郡置一县领其民，合以为新兴郡"（《三国志·武帝纪》），即撤销沿边四郡置新兴郡，内迁于今忻州市境内。

梁习在并州任职二十多年，政绩常为天下第一，传有"梁习治最"典故。就其治理并州，抑豪门，斩育延；置屯田，劝农桑，使得"单于恭顺，名王稽颡，部曲服事供职，同于编户"，州内宁肃，百姓安心，就足以称为"治最"；而其具体实施内迁四郡，空边实民，置新兴郡、筑九原城，更是在忻州历史上留下了浓重的一笔，永远值得忻州人纪念。

云中郡赵武灵王置（约前300），在郡内筑云中城、九原城；秦始皇时置九原郡（前214），西汉改九原郡为五原郡，郡治九原；汉高祖刘邦分云中郡东北部置定襄郡（前195年前后）；朔方郡为汉武帝元朔二年（前127）置。从战国到秦汉，四郡一直与匈奴为邻。秦始皇三十三年（前214）"秦已并天下，乃使蒙恬将三十万众""西北斥逐匈奴。自榆中并河以东，属之阴山，以为三十四县，城河上为塞。又使蒙恬渡河取高阙、阳山、北假，中筑亭障以逐戎人。徙谪，实之初县"，又"迁北河榆中三万家"以充实34县，蒙恬从此威震匈奴。东汉时四郡共32县。

新兴郡乃析并州太原郡所置，即划出太原郡北部原阳曲县地（汉阳曲县包括今忻府区、定襄）置新兴郡。唐杜佑《元和郡县图志》："忻州，定襄……古并州之域。春秋时为晋地，战国为赵地，秦为太原郡也，今州即汉太原郡之阳曲县也。按汉阳曲县在今州东四十五里定襄县是也，后汉末大乱，匈奴侵边，自定襄以西尽云中、雁门之间遂空，曹公立新兴郡以安集之，理九原，即今州是也。"

迁回四郡，以郡置一县领其民，原来四郡32县人民集中到四个县向新兴郡迁徙，五原郡10县省为九原县，迁到今忻府区；定襄郡5县省为定襄县，迁到今定襄县；云中郡11县省为云中县，迁到今原平楼板寨，朔方郡6县省为广牧县，移置于今寿阳县西北古城。晋惠帝元康年间（291—299），改新兴郡为晋昌郡，领九原、云中、定襄、广牧、晋昌等五县。晋昌县是从定襄县分出去的，所以今天定襄县城称晋昌镇。新兴郡范围大致包括今忻府区、定襄、原平南部、寿阳北部。

所以说曹操内迁四郡置新兴郡，对今忻州市是一件意义重大的历史事件。首先，忻州、定襄由汉代的一个县变成两个县，其地域一直延续至今；而忻州城即在此时兴建，也就是说最古老的忻州城就是曹操所建

■忻州古城城池　梁兴国　摄

九原城。其次，由此而产生了云中山、云中河、九原冈等延续至今的地名。第三，如果有兴趣查阅古代方舆、地理志，则会发现，新兴郡并不是只包括此四县或五县，其地域几乎包括了今忻州市大部分县（市、区），比如五台县也在新兴郡内。《魏书·刘虎传》："铁弗刘虎，南单于之苗裔，左贤王去卑之孙，北部帅刘猛之从子，居于新兴虑虒之北。"刘虎是西晋时人，说明在西晋时，五台县亦在新兴郡内。《读史方舆纪要》：岢岚"后汉末，为新兴郡地。魏、晋因之"。如果岢岚在东汉末为新兴郡地，那么静乐、宁武更应该为新兴郡地。而康熙版《静乐县志》建置沿革明确载"东汉末废入九原县"；静乐在西汉为汾阳县，西汉汾阳县包括今宁武南部、岚县、岢岚、兴县、娄烦。东汉废汾阳县后，这些地方没见过更立其他县，是不是也应该归入新兴郡呢？又《元和郡县图志》："建安中曹公又立马邑县，属新兴郡。"马邑县即今朔城区，如果连今朔城区也在新兴郡范围之内，则马邑县南面的东汉汾阳废县所属之宁武南部、神池、五寨、静乐、岢岚更应属新兴郡。

古舆地学家说岢岚县、马邑县属新兴郡，自有他们的道理，但《三国志》无地理志，而《晋书·地理志》中，则新兴郡仍为五县，并没具体说到五县所辖境域，而后世一般认为这些地理志上没有明确归属的地方，在东汉末到北魏时都是废地，即无人居住、归属不明的土地。

这些归属不明的大片土地，在东汉末到魏晋之间真的就无人居住吗？如果真的无人居住，那么曹操为什么不把河朔四郡迁到这些地方，而要迁到靠近太原的阳曲、原平等县呢？而且迁来后连地名也迁来，以致后人对定襄、九原到底是河套的定襄、九原，还是忻州的定襄、九原往往弄混。

查诸史料，发现这和东汉末年即进入山西内地的南匈奴大有关系。即以上面所说的五台县为例。上面说到南匈奴刘虎居于新兴虑虒之北，而《魏书·地形志》载："驴夷：二汉属太原，曰虑虒，晋罢。太和十年（486）复改，永安中属。"西晋建立是公元265年，从265年晋罢虑虒县直到北魏孝文帝太和十年（486）改驴夷县220年，虑虒县没有了，也即成为没有归属的废地，魏孝文帝重新置县，却改"虑虒"为"驴夷"。"驴夷"二字从字面看，谁都可以看出是带有侮辱性的名词，魏孝文帝为什么要改"虑虒"为"驴夷"？就因为曾经驻扎虑虒的南匈奴刘虎和后来建立大夏国与北魏为敌的他的曾孙赫连勃勃一直是北魏的"世仇"；而晋所以废虑虒县，大概也即因此地为南匈奴所居，地属新兴郡但不在治内。依此推测，宁武、静乐、岢岚等汾河上游水草丰茂的地方，在东汉末年以后，很可能也是南匈奴人所占据的地方。且看下面史书记载：匈奴在东汉开国皇帝光武帝建武年间（25—55）分裂为南北匈奴后，南匈奴于建武二十三年(47)要求内附，投降了汉朝，建武二十六年（50）"诏乃听南单于入居云中"；二十七年（51）北匈奴三千人叛归，北匈奴追击，"南单于遣兵拒之，逆战不利，于是复诏单于徙居西河美稷（今内蒙古准格尔旗）""南单于既居西河，亦列置诸部王，助为扞戍。使韩氏骨都侯屯北地，右贤王屯朔方，当于骨都侯屯五原，呼衍骨都侯屯云中，郎氏骨都侯屯定襄，左南将军屯雁门，栗籍骨都侯屯代郡，皆领部众为郡县侦罗耳目。"汉和帝永元三年（91），东汉政府联合南匈奴击败北匈奴，北匈奴被迫迁往中亚，鲜卑趁势占据蒙古草原，开始强盛。鲜卑占据草原，南匈奴故地难回，便在塞内作乱。汉顺帝永和五年（140）秋，南匈奴句龙吾斯等立句龙王车纽为单于，句龙王吾斯、车纽叛汉。二人招诱右贤王合兵，东引乌桓，西收羌戎等数万人，攻占美稷，攻破京兆虎牙营，杀上郡都尉及军司马，遂寇掠并、凉、幽、冀四州。乃徙西河郡治离石。冬，车纽战败降汉。吾斯率部联合乌桓继续与汉对抗，汉安二年（143）冬，吾斯为汉将募刺客所杀。桓帝永寿元年（155）和延熹元年（158），南匈奴又两次反叛，与乌桓、鲜卑等族攻略汉边地诸郡，都被使匈奴中郎将张奂击降。东汉平叛后，为羁縻南匈奴，单于庭也随西河郡迁于离石左国城。汉灵帝中平元年（184）黄巾起义。南单于子於扶罗率匈奴兵助汉。遂将其众留中原地区，破太原、河内，抄略诸郡为寇。汉献帝初平三年（192），曹操击匈奴於扶罗于内黄，皆大破之。建安五年（200）九月，曹操击降南单于。建安七年（202）袁绍死后，袁绍所封并州刺史其外甥高干联合两年前已被曹操打败收复的南匈奴单于呼厨泉，唆使南匈奴在平阳（今临汾）公然起兵反叛，被曹操派马腾之子马超打败，呼厨泉再次投降曹操。

从上面记载可知，早在东汉建立之初，南匈奴便入驻了包括云中、定襄、五原、朔方等沿边八郡，到东汉末年更逐渐延伸到中原腹地的河东郡临汾。

南匈奴进驻晋阳汾河之滨后，时附时叛，很不好管理："初，南匈奴久居塞内，与编户大同而不输贡赋。议者恐其户口滋蔓，浸难禁制，宜豫为之防。"游牧民族逐水草而居，帐篷一支起就是家，时间长了，可能不再到处游牧，和当地有户口的老百姓大略相同，但是不在户籍管理之内，不服劳役不缴税，而且人口增长户数增加，所以有人担心难以禁制。曹操帐下谋士很多，谁是提出"宜豫为之防"的那个"议者"，史无明载，但有一个人却实实在在不仅做了"防"的工作，而且还将包括南匈奴在内、入驻内地的匈奴人都纳入了户籍管理。这个人就是当时的并州刺史梁习。

梁习任并州刺史在建安十一年（206），这一年曹操击败归降未久而又反叛的袁绍外甥并州刺史高干，彻底占据了并州，于是任命梁习以别部司马领并州刺史（"并土新附，习以别部司马领并州刺史"——《三国志·梁习传》）。梁习所管辖的并州刺史部，领太原郡、上党郡、西河郡、云中郡、定襄郡、雁门郡、朔方郡、五原郡、上郡等九郡。也就是说析太原郡所置的新兴郡和迁回的云中郡、定襄郡、朔方郡、五原郡都在他的治下。

梁习接收的并州，是袁绍、高干扔下的一个烂摊子，情况十分复杂混乱。袁绍从建安二年（197）自称大将军，占领冀、幽、青、并四州后，为了对抗曹操，对东汉以来不断入驻塞内的匈奴、鲜卑、乌桓等游牧民族采取笼络放任利用的策略，乱封单于，以本家侄女等嫁给所封单于和亲，以致游牧各族在境内失去管束，肆意横行。官吏百姓有不少叛逃归降胡狄部落的。平阳之战曹操收复河东郡，直到四年后才彻底打败高干，收复并州。袁绍四世三公，出身豪门，占据北方四州后，政治上无所用心，除了放任利用入驻的游牧民族外，对地方豪门同样不加抑制，而是"使豪强擅恣，亲戚兼并。下民贫弱，代出租赋"。所以州中许多豪族拥兵自重，甚至聚众为寇，祸害地方。

梁习做过多年地方官，对治理地方很有经验，以别部司马领并州刺史是带兵进入晋阳的，面对并州乱局，他采取软硬兼施、恩威并用的手段，首先收拾地方豪门和游牧部落。他带兵巡视全境，每到一地，便以礼召集豪门领袖和部落酋长，如果愿意合作的，便推举他们到幕府中任职，如果仍然反抗的，便带兵镇压，先后斩首千余级。

鲜卑部落首领育延，经常入边骚扰抢掠。一次育延率五千余骑进入境内，派人面见梁习，希望能在边境互市贸易。梁习分析形势后，当面承诺跟育延在一座空城中交易，使者走后，立即敕令各郡县做好战备，一听号令，立即带兵前来，然后带领部队与下属官吏前往商定地方，约见育延。市易中，有鲜卑人捣乱，负责市易的官吏立刻将捣乱者抓了起来。育延大惊，命令鲜卑骑兵弯弓搭箭，将梁习等人围困。当场吏民一时惶怖，不知所措。梁习发出号令后，呼唤育延过来谈判，育延见梁习早有准备，于是离队过来谈判。梁习叫来负责市易的官吏，问其为何要抓胡人，官吏禀报说，该胡人强行侵犯百姓。梁习指着育延骂道："你们胡人自己先犯法，官吏何曾侵犯你们，你怎敢命令骑兵来恐吓我方？"斥责完后，命令部下亲兵当场将育延斩杀。恩威并施之后，州中数以万

计的人蜂拥归附。

豪门归附、斩杀育延后，梁习又迫使匈奴单于和各部诸王降伏，然后把他们都编入户籍，在州内供职。梁习将在内地的南匈奴等游牧民族部落人口编入户籍是地方治理上的一个重大举措，因此统一了户籍管理。当时正是曹操扫灭群雄用兵之际，于是梁习在并州境内按户征发壮丁，无一例外。梁习又上表增置屯田都尉二人，带领六七百民夫在道路两旁耕种谷物，发展生产，勤劝农桑。

梁习一系列的政策，恢复了并州境内的社会秩序："单于恭顺，名王稽颡，部曲服事供职，同于编户。边境肃清，百姓布野。"人民安心于勤事农桑，颁布法令都能达到令行禁止的效果。梁习的并州刺史当到第七个年头的建安十八年（213），形势发生了变化，这一年，曹操迫使汉献帝封他为魏公。魏公大丞相曹操从建安九年（204）大破袁尚，平冀州，就自领冀州牧，封魏公后仍领冀州牧。为了扩大冀州地盘，曹操将汉十三州恢复为禹贡九州，把并州、幽州合并到冀州。

并州撤销了，梁习的并州刺史当然也不存在了，但曹操并没有让他离开并州，而是让他转任议郎、西部都督从事，仍然坐镇晋阳，统率原来的军队，不过在行政上要受冀州牧曹操的直接领导。建安十九年（214）曹操打败占据西凉的韩遂、马超，平定凉州陇右地区；又在合肥打败江南入侵的孙权。建安二十年（215）春正月，便下达"省塞外云中、定襄、五原、朔方四郡，郡置一县领其民，合以为新兴郡"的命令。曹操以朝廷名义下了命令，坐镇晋阳的西部都督从事梁习当然是无条件执行。于是一边派出懂舆地建筑的能吏到阳曲县境内选址筑城，一边选派得力文臣武将率军队赶赴沿边四郡清郡迁民。就在新置新兴郡四县分别筑城以安置沿边四郡迁回百姓第二年的"建安二十一年（216）秋七月，南单于呼厨泉入朝于魏王，操因留之于邺，使右贤王去卑监其国……分其众为五部，各立其贵人为帅，选汉人为司马以监督之"。"左部帅刘豹统辖万余户，居太原郡故兹氏（今汾阳县）；右部六千户居祁县（今山西祁县）；北部四千余户居新兴郡（今忻州市境内）；南部三千余户居蒲子县（今山西隰县）；中部六千户居大陵县（今山西文水）"，共3万余户，人口近20万。而《三国志·梁习传》是这样说的："后单于入侍，西北无虞，习之绩也。"这就是说治理并州，内迁四郡，南匈奴分五部，单于被扣留，西北无虞，都是梁习的功劳。

　　《晋书·地理志》上有句话："魏黄初元年（220），复置并州，自陉岭以北并弃之，至晋因而不改。"置新兴郡4年以后，"陉岭以北并弃之"，这一点，无论曹操还是梁习在置新兴郡时都应该是早就料到的，既然陉岭以北迟早要放弃，而今天忻州西面的西八县和东面的五台县都是南匈奴人的地盘，四郡只有迁到忻、定、原盆地最合适，因为内迁一方面是为保护自己的官吏百姓，另一方面也是为了给内地补充人口。《后汉书·郡国志》汉顺帝永和五年（140）的户籍人口统计："雁门郡十四城，户三万一千八百六十二，口二十四万九千。太原郡十六城，户三万零九百二十，口二十万零一百二十四。"太原郡16县的人口竟比雁门郡14县的人口少了近5万，总共不到1000户。雁门郡每户平均7.8人，太原郡每户平均6.4人。这就是上面所说的人驻匈奴、鲜卑等人只计口，无户籍造成的。显然在雁门郡内匈奴族部落要比太原郡内多，太原郡内的汉人要比雁门郡内多，要补充当然先补充人口少的太原郡。补充太原郡又为什么要选太原郡北面的阳曲县呢？这自然也很明白，并州的州治在晋阳，在晋阳北面另置一郡，新兴郡就可成为晋阳屏障。另外，沿边四郡本就是匈奴入侵屏障，四郡人民长期与匈奴对峙、相处，而这四郡在三国时就出了很多勇将，比如五原郡的吕布"九原人也，以骁武给并州"；云中郡的张杨，字稚叔，"以武勇给并州，为武猛从事"。这两个人就都是因本人武艺高强，被选拔到晋阳并州刺史府的。在这些被迁人民中，应该不乏张杨、吕布式的勇武人物。曹操和梁习这一战略眼光已被后世的历史所证明，忻州成为"晋北锁钥""三关总要"即为置新兴郡、筑九原城所奠定。

梁习不仅治理地方政绩超人，而且遇事有智谋，行动果决。建安二十二年（217），曹操攻取汉中后回师长安，留下骑兵都督太原乌桓王鲁昔率军屯池阳。鲁昔爱妻住在晋阳，因想念妻子，恐日后无法回去见面，于是以其部属五百骑兵反叛，回军并州。到并州城下，鲁昔让部下骑兵藏于山谷间，自己单骑独入晋阳，接上妻子共骑出城。州郡官吏知鲁昔善射，不敢阻拦，报告梁习。梁习命令州从事张景率鲜卑骑士出城追击。鲁昔一骑两人，负重行迟，未来得及与其部众会合，就被鲜卑骑士赶上射死。曹操早闻鲁昔反叛，十分担心其日后会成为北边边患；后听说梁习已派人将其斩杀，大喜，遂以梁习前后功劳封为关内侯。

曹丕称帝后，重新将并州划出，恢复并州后，再次任命梁习为并州刺史，并晋封为申门亭侯。黄初六年（225），梁习率军出并州征讨鲜卑轲比能，大破之。魏明帝太和二年（228），入朝任大司农。太和四年（230）逝世。

（原载于2020年6月14日"忻州在线"）

沧桑回眸
CANGSANG HUIMOU

相伴古城六十载

◆檀庆安

2020年国庆期间，我正在上海女儿家中看电视。忽然，屏幕上亮出一行"逛千年忻州古城，享独特晋北韵味"的字幕。想不到忻州古城居然上了央视。随着镜头摇转，古城熙熙攘攘的街景和诱人的忻州面食占据了我的视线，而与我相伴六十多年的忻州老城也逐渐清晰地浮现在眼前。

我的祖籍是五台县。五岁那年，随父母来到忻州（那时叫忻县）定居，从此在有"晋北锁钥"之称的忻州，开始了我们的甲子之交。

当时，父亲供职于位于人称"圪旦"上的行署文教科，母亲在北城门楼下的忻县文化馆（遗山祠旧址）工作。北城门楼属于文化馆管理，我便有机会跟母亲上北城门楼玩。站在城门楼上，俯视县城，那古朴典雅的一幢幢明清建筑，那鳞次栉比的一个个商业店铺，那连接着东、南、西、北四座城门楼的逶迤城墙，使从小山村来的我眼前一亮，甚至赖在城楼上不下去。高大雄伟的北城门楼，也成了我和忻州古城的最初情缘。

■作者旧照　檀庆安　提供

走近秀容

随着时间推移,我对古城不断熟悉。和我一般大的孩子常去圪旦上的二道坡玩儿,在泰山庙的大院里赶会看戏,在元宵节拥挤的人群中看穿街而过的民俗表演。当时,能歌善舞的母亲是文化馆的文艺骨干,也经常在泰山庙等处的舞台上演出。据文化馆的老同志回忆,有一次演出,妈妈头上的假辫子掉了,但她没有发现,在台下观众的哄笑声中仍全神贯注地表演。我去得最多的商店是位于文化馆旁边的一个叫作"茂记"的副食店,而记忆最深的是五分钱一个的扭丝饼子。

60年间,与我缘分最深、接触最多的是古城西南角的秀容书院。20世纪50年代,我姨夫在忻县师范工作,我便有机会去当时位于秀容书院的师范学校"闲逛",那时我当然不知道这所学校的前世今生,更不知道它的前身是秀容书院了,只记得那里有错落有致、古朴典雅的院落,有能俯视全城的楼台亭阁,有能唱戏的老戏台;以后,我的叔叔和姑姑都在这所学校学习,也时不时地带我来与书院"亲密接触"。那一群群书生意气的年轻人,那一排排传出琅琅读书声的教室,还有师生同台演出的话剧《年轻的一代》,都给我留下深刻的印象。

1965年,我考入忻县中学后,便逐步知晓秀容书院的历史概况,知道这里还曾是忻县中学旧址,对这一方有着治学渊源的学府,油然产生了敬慕之情。

1982年,我考上半脱产的电大中文专业,想不到我们的教室就在秀容书院最下边的一个院落中。在三年的电大学习中,我们每天都要到这里听课,学习方式是通过录音磁带聆听中央电大名师录制的授课内容。在有着200多年历史的书院中,一群在"文革"中失去上大学机会的年轻人,如饥似渴地学习中外传统文化。北大张传玺教授对中国通史的精辟论述,褚斌杰、袁行霈老师对中国文学史的精彩讲授,北师大刘锡庆老师对写作知识的精彩分析……他们引人入胜的讲解如春雨般浇灌我干涸的心田。1985年,我在秀容书院完成电大学业,拿到了沉甸甸的电大毕业文凭。历史久远的秀容书院和难忘的电大岁月，永远留在我的人生阅历中。

令人遗憾的是，由于种种历史原因，忻州古城的城墙一段段被拆除，古建筑一座座被损毁，古城门楼仅剩北城门楼，尤其是文庙毁于一场大火……古城如同一位饱经沧桑的老者，夕阳西下，前程未卜。当看到平遥古城、榆次老城渐渐成为旅游热土，我是多么企盼忻州古城也能凤凰涅槃、浴火重生啊。

自2011年退休之后，大多时间在上海女儿家居住，但我的心依然关心着忻州的建设和发展。

2017年，忻州市委、市政府启动古城改造项目。听到这个消息，作为一个相伴古城六十多年的老市民，内心无比激动，经常在各种新闻媒体上了解古城改造的建设情况，并利用从上海回忻的短暂时间，数次来到正在建设中的古城工地上，看着明月楼站起来了，八座门站起来了，连三牌楼也站起来了，昔日的卧牛城再现人间；重新整修后的秀容书院，以古风古韵的建筑群落向游客诉说着它的从前与过往；关帝庙、财神庙、泰山庙、文昌祠等古寺庙焕然一新，静待游客去感受忻州的传统文化和历史积淀；具有明清遗韵的大东街商业一条街和云集忻州十四个县（市、区）特色风物、地域文化及典型院落为一体的南北大街更是锦上添花。这一切，使我顿生"春风得意马蹄疾，一日看尽长安花"之感。

古城今与昔

◆张建明

对于忻州古城，我是从童年记事开始认识的。

母亲姓米，出生在北关七贤巷南的老巷。外祖父在母亲三岁时去世，只留下年轻守寡的外祖母与母亲相依为命。恰逢战乱，在外曾祖父的劝说下，外祖母改嫁到城东北肖村，母亲留在外曾祖父身边，有时候也去北肖村住，直到长大成人。

父亲同样是北肖村人，他迎娶母亲时境况并不好。而母亲陪嫁的穿衣镜和炕柜的材质却不错，做工又精致，让村里人羡慕不已。尤其是母亲心灵手巧，长得又细腻，还识文断字，这让种庄稼的父亲一辈子引以为豪。

记得小时候，逢时过节，母亲总带我进城探望北关的亲戚，而且从不空着手去，总要带些馍馍、花糕、月饼之类的面食，做得却没有大姥爷、舅母他们的好，出于礼节，他们总会留下一两个以示承情，再让我们饱餐一顿，然后热情地送我们出门，礼仪格外隆重。

只要父亲与我们同行，只要踏进七贤巷，父亲总是笑眯眯地讲述七贤巷的传说，讲述与母亲同宗的米进士和"翰林府第"的

■忻县城隍庙大殿　梁兴国　提供

沧桑回眸

CANGSANG HUIMOU

■ 正月十五闹红火　梁兴国 提供

由来。从那时起，我的骨子里就刻入文化的因子，我自信一定也会像米进士那样出人头地。

元宵节盛会，我几乎每年观看，站在北城门边，看从红旗广场涌来的游行队伍，锣鼓开道，彩旗飘飘。南关狮子舞的威武霸气，匡村九龙灯的炫目多彩，牛斗虎的扣人心弦；还有耍高跷的，扭秧歌的，老是老的俏皮，少是少的轻狂；彩车一辆比一辆神乎其技，一年比一年花样翻新……不知不觉，这样的记忆已成为过去。而我，就是在一年一度看红火的锣鼓声里慢慢变大变老的。

记得上初二时，忻州文庙意外失火了。先前，我曾跟着大人去过文庙，印象最深的是里面层层叠叠的建筑。大人们说主殿的大梁是几百年才长成的松杉，柱、檩、椽都是精挑细选的上好木料。我对建筑术语是外行，但对文庙的精巧结构却惊叹不已。

我对古城印象深刻的还有城隍庙的铁算盘。小时候进城，从东街小

走近秀容

学到东街初中要穿过一座古式建筑的通道，而通道的砖墙上挂着一副城隍爷的"铁算盘"，长约八尺，宽约三尺，算盘框、直柱由优质木料精制而成，横梁、框角由铁叶固定。算珠比大人拳头还大，串珠的直柱有小胳膊那么粗。算盘的上部横框从右往左镌刻四字：不由人算。父亲几次跟我讲，做人要正直，不要做亏心事，不然就会被城隍爷代表上天惩罚你。可惜，后来城隍庙的"铁算盘"不知被什么人"算计"走了。

当然，消失的还有火神庙、州衙、古城墙、东南西古城门等。那时我想，忻州古城是千百年来古文化的累加，修复起来谈何容易？

我进入忻州二中工作后，集资添置宿舍，我二姐在东顺城街建了瓦房，我的连襟在西街城墙底盖了小二楼。如今，二中搬迁后，我住到开发区，二姐的瓦房、连襟的楼房也在旧城改造中拆除，政府安置到新楼房居住。

一转眼的工夫，日渐衰落的古城已换了人间。且不说石条铺设的南北大街人流滚滚，代表忻州各县建筑风格的仿古建筑并肩而立，各式风味小吃冲击着游客的味蕾；且不说那座消失不见的凌云阁（原叫明月楼）又出现在老街上，虽向南移了位置，却仍然把游客带回到从前岁月；且不说在泰山庙看一场北路梆子戏，在秀容书院上一节国学课，在孙伯翔、陈巨锁、赵望进、石跃峰、郭新民、周如璧、张启明等书法家的书法作品前感受一番书法艺术的精妙意趣；且不说那些古建古木古碑与仿古建筑浑然一体……仅仅是一座翼然欲飞的六角亭，就让古城变得有了错落感、纵深感，也有了层次感，更有了丰满而生动的艺术感。置身于六角亭，可以想象一下牧马与云中双流合抱的奇特景观，可以俯瞰九龙冈下好一幅"家山归梦图"，即使再没有诗情画意的人，也会才情喷涌，也会有吟诗作赋的冲动吧？

沧桑回眸
CANGSANG HUIMOU

话说山西长城

◆张珉

■繁峙韩庄长城 张会武 摄

"万里长城万里长，长城外面是故乡……"这首《长城谣》是我们耳熟能详的歌曲。作为中华民族的伟大象征，长城承载着中国两千多年的历史与文化，它既是卓越的军事防御工程，又是华夏传统人文精神的具体呈现。

山西地处农耕文明和游牧文明冲突与融合的前沿。千百年来，晋北大地几番征战，几番厮杀，几度沧海变桑田。从战国到明清的两千多年时间里，历代王朝在山西修筑的长城，目前尚有遗迹可辨的仍在1400余千米，山西也因此成为长城分布较多的省份之一。

山西长城的一个显著特点就是跨越历史朝代之多位居全国前列。由于其重要的战略位置，大多数修建过长城的王朝，如东魏、北魏、北齐、隋、唐、宋、明、清等，都在这里留下永恒的印迹。很多人认为，清代没有修建过长城。事实上，在今临汾市吉县壶口地区保存着一段清同治

年间为防止西捻军东渡黄河而修筑的长城，全长一百余里，这也是中国最后修筑的长城。

极边紫塞——山西外长城

山西现存的长城遗迹主要以明长城为主，全长约 896 千米。明长城分为外长城和内长城，外长城又称"大边"或"极边"，它曾是农耕文明与游牧文明的分界线，如今成了山西与内蒙古的省界线。

山西外长城分布于偏关、平鲁、右玉、左云、新荣、阳高、天镇 7 县区，西起偏关老牛湾，由西向东先后穿过滑石堡、水泉营、柏杨岭、大河堡、黄花山、桦林山、摩天岭、威鲁堡、得胜堡、方山、镇川口、长城乡、守口堡、新平堡等地，最后在天镇的平远头村进入河北。

绿野蟠龙——山西内长城

明朝时期，山西与河北作为京畿屏藩，直接关系着国家的安危，故为了加强两地的防御能力，明王朝在山西与河北的外长城内侧修筑了第二道长城，史称"内长城"或"内边"。明代还在长城沿线设置了九边重镇，其中山西就有两镇——大同镇和山西镇。大同镇驻大同，主要负责山西外长城的防御；山西镇驻偏头关，主要负责山西内长城的防御。

山西内长城主要分布于偏关、神池、宁武、代县、山阴、浑源、繁峙、灵丘等 11 县区，西起偏关柏杨岭的内外长城交汇处，经老营堡、阳方口、盘道梁、白草口、新广武、凌云口、平型关、狼牙口，最后终止于灵丘的荞麦茬。

大河气象——山西"黄河边"

外长城与内长城会师柏杨岭之后继续西行,在偏关老牛湾与黄河相遇。明王朝为了防止蒙古骑兵从对岸突破黄河天险进入山西,于是又沿黄河构筑了一道河防,这段边墙与黄河并肩同行了百余千米,因此又被形象地称为"黄河边"。

"黄河边"分布于偏关、河曲、保德三县,北起老牛湾,自北向南经万家寨、关河口、寺沟、桦林堡、护宁寺、河曲营、五花城、夏营,直至保德。与外长城不同,"黄河边"的墙体是由黄河大峡谷的自然天险和人工墙体交替构成。

飞磴磐云——太行山长城

明代蒙古铁骑屡次突破晋北长城深入山西,一旦他们再从山西东入太行,将使北京腹背受敌。为防患于未然,明王朝沿着太行山早期的长城和旧有的关隘又构筑了一条防线,即太行山长城。

太行山长城分布于五台、盂县、平定、昔阳、和顺、左权、黎城一带,沿太行山自北向南经长城岭、娘子关、将军峪、马岭关、黄榆关、支锅岭口,止于黎城东阳关。巍巍太行,横亘千里,自古却仅能通过"太行八陉"等少数孔道沟通往来,这体现了太行山长城的一大特点——险,也正是因为这一特点,其沿线长城的人工墙体只能出现在关城、敌楼两侧或是险要不足之处。

金汤永固——山西长城古堡

事实上,长城并非只是一条单纯由边墙构成的防线,它拥有着由遍

布边墙内外的关、城、堡、墩、燧共同构成的多层次综合防御体系。山西长城沿线的城堡按照明代军制的等级可划分为路城、卫城、堡城等，它们星罗棋布地坐落于长城的内外两侧，共同承担着保卫边塞的重任。

■山西古长城示意图　资料

如今，在历经千年的风雨沧桑之后，山西长城沿线古堡有的一度成为县治，如凤凰城；有的依旧繁华，如老营堡；有的因地理位置较偏僻而被弃于荒野，如桦门堡；然而更多的则是演变为晋北大地上平凡的村落，如得胜堡、守口堡等。

"老兵"不死——长城墩台烽燧

墩台林立，烽燧相望，这是山西长城的标志性景观。一座座墩台烽燧，宛若那些曾经在这里浴血奋战的老兵，即便随着岁月流逝身体日渐羸弱，但他们依旧坚守在最前线，护卫着身后的大好河山与万千百姓。

墩台和烽燧都是长城防御工程的组成部分，墩台主要通过提升制高点实现火力交叉来加强长城防御，烽燧则主要用来预警和传递信息，两者之间没有严格区分。墩台和烽燧不仅分布在长城的墙体上，在长城内外两侧的许多制高点和战术要点上也都有修建。

边宁永镇——山西长城敌楼

长城敌楼主要指空心砖楼，其形制由名将戚继光创建并推广。敌楼一层为台基，二层为砖券空间，并开有箭窗和拱门，可以驻兵和存放物资，三层通常是楼橹，也称哨房、望楼，供士兵瞭望值守。与夯土墩台相比，敌楼不仅防御能力强，而且便于长期驻守。

目前，山西的长城敌楼大多损毁，仅有50余座幸存，分布较为集中的有三处：猴儿岭一带有残存敌楼13座，竹帛口有残存敌楼6座，灵丘境内茨字号和插字号敌楼残存17座。另外，知名度较高的有左云镇宁楼、老牛湾望河楼、偏关平胡墩、柏杨岭九窑十八洞、河曲护城楼、猴儿岭敌楼等。

壮士行——徒步山西长城

一面面残破的边墙仿佛是一道道大地的伤口，一座座挺立的墩台犹如一位位保疆卫国的将士……如今，山西作为长城资源较为丰富的省份之一，吸引了越来越多的"驴友"背起行囊在骄阳之下翻山越岭徒步穿越，不得不说这是一场充满挑战的旅程。在前进的过程中，他们追寻长城内外的历史变迁，遥想当年塞北风沙中的金戈铁马，感受时代进程的点点滴滴，这亦是一段人文之旅。徒步山西长城，它的积极意义不仅在于自身的感受与碰触，更在于其对长城保护的宣传与践行。

雁门长城：紫塞壁立 雄姿依旧

◆鲁顺民

明王朝将长城建筑艺术推向了极致，山西北部的雁门长城是其中的重要代表作。这段长城沿恒山山脉西段勾注山、夏屋山分布，蛇行于山脊，绵延于天际，像一条金蛇在青山间飞舞。雁门长城虽修筑于明代，但许多土石多就地取材于北魏时期修建的"畿上塞围"。

跟其他许多名关相比，雁门关的地理位置似乎有些模糊，甚至我身边不少朋友很难将它与山西这个内陆省份联系起来。得到这种印象其实并不奇怪：从两汉到唐宋，近及明清，将历代诗词收集起来，我们就会发现，雁门关并非一个简单、具体的地名，而是一个含义丰富的文化符号——它意味着边塞与疆域、征战与御敌、节烈与忠义、生离与死别……事实上，许多文人墨客的脚步并没有踏上过这里，但并不妨碍他们用诗词进行表达。雁门关跟玉门关、阳关等一起，勾勒出了中国疆域消长变迁的轮廓，也衍生出一种纠结数千年的家国情怀。

雁门关似乎是一座脱离了具体地域的古关，它以如此丰赡的含义静静地躺在各种典籍之中，模糊了其具体模样。所以，高大的城门、庞大的长城，似乎不那么重要了。莫说那又高又长的边墙，就是关城上一缕掠过斑驳苔痕的阳光，关城下一道道印有深深车辙的石板小径，也会让人顿时浮想联翩，感受它身上厚重的岁月积淀。

广义上的雁门关，不是一座孤立的关，它是以内长城雁门关为核心，管辖着东西两翼18座隘口的庞大防御体系，包含山、陉、关、城、堡、寨等各种自然或人工屏障。更令人瞠目的是，在晋商叱咤风云的年代，这座军镇还扮演过商业要埠的角色。

雁门十八隘 紫塞壁立墙如崖

居庸关以西、偏头关以东的明长城一分为二：北线为外长城，俗称"头道边"，南线为内长城，俗称"二道边"。整个长城防区有九镇，山西境内的大同镇防守的是"头道边"，山西镇（即"太原镇"）防守的是"二道边"。西起阳方口，东接平型关的雁门长城是"二道边"的中枢部分，18座隘口连成了340里长的边墙，北望大同盆地，南扼忻定盆地。"雁门十八隘"所在的山区富含赭石、长石和黏土，遇水之后呈紫红色，所以雁门关号称"紫塞"。李白诗"紫塞严霜如剑戟，苍梧欲巢难背违"以浪漫笔法对这一带地形进行了描述。

雁门关以北地区紧邻农牧交错带，北接大漠，南连中原，北宋杨家将镇守的金沙滩古战场就在这里。当时，北宋与辽国在雁门关一线进行过旷日持久的拉锯战。

雁门关所在的勾注山基本上是两个政权的自然界线。在宋辽旧址基础上，明朝建设了许多雄伟的城堡要塞，今山阴县的新广武村聚落就是由明"新广武城"发展而来。新广武城扼守山口，城东河滩有长城跨过，是万里长城上为数不多的几座"水关"之一。民国年间，城堡和"水关"毁于大的山洪暴发，现在河边仅存一段残墙。

我同作家赵瑜曾一起奔赴朔州，去感受雁门关两侧的不同风情。前几年刚修通的高速公路将我们一直送到雁门关隧道，这是华北地区第一条由现代机械设备开凿的人工隧道，它将晋北两大粮仓——桑干河盆地（即大同盆地）和滹沱河盆地（忻定盆地）连了起来。一路上，南边的滹沱河谷雾气弥漫，村郭、道路、河流则只能辨清点点痕迹。隧道北侧，出现在我面前的是无垠的桑干河平原，此地进入朔州市山阴县地界，也就是传唱杨家将故事的金沙滩古战场。大山嵯峨,长城墙垣沿山脊延宕的身影清晰可辨,圆形的烽燧、方形的敌楼、炊烟袅袅的城堡似乎近在眼前。远远近近,我们恍如身处塞外。

老赵笑着说:"每一次过雁门关,就有一种错觉,以为从关内到了关外。咱们总觉得雁门关在山西,拱卫着省府太原。其实哪里能想到,人家真正保卫的目标是京城。这么说,从南到北,恰恰是从关外到了关内。"岂止他有这样的错觉!其实大部分山西人也固执地认为,雁门关以南是关内,向北过雁门关就到了"胡天八月即飞雪"的关外。而雁门关以北,朔州、大同两市境内众多的游牧文化遗迹,以及积淀于民间日常生活中的粗犷民风,为此种错觉提供了有力的佐证。当然,这个"错觉"恰恰是雁门关漫长历史在民间的影射。实际上,从战国到明清,以雁门关为节点,关外、关内的概念一直处于不停的变化状态,并没有十分严格的规定。从这个意义上说,从南而北过雁门关,说出关,不错;说入关,也有道理。

明初,朝廷在边塞地区推行戍卒垦田政策,雁门关内外因此开垦出大量农田。昔日的军粮供应基地,到了今天依旧是当地重要的"米粮仓"。随着时代变迁,长城下的新广武村呈现出衰落景象,如今村中的常住人口多为老人与妇孺。

东西绵延的勾注山,成就了雁门关的要冲地位。

借助卫星地图,我们可以清晰地看到雁门长城与勾注山的依附关系。勾注山,其实是恒山山脉西段,大致呈略有倾斜的东西走向,相连的群峰如伏虎,似蹲兽,峰尖牵牵连连,横跨了数座县城。勾注山海拔约1700-2400米,这样的海拔高度,既具备险要地形,又不至于无法攀登,最适合修造防御工事。勾注山以北是中温带,以南是暖温带。战国前,山北是游牧部落,山南为赵国疆域。至赵武灵王时期,农耕文化推进到今大同外长城一线。此后,从外长城至勾注山一带,仍保留着浓重的游牧文化印记。勾注山以南的滹沱河流域，气候相对温润，两岸甚至可种植稻谷；山北的气候相对干旱，桑干河冲积平原有大片盐碱化土地。

雁门关下依旧如昔的传统生活

经过千余年战争岁月洗礼和风吹雨打，雁门长城脚下的旧广武村，处处透着厚重的色彩。除一座传统院落外，有数百年历史的老院墙已经坍塌。村中过去只有一条土路与外界沟通，雨天满是泥泞，晴天飞沙扬尘。近些年，当地将旧广武村一带开辟为旅游景区，在土路基础上修通了一条公路。

从战国到明代，勾注山向来被视为"天下之大防"。中原帝国开疆拓土，要由此向北推进；游牧部落扩张领地，则由此张开向南进击。中央王朝强盛，勾注山则属中原疆域；中央政权分崩离析，游牧民族则突破勾注山趁机南下。流传至今的"杨家将"故事，即来源于雁门关一带，这传说多少取自真实的历史——勾注山地带一直是宋辽对峙的前沿。明朝，勾注山成为拱卫京师的重要屏障，昔日关外变成了关内。直到清朝建立，王朝版图扩大，勾注山才不再是民族碰撞与融合的界线。

勾注山在中国历史上扮演过如此重要的角色，其战略防御地位自不待言。今天的雁门关隧道，恰恰洞穿新、老两座雁门关城之间的大山。一出高速路隧道，但见烽燧相瞩，堡寨相望；勾注山北麓，一左一右，新、旧广武两座堡寨扼守山口，高速公路还在此设了一个出口。可见，这条进出雁门关的道路至今仍承担着沟通山西南北的重要任务。

胡柳恋边塞　金晖注古城

旧广武村昔日是雁门关所辖的旧广武城所在地，始建于宋辽时期，至明代发展成为砖墙城堡。经过数百年岁月，古城较完整地保存了旧时格局。城墙内外多生一种耐寒、耐旱、耐盐碱、抗风沙的柳树，因有胡杨之状，当地人给它取了个诗意的名字叫"胡柳"。黄昏，夕阳的金光照在西城门上，养羊的农户赶着牲畜归来，城墙、牧人、胡柳，形成了一幅动静相宜的画面。

最早修建的古雁门关叫西陉关，口口相传后称为"铁裹门"。铁裹门作为地名在万里长城上并不少见，居庸关边上有一个村子就叫铁裹门，它大概就是为了形容城垣高峻，如同铁壁那样坚固。后来的雁门新关被称为东陉关，关城为明代所筑，即今天所指的雁门关城。较之古雁门关，新雁门峪口相对开阔一些，大规模的建筑群落才得以展开。这样一来，雁门关形成了"双关双城"的独特布局。说话间，我已经来到雁门关，仰望过去，不禁感叹："好一座雄伟的关城！"

面对重重关山，我的思古情怀如荒草一样，从心底里一根一根长起来。我已经是第二次上雁门关了。近年来，当地对关城进行了彻底修缮。随山势起伏而展开的雁门关长城看似没有什么规律，但在专家指点下，他们的脉络一点点清晰起来：雁门关城由大砖城、石城、北门瓮城和北外的罗城组成；四城共同构成雁门关关城格局，四城之间，由城墙连为一体，占地在一平方千米左右。雁门新关北出 10 千米即为广武口，与长城相连，曾有重兵把守；南出 10 千米，再有南口寨，亦筑堡守卫，南口与广武之间，雁门关古道盘山而行，曲折蜿蜒；而古雁门关那一头，北出 10 千米，为白草口，有常胜堡与六郎堡，出白草口，再有旧广武城，均与长城相连；南出 10 千米，则为太和岭口，有太和岭寨。

就这样，一个以新、老雁门关为中心的庞大军事防御体系呈现了出来。但是，自清代之后，关城的军事防御功能已经显得无足轻重。我们注意到天险门外的李牧祠，两根高耸入云的石旗杆保护完好，那是明代的遗物。旗杆之下有三通碑刻，是清代商家捐资修整雁门古道的花名册，有几十处商埠、700余家商号的名字。与广武汉墓的吊诡一样，这处商号碑刻再次以意外的方式为我展现了雁门关的罕见一面。雁门古道细若缠烟，但谁会想到，这样一条瘦弱不堪的山道，居然是沟通塞外与中原、南方与北方的必经通道。自新疆和田，出天山南麓，经阴山南麓越过大草原，进入山西北部的"玉石之路"一直延伸到雁门关下；清代至民国初年，由江南经中原入山西输往内、外蒙古，抵达中俄边贸口岸恰克图的"茶叶之路"也经过这里。这两条大商道上，雁门关不仅是咽喉要道，更是重要节点。从汉到唐，从明到清，雁门关都曾开关设市，它既是一个重关营垒，也是一个商贸发达的陆港码头！

（原载于2021年11月11日"忻州在线"）

倾听历史的回声

◆赵富杰

1 我喜欢徒步古长城，仿佛行走在历史与现实之间。一边欣赏雄浑壮观的边塞景象，一边怀想曾经发生在这里的铁血过往。

那些依旧雄伟的断壁残垣，曾经见证了多少刀光剑影。长城不仅

■代县白草口长城　卢建荣 摄

记录了两千年的历史，更是中华民族文化传承的载体。如今，边塞狼烟早已散尽，但千年不倒的长城，却依然以龙的姿态蜿蜒于群山之巅。长城不仅有壮美的风景，更是一部百味杂陈的历史教科书。

忻州古长城遗迹很多，从东魏、北齐、北周、隋、宋、明等，历朝历代都有遗存，总长度达478.59千米。据统计，忻州境内现存明长城就有248.731千米，分布在8个县市，包含关堡93座、烽燧480个。早期长城共有229.857千米，分布在7个县市。这其中，最有观赏价值的是偏关万家寨古长城、岢岚王家岔宋长城、宁武明长城、代县白草口长城和繁峙韩庄长城。

中华民族的历史，其实是一部各民族不断冲突融合、共同发展的历

史。在古代，忻州被称为秀容，是游牧民族和农耕民族共同生活的地方。秀容境内的雁门关、宁武关、偏头关都是著名的边塞要地，同样是战事频仍的所在。

如果你是一个有着人文情怀的游客，以饱览自然风光为主，顺便抒怀古之幽情，那么应该在春夏或初秋去看偏头关长城，站在黄河岸边高高的烽火台上看苍莽纵横的梁峁谷塬，看薄雾轻笼的千古大河，看落日余晖里的大漠孤烟。黄河与长城在这里交汇，让人油然而生历史的沧桑感。恍惚中，在历史和现实之间转换角色。

如果你是一个自由的户外徒步客，你可以沿着岢岚宋长城或宁武明长城徒步一次。周围万木葱茏，长城更显雄浑与厚重，虽已残破，依稀可见当年的雄伟气势，仿佛听到历史的鼓角和战马啸鸣。顺便还可以登登芦芽山，游游荷叶坪。

如果你体力尚好，想看到最壮观的野长城，我还是建议你在深秋时节去爬一下白草口长城。那长城如巨龙一般，直上巍峨的崇山峻岭，绵延起伏，荡气回肠。望关内关外景色各异，北风卷地白草折，一派苍茫景象。白草口长城保存较为完整，最有代表性的景观月亮门虽然坍塌了，但其观赏价值仍然很高。

如果你想去长城踏雪，隆冬季节，大可去韩庄长城一游。雪后初晴，看山舞银蛇、原驰蜡象，景色令人震撼。

忻州的长城文化贯穿两千年，积淀深厚，每一段长城都见证过许多惊心动魄的历史，记载了或慷慨悲壮或凄婉动人的故事。

2 经过无数次战争厮杀与朝代变换之后，长城被岁月的长河洗练成一道别样风景。

已是深秋，黑云压城。枯枝、衰草、落叶、黑云、冷风，破败的白草口长城在灰色苍穹下愈显雄浑和苍凉。

走近秀容

所谓白草口长城是指从新广武至白草口关这一段长城，因长城经过猴儿岭山，又称猴儿岭长城。这一段是山西屈指可数的包砖长城，为明代所修。因其保存较为完好，观赏价值可与北京八达岭长城媲美。白草口长城东西延伸与外长城相连，沿山势起伏跌宕，各个敌楼按照镇守将领的品级，建筑规制不尽相同。敌楼前的拱门上都有砖雕题刻，工工整整镌刻着修建年代，以及督造官员姓名和镇守军官名号。

临行前，谁也没有想到气温会下降这么迅速，风会这么大。当我们在朔风里小心翼翼走过坑坑洼洼的长城时，那种苍凉感更加明显。宽处顶多三米，窄处不足一尺，许多地方需手脚并用。漫山的荒草和枯树在强劲的寒风中沙沙作响。

月亮门是白草口长城的标志性景观。它其实是一座长城的烽火墩台，逐渐坍塌，只余下一面中空的砖墙，宛如一轮新月。两面是空悠悠的悬崖，显得突兀而崔嵬。北面是莽莽塞北高原，曾经是"胡马"出没的地方；南面是逐渐矮下去的黄土地，是汉人聚居之地。

去白草口长城，不能不去雁门关。

"一个雁门关，半部华夏史。"作为中国长城关塞建筑文化的精髓，雁门关素有"九塞尊崇第一关"之称。《二十四史》详细记载了雁门关

■韩庄长城雪景　樊培廷　摄

重要的历史人物和重大的历史事件。雁门关是"胡服骑射"的实践地、"和亲政策"的起源地、"雁门之变"的发生地、"克用复唐"的起兵地和"杨家将御辽"的镇守地。一座关隘见证和影响了中国的历史进程,亲历了民族融合的艰辛历程,也折射了古代边贸的兴衰。周穆王、赵襄子、赵武灵王、李牧、李广、薛仁贵、李克用、杨家将……多少历史风云人物镌刻在雄壮的雁门关上。

遥想当年,千古名将在这里抚剑长歌,五千年华夏文明在这里留下深深的车辙。

我曾多次游览白草口长城,每次都有意外的收获和感怀。

那年冬天,脚跟腱鞘发炎,医生嘱咐要少走路。听说有人要去白草口登长城,不知为什么,经不住长城的诱惑就去了,结果沿着长城徒步6千米,腱鞘炎加重,第二天路都不能走了。

最近一次,听说月亮门塌了,我的心顿时一沉,仿佛看到一个张着大嘴怒吼的狮子。我怎么也不肯相信,它会在短短的几年间就荡然无存。心里惦记着,忍不住又去了一次。有人说月亮门是自然坍塌的,有人说是被大风吹垮的。不管什么原因,我都想大哭一场,但我不想做那个哭垮长城的孟姜女,我只是为此感到无可奈何。

3 据说,韩庄长城要在冬日雪后去观赏,观赏雪后的山舞银蛇,原驰蜡象。大年初二下了一场大雪,天气奇冷,登韩庄长城计划如期进行,地点在繁峙县神堂堡乡韩庄村。

上山前,从老百姓的柴垛上抽了一根木头棍子做手杖。从韩庄村到长城根儿并不远,半个小时即到。沿着长满灌木枯草的山坡爬行,大口大口呼吸着新鲜而奇寒的冷空气。没用多长时间就爬上了长城。在长城上眺望远处的长城,真像一条雪浪里飞腾的巨龙。只是残缺不全的长城,在群山的映衬下透着一种沧桑和悲壮。斑驳的城墙、厚重的敌楼,萦回着亘古的幽思。

据说韩庄长城全长35千米,修筑于战国时期,隋代重修。明朝,在原长城基础上包砌砖石,加高加宽。保存较完整的就是韩庄这一段,墙高6米,顶宽3米,砖石结构,每隔一段有一台,从韩庄到茨沟营20千米的地段上共有13个台。每个台都以"茨字"编号,台上匾额镶嵌着"茨字××号"的石刻。从韩庄村东"茨字二十二号"起,按从北到南的顺序编号,直到茨沟营。

登上长城制高点,我已气喘吁吁,坐在砖石上点燃一支香烟。在缕缕升腾的烟雾中,仿佛看到刀剑厮杀的大场面,听到战马嘶鸣的声音。从战国至今两千多年间,这里曾燃起多少次战火烽烟,发生过多少次厮杀,那些长眠于此的戍边将士的魂魄,千百年来是否已然安息?

4 游览岢岚宋长城是盛夏的事情。岢岚山清水秀,林密沟深。毛泽东在解放战争时期曾路居岢岚,感叹"岢岚是个好地方"。而岢岚自古就是从太原到雁门关及内蒙古、陕北的交通要道,是保卫太原城的一道天然屏障。为抵御外敌,战国时赵武灵王筑云中、雁门、代郡长城,并设置了军事要塞,其遗迹至今尚存。隋朝年间,隋文帝曾沿用北齐长城旧迹筑长城,后宋太宗太平兴国五年(980)又在北齐和隋的基础上修筑了现存的长城。岢岚宋长城是我国首次发现仅存的宋代长城。

从岢岚县城东山至王家岔乡有38千米的长城就是宋朝在北齐和隋朝长城的基础上修筑的。这段长城绝大部分保存较好,最高处达4米多,蜿蜒曲折,巍然壮观。

每年夏秋时节,前来王家岔村登长城怀古的游人络绎不绝。

从王家岔村出发,沿宋长城向上攀登,蜿蜒的长城似一条巨龙卧在山脊上,我们仿佛骑着这条苍龙。不时有野兔一跃而过,野鸡则在远处悠闲踱步，满山摇曳的山菊花，各种乔木灌木葳蕤成荫，秋叶漫天飞舞。

一直往上走，可到达华北最大的高山草甸——荷叶坪。雄伟的长城与荷叶坪及周边的原始次生林完美融合，构成一幅美轮美奂的边塞风光图。

离开长城，走下山的时候，天已擦黑。回头望去，苍穹下，一轮明月正挂在长城的脊梁上。月下古塞，说不出的静谧苍凉……

5 小时候，在村口遥望对面的山梁上有两个用黄土堆成的像城堡一样的土垛，很好奇。听老人们说，那就是烽火台。敌人来的时候，有人在台上点起大火，浓烟滚滚，人们远远看到就会躲起来。

那时，我常常会望着那烽火台发呆，怎么多少年了，那台上从来没有点起大火？

工作以后，经常到晋西北采风，驱车走在黄土高原上，看到山梁上儿时记忆中那样的烽火台，比比皆是。特别是在偏关、河曲、保德境内，远近山岇上的烽火台一个接一个，好像一个个威武的戍边将士，屹立在苍山极顶。那些烽火台经过千百年的风雨侵蚀，有的保存尚好，有的已经坍塌，但原型尚在，精神还在。烽火台有方形的，也有圆形的。在这空旷荒凉的黄土地上，烽火台庄严耸立，俨然高原上的一串串凝固的音符，又似一幅雄浑的画卷，古朴而肃穆。

偏关境内的烽火台最多、最集中，也最雄伟。偏关长城也是遗迹最长、跨度最大、保存最好的。因此，偏关被称为"中华长城博物馆"。

偏头关与宁武关、雁门关合称"外三关"，因其地势东仰西伏，故名偏头关。"雄关鼎宁雁，山连紫塞长，地控黄河北，金城巩晋强。"这是古人对偏头关的赞誉。

偏头关历史悠久，地处黄河入晋南流之转弯处。早在春秋战国时期，这里就是兵家争夺要地。现在的关城为明洪武年间改筑，辖边墙四道。

头道边在关北 60 千米处，东接平鲁县崖头东界，西抵黄河。二道边在关北 30 千米处，北贯草垛山，西抵黄河岸老牛湾，南连河曲县石梯隘口，迤东达老营好汉山。三道边在关东北 15 千米处，东接老营堡，西抵白道坡。四道边西达教场，最佳处为黄河东岸桦林堡地段，全部包砖，高耸河岸，甚为壮观。其余大部分夯土犹存，随山据险，好像黄龙逶迤于群山峡谷之中。

偏关县最美的长城遗迹，还在黄河与长城握手处。长城雄姿倒映在黄河里，极其壮观。长城沿黄河岸边蜿蜒而行，建筑因地制宜，通道豁口之处，又筑石边、土墙，陡峭的崖壁上筑烽火台，连绵不断、烽墩林立、堡寨相望、营垒棋布，构成严密的军事防御体系。

长城是人类军事史上的伟大奇迹，有如巨龙蜿蜒起伏于北方辽阔大地上，被列入世界文化遗产名录。黄河是中华文化发源地，被喻为中华民族的摇篮和母亲河。黄河长城在偏关交汇、握手，给这一方土地留下宝贵的旅游资源。

站在雄伟的墩台上，远望滔滔的黄河水、蜿蜒的古长城、矗立的烽火台，饱含着历史的沧桑和岁月的蚀痕，横亘在这片广袤的土地上，向世人昭示那已经远逝的昔日烟云。不知千万年后，那些发生在这里、留在历史深处的悲壮故事，还有没有人记起？有谁会像我一样站在长城上，看月出东山，听风过松林？

（原载于 2020 年 10 月版《行吟山水》）

清代至民国的忻州商人

◆逸名

东大街郜氏商铺"同盛永""万盛兴"旧址
梁兴国 提供

忻商作为晋商的一个重要分支,在其商业活动中形成一系列的地方商业文化特色,它们主要是"敢于远行"的开放观念,全民皆商的社会风尚,"令人难堪的节俭行为",重公德、守信用的经商准则。

晋商曾称雄商界五百年,其活动区域遍及国内各地,并把足迹伸向国外,有人认为"完全可与世界商业史上著名的威尼斯商人、犹太商人相媲美"。正因为如此,所以晋商研究引起国内外学者的广泛关注,并取得可喜的研究成果。

然而,长时间以来学者更多关注的焦点往往是晋中商人,似乎晋商就在晋中,对其他地方商业发展只是轻描淡写,尤其是作为晋商文化重要组成部分的区域商业文化研究到目前尚属空白。晋谚有云:"南绛北代,忻州不赖","不赖"并非指忻州有美丽的自然环境、富饶的矿产资源,而是说近代时期忻州人家庭经济相对其他地区较为富裕,是山西富庶之区,与忻州商业的蓬勃发展息息相关。当然,忻商与晋商有着不可分割的共同之处,但忻商在发展过程中呈现出的一系列地方文化特色,却值得我们认真思考。

"敢于远行"的开放观念　全民皆商的社会风尚

清乾隆版《忻州志序》中说:"忻为晋北咽喉,称繁剧郡"。清光绪六年出版的《重修直隶忻州志书序》又说:"忻郡为晋阳北路门户,地近边塞"。而在光绪版《忻州志·形胜》中指出:"三晋为神京右臂,忻郡又为省会藩屏,南接太原,北通沙漠,左出右入实省北一大都会。""忻郡为全晋后藩,三关内障,出入锁钥,诚属要地"。从这些资料来看,忻州作为南北物资集散地,应是天经地义之事,经商致富有明显的地域之利。正如光绪五年忻州知州方戊昌所说:"忻郡为晋阳北路门户,地近边塞。我朝定鼎以来,蒙古慑服,中外一家,二百余年,从未用兵。忻郡之民如出水火而登衽席,休养生息,户口繁孳。乾嘉之间,习于边情者贸易蒙古各部及西北口外各域,有无相通,权其子母,获利倍蓰,

■忻府区樊野村王家旧宅　梁兴国　摄

忻人不但不受近边之害，转受近边之利，以此致富起家者实多。"乾隆年间，曾为忻州知州的窦容邃也说："忻郡土满人稠，耕农之家十居八九，贸易商贩者十之有二，惟机杼纺绩之声无闻焉。"而方戊昌也提及"乾嘉之间，习于边情者贸易蒙古各部及西北口外各域"。依据这一材料，我们可以大致推断出，到乾隆年间忻州商业贸易已出现规模发展。

然而，独特的地理位置真正给忻州人带来的是观念更新，只有开放的观念才是忻州商业发展的最根本因素。随着晋商崛起，南来北往的物资流通，北部大同等地的商业繁华，使忻州人大开眼界。他们不甘贫穷，背井离乡，抛妻撇子，开始参与到这一远征的商业大军之中。部分人的成功，必然促使同乡人趋之若鹜，而长久持续兴旺，最终在当地百姓心目中形成压倒性优势，彻底击溃了留存人们思想中"走一处不如守一处""好出门不如赖在家"的传统观念。忻州俗语"有奈无奈，赤脚走到口外"才是当年走西口人的真实写照。在他们的观念中，没有地域局限，只有创业之艰，所以忻谚有云："东口到西口，喇嘛庙到包头，西安库伦京津沪，走遍天下不发愁"。

正如忻州同治学者、麻会镇人王锡纶说："太、汾、忻、代之人，经商者十人而八……忻人之敢于远行，自乾隆时，开新疆伊犁、乌鲁木齐、卡什噶尔、阿克苏、和阗、叶尔羌等处。途经万里，行比一年，无水草、人烟、屋宇者，凡十余日，莫不联肩接踵，毂击车驰。今此路虽废，又有率车驮贩茶以通俄罗斯者，盖其平居彼此相胜，各思创一未有之业，以冀奇获。"忻州人除在外地所开的大小商号外，很多小本生意的商人走北路、跑新疆，他们更能体现忻州人"敢于远行"的开放格局，如忻州城东的大、小南宋生意人就是最典型的例子。他们成群结队离开家乡，长途跋涉，"过草地、进沙漠、白天炒米凉水、夜间沙场露宿；若遇大风，迷失路径，找不到水喝，人畜干渴而死者有之"。远达新疆的阿勒泰一带，一走便是八年、十年、十二年，所以当地俗语有："小南宋养娃娃，

一乍子",正是对这一群体艰辛创业的真实写照。

清代前期,山西地区的重商之风为世人所公认,崇尚商贾的观念在山西人心目中已牢不可破,且受到官方和学者的关注。雍正二年(1724)九月,山西学政刘於义在上奏中称:"山右积习,甚于重名。子弟之俊秀者,多入贸易一途。其次宁为胥吏。至中材以下,方使之读书应试,以故士风卑靡。"雍正皇帝批注:"山右大约商贾居首,其次者犹肯力农,再次者方谋入营伍,最下者方令读书,朕所习知。"

时至晚清,山西商业处于鼎盛时期,重商风气更是达到极致。光绪年间,太原人刘大鹏无可奈何地感叹:"近来吾乡风气大坏,视读书甚轻,视为商甚重,才华秀美之子弟,率皆出门为商,而读书者寥寥无几,甚且有既游庠序,竟弃儒而就商者。亦谓读书之士多受饥寒,曷若为商之多银钱,俾家道之丰裕也。当此之时为商者十八九,读书者十之一二"。这一风气自然会对忻州产生影响,随着忻州商业的发展和兴盛,忻州人对经商的重视与晋商大军整体相比可以说有过之而无不及,进而形成一种全民皆商的社会风尚。

据1935年版《山西大观》统计,全县20万人口,从商者即达38918人(其中男38503人,女415人),占全县总人口的19.45%。

经商人数所占当地人口比例,位居全省前列。更为重要的是他们把能否"业商"看作是对子孙是否成人的一个重要标准,把子弟外出学习商业视为必不可少的人生课堂。正如《新兴》半年刊,民国十九年版所言:"忻人对于业商,非常重视。故稍有资产者,率皆因商业起家,子弟年逾十四五岁,即使之业商。故问人之子长幼,长曰能业商矣,幼曰未能业商矣!绥远、察哈尔、宁夏等处业商者,几遍忻人之足迹矣!而于蒙古之库伦、新疆之迪化、伊犁,亦不乏人。此固由商之子恒为商,亦忻人之耐劳,而能取信于投资者也。"

在这里,有必要强调一下那句在忻州广为流传的民谚"有奈无奈,

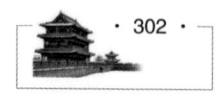

赤脚走到口外"。也就是说，走口外学商经商已然成为忻州人必不可少的人生经历。

节俭得有时使人感到难堪　成就的富庶之区却有口皆碑

《忻州志·物产附》载："忻郡近边塞，地寒物产稀少，民贫而啬，与省会雁门颇殊。寒早暖迟不宜棉，地沙不宜麻苴，碱不宜桑柘，湮塞之患可以逆睹。"《新兴》半年刊，民国十九年版也提到"殊不知地虽平原，既少河渠之利，又乏物产之富。崞县产梨果，清徐出葡萄，忻县之所产何物也？即以至微之物论之，且不敢与伦比。若五台之煤铁，河东之盐池，更莫能望其项背矣"。

忻州人所拥有的是一片盐碱滩，在这苦涩的土地上唯一能够生长的是有顽强生命力的红高粱，"人推磨、手提水、碱水窝窝不离嘴""二浪子滚水手卷烟，两个窝窝顶一天"。正是在这样的生活条件下，他们养成精打细算、极善敛财的个性。地瘠人稠，是三晋多商的根本，勤俭敛财是成为海内最富的源泉。忻州人的节俭之风不仅是晋商文化的主要内涵，更为重要的是它体现了由此而积淀成的一种风尚和为商业发展积累了丰厚资本的本质。在忻州周边十三县市，忻州人的节俭之风可以说无人不知，别人往往以一种轻蔑的态度"小气"待之，正因为如此，也导致了忻州人极不愿谈及这一话题。然而，也正是这一"小气"，才铸就了往日商业的辉煌。

关于当年本地经商者和出走塞外的商业大军，为其事业的发展而省吃俭用的事例至今在忻州民间广为流传，成为忻州地方文化的一个重要特色。乾隆、嘉庆年间，忻州东楼村的张圣春在忻州庄磨镇"广合谟"当小伙计，身在钱庄看到别人本利互变，滚动发展，立志以俭敛财。有一次，他为节省两文钱居然在小摊上买了一只与原鞋大小、式样、颜色都不相同的鞋穿在脚上。尽管别人讥笑他"小气",然而正是他这种执着的追求,才使其后人拥有惊人的家业。

忻州人对于食物的耐饥性颇有研究,"三十里莜面二十里糕,十里的豆面折断腰"。当年走口外"住地方"的小伙计们为节省几百里路程的盘缠费用,他们采取了生吞二斤生莜面,故意制造腹内积食,一路无须进食,然后回家大病一场这种最为痛苦的方式。"黄花梁的黄儿夹糕——吃也后悔不吃也后悔",又是对走口外的小本生意人精打细算的一个明证。他们自然无须像那些小伙计那样吞食生莜面,可对每一文钱的花销也格外心疼。在走口外的必经之地,有个叫黄花梁的地方,那里有一种小吃名为"黄儿(折饼)夹糕",吃与不吃这种食物,似乎成为小生意人的痛苦选择。吃吧,不好吃;不吃吧,再没有既省钱又好吃的东西可供选择。如果说小伙计和小生意人是出于无奈的选择,不足以说明问题,那些拥有万贯家产的富商大贾和拥有财政大权的钱庄货铺掌柜们崇尚节俭之风应该是有充足的论据了。东楼张家到光绪年间,也就是到张圣春的重孙张洪钧时,已名列忻州第三大户。拥有土地1200亩,在山东、山西、河北、蒙古、甘肃等地有钱货两行大小商号80余座,每年收入以白银计三万余两。像这样富可敌国的商业大贾,应该说可以锦衣玉食了,然而他认为"日用不俭、年损必大、教子不严、财物必散。一叶菜、一粒粮,从春种到秋收,何其难成。人生在世,饥有食、寒有衣,就是享福。多花一文、即为份外。他家每天吃饭的50多人。每顿饭,必备小米二升"。有一次,张洪钧生病,儿子为其买回一盒点心,他斥责道"只图口福,难成家业"。至于那些钱庄货铺的掌柜们,节俭更是他们做人的根本,有时他们的做法甚至使人感到难堪,"一般商店(大商号除外)留客吃饭,只给客人面前放几个白馍(麦面),同席主人,另吃粗粮,致使不习惯的客人,几乎难以下咽"。当年富商们的一句口头禅是"南房正窗子,玻璃轿车子",他们认为所住房屋采光充足,出行能有一辆代步而行的马车,已是一种非常奢侈的生活了,致使在城区的繁华地带也很难看到"金玉其车,文错其服"的豪华气派。

宁折本不输名的王者之气　重公德守信用的经商准则

前面我们叙述的是忻州人精打细算的"小气",但这一"小气"并不与他们在商海滚打中"重德、守信"的品格相矛盾,一旦二者相互发生冲撞时,他们会毫不犹豫地选择后者。

忻州商人把以记账的方式进行相互交易称为"打相与",相与的多寡是衡量商业规模大小和商家信用度的一个重要标准。如忻州城北的东楼张家的"大盛昌"货行,相与竟有八百家之多,每到年关相划账,很少发生三角债。但商家亏盈乃是常事,忻州商人在相与交往中,除具有晋商经营谋略中的"慎待相与"外,他们更多注重的是"善待相与"。在忻州有一种奇特的躲债方式——"捂豆芽"。年关将近,债主上门,情急之下用被蒙上蜷缩炕头,债主便会心一笑——来年再说吧。

民国初年,任归化商会会长的"聚义恒"钱庄掌柜苏昭文,一次发现已达成口头协议的买卖可能出现亏本,但他还是毫不犹豫地指出"说妥的,一定做下去"。结果虽亏银数千两,却得到商家对"聚义恒"守信誉重承诺的认可。远近商家货行,只要见到苏的一纸凭据,买卖即可成交。

山西师范大学教授史若民曾讲过这样一个故事:"忻州有一个人叫陈吉昌,道光十一年(1831)生,14岁到口外学艺,经营的是栈房,别人在这个店里边存了些东西,过了十几年,好多人都以为那人早就不在了,劝他把货处理了算了,但是陈始终认为货是人家的,我不能轻易处理,始终给人家完好地保存着。所以十几年以后,当这家的后代到这里找的时候发现这个货还完好无损。由于这件事,周围好多人都知道陈吉昌这个人非常可靠,所以他成为当地有名的绸缎商人"。正是这一品质,使他受到地方官的敬重和中外商人的信任,事业得以发展兴盛,成为归化商界的一代英才。

当归化城聚丰粮店出售了五千多斤变质的白面时,连盒点心都舍不得吃的财东张洪钧听说后,指出"这种便宜咱不能沾","宁折本,不能卖"。

麻全忠在丰镇卖布,以卖"后悔药"而深得顾客信赖。本来世上没有卖后悔药的,可是麻全忠却说,他在摆布摊时,有人拿在别的布摊上买的布来到他这里时,他会从价格和质地上与自己的布进行对比,会把质次价高的布原价收购,把自己质优价廉的换给他们。即使在后来成为丰镇街的头面人物,他也常去柜台为顾客精选货物。正是他这种公道之心成就了他"忻州大财东,比不上丰镇的麻全忠"和"丰镇半条街"的事业,成为与程化鹏、陈吉昌齐名,蜚声蒙疆地区的"商界领袖",并于民国十九年(1930)被推为丰镇商会会长。

据忻州文史资料介绍,民国初年,忻州城关共有钱庄18座,计有:义兴恒、聚丰太、晋义兴、选清源、义源厚、复合源、义源涌、义源成、德义永、聚成美、德兴恒、义源兴、元义恒、义德恒、天德恒、义丰久、元和泰、义聚恒。其字号带有"德""义"两字的就达13座。当时绸缎行是忻州十大行之首,全城共有店铺7座,分别是:公益昌、聚德昌、久聚魁、公瑞恒、共义和、双盛名、德兴积,带"公""义""德"三字的占5座。其他各行字号也有很多带有"义""德""公""和""合"等字,由此,我们可以看出在忻州商界已经形成一种浓厚的贵德重义的文化氛围。

忻州人在经商过程中所形成的地方文化特色,远远不止以上所列举的几个方面,这里笔者只是对此进行了粗浅的探讨。忻州南高村赵盼鳌当年口外经商时,在归化城忻州刘家货铺看到一则"座右铭":

本是几句俗话，贴在壁上常观。
盖闻出门贸易，多因家中艰难。
南来的离乡背井，北往的涉水登山。
祖坟失其拜归，亲友又失关照。
日久音讯不捎，占课问卜求签。
买卖或买或卖，一团和气为先。
货真价实公平，童叟无欺财源。
利向人中求取，发财何求万千。
虽然异姓同居，不可私搂银钱。
虽然不及陶朱，也置许多庄田。

丰镇——口外的"小忻州"

　　沿大同线走西口，丰镇是进入内蒙古的第一站。该市工商联副主席洛维平介绍，往上一代，丰镇半数以上是走西口过来的山西人。

　　在清代以前，丰镇只是个淹没在泱泱草色中的小驿站。清初，忻州人谢光祖在此开创"万合隆"，加工米面油，发展出众多分号。到清乾隆年间，丰镇城垣才建起。正是"先有万合隆，后有丰镇城"。随后大批忻州人来此经商，因交通便利，兼之忻商"俗尚勤俭，遇风险而避，能齐心协力"，忻商很快形成规模，丰镇随之成为张家口与呼市间最大的贸易城市。

　　洛维平对忻商研究多年，他整理的《忻州人在丰镇经商情况》显示，清末民初，丰镇忻商涵盖了钱、粮、布、当、缸、油、碾、面八大行业，有金牌字号40余家，年营业额在10万银圆以上的商号20多家。当时，丰镇有较大商户1400余家，山西人（大多为忻州人）占到70%。忻州巷应运而生，90多家忻州商铺同气连枝，蔚为壮观。人称丰镇"小忻州"。

走近秀容

民国时期，忻州人在内蒙古经商者达 3.8 万人，其中丰镇就有 6000 余人。1939 年，15 岁的忻州原平人赵怀谦，随亲戚来到丰镇"德和祥"绸布店，从学徒到站柜，一干 10 年。1949 年"德和祥"解散，赵怀谦从摆地摊做起，贩卖牙膏、电池等日常用品，后与同乡合开"谦成章"百货铺。公私合营时，他已赚 1200 多元，随后任丰镇市工商联副主席，1956 年，全国工商联青年积极分子大会召开，作为内蒙古自治区的 11 名代表之一，还受到毛主席的接见。后来他任丰镇市政协副主席，自此远离商海。

我见到赵怀谦时，老人已经 85 岁，住在新城区的独门小院里。院内菜花芬芳，蜂蝶纷飞，经商对他而言，仅是一段回忆。四个子女无一人从商。他也感慨，当年忻商后人，很少再涉足商海。

忻商留在丰镇的旧址，大多被拆除。忻商繁华已去，忻州巷内杂草自生，曾车水马龙的大巷，已成破旧居民区，两边的深宅老院形神破碎，但斑驳脱落的匾额上，字号名称依稀可见。巷内的忻商后人仅剩两家。81 岁的李秀婵是忻州原平人，夫家商号"双盛隆"，主营布匹百货，在太原、大同、呼市曾有分号。老太太娴静典雅，在腐朽断裂的木雕窗棂下，李秀婵追忆往日富庶。在探访忻州巷时，一排老人坐在门前条形石头上晒太阳，诧异地盯着太原来客。

如今，在这块地盘上呼风唤雨的是另一地的晋商，在丰镇煤电、运输、化工三大支柱产业中，大同人的产值分别占到 30%、25%、60% 左右，并强势介入餐饮业，丰镇最高档的晶鼎国际大酒店、丰镇大酒店均为大同人经营。

忻州商帮在这个地方缔造的辉煌，只停留在落晖中的深宅里，停留在黄灯下学者的研究资料里。洛维平一直在说："作为丰镇工商业的开创者，忻州商帮的贡献永远不会被淹没"。

（原载于 2021 年 4 月 11 日"文史艺苑"）

借我一双慧眼

◆赵志峰

并不意外。我是跟踪你的气息来的,秀容古城。无论如何,你是一个让人无法忽略的所在。一千八百多年的风霜雪雨,让你氤氲着诗意而又恢宏的气质,承载了无与伦比的文化积淀。

历史的人文的自然的种种,都犹如过眼云烟,倏忽即逝,或者藏在那些厚厚的古旧的线装书里,酣然入睡。留下来的、存在于人们心里的,肯定有其充分的坚实的理由。

这是2019年的初秋。登上秀容书院,俯瞰古城,庄重的东城楼(永丰门)隐约在视线所及的尽处;而始建于明万历二十四年(1596)、重建于2002年的南城楼(景贤门)以及在建的辅门楼则格外醒目,它们精巧的架构形象,给人十分踏实的满足感。

视野上的格局与内心中的格局不太一样。视野所及的丰盈程度,需要耐心,需要角度,还需要机遇。而内心里的点滴,就汪洋恣肆,泛滥成灾了。这样的情形让我稍稍驻足,并且,眯上了眼睛。

此刻,我相信有一种神秘的牵引;此刻,我期待有一种神性的启悟。

秀容古城,我们不妨促膝长谈。

昔日的风是不是今日的风?昔日的雨是不是今日的雨?钟灵毓秀,华彩蜿蜒,是怎样的天地精华,才荟萃了令人惊讶的侠肝义胆、文风浩荡?这方流传着"三义救孤"故事的仁义之所,这方孕育了元好问和傅山的灵秀之地,该给人怎样阔达的思想和感怀?

当程婴和公孙杵臼毅然决然做出那个令世人震撼和感动的救孤决定

时，当他们勇毅、果敢的义举成为沉甸甸的现实时，他们内心究竟经历了什么？这是耐人寻味的。任何一个节点上的选择与行动，都决定了事情的走向。公孙杵臼大骂屠岸贾勇于赴死，何等壮烈；尤其是程婴，最终把赵氏孤儿养大成人，报仇雪恨。尽管他俩仅仅是赵家的一介门客，但还是做出了这样一个惊天动地的事情。这就十分强烈地释放出一个信号：心灵的高贵与人的出身无关。

元好问，金元文学家、历史学家，有"一代文宗"之誉，仕途坎坷，在颠沛流离中亲历国破家亡的惨状，以一己之力向耶律楚材推荐保护中原秀士，晚年潜心编撰著述，诗文词曲成就斐然，其作品深刻揭示现实，启迪后世，具有诗史意义。

傅山，明清时期思想家、文学家、书法家、医学家，哲学、医学、内丹、儒学、佛学、诗歌、书法、绘画、金石、武术、考据等无所不通，是明末清初保持民族气节的典范人物。

不说程婴公孙杵臼，不说元好问傅山。我还想起了另外一些彪炳史册的名字：班婕妤、白朴、萨都剌、杨家将、徐继畬……我相信冥冥中的力量。我相信仁慈之心的力量。我相信爱的力量。那是任何邪恶与虚伪都无法把控的力量。正如春风吹拂大地，万物尽情开颜，种子悄然破土，果实沉默不言。文化的力量正是如此。秀容是文化的秀容，古城是文化的古城，书院是文化的书院。文化的蕴涵，首先是基于人的因素——人的任何活动与实践，都是实实在在的，都是明明白白的。这些活动与实践，经年累月，传承至今，便奠定了坚实的文化根基。我们所沿袭的、传承的，各种道德范式，精神准则，都籍此存身立世，昭告天下，源源不竭，潜移默化。滋养了人心，荫庇了子孙，弘扬了真善美，灿烂了新时代。在文化的感召下，人们一起抵御风暴和寒流，共享月光和星辉……

尘世上的事情无法尽言。我们能够拥有的，便是无穷无尽的延宕和挖掘。微弱如蝼蚁；渺小若草芥。芸芸众生的日子是日积月累的惯性呈现，而以一己之力影响和改变了芸芸众生生命轨迹的人，其含蕴着的种种，则意味深长。

当天是摄氏三十三度。正在活化中的古城建筑设施在工匠们手里悄悄发生着变化。几个月来，在工匠们如火如荼的辛劳中，修复中的古城日新月异，渐臻完善。古城向世人敞开了宽厚的怀抱，送出了热情的请柬。

借我一双慧眼。漫步古城，生命的启示层出不穷；蔚蓝的翅翼在亮丽的天际翱翔。秀容古城，你蕴藉的气息历久弥新，你崭新的面容令人惊叹！你朴实无华的底蕴，每每让人怀想，让人心潮激荡。

祝福古城；祝福秀容。

（原载于 2021 年 3 月 16 日《忻州晚报》）

秀容古城，那徐徐展开的"清明上河图"

◆李东平

秀容古城修复改造工程，经过了连续几年的努力，已初见端倪。东城墙和南城墙已连接起来了，西城墙也作为历史的见证，没有大拆大建，保留下了那段风雨剥蚀的原貌。南门及瓮城，东门和小东门也恢复了原样，而北城门作为古城的见证者，始终矗立在那里，以三关总要、双流合抱之"晋北锁钥"的高傲地位，俯视着历史的过往、旧城的变迁。去年，北城墙全面修复，至此古城基本恢复原貌。秀容书院、泰山庙、财神庙、关帝庙、三家店、天主教堂得到了修复，明月楼、八座门也重新再现。更有闷旦楼、俱乐部、九间楼也复建了起来。行走在古老的石板街上，再现青砖黛瓦、门楼牌坊，我仿佛回到了童年的时光，游走在新版的清明上河图间，聆听到了历史的回响。

南北大街是古城的中轴线，贯通南门、北门，这是秀容古城最为繁华的一条街道，商号店铺钱庄林立，历史上有许多商家的生意，从古城连着西口外、东口外乃至京城，是茶马古道上的重要驿站。到了我们这一代，已经完成了公私合营的改造，大部分是国营的商店了，也有叫合作商店的，还有一部分是隶属于供销社的门市部和加工厂。

逛商店

那个年代，这条街上的标志性建筑就是红旗商店，后面连着委托商店，这是一个综合类的商店。还有跃进商店、女子商店，专门经营纺织、服装、鞋帽，引领着县城服饰的潮流。

也有几家经营糖业烟酒的商店，一进店门就会有扑鼻的香味，引导着每个人的味蕾。丁字街有一家，泰山庙北面也有一家，至今我也不会忘记悬在屋顶上的那几盏汽灯，擦得明光锃亮，货架上的食品烟酒更是琳琅满目，只是要买什么，都得凭票凭号，哪怕是油盐酱醋。文化馆旁边的"贸记"，则相对亲切随和一些，靠玻璃窗下摆着一张八仙桌，总有古城败落望族的后人，三三两两，打一壶老酒，要几块豆腐干或一碟莲花豆，对酌慢饮。这也算是古城犹存的风韵了。翻文史资料记载，"贸记"是中华人民共和国成立前夕我党在县城的前沿阵地，是一个特别重要的情报站。

那个时期，我们尚小，更加喜欢的是黄拦柜的文具店。黄拦柜就是一出北门新建路东的北关百货商店，因门窗的门板刷成了黄色而得名。平时只能买些石板、石笔、红旗本、杏花本和铅笔，还有里面印着九九

■城墙箭楼　梁兴国　摄

口诀表的铁皮文具盒。不过我更钟情的是塑料皮笔记本和海绵文具盒，那得等待春节了。只有赚下拜年钱，才能慢慢实现这些目标。

再之后，东街开了大型综合商店，出北门外又新开了一个新建路百货商店，更加高大上了。再往后，又建成了名噪一时的长征路商场、七一商场、七一百货大楼，这都是几层楼的商厦，提高了城市的品位。

下饭铺

南北大街是古城繁华的脉搏。这条笔直的街道，东西两侧店铺林立，鳞次栉比，如同现代版的一幅"清明上河图"，由南到北，徐徐展开。街上车水马龙，熙熙攘攘。每至午时，城内的几家饭店，里里外外，热闹至极，每每从门口路过，空气中飘荡着扑鼻而来的香味，诱惑着过往的人们。学道街饭店的刀削面，石狼巷饭店的片汤，泰山庙饭店的豆腐脑，各有特色，此外无非也就是过油肉、炒肉丝、炒豆腐、炒豆芽之类的菜肴，学道街饭店也卖过水饺，饼子之类的主食也捎带着。最让人难忘的是大街饭店，昔日的店面似乎要宽阔一些，里面吆五喝六划拳的声音格外地嘈杂。父母倒是经常带我去，吃上个浇了肉臊子的面，带着笑容，看着我连汤也喝光，他们却舍不得吃上一碗，真的好吃。现在回味起来，已成心中之痛。让我记忆犹新的是有一年，父亲关了饷后，拿了个大茶缸子，带我去买了一个糊肘子，那可是当时的硬菜，让我香在心底里，难以忘却。

后来在出北城门外的新建路上，又开了转角楼上的工农兵饭店、新建路饺子馆、火车站饭店，还有风靡州城的东方红饭店，特别气派，店面宽阔，菜品繁多，光墙上挂着那个菜谱图样，以及空中弥漫着的香味，就足以让人馋涎欲滴。

澡堂子

古城的人民澡堂隐藏在学道街的南巷子里，进南门入院，西边一个大房子便是古城唯一公益性洗澡的地方，向州城人民开放。一张窄小的白纸黑字澡票，印象中好像是五分钱一张，但是在那个年代，去人民澡堂洗个澡是非常奢侈的一件事。普通人家一年也就在过年的时候去奢侈上一次，其余的时候就在家里的大盆里对付了，夏天的时候也能到水泊子里耍水带洗澡。那个时间，古城还有几个工厂也有职工浴室，还有地委澡堂，对单位上的职工免费开放，也会有家属亲戚沾点光。

人民澡堂非常正规，四排躺床，一排能有十来个位子。记忆中是白色的床单，白色的枕头，白色的浴巾。里面有泡澡的两个池子，也有一排淋浴，不过那个时候没有搓澡这项服务，需要亲力亲为。记忆中那个年代，能够按周洗浴，已经是一件十分舒服的事了。印象特别的是，洗完了后，看澡堂子的服务大爷会给送上一条洁白的热毛巾，可以再擦一下脸。热毛巾就在浴室门外的瓮子中，放得满满的，还加了盖子，热腾腾地散发出温馨的味道。如果再花几分钱，要壶茶水的话，那就更舒坦了，十分惬意，也是古城美好的记忆。

理发社

旧时的古城，理发剃头多是挑担子街头摆摊的长治家干的事情。一头担着铜盆子，下面是个脸盆架子。一头挑着一桶水，扁担上还挂着一条錾刀用的帆布条。到了冬天还有个泥火炉子，是正儿八经的"剃头挑子一头热"。摊子就摆在了街头，来剃头的你来我往，生意还算是不错。

不过，古城里还有两三家国营的理发店，专业的设备，明亮的镜子，加了热水的洗发桶，还备有散发出香味的胰子洗头。大人们还可以躺在放倒的椅子上，舒服地刮脸剃须掏耳朵，肥皂泡沫脸上一打，热毛巾脸上一敷，理发师再以细腻娴熟的手法，一刀刀地刮下来，看着也舒服极了。

理发店的墙上，挂着一个相框，上面有各种发型。理发师就是按着青年式、中分式、大背头等等发式修剪的，然后电吹风一吹，有的再抹上几抹头油，让人看起来精神标致极了。不过，大多数人是舍不得到理发店的，这要比街上的剃头挑子贵两角钱呢。

那个年代古城理发名师张成牛、孔林芝、张明亮等人就是金色的名片，找他们理发是需要排队等着的……

茶水摊

记得老城里有几个茶水摊子，在草市巷就有一家。在炎夏的时候，几根木柱、一席苇帘就搭起了摊子，再放几张方桌板凳，就开张了。前面摆着一个硕大的"白公鸡"，其实就是烧水的大茶炉，是只锡壶，开水时会发出鸣叫声，这便是茶水摊子的招牌了。掌柜的着白围裙、戴白袖套，肩上再搭一羊肚子白毛巾，看上去干净利落，跑堂的小伙计也如这般，便完成了形象工程。遇到上讲究的客人会在瓷壶里沏上壶浓茶，再配上几只小瓷杯，托盘上桌，品茗闲聊。更多的客人则是端一大碗茶，碗是那种蓝花蓝边的粗笨碗，或坐桌、或圪蹴着、或站街而饮，就是为了解渴，是花不了几分钱的事。茶叶就是砖茶，好一点的有贡尖茶，也有茉莉花茶，那就算是上了档次。旁边还有棵老柳树，为茶摊遮阴蔽日，堪称小城的一道风景线。

茶摊边紧靠着一眼甜水井，一个小工系着围裙在不停地绞水，辘轳上卷着双层井绳，撒绳下桶，再绞绳吊水。水桶出井口，一手握住辘轳把，另一手拉绳把水桶平稳落在光滑的石井台上，随即打开吊水的铁拴扣，桶里的井水清澈甘洌，看着也甘甜解暑，沁人心脾。这是门技术活，我在少年时期就学会了，即使寒冬腊月，井口冻冰厚滑也没有害怕，脚踏冰层，手抓摇把，顺利挑水。那时城里已经有了自来水了，只是凭票售水，定时开关。我也见过有送水的挑夫，担着两只水桶，水面上漂一浸泡已久且扎了孔眼的木板，据说是为了防止水溅了出来，送到哪家院里，出来时就会在宅门上拿粉笔画上一竖，现在想来这是记上了账的意思吧。

茶水摊子在北关供销社边上的胡同，转角楼饭店的边上还有几家，皆为靠树荫而撑，布局大都如此。

照相馆

古城是早在民国时期就开设了照相馆的，相传起先开设在石狼巷里，后来又因了生意不好而搬在南北大街上的。从留传下来大量的老照片，可以反映出照相业对忻州古城的厚爱。有做生意合股经营的集体照、有政界军界的领导照、有学校散学典礼的毕业照、也有开大会和大事件的合影留念照。当然更多的是富庶家庭的照片留传了下来，打着那个时代的烙印。在民间、在网络也广泛流传着好多秀容的风景照，印证了古城的真实过去。

中华人民共和国成立后的照片上先是剪了花边，打上了公私合营的字样，后来就变成国营照相一部、二部的字样。一部在城内十字街西北口，二部则在城外新建路上师范校门的北边。拍摄照片是件很奢侈的事情，60后之前不一定每个人会有一张童年的照片，如果拥有，那是一个幸福的回忆。关于照相的事情，是我们这一代人心中的故事。

20世纪70年代，大姐非常幸运地参加工作到了照相馆，做了一名彩相工，负责给黑白照相上彩着色，主要是放大彩相，更多的则是结婚照。我家多有彩照，皆为大姐的学徒之作。后来，她还去太原、北京的照相馆学过手艺。只是突然有一天，彩照颠覆了这个行业，如同今天的手机已经取代了彩卷，正在威胁着照相机。

看影剧

在那个年代,看一场电影,或看一场戏,那是很重要的事情。

古城在南北大街核心地带建有职工俱乐部,进石狼巷南巷有重要的文化阵地人民大礼堂。此外,泰山庙巷子里的财神庙,当时就是电影公司的所在地,城镇电影队经常会在这里露天放映。后来又在新建路上建设了东风电影院,拆除北门西侧城墙段,盖了光明电影院,之后还修建了更上档次的忻州剧院。光明街上也建设了新的俱乐部,长征街上开放了军区电影院。在兴寺街红旗广场对面,还有灯光球场。七一路上因为举办全国摔跤运动会,修盖了跤乡体育馆,也承办过好多晚会。在古城小东门还改建了火神庙体育场。这些场所,营造出了古城的文化体育氛围。

幼小的时候,经常在职工俱乐部和人民大礼堂看电影、看戏。记得那年放映朝鲜电影《卖花姑娘》,古城一票难求,职工俱乐部门前的路段人山人海、水泄不通。在大礼堂多次看过文工团久演不衰的话剧《霓虹灯下的哨兵》,还有《假如我是真的》等等许多剧目。当然还有忻州的传统戏曲北路梆子,还是著名演员"小电灯"贾桂林主演的《金水桥》。那时候,每到过年时节尤其是大年初一,看一场电影,是重要的福利。

到后来,东风电影院成了古城的娱乐中心地带,每到晚上,特别热闹,看电影的人流如潮。在未开场检票时,电影院外的广场上,人群就黑压压的一片,更有排队买票的挤闹,还有电石灯下卖瓜子的小摊子,星星点点,也是一道风景线。那年这里放映日本影片《追捕》,更是天天爆满,挤破了影院。后来还看过一次《少林寺》,也是人如潮水。至于在北城楼下的光明电影院,更是陪伴我们看完了改革开放初期每一部有影响力的片子,给我们带来一片光明。而忻州剧院则是看演出比较多,印象中在最红火热闹的时候,我们单位上包场观看了美国大片《泰坦尼克号》。读高中年代,则有同学相邀在军人俱乐部看过好多电影,印象最深的是《佐罗》《大篷车》，还有风靡一时的《庐山恋》……

赶会场

那个年代，基本上每年在硕果飘香收获的季节，县城要举办一次秋季物资交流大会。这是一件非常重要的事情，父母解释：选在这个时期秋忙结束的农闲时刻，大家都有了收获，该置办些农具、日用品，更主要的是扯上些布料，在冬日闲下的时光里做好春节的新衣裳。赶会，这是个快乐的时刻，从北城楼下绕城纵深南北大街两侧。还有红旗广场，则是主会场和戏场，周边也是围了临时搭起的售货棚子，一家挨着一家，密密麻麻。县城所有的商业销售单位均要出摊布点，还要推出新进回的更多花色品种的新鲜货上架。此外，各乡镇的供销社也要进城摆摊，那些饭店更是不可或缺，几乎到处都有卖饼子、麻花、牛腰子和豆腐脑、片汤的吃食摊子。城里城外、锣鼓喧天、红旗飘扬、人山人海，古城沸腾了！放在今天说，这绝对是中国农民的丰收节。

我们特别期盼赶会的日子。这个时节吃个豆腐脑是小菜了，主要是可以吃上碗香喷喷的炒面，这是赶会的"标配"。此外也可以趁机问大人们要个零花钱，买上些学习用具，吃上个干馍馍斜尖子，也能买双袜子、买个手帕之类的小玩意儿……交流会期一般是一周的时间，城内的高音喇叭里每天播送着欢快的乐曲，还有每个摊点的成交业务率、好人好事……

那年月，赶会每年也就只有这一次。剩下的在春节来临时，北城门前的集贸市场也非常红火。快过年了，这里卖什么的都有，这个市场也特别大，年货包罗万象十分齐全。只是这个时刻，多为父母跑腿买办，我更关心的是那些烟花爆竹了……

看红火

在古城看红火，是我们最期待的。每年的春节文艺演出，以及欢度国庆、"六一"儿童节等等，都会有重要的庆祝活动。

彼时，古城的活动集散地就在红旗广场，这里的活动仪式一举行，浩大的游行队伍便敲锣打鼓地开始了。早先是从兴寺街往西出发，走上南北大街一路向南，然后再从大东街向东走去。从留存的老照片就可以看到历史的影子，人山人海，锣鼓喧天。后来又改为从兴寺街出发后，往北走，过北城门楼，从新建路走向地委行署方向。直到光明街修通后，闹红火队伍从红旗广场列队出发，向北走胜利街，折向光明街，在忻府区大门口会演，接受检阅。然后过北城门楼，上新建路，再左转长征街，在地委行署大门前进行汇报演出，一路蜿蜒十多里，彩旗飘飘，锣鼓阵阵，彩车列列，高跷排排，秧歌火热，万人空巷。特别是每年的元宵节，交警管制道路，公安维护秩序，长街上彩门楼高耸，沿路红灯绵延，夜里火树银花，小城中人声鼎沸、欢声笑语一片祥和。这样的活动一直延续了30多年，给古城居民心中留下美好的记忆。

城外山河，云中牧马双流合抱。楼中书卷，千年风韵依然存延。古城的文体生活并不寂寞，北城楼上的图书馆，书卷满楼，是我年少时期经常去的地方，在这里我结识了鲁迅、郭沫若、翦伯赞……南北大街西边的文化馆，天天可以听到吹拉弹唱的声音。兴寺街上的灯光球场也常会有体育比赛和文艺晚会。更有县剧团、文工团、北路梆子、艺校的演唱声和器乐声也给古城增添了韵味。每一个清晨，总会让在西城墙上吊嗓子的声音，还有那唢呐小号唤醒。于是，古城人们开始了新的一天。

古城图卷徐徐地展开，还有供销社的店铺，蔬菜门市，肉铺子，炭站，车马旅店，合作商店，粮食门市，糖酒门市，糕点厂，醋厂，鞋厂，帽厂，服装厂，地毯厂，皮革厂，药店，盲人按摩服务社，收购站，笼箩门市，黑白铁社，钟表社，印章社，聋哑工厂……

那时期公私合营改造已经结束，跃进商店、红旗商店、新华书店、人民医院、人民银行、工农兵饭店、东方红饭店、职工俱乐部、人民大礼堂、东风电影院……这些称谓都打上了时代的烙印。但是大多店铺人们还是习惯了旧时的叫法，三义全、贸记、元和德、德胜楼、兴盛楼、桂香楼、三家店、复兴泉、元恒泰……

在那个时期，糕点厂的炉食糖枣养胃糕，还有后来的瓦酥，元宵节现滚的元宵，中秋节现打的月饼；酒厂的高粱白，西张豆腐干，卢家窑的莲花豆，供销社加工厂的扭丝饼子斜尖子，食品厂的高粱饴糖和老冰棍，粮食三门市的挂面，火车站铁路大饼子，肉联厂的兔肝子，美味飘香，都是我们这一代特别而又美好的记忆。

每个门市也会有旧时过来的买卖人站柜，纺织的孙秉钺、班方治，百货的王双年、安相康、银泽花、张天云，五金的陈稳和，蔬菜的张乐明，供销社的陈双俏、赵文新、陈芳成，饮食业的孙二、董三、彭春花，鞋厂的刘复昭，服装厂的薛成凤，城关医院接骨匠冀妙先，等等等等，他们就是那个时代、那个行业的代言人。

还有打铁的，钉掌的，修车的，钉鞋的，配钥匙修锁子的，卖冰棍的，卖汽水的，卖西瓜的，卖茶水的，摆小人书的摊子……到了上世纪70年代末，城里的小吃更是多了起来，油条豆腐脑、饼子炖肉汤、炒饼熬稀粥、饺子大碗面，还有李根钱熏鸡，赵二案子糕，老毛烧卤鸡，古楼脚下的二溜骨头店，西城墙根底的豆面饼子干馍馍，摊子就摆在街头巷尾，也是古城的品牌，成为市井万象的不可或缺。

在古城繁华的街道上，还有奔跑的公共汽车，传递信函的绿色邮差，有摇着铃铛收垃圾的，有挂着铁桶送奶的，还有推着货车、担着箩筐的卖货郎，还有飞驰的摩托车在与省城太原来回倒电影片子……形成古城一道美丽的风景线，铭刻在历史的记忆中。

（原载于 2021 年 5 月 7 日"忻州记忆"）

市井风情

探访忻州古城　遍寻市井风情

◆晓蓉　子珂　馨月

艳阳普照、万里无云的天气让人心情舒畅。走进忻州古城，各式各样的临街店铺，人来人往，热闹非凡。

近年来，走在路上，不时会遇见身着中国古代服饰的青年男女，远远观望，颇如一幅行走的诗意画卷。

中国自古以来就重衣冠礼仪，被称为"衣冠上国，礼仪之邦"。《周易·系辞下》中写道："是以自天佑之，吉无不利，黄帝、尧、舜垂衣裳而天下治，盖取诸乾坤。"周公制周礼而治天下，被儒家尊为圣人。

走进忻州古城，古朴的街道两旁是一个个特色小店。在这些小店中，有一家形制考究的汉服店——雁归汉服，店前挂一面飘纱，古风浓厚。据了解，经营这家汉服店的是一位年轻的90后。一次偶然，她从网上看到人们穿着汉服，古典韵味十足，便决定办一家汉服体验馆。除此之外，还有一些风格独特的汉服店，店里客人络绎不绝，大家对汉服的热情可见一斑。

其实今天的我们是幸运的，可以自由选择服装，或感受汉唐服饰的富贵优雅，或重回魏晋风

■秀容四合院

骨里的缥缈洒脱，或以一身旗袍优雅转身……汉服教人仪态端庄、进退有礼，教人优雅高贵、仪态万方。

"吉祥物"的周边来啦

秀容牛，九原羊，新兴猫，五台猩，汾源马，雁门雁……你们听过这些古城里的"吉祥物"吗？这间坐落在古城南关大街29号的"秀容牛造物空间"门庭若市，无论是店内色彩鲜艳的各种周边产品、门口可以写下游客心情的留言板，还是可供拍照的"秀容牛"人形板，都吸引着来往的行人驻足。吉祥物又叫萌物，真是"物如其名"，一个个可爱的、活灵活现的吉祥物周边不仅寓意着人们对美好事物的追求和向往，而且还是一个地方民俗文化的集中展现，可谓意趣无穷。

面捏的"吉吉国王"

"秀容牛造物空间"过去不远处，有一家看起来不甚起眼的小店铺，古朴的招牌上写着"刘婆婆花馍馍"。人人都知道山西是面食大省，每一个山西家庭似乎都能无师自通地做出各种面食花样，而忻州面塑则把对面粉的运用发挥到了极致，现如今彩色面塑已被列为第四批市级非物质文化遗产。谁家家里不曾摆放过几个色彩艳丽、造型多样的"花馍馍"呢？

在刘婆婆的店里，放着一冰橱的传统花馍，房间的一角是

■凌空欲飞

传统的炕，另一边则摆放着几大盘造型各异的小豆沙包，有蓝色的哆啦A梦、红色的小草莓、黄色的菠萝……最吸引人的是绿色的"吉吉国王"——大大的耳朵，生动传神，那模样可爱极了。吉吉是一只猴子的名字，动画片《熊出没》系列的角色之一，是一名森林守卫者，也是小动物们眼中的英雄。他的手下毛毛把他称为"吉吉国王"。

店家说，这些馍馍的花色都选用了纯天然的果蔬汁进行调色，保证入口的安全性，红色是火龙果汁，绿色是菠菜汁……3个豆沙包只需要10元，正适合游玩古城时买来稍稍垫下肚子。与朋友游逛古城，买一个花馍，拍几张可爱的照片发朋友圈，一定会收获不少点赞。

现代陶艺体验馆

在古城里有这样一家店，门口形色各异的纯手工陶瓷摆件吸引着来来往往的路人，尤其是孩子们的目光。进到"柏乐陶社"一看，小店被分成了左右两个区域。左面是更加引人注目的陶艺体验区，一位家长正带着孩子创造一件只属于他们之间回忆的陶器，这片区域是童心未泯者的最爱；右侧区域则是店家自己创作的很多高质量陶器——花盆、杯具、碗碟等等，样式古朴，制作精良。周末，来这里感受美好的亲子时光，让孩子感受泥土味道，感悟自然，捕捉最原始、最纯真的童趣最好不过了。

（原载于2020年7月28日"忻州在线"，本文图片由作者提供）

市井风情
SHIJING FENGQING

古城笼蒸红面鱼鱼：忻州人味蕾的记忆

◆张六金 潘德华

在忻州古城南北大街中段，向西转弯处有一条蓝墙底巷。在这条古色古香的小巷深处，有一家新开张的、专营"红面鱼鱼"的小吃店。近来，这家小吃店常常是食客满座、生意火爆，也让老忻州人找回了昔日的记忆。

这家店的女主人叫康秀兰，今年51岁，忻府区豆罗镇韩沟村人。秀兰从小勤快，帮助母亲洗锅做饭，学搓鱼鱼。18岁时便远近闻名，掌握了搓鱼鱼的好手艺。在忻州古城招商比赛入围的6家店铺中，秀兰的小店脱颖而出，夺得第一名，拿到了开门店的资格。眼下夫妻二人经营着两间大的门脸儿，小笼屉蒸鱼鱼，臊子有鲜肉蘑菇、西红柿和老酸菜汤，食客们可根据自己的喜好选择。他们两口子既当老板又是厨师。在食客多时临时雇几个帮工，小生意做得风生水起。康秀兰告诉笔者，自开张以来食客不断增加，国庆节期间一天的最高销售纪录是卖出200多笼红面鱼鱼。

提起"高粱面"来，老忻州人大都对它情有独钟，这也是有其历史

■忻州红面鱼鱼 潘德华 摄

走近秀容
ZOUJIN XIURONG

■香味浓郁 潘德华 摄

原因的。由于忻州地处晋北黄土高原，缺水干旱，所以耐旱的高粱便成了这里历史悠久的传统农作物。高粱面作为这里的主食，经过先民们一代一代的改进，不断探索最佳吃法，红面鱼鱼便应运而生了。其传统的做法是：先将上好的高粱倾入锅中在开水里淘煮十几分钟，然后捞出来晾一至二日。这样既可以清洗掉颗粒表面的泥土，也可以让高粱饱吸水分，磨面时达到最佳出粉效果。待到高粱不干不湿之际，即可上石磨加工。取一至两箩细白的面粉作原料，在锅中预热。面加热后以沸水及时和好，再放在案板上用手搓。搓成饸饹状的"鱼鱼"，上笼蒸20分钟即成熟食，尔后配以各种臊子食用。

今年中秋节期间，笔者在这家小店招待了一位河北保定籍的马姓文友。客人听说中午要用高粱面招待他时，脸上隐隐露出不悦之色。当热腾腾的出笼红面鱼鱼端上桌时，他也学着浇上臊子慢慢品尝。只见他边吃边不住地点头，脸上也多云转晴了。当一碗红面鱼鱼下肚后，他双手竖起大拇指，夸赞这顿别有风味的粗粮美餐。友人说，在他们那里有一句歇后语：日本人吃高粱面——没有法子。在他的印象中，"高粱黑豆乃驴马之料"，人不到最困难的时候是不会吃的。想不到忻州人竟能把这种粗粮做得如此美味！

国庆假日期间，笔者又招待了来自内蒙古丰镇的文友张喜荣。老张出生在忻州，6岁时随母亲走西口到了内蒙古。他儿时记忆中最好吃的就是母亲做的红面鱼鱼。自从到了内蒙古后便改变了食谱，很难吃到了。偶尔也有老家的亲人给他们邮寄去高粱面，可能是因为水土的关系，就是找不到儿时的味道。至于上世纪"三年困难时期"，内蒙古也有高粱面供应，可那种又红又涩的高粱面实在难以下咽。这次故乡之行让他终于找到了当年母亲做出来的那种味道。"我们经常觉得最好吃的东西是童年的食物，人们往往将之归结为童年味觉记忆的影响。那么真正让我动心的是什么美食呢？那就是故乡的这碗'红面鱼鱼'。"他如是说。

（原载于2019年10月22日"忻州在线"）

忻州古城千人饺子宴，情暖冬至

◆梁春霞

为迎接冬至的到来，弘扬民族文化，大过中国年，2019年12月22日上午11时30分，忻州古城泰山庙广场举办的冬至千人饺子宴正式开席。

忻州古城邀请忻州市民一千余人聚在一起吃顿热腾腾的团圆饺子，一起热热闹闹地度过这个重要的传统节日，了解冬至节内涵，来忻州古城过中国年，感受浓浓的中国年味儿，共享节日美好时光。

■千人饺子宴　梁兴国　摄

俗话说"冬至大过年，人间小团圆"。世界再大，也大不过一盘冬至的饺子，每一年的冬至一到，预示着一年中最寒冷的时候就要到来了，这个时候来一碗热气腾腾的饺子，真是从胃里暖到心里了！冬至来古城吃顿饺子，满满是家的味道。

一大早，古城工作人员、商户全部出动开始忙碌了，洗菜、切菜、摆盘、收拾桌椅。现杀羊、现切肉、现包馅，真材实料好手艺。考虑到大家的口味，饺子馅有羊肉胡萝卜馅、韭菜鸡蛋馅。面皮筋道、馅料飘香，围在一起，你擀皮、我来包，亲手包起一个个圆鼓鼓的水饺，也包进团圆的味道。上千人一起吃饺子,当然包饺子的场面肯定不能小了,包的饺子放满了桌子,还有周围的凳子上都放满了饺子,煮饺子也是用做流水席的特大号铁锅,一次能煮出来几十斤饺子。现场布置、包饺子、煮饺子等多个小组一起上,大家各司其职,既有分工又有合作,配合融洽。会包饺子的人全都上,空地上摆起了长达数十米的操作台,场面热闹壮观,周围赶过来的市民都会吃到一碗热气腾腾的饺子。

上午11时许,一排大锅里的水已经沸腾。众人端起饺子下锅,不一会儿,饺子就飘了起来……千人饺子宴瞬间进入高潮,欢声笑语在广场上不断响起。大家坐在一起,吃饺子,话家常,来自城北的高大妈激动地对工作人员说:"前几天就听说忻州古城有个千人饺子宴,今天终于如愿来参加了,刚到冬至,这里的年味儿真浓啊!还有这样热闹的活动,我还来。"

"吃饺子啦!"随着一声吆喝,忻州古城"千人饺子宴"正式开席,一起吃饺子、品民俗、共迎冬至。一盘盘热气腾腾的饺子端上桌,在寒意袭人的冬日,暖意融融。中国年,在忻州。

(原载于2019年12月23日"忻州网")

■饺子宴盛况　上图吴杰强　摄　下图卢建荣　摄

老忻州人舌尖上的记忆——牙糕

◆樊小琴

■牙糕制作 樊小琴 提供

忻州素称"高粱之乡",于是高粱面就成了普通老百姓一日三餐的主要食物。民间就流传着"三天不吃高粱面,心里就想念"的说法。忻州的牙糕是高粱面的又一种美食,美食讲究色香味俱全,特有的食材通过精心制作,都会有独到的自然风味在其中。高粱中富含人体必需的多种蛋白质,其中的纤维素含量很高。属于低脂低糖食物,有降低血清胆固醇、预防高血压和冠心病的作用。高粱面能做出花样繁多的美食,显示出忻州女人的节俭和智慧。忻州女人手巧,粗粮细做是她们的特长。随着科技发达、生活水平的提高,粗粮又成了改善人们生活、招待宾朋的佳肴。

20世纪80年代前,由于物资匮乏,人们的生活水平还很低,白面大米少、蔬菜更少。以食高粱玉米为主的忻州人想方设法变着做法,把高粱面粗粮细做,既能吃饱又能吃好。不论吃什么,玉米高粱咸菜萝卜都津津有味。牙糕就是高粱面的又一美食花样,既经济又实惠,操作简

市井风情

SHIJING FENGQING

■高粱面牙糕　樊小琴 提供

单且美味可口，很适合北方人的口味。

牙糕的做法看似简单，实际上需要一定的厨房功夫。具体做法首先将锅里的水烧开，将高粱面逐步一层一层撒入锅中，火候要掌握好，不可过大，然后用搅面棒在面中不停地搅动，将面搅成很精致的面团，再用锅铲将锅中面团弄出一个小圆坑，圆坑外面及里面倒少许水，然后盖锅用小火焖10分钟左右。食用时，一小块一小块夹上，蘸上老咸菜汤，味道咸香可口，柔软筋道。现在的生活条件好了，也可用黄瓜丝、香油、醋做汤汁食用，是忻州人粗粮细做的美味主食。

今天，随着城乡人民生活水平的提高，物质需求量和日常饮食消费水平也在不断提高。人们开始关注生活质量，讲究营养保健，注重荤素搭配、粗细搭配。因此，用高粱面精做的牙糕也成为人们生活中不可缺少的一道清淡可口的素食佳品。

（原载于2018年9月20日"忻州记忆"）

晋北人家的那盘热炕

◆宋元林

晋北地处高寒地区，早年间家家户户都用火炕取暖御寒。老话讲，"家暖一盘炕"，一盘热炕温暖了晋北农村的整个冬天，也渐渐形成了独特的炕文化。

炕一般是用石板和砖块砌起来的，细分为正炕、倒炕、顺山炕。正炕临窗而建，采光好；倒炕依后墙而建，避开了窗户，可以防寒风；顺山炕顺小墙依窗而建，主要是为了满足人口多的家庭住宿需要。

炕主要由炕头、当炕和后炕三部分组成，"三十亩地一头牛，老婆娃娃热炕头"，这句话反映了早年农村百姓对生活最淳朴的向往，也说明"炕头"当时在人们心中的地位之高。在晋北一带的农村，炕头多是留给家中老人或长辈坐的，晚辈只有出远门回家，才会被让到炕头上歇一歇，暖一暖。倘若家中有人来拜访，那些尊贵的或亲近的客人就会被请到炕头，或炕中间的正位上；关系一般的就让到炕中间盘腿而坐；远客或生客，则只能在后炕的炕沿边坐。

晋北人家中的婚事嫁娶与炕也有密切的关系。新娘子出嫁前，要坐在炕上请人用线绞脸上的汗毛，叫"绞脸"。出嫁的当天要在娘家的炕头上吃"离娘肉"，之后梳洗完毕就安坐在炕头等待新郎迎娶。临走前还要带上娘家早已备好的、在炕头暖得温热的"压箱底儿钱"和"满家饺子"。新娘进了婆家最先也要停留在炕上，炕上铺着红红的印有龙凤图案的花油布，窗子上贴着"百年好合"和大红"喜"字的剪纸，亮晶晶的描金黑漆躺柜上，整齐叠放着大红大绿的四铺四盖崭新被褥，这些喜庆的装饰将整个屋子的气氛都烘托得格外热闹。

在那个年月，炕可谓是家中最出彩的一个物件。因为它不仅是人们吃饭、睡觉、做针线等家务活的地方，还有待客的功能，所以家家户户都在炕上下足了功夫。炕沿边镶上宽约20厘米的杏木板或其他硬木，打磨后锃亮光滑，美观舒适。环炕的墙面请画匠彩绘上约二尺高的炕围画，也叫"墙围画"，以颜料做底，色彩画花，桐油涂罩，既鲜艳明亮，又坚固耐久。画的底色也因各人喜好，或浅绿，或淡黄，或大红，或橘红。在山西忻州的宁武、五寨一带，喜用红棕底色，红火浓艳，强烈醒目，而在原平、代县、繁峙一带多用浅绿色，素雅大方，清新悦目。边道图案是炕围画的精华所在，种类极多，常用的是玉带边、竹节边、卷书边、万字边、鹤寿边、福寿边、金玉满堂边等。画空又称"池子"，是炕围画的点睛之处，有长方形、圆形、菱形、扇形等多种形制，表现内容也非常丰富，人物、花鸟、山水无所不有。

满炕铺的炕油布同样五花八门，明艳亮丽，上面通常画的是花和水果，过去那个年代人们不常吃到的东西几乎都画在了油布上，如菠萝、香蕉、苹果、鸭梨等等。炕油布上的花画得也非常精致，有"接天莲叶无穷碧"的荷花，也有"千娇万态破朝霞"的牡丹；有"冰清玉润檀心炯"的水仙，也有"娇容盈盈满枝头"的茉莉……

据相关史料记载，炕的起源可以追溯到两千多年前。过去有人把炕比作住宅的魂，认为没有炕，即便是再好的房子也没有了家的感觉，以至于如今虽过上了有暖气的生活，有些人依旧常常思念曾经睡暖炕的温馨日子。

（原载于2019年9月20日《山西晚报》）

古城的慢生活

◆徐焱

■古城邮局　石丽平 摄

走进忻州古城，总会不由得放慢脚步，踩在凹凸不平的青石板上，一步又一步，心情渐渐地舒缓和松弛下来。一切世间的纷扰和凌乱都如尘埃般落定，心思亦如古城的蓝天一样澄澈和明净。

走进古城，就走进了古城的慢时光。阳光洒满屋宇的时候，古城开始了这一日的十二时辰。

走走停停，沿街的铺子都开张了。传统的麻会糖枣、崞县麻叶、案子糕，纯手工的油泼辣子、土豆粉，还有老酸奶、老冰棍，间或也会有一间咖啡厅，前行的脚步便会在时光里顿挫。古城的物事，大都是从一卷儿一卷儿的底片里扯出来的旧时光，老铜壶、大碗茶、铜锅豆腐脑，古朴而笨拙。坐在板凳上，来一碗铜锅豆腐脑，浅口的蓝边粗瓷碗，上过糖色勾了芡的粉汤是浓郁的琥珀色，豆腐像云朵一样，再滴两滴香油，熟悉的场景和香味里，时光已经漫漶不清。

市井风情

古城的时间,是看日头的。各式小吃都是流水似的待客,没有饭点,也不打烊。吃罢铜锅豆腐脑,起身,可以再来一份荞面碗饦儿,甚至可以再买一块儿甑糕,就这么沿路吃下去。几乎尝遍泰山庙下的吃法儿,还没有到正午。索性坐在泰山庙的露天茶楼看阳婆一寸一寸地移动。

古城的慢,让你心甘情愿地把时间交给时间本身。那些三三五五在茶楼喝茶、打牌、采耳的市民和游人,许是本身就是一壶酒一溪云的闲人,来古城遛个鸟,喝喝茶,打打牌。但也许是从案牍劳形里拨冗而来,而当他们的脚步踏入古城的时候,已经读懂和吸纳了光阴的精神。坐在露天的茶楼,春花秋月,夏风冬雪,一切自然的意象都在那一碗茶里,隔座的喧哗仿佛都是世外的声音。倒是树上的鸟窝里有一点动静,是雏燕啁啾,是双燕归来。

午时,古城的酒肆开始喧闹起来。门外酒旗飘飘,招徕着顾客。依稀,那鲜衣怒马的少年,剑气纵横的游侠,正相逢意气为君饮,系马高楼垂柳边。这样的场景里,总觉得要大碗喝酒、大块儿吃肉的。驻倚在岁月的门槛,那些年轻的古人都还是青葱少年,侠肝义胆的相逢,依依不舍的留别,请君试问东流水,别意与之谁短长。

继续在古城寻味。"杨府家宴""代州鳌鱼""忻县老火锅""七盔八碗",古城里这样的老字号俯拾即是,或者慕名而来,或者闻香下马,在这些悠久的食物和事物里怀旧,让人不饮自醉。

古城也有酒坊,让人闻香则醉、醉亦知香的"明月酒坊",一缸一缸的老酒用红布盖密封着,也尘封着关于酿酒的古老秘方。古城还有油坊、醋坊、面坊、豆腐坊,它们以传统的手艺和古老的精神,唤起人们终将会逝去的记忆,也延续着人类文明的进程。

古城的街巷里还隐藏着许多能工巧匠,经营着祖传的银铺、裁缝铺,他们是这个时代最后的守艺人。元好问说:"鸳鸯绣了从教看,莫把金针度与人。"这些民间手艺,是一代一代工匠精神的传承,是一辈一辈以金针度人，那些衣袂飘飘的汉服和风情袅娜的旗袍，还有少女的环佩叮当，才成为似水流年里嵌入时光的印记。在这些服饰和风物缀连起来的光阴里，古城，便成了古城。

游走在古城的街巷，游走在古城的倾城时光里，修旧如旧的城墙，朱红色的大门，铜黄色的铆钉，褪色的灯笼，漆色斑驳的廊柱，滴水洞穿过的石础；一年的四时代序，从春和景明到夏木阴阴，从秋高气爽到冬日残雪；还有南来北往、熙熙攘攘的游人，织就了古城的无边光景。

古城的日色很慢，走得有点累了，时辰不过才未时还是申时。小憩的场所除了可以打牌聊天的茶楼、茶坊，还有可以让人发呆和出神的咖啡厅和酒吧，再或者泡个温泉，一样可以泅渡时光。

古城有邮局，一只绿色的邮筒安静地伫立在岁月里，摆渡时光。从寄雁传书、邮驿送信、邮局投递，到微信时代，时光真的越来越急迫。曾经倚门而望等待邮差、等待远方亲人消息的光阴是多么漫长。木心说，从前书信很慢，车马很远，一生只够爱一个人。是啊，时光太过匆忙，消费和磨损的是人类的心性。爱一个人，想一个人，那么，请写一封信，让岁月去告白。

邮局的对面是中国移动，5G 的标志将我们带回速度与激情的 21 世纪。从邮驿时代到 5G 时代，仿佛是一个转身，却隔着一座古城的光阴。

古城的时光，还是和从前一样慢。有着晋北锁钥、三关总要之称的忻州古城有过黑云压城、角声满天的烽火狼烟；有过马蹄声碎、喇叭声咽的峥嵘岁月；有过无数的英雄往事和慷慨悲歌。古城的慢，是古城的厚重和庄严。

古城慢，却是繁华的，也是热闹的。繁华热闹的古城，却又是宁静的，是"结庐在人境，而无车马喧"的宁静。

愿古城的悠游岁月里，众生浅笑安然，优哉游哉，聊以卒岁。

（原载于 2021 年 10 月 3 日"忻州记忆"）

市井风情

SHIJING FENGQING

掀起你的盖头来

◆寇鹏杰

忻州于我而言，好比梅花之于白雪，骏马之于草原，是再熟悉不过的了。美好的大学岁月就留在了这里，一直没有带走，也没法带走。她掳走了我太多的青春记忆。

十年时光刹那间掠过，如今的忻州古城完全变了模样，旧日的青涩少女，早已出落得亭亭玉立、光彩照人了。

一次，忻州出差，终于有机会能亲手掀开古城的红盖头，一睹芳容了。

我打车直接来到了古城南门。刚一落脚，带着厚重历史况味的青砖

■泰山庙巷 梁兴国 摄

灰瓦古建筑群，便绵延不绝地奔腾而来，直冲眼底。气势之恢宏堪比故宫的紫禁城。思想受到猛烈撞击，左摇右摆，差点栽落悬崖。置身其中，整个人仿佛穿越到人文气息浓厚的汉唐时代，翰墨之气涤荡心胸。

两座挺拔秀气的单层斗拱小门楼，款款落在城门洞宽厚壮硕的背脊上，闭目仰面，享受着阳光洒下的细密温暖。

城门洞左侧的宽大墙体铸着"2020，中国年·在忻州"几个鲜红大字，喜庆落满广场。门洞两侧用劲健古拙的颜楷写就的大红对联，正微绽面庞，俯身慢语，耐心细致地向过往的游人介绍着古城的前世今生。

步入门洞，阳光遁离，清凉浸湿全身。远古的风淌过，撞醒了尘世中求索攀爬的我。门洞左侧置一木质小门，门内卧宽椅数支，走得乏累了，可以在此小憩。若随身带着书本，完全可以掏出来，轻轻摊开，在古檩老梁下一粒一粒地研磨文字。一架木质楼梯往上盘旋着，扶摇直入二楼。可惜当日闭锁，未能进入。

城门一过，别有洞天。温婉与秀丽相跟着奔将过来，不由分说，一人一只胳膊，使劲把我往里拽。一条年代感爆棚的青砖小路，温顺地卧在脚下，小路的两旁缀满了各色仿古店铺。走在上面，心灵瞬间沾上了古老的韵味，思想即刻罩上了漂亮的纱衫。快节奏的都市步伐，不由自主地慢了下来，清静舒缓掌控了这里的一切。

店铺装饰得精致独特，低阁高轩，宽庸窄窗，一家店铺就是一座小型艺术馆，走进去，细瞧慢品，别有一番滋味。

一家乐器小店惹动了我的心思。店装修得典雅素净，棕黄的主色调，显出了主人的温和大度。敞开的橱窗里挤满了陶笛、螺号之类的小巧乐器，每件乐器摆放得整整齐齐。墙上挂着一列列各色陶笛，秩序井然，队形不乱。

音乐是提升生命品质的极好佐料。我准备送给女儿一只陶笛。

主人介绍得很细心，连我一个外行人，也完全能听得懂。我挑了一个带荷花图案的青绿色四孔小陶笛。怕不会吹，主人还亲自吹奏演示。声音悠远绵长，干净中带着忧伤，很适合静听。那磁性的旋律，如一把拂尘，荡净内心的妄念。陶笛装在一只浅灰色麻线小袋中，系紧口袋，也系紧了我对女儿的爱。

街边的小吃店最是热闹，脆黄的炸油糕，酥软的糖月饼，焦香的烤红薯，白里透亮的石头饼，应有尽有，它们合谋，要拿下我的味蕾。我给女儿买了几支造型可爱的动物棒棒糖，还有几串糖葫芦，又买了一斤类似煮饼的糖丸子。糖丸子软糯香甜，滑舌拱牙，我一口一个，甜得刚刚好。对于一个美食爱好者来说，甜食绝对是一道躲不过的劫，一旦遇上，必然沦陷。

我一路走，一路吃，转眼十几颗坠入腹中。眼见得口舌粘腻，嘿，前面出现了奶茶店。来得正好。我放开双腿，甩过眼神，瞄了一下菜单。真好，奶茶店竟然卖茶水，新鲜。那玩意儿最解腻，我的小心脏激动得扑通乱跳。我点了一杯正山小种。您喝完可以过来续杯！店家提醒道。这服务多贴心！要是在这儿转一天，饮料钱肯定省不少！

我擎着杯子，猛嘬一口，哎哟，好烫，舌头在嘴里直打滚。急性子害死人。我哈着气，秃噜着舌头，继续往前转。

不觉，古城墙的入口立在眼前。宽阔的台阶上撒满花花绿绿的行人，外地口音居多，还有几个戴运动帽、胸前吊着相机的游客，许是来采风的吧。到了城墙顶，视野顿时开阔，极目远眺，楼宇茫茫，一派雄壮。城墙为界，繁华与安静乖乖分列两边。站在上面，一股不知名的豪气贯入胸中，历史的罡风刮得我精神大振，忍不住要"指点"江山，"再造"乾坤了。

傍晚来袭，彤红的晚霞霸占了整个天空，巍峨的忻州古城瞬间陷入红色的汪洋，只有高挑的古城墙在那里自由地腾挪翻飞。

时间一使劲，将太阳生生拽走，天空变了脸色。好多地方还没来得及看，甚是可惜。更重要的是，茶水没有续杯。好想在城墙上穿个来回，一饱眼福，时间关系，无奈只好收脚。必须回家了，还有3个小时的路要赶。现实涮了理想一把，游玩的雅兴终于被狠心搁置。

眷恋遇上别离，是人生最大的不幸。不舍扯乱思绪，心情极度难堪。我无奈地摆了摆手，轻轻作别焐热的时光。

有机会，一定再来古城，与君携手漫步晴岚下，倚肩相拥绿风中……

（原载于2021年8月26日"繁峙作家"）

夜秀容

◆王利霞

孟夏，飞絮入室，在青色方砖地上谦卑地拥抱成一团，悄悄地隐于柜脚之下。它们借着夏风，飘荡游览了整座城池的街巷后，藏身在店坊角落，就此栖息。

高冈之上的六角亭和八角亭，于暮色中化作两只睿智的眼睛，凝望着远处的城。城内鳞瓦密匝，繁灯初上，曲巷人语喧，万灯同夜阑。如若你斗胆与之对视，那眸中定会显现出这城的身世，它的过往悲怆，它的现世静好，还有乱世的马蹄和良辰的灯火，悲喜的情绪和视听的联想，交织若画。宁静的书院，好似一个泡好了茶汤的壶，壶内一向有乾坤，再融入几分书卷滋味，氤氲成势，冲撞着寻古的嗅觉。品茶人成了那跌入茶汤里的一枚枸杞子，为茶汤更添了一缕真味。

我盘曲在瓦顶兽脊、飞檐雉堞之上，同两阁一起窥探小城1800年来的历史，看那栏台高筑，看那亭轩耸望。字号店坊，润泽芬芳，诚意厚道。手艺匠人，勤工俭意，抱朴守真。四座城楼，巍如金刚，只待城垣环围，守好重塑的愿望。一城一扁舟，一院一精神，有城有院落，精神有着落。你大可以临窗工作，檐下休憩，听戏观棋，时闻琴音，常遇汉装，一切皆是歌词里的情境："孩子，这是你的家，庭院高雅，古朴亦显出风貌，大号是中华。"你生出无限底气，城池是古老的庇护，院落是我们踏实的家园。

你栽树种花护草，为它筑起一道边墙；你赋诗刺绣缝纫，为它记录自在生活。这座真正的古城终会被打磨成一枚巨大的古佩，镶嵌于九原，

■秀容之夜　梁兴国 摄

润泽于五洲。这么一想，不由得你，心细如麻，黑夜里金光浅耀，映衬着那一片片桃心状的滴水瓦。窗棂细织，如缜密的心思，飞檐如翼，斗拱坚强。隐约书声迢递，几百年来盘旋高冈，至今清脆如玉，那是诗人在诵咏秀容之容秀。

幽暗里，环顾四楼，双流合抱，三关总要，九峰雄峙，晋北锁钥。古老，丰盈，素朴，坚固，这些作为城池的特质，它都拥有。眼前，校舍峥嵘，树影堆墨，"青青子衿，悠悠我心"。一城有书院，福泽无限长。南风送暖意，高冈书韵藏。已燃千盏灯，待君秀容城。

来吧，夜读一座城……

（原载于 2020 年 8 月 4 日《忻州日报·文化旅游周刊》）

忻州古城：古风经济"破际出圈"

◆米广弘

罗衣何飘飘，轻裾随风还。袭一身纱襦裙，轻点额间花钿，漫步古城街头，穿越千年时光，感受服饰之美……当文旅的回暖遇上古风经济热，一大波历史朝代巡游景象发生在景区，在成为亮丽风景线的同时，也为景区贡献了人气收入。

汉服，是汉民族传统服饰的统称。早先汉服属于小众圈层亚文化，但近几年对大众来讲存在感已变强，大有从"圈地自萌"到"破际出圈"的态势。同时，它不仅成为一种备受年轻人青睐的服饰形制，而且逐渐从服饰层面的新奇兴趣转变为社会层面的文化复兴。点花钿，描青黛，一袭襦裙霓裳在风中轻舞，古风经济"出圈"，成为文旅市场新的增长点。以汉服为代表的古风文化正借新媒体东风"破圈"逆袭，忻州古城成为第一使用场景，古风文化跨界联动，其场景更好地满足了爱好者们的沉浸式体验。

城市凭借丰厚的历史文化底蕴逐渐成为华服文化高地。"适合穿华服的城市""一眼千年游忻州古城""来忻定要体验各朝服装""宋制明制发型""汉服亲子照太美了""电影感满满的写真"……在抖音、快手、微博、小红书等社交平台上，商家通过图文、视频、直播等形式，整合极具多样化的资源进行分享传播。谁在消费华服和华服文化？Z世代年轻人是消费主体。随着"95后""00后"逐步走向经济舞台中央，成为国潮消费的主力人群，进一步释放了市场潜力。

齐腰襦裙、琵琶飞袖，穿着古装的年轻人通过传统文化"破圈""出圈",撬动着庞大的经济体量。既丰富线下场景和体验,又通过社交网络分享实现在线"种草",因此,越来越多的景区开始引入服饰要素,让游客和景区因服装产生更多连接,为景区打造更多产品和营销提供机会。服装打卡、佩戴首饰正成为"服饰+景区"的常规玩法,而"景区+华服文化节"则成为日渐盛行的新潮流。

借力文化,忻州不仅从众多古城中脱颖而出,吸引了大量文化爱好者的关注,也塑造了更具文化魅力的品牌形象,为其未来发展提供了强大的驱动力。聚焦小众兴趣圈层的文化品牌活动已成为近年来目的地营销的重要抓手,体验是吸引力核心。古风热升温不仅源于传统服饰装扮的古韵之美、古装剧IP的拉动,背后蕴藏的更多是年轻一代对传统文化的认同感提升。如今,"古风+景区"跨界联动的新格局逐渐形成,区别于单一的景点"打卡式"旅游,传统文化沉浸式体验的旅游方式成

■元好问《摸鱼儿·雁丘词》搬上舞台　梁兴国　摄

市井风情

SHIJING FENGQING

■貂蝉拜月　梁兴国 摄

为年轻人趋之若鹜的内容。

通过传统文化赋能景区体验，更需要在现代语境下"活化"传统、打造场景，让文旅不再是没有灵气的景物叠加和走马观花的浏览，而是可以沉浸其中的文化体验，结合每个景区不同的场景空间，定制匹配的体验项目，为广大游客带来前所未有的满足感。传统文化的体验探索不能流于形式，更需要关注游客参与感和体验的社交传播属性。当游客在拥有了良好的参与体验感，收获了具有"社交货币"属性的作品或知识，愿意将自己的体验与人分享的时候，就形成了一个完整的、高品质的融合消费体验。

过去，旅游要素集中在"食住行游购娱"上，现在应该再加上一个"衣"字。衣作为传统文化的重要物质载体，化身游客与旅游之间的情感介质，不仅能增强旅游的仪式感，还能带来更具深度和高度的情感体验，激发游客内心的家国情怀。从社会层面来说，传统文化已成为年轻人表达自身情感与价值的"文化新宠",而这正是文化自信的最佳体现之一。目前在年轻人中,动漫、游戏与古风爱好者占据相当比例,随着传统文化热潮的持续升温,以及国潮古风等社会热点的涌现,各种节日活动不断影响着年轻群体的社会审美与流行趋势,他们从中获取了一种文化认同、身份认同,甚至是精神契合点。

从文旅发展来说,传统文化的"活化"最终需要"落地",需要转化为游客能实实在在感受与体验到的产品,在"衣食住行游购娱"中感受文化熏陶并与之产生共情。提炼IP故事,对元好问、貂蝉进行深度挖掘,提炼核心意象,将之转变为动人的故事,再通过实景演出或短视频等方式,借助新媒体平台输出传统文化内容。营造IP场景,结合忻州自然地理风貌建筑,构筑古风文化打卡场景,创造一批聚集人气的新的旅游体验点。打造IP产品,基于内容策划系列旅游产品,实现文化流量从塑造、深化到变现的全生命周期培育,在文旅融合的大背景下,带来超传统产品或活动的市场影响和经济效益。

找到并创造传统文化与消费群体之间的"融点",核心在于寻找到"文化之魂"。以硬核文化作为卖点吸引人的景区与目的地不在少数,忻州需要挖掘传统文化的精神内核,塑造与提炼文化价值,并将它转变为独一无二的文化内容标签,再通过合适的、有趣味的讲述方式与传播形式扩散至大众,最终形成精神家园的共鸣。

(原载于2021年5月16日"忻州文化传媒")

围炉品读

一座古城 一城幸福

——忻州古城游记

◆柴俊玲

站在九龙冈上六角亭等候日出。

暑热已经褪去，初秋的凉爽令人心旷神怡。沉睡的系舟山在霞光中慢慢苏醒，她一边轻轻地托起太阳，一边温柔地唤醒卧牛城。刹那间，青砖灰瓦散发出熠熠光辉。高大雄峻的南城门楼和远处庄严肃穆的东城门楼、北城门楼遥相呼应，守护着秀容城，开启了美好的一天。

这座历经1800年风雨的古城正蝶变重生。古城背依九龙冈，西临牧马河，是座易守难攻的坚固堡垒。城垣依坡顺势而建，西北角为钝角，东南角最低，体现了"天不足西北，地不满东南"的古代建筑风格。城内南北大街是昔日太原往北的唯一通道，因此，忻州老城被称为"晋北咽喉和门户"。红墙蓝瓦、保存完好的北城门楼"拱辰门"为四门之首，城楼总高28米，檐下高悬"晋北锁钥"门匾。楼内无柱，雕梁画栋，富丽堂皇，甚为壮观，是山西省文物保护单位。新修复的南城门楼"景贤门"，四角飞檐，鸱吻傲踞，三层檐下正中悬挂"三关总要"匾额。瓮城及城墙、马面和堞楼蔚为壮观。

古城的时光是缓慢而闲散的，无论怀着怎样的心情，从哪座城门走进古城，每条街都会展现出不一样的风情，带给人不一样的体验。

如果没进过秀容书院，千万别说你来过忻州古城。秀容书院，不仅是古城的亮丽名片，更是忻州人的骄傲和自信。

忻州别称秀容，源于北魏永兴二年（410）到隋开皇十八年（598），境内曾置秀容郡和秀容县。乾隆四十年（1775），时任忻州知州的鲁潢为了弥补元好问故乡没有书院的缺憾，倡导创建"秀容书院"。从募资、选址，历时两年，书院落成，承担起教书育人之责，成为忻州的最高学府。此后，嘉庆、道光、咸丰、同治各朝对书院均进行过不同程度的修葺和扩建，秀容书院也因此风雅千秋。

书院坐落在古城西南的最高处，站在古城的任何一个方位都能看到飞檐翘起的六角亭。它像一面高耸的旗帜，让古城内的人心有所依。从这里走出的莘莘学子中既有科举及第、金榜题名之人，也有在中国革命和祖国建设中创造出不朽功绩的英雄楷模。

如今的秀容书院是网红打卡之地，高高的石阶，朱红色的院门散发着历史厚重感。宽阔的门额上悬挂着由著名书法家陈巨锁题写的"秀容书院"匾额，字迹古朴厚拙，遒劲洒脱。

秀容书院依地形而建，由东向西逐渐升高，分为下、中、上

■①财神庙戏台
■②秀容学堂
■③明月楼
■④忻州商会旧址
（以上照片均由柴俊玲摄）

走近秀容

三个院落。下院是新建的两座四合院式仿古建筑——国学院和展陈院,会不定时举办各种主题展览、展演活动,我市的许多非遗产品都曾在此亮相,重新走进大众视线,勾起对往事的回味。中院的天庆观是书院最古老的建筑,观内供奉道家的三清祖师,创建于唐天宝年间,重建于康熙年间。后因有白鹤在老子诞辰之日盘旋飞落,人皆称奇,改为"白鹤观"。西、南有房舍三栋,是当年学生上课的教室,现做绘画、摄影、讲习、展览之用。观前有两株垂柳,不知树龄,高大的树冠庇荫着道观和半个院子,婀娜多姿在风中起舞。

上院是书院的主体部分,过牌楼沿石阶上行,抢先进入视线的是高台壁上栩栩如生的鲤鱼跃龙门砖雕图案。最是得意跃龙门,激荡的浪花、飞跃的鲤鱼及飞腾的龙,那是何等的威风和喜悦啊。上院由文昌寺、山长室和槐树院、枣树院、柏树院、六艺院等组成。最南面有古戏台一座,是旧时为答谢文昌帝君而建。如今放了十几张藤条桌椅,成为茶艺馆,

■秀容书院亭阁　柴俊玲　摄

时有传统的戏曲表演。这是我喜欢的院落，幽静、神秘，不仅保留了书院最初的样子，还丰富了碑廊的内容。站在石碑前，穿过一个个或清晰或模糊的字迹，寻找先贤们留下的气息，不知不觉中时光飞逝。

书院的高处是修缮后的魁星阁（四角阁）、六角亭、八角亭，站在亭上可欣赏古城全貌及山峦稼穑。晨看日出、暮观落霞；可听雨声潇潇，亦可赏雪覆大地；远眺日新月异之变迁，俯瞰灯火辉煌之绚烂，真是惊艳了时光，温柔了岁月。

有城就有庙，有庙必唱戏，寺庙和戏楼不仅给人留下了深刻记忆，也无声地见证了时代变迁。当我第一次走进正在修建的财神庙时，惊奇地发现，忻州古城的商业文化是与寺庙文化紧密相连的。忻州财神庙曾是晋商对外贸易的重要场所，是忻州在万里茶道上的"根"与"魂"。这里曾是清政府特准代发对俄贸易"信票"之地，还是培训外差人员、教授蒙古和俄罗斯语言及礼仪之所。1919年忻州商会在此地设立，执事所、城工总局均在此办公，一直延续到解放后。据说，当年的乔贵发就是从祁县走到忻州，专门到财神庙跪拜了财神爷，然后才踌躇满志地去走西口的。一巷之隔的泰山庙则是自民国以来忻县的金融市场（当时称钱市）。每天早晨，州城各银号、钱庄都要委派精通业务的代表到泰山庙来"上市"，完成此前已经接受的买卖硬币的委托。也有个体散户、买卖双方直接交易的。就连专供早点小吃的摊贩也来泰山庙广场赶早市，各种糕点、汤粥、油条、麻叶、老豆腐，散发着诱人香气。

如今的财神庙、泰山庙修缮一新，会馆和钱市已不复存在，但忻商"诚信为本、货真价实"的精神在代代传承。泰山庙院内的戏楼常有演出活动，寺院里人声鼎沸，热闹不减当年。泰山庙广场是露天茶社，经常是座无虚席。

热气腾腾的泰山庙美食街与财神庙美食街有着无法抗拒的吸引

力。古城云集了上百家小吃店和几十家农家小院主题餐厅及各县的主题院落，一店一品，让贪婪的吃货徘徊其中，难以取舍。需排队等候才能一饱口福的地方美食有荞面饸饹、红面鱼鱼、莜面栲栳栳、吊煎锅、保德碗饦、浑源凉粉、土豆粉、老酸奶……

在美食街吃得心满意足后，再去文创街玩玩陶艺，学学打手鼓，或者租套汉服上城墙拍拍照、发发朋友圈。若仍意犹未尽，那就等日暮时分，结伴看看灯火璀璨中的城门楼、明月楼、八座门和王家牌楼吧，那白日里端庄肃穆的精美建筑，在灯光的装扮下毫不掩饰地将自己美妙的身姿呈现给世人，散发着耀眼的光芒，像璀璨的宝石接受着啧啧赞叹。

今日之古城，万象更新，人心欢畅；今日之秀容，古风犹存，岁月静好。

（原载于 2020 年 9 月 20 日 "忻州在线"）

古城新韵笑语多

◆任琳

历史悠久的忻州古城,始建于东汉建安二十年(215),距今已走过1800多年的风雨历程。2017年以来,市、区联动,以忻州文化和各县(市、区)风情为创作主题,以古城街坊商业生活形态为创意元素,着力打造一个集文化展示、商业休闲、手工创意、民俗体验于一体的文化旅游综合体。古城初具规模,日新月异地展现在游客面前。

自从古城开街以来,游客络绎不绝,每逢节假日,更是盛况空前,游人如织。

沿着东大街向前走着,街道两旁古色古香的店铺错落有致,古朴的建筑里做着新潮的生意,经营着酸奶、冰激凌、涮串、炸串、烤羊腿、烤鸡爪等时尚食品,招牌名称多种多样,小吃品种各具特色,体现着古今传承,中外融合。街巷两旁还有很多传统手艺,卖糖人、卖棉花糖的……比比皆是。

大街小巷,处处是人山人海的热闹景象,不同年龄、不同口音的游客朋友们游览观光,吃着美食,拿着手机向粉丝直播,拿着相机不停地走走停停、拍照留念,留下美好的瞬间,玩得不亦乐乎。

继续前行,边走边看,时不时还有表演助兴,戏曲、小品、二人台、舞龙狮、乐队、秧歌等表演异彩纷呈。在这里,身临其境的游客们一起欣赏布艺、陶艺、泥塑、面塑、剪纸等传统工艺美术,孩子们尝试玩国风游戏:跳房子、抓石子、五子棋、投壶、数独、鲁班锁、平衡球、踢毽子、门球、姜太公钓鱼……

走近秀容

顺道而行，来到了始建于清乾隆四十年（1775）的秀容书院。书院总体布局由下、中、上三院组成，下院现为古城管理办公区域，拾级而上即为中院、上院。

踏着一层层的台阶，攀登而上，耳际传来合唱同一首歌的声音。走近一看，好像是同游的祖孙老少几代人，仰望着上方石壁上雕刻出来的歌词，凝心聚力合唱出《秀容书院校歌》："校舍峥嵘，雄建九龙岗，规模好堂皇。舟山远列作屏障，马水环萦翠带长，山明水秀，人才辈出扶家邦。看！多是社会中坚，勤、慎、敏、爱日夜淬砺，为我神州争荣光！"

边走边赏，来到一处新建成的小憩处。仿照古人的做法，仿照竹书的造型，竖立起一幅大型书屏，一群肩挎着书包、手拿笔记本的青少年，一会儿抬头凝视，一会儿低头奋笔疾书，抄录着古色古香的古代贤达励志警句。

在游览古城的途中，邂逅了一位鹤发童颜却步子轻快的张大爷，他告诉我，他今年差一岁就80岁了，是古城的世居户、老居民，从曾祖父算起，到他这一辈子已经是第四代了，见证了古城的沧桑变化，目睹了古城的兴衰荣辱。他说：这次古城活化改造，是百年难得机遇，焕发出新生机，他感到非常高兴和无比自豪。每个周末，他带领全家故地畅游，在忻州古城品味五台山下的自在生活，品尝忻州干馍馍、案子糕、饸饹、麻叶、凉皮、铜锅豆腐脑、五台豆腐丸子、保德碗饦和定襄蒸肉、神池月饼、麻花、河曲酸捞饭、岢岚铁锅炖羊肉等忻州各县风味小吃。每一样，都还是原来的老味道，还是让人难以忘怀的老记忆。

最让人佩服的是，一位伯伯用糖作画，信手拈来，不一会儿，各种

■街头文艺　梁兴国　摄

围炉品读

WEILU PINDU

属相的小动物、人像就摆放在大家眼前，一个个动物、一幅幅人物画像活灵活现、栩栩如生。

各县主题院落是古城一道亮丽的风景线。

忻州14个县（市、区）和五台山风景区根据区域实情，在古城区域内设立了主题院落，推介本土风土人情和资源优势，展示地方特色和名优品牌，展销地方土特产品。在活动月里，周六、周日，他们自己选择精彩节目组成文艺表演队伍，沿着古城大街小巷，巡回表演一番，宣传展示形象，然后回到主题院落集中表演，台上台下互动，《老乡》《永远》等一首首经典歌曲，让外地归来的游子们，相约相逢的乡亲们，回忆青春岁月，记忆起难以忘怀的乡愁。

在秀容书院一步一个台阶，先后登上了正中四角阁、南八角亭、北

■糖人　石丽平　摄

六角亭。其中，六角亭为全城最高点。站在这里，可俯瞰秀容古城全貌，沧桑、古朴、典雅、厚重的景观尽收眼底。眺望远处，依稀可见城墙修葺工程，风雨兼程地向西、向北拓展延伸，逐步形成东西南北融会贯通、四个城门楼聚焦合龙的局面，凝聚起了民心人气。

每当夜幕降临，华灯初上，古城夜景美轮美奂。在彩灯的点缀下熠熠生辉，在夜色交融中映染最动人的风景。灵动的色彩，醉人的霓虹，完美勾画着忻州古城越来越美丽、越来越壮观的景象。

古时候，忻州古城是中俄万里茶路上的历史文化名城，因繁荣富庶而得"南绛北代，忻州不赖"之赞，又因文风昌盛而有"文跻九原、雅出秀容"之誉，更具"晋北锁钥、三关总要"之名，成为晋北政治、经济、文化中心和重要的商品集散地。

如今，顺应发展潮流，担当历史使命，忻州将要成为对接京津冀的桥头堡、重要的生态康养休憩基地，忻州古城就必须打造成为晋北生活核心体验区，让中外游客沉浸其中，真正享受到五台山下自在的生活。

■南城墙雪景 梁兴国 摄

回到秀容

◆张宇冰

有人说，一场雪让故宫回到紫禁城，一场雪让西安回到长安，一场雪也让忻州回到秀容。

一个大雪天，我突然很想去古城。

走到南城门楼广场，雪密如织，仰头看天，雪花竟然好似铅灰色的，就像铅灰的天空一片一片被剥落着。雪花砸到脸颊，我不由得闭上眼，屏住呼吸。再向城门楼看去，雕梁画栋，红绿蓝明艳的色彩映衬下，那雪白得耀眼。奇怪，我明明在走向一座城，披着雪花站在城墙下，却有了离开一座城的幻觉。"渺万里层云，千山暮景，只影向谁去？"诗句不单单为孤雁慨叹，大雪中，我恍惚浑身英雄气，即将作别故乡踏上戍边的行程。

其实，走进城门，就是另一重景致。雪天不冷，店铺的门大多敞开着，门前堆起了形态各异的雪人。屋檐下的红灯笼和黄的、绿的酒旗随风轻摇。两个身着汉服披红色斗篷的女孩子有说有笑穿过小巷，不知钻进了哪座院落。她们会抖落一身雪花，迎上一屋子欢声笑语吧，或许还会像《红楼梦》中的佳人，约众姐妹一起喝茶，赋诗，作画。

雪人们抱着糖葫芦，我且让磨坊主现磨一杯滚烫的红豆汁捧在手中，

走近秀容

■雨后街巷　梁兴国 摄

一路走走看看。

雪落大地，万物有了静气。城墙、青瓦、角楼因落了雪，更加蜿蜒生动，错落有致，古城从宋人的山水画中走了出来。

我真的回到了秀容。秀容，轻轻唤出她的名字，灵动，秀美，像唤着一个顾盼神飞的小女孩。

在许多个寻常日子，我喜欢下午去古城，漫无目的，从一条小巷穿过另一条小巷，随处驻足。有几分傻气地和一群孩子围着手艺人，欣赏他们吹糖画、做面塑、剪纸。或者看别人亲手做一件陶器，呆看着，唤醒了年少时的好奇，我也有试一试的冲动。

戏台上的唱词我总也听不明白。戏台前，小孩子们在欢快打闹，他们才不管台上唱的是哪一出呢，多年以后，他们应该会想起古城的一些快乐瞬间吧。老人们则聊着与戏剧相关或不相关的话题，间或想到了什么，在凝神，在回味。

街巷中，一座院落接一座院落，初望大同小异，细看，各有各的情致。"清荷人家""溽源里""岢岚谣"……未等跨进院门，游人们就被匾额上的名字惹动了乡愁。

古城的小吃，以各样的姿态调动着人的味蕾。我有时想尝一尝，有时就那样看一看，竟然也很满足。看到"炒饼丝"的店铺，我的神思飞回到十八九岁。与好友梅从和平街步行到城门楼，返回学校时，在利民街口吃一大碗炒饼丝。犹记街边柳丝轻扬，那个利索的阿姨拉着风箱，火舌舔着锅底，大火炒饼丝，陈醋炝锅，豆芽菜特别脆，阿姨最后会给我们撒超量的芝麻花生碎。

古城的小吃太丰富了，不及一一品尝。最有趣的是，结三五好友，这家店铺进，那家店铺出，每家买一份小吃，几个人一小口一小口分享，谈笑着各自孩童时的往事。无论站着吃一个碗饦儿，还是坐在长条凳上喝一碗铜锅豆腐脑，端起碗，就打开了记忆的闸门。没怎么转悠，不知不觉间饱腹，再拾级而上，去秀容书院的高处，看夕阳映照着天边的流云。登高怀远，不由得想起多年以前的同学们，想起大家一起唱着"乌溜溜的黑眼珠和你的笑脸"……

直到古城的红灯笼亮了，城墙上的金色灯带亮了，灯火与星月相接，城门楼上打起铁花，火星如雨，明灭间，令人感悟时空变换的迅疾。那时，书院静寂，满院的美人蕉仍未困倦。教室里没有读书人，但心中还有读书人，似乎他们从未离开，"临月漫披卷，凭栏且数星"，合上书本，思索个人和一座城的过去和未来。

城墙绵延到很远处，城墙外，忻州新城车水马龙；城墙内，秀容古城灯火通明。灯光映照下，角楼通体金光灿灿，恍若身在天际。

会心处不在远。有这么一座城，热闹中让人安静舒坦。若说美是邂逅所得，是亲近所得，那么，我又期待，在一个小雨天，撑着伞去古城，不知会与什么样的景致相遇？

■望楼风姿　梁兴国　摄

云中梦

◆鹿鸣

> 梦想超越现实；现实又超越梦想；梦想再超越现实，人类社会就是在梦想和现实的互相超越中前进，变得越来越美好。
>
> ——题记

金秋时节，我骑着自行车又一次来到云中河畔。沿河向东望去，新修的柏油路，南岸一条，北岸一条，像两条黑色的丝带飘向远方。自行车与新修的路面发出沙沙的响声，像弹奏着的一曲美妙欢快的音乐。向西望去，远处云中山巍然屹立；近处，金色田野，绿树成荫，百花盛开，一眼望不到头。一辆辆汽车从身边飞驰而过……我震惊了！云中河的景色竟变得这样优美。想起多年前云中河畔那荒凉情景，我简直不敢相信自己的眼睛。

十多年前，也是在秋天，我正写长篇小说《香香女的老人国》，小说中虚构的云中市，就是现实中的忻州市。我想象中的云中市，要超越现实的忻州市。小说中这样写道：古老的小城，从整个市区来说，可分为三部分。古城区；新城区；开发区。云中河从新城区和开发区中间穿城而过……为了写好这一景观，我骑着自行车，跑了20多里路，来到云中河畔。眼前的景象让我非常懊丧。云中河是干涸的，整个河里没有一滴水，全是高低不平的沙石，还有许多垃圾和各种颜色的破烂塑料袋。两岸杂草丛生，只有农民种地走的弯曲不平沙土路，间或有几棵歪脖子杨柳树。

　　我心中的云中山、云中河是美好的。我的家乡在云中山下，每到雨后初晴，山间云雾缭绕，给人飘渺、虚幻、仙境般的感觉。参加工作后，我又在北云中河畔工作，春夏之季，两岸一片翠绿，金色的菜籽花点缀其中，清清的河水缓缓流过……每次过河，我挽起裤腿，把自行车扛在肩上，从急湍的河水中蹚过，河水是那么清凉，又是那么亲切，北云中河水给我留下美好的印象。

　　在创作时，我闭上眼，像做梦一样，尽情地进行了想象，搞了"北水南调"工程，就是把北云中河的水调入云中河。小说中对云中河进行了多处描写："刘军香从来没有写过诗，脑海中也从来没有诗情画意。但那天她站在云中山上，望着碧波荡漾的云中河水时，心情格外兴奋，不由得想吟起诗来。她高兴地笑着说：爸、妈，你们快看，这景色多美！她这个二十六岁的大姑娘兴奋得简直像一只小鸟。爸妈也顺着她手指点的地方，欣赏着云中山、云中河的秀丽景色。"（第8章）"云中河水

■云中河夜色　范志云　摄

走近秀容

缓缓地流着,河岸边长满青青的芦苇和杂草,远远望去,一片翠绿,空气也格外新鲜,真使人心旷神怡。刘军香和杨永兴把女儿送到学校后,就骑着自行车早早地来到云中河畔,沿着云中河北岸向西走着。新修的柏油路笔直而光滑,永兴越走越快,把她甩在了后边,她喘着气追着,还是追不上。"(第33章)

我是多么渴望干涸的云中河河里有水,河上有桥,岸边有路,而且市区要跨越云中河,云中河变成城中河,云中市是一个蓝天碧水的漂亮城市。令人惊喜的是,十多年前,我对云中城市的梦想,竟然变为超前意识;我对云中河的设想,竟然是市委、市政府的重点工程,梦幻的想象、虚拟的描写果真变成现实,而且超越想象,真是美梦成真,大有"英雄所见略同"的感觉,好像我有先见之明。我骑自行车来,就是要亲眼验证这一奇迹。

自行车飞快地走着,一会儿来到云中河西边第一座桥——牧马桥。

■路网纵横的云中河景区　吴杰强　摄

整座桥雄伟壮观，古色古香，象征忻州千年古城吧！我情不自禁地赞叹：壮哉，牧马桥。仿古建筑，古韵深沉，远眺城门，遥相呼应。登斯桥也，穿越千年时空。恍惚间，大禹系舟，貂蝉戏布，遗山吟诗，傅山昂首，俱往矣，沧海桑田，今非昔比，四桥飞架。

我穿越牧马桥，沿河北岸向东而行，来到第二座桥——慕山桥。如果说牧马桥寓意忻州古城悠久历史，那么慕山桥就是象征今天腾飞的忻州。我情不自禁地赞叹：美哉，慕山桥！形似展翅鲲鹏，状若腾飞云中。登斯桥也，遐想联翩，天高任鸟飞。给人信心，给人力量，给人希望。提升正能量，请登大鹏桥。

我横跨慕山桥，又沿云中河南岸向东前进，来到第三座桥——七一桥。桥上一辆辆汽车飞驰而过，络绎不绝，这是忻州交通的主动脉，是四桥中最大的一座桥。我情不自禁地赞叹：阔哉，七一桥。四桥之首，交通枢纽。高耸铁塔，优美钢索，桥梁之奇观，悬索之名桥。登斯桥也，路宽桥阔，车水马龙，带来繁荣富裕，带走情感友谊。秀容腾飞之窗口，忻州崛起之标志。

我推着自行车，边走边看，走过七一桥，沿云中河北岸继续向东行进，很快到达第四座桥——云中桥。一登桥，迎面扑来的就是北国边塞的景象。我情不自禁地赞叹：伟哉，云中桥！桥上，仿古长城，烽台敌楼，边塞风光；桥下，水光接天，桥洞如虹，江南美景。登斯桥也，历史厚重。古代战场，烽烟告急，士兵厮杀，战马嘶鸣。昔日，忻州之水，汉祖赐名；今朝，忻口战役，中外震惊。回顾历史，珍惜今朝。

整整一个下午，我在云中河的四座桥上穿来穿去，一会南岸，一会北岸，兴致勃勃地绕着"8"字走，看得目不暇接，眼花缭乱。每一座桥上，我都照了相，作为留念。今天的云中河，超越了我想象的小说中的云中河。我想象中的云中市要跨越云中河，现实中的忻州市已跨越云中河；我想象中的云中河有水，现实中果真有了水；我想象中的云中河只有一座桥，而现实中有四座桥；我想象中的云中河只有北岸一条路，而现实中有南、北两条路。云中河的建设已超越我的想象，四桥架设，畅通南北两岸，拉大了城市框架。城区南起九龙冈，跨越云中河，北达金山下，面积翻倍，可宜居百万余人口，为将来发展奠定了基础。

不知不觉已是傍晚，四座桥上路灯齐明，云中河夜景，倍加迷人。彩灯璀璨，疑似银河落忻；霓虹桥廓，貌若神仙之境。真有如梦似幻、此地何方的感觉。

事在人为。修桥筑路，夯实基础。超前栽好梧桐树，必将引得凤凰来。宜居宜业，桥路畅通，这是忻州富民之桥，强市之桥。

云中河已变成一个景色优美的城中河畔公园。古代诗人留下了许多赞美忻州的诗篇："北有云中南牧马，双流合抱入滹沱"；"九龙冈上望晴川，水色悠悠接远天。绝是江南好风光，烟波只欠钓鱼船。"今天的诗人，看到云中河这样的美景，也会写出许多更美的诗篇吧！我也情不自禁地吟起诗来："九龙难越云中水，遥望金山两相思。今朝架起桥四座，锁钥解颐龙腾飞。"

我站在河畔，倚着岸边的石栏杆，望着碧波荡漾的河水，凝神静想，从云中河的过去又想到今天。社会发展的历史不就是像云中河这样吗？梦想超越现实，现实又超越梦想；梦想再超越现实，人类社会就是在梦想与现实的互相超越中前进，变得越来越美好。忻州也会在梦想和现实的互相超越中，发展成为一个宜居宜业宜创宜游的创新型田园城市。

忻州古城看秧歌

◆李占寿

■扭秧歌　石丽平　摄

忻州古城的修复改造，不仅极大地丰富了市民的文化娱乐生活，还吸引了许多外来游客前去游玩。我去古城多为看红火，近日得知五寨八大角秧歌要来忻州古城展演，作为一名五寨人，我内心非常激动，当即决定到时一定要去古城看看。

这一天终于来了。一大早我就蹬着自行车前往古城，车子刚到老街入口处，就听到热闹的锣鼓声从幽长的老街深处传来，八大角秧歌的魅力正在于此——先闻其声，再睹其阵。到了南城门楼前，三杆过街秧歌队旗鲜艳醒目，上面写着"五寨县省级非遗八大角秧歌表演队"，场内的秧歌踢腾得正欢，只见丑鼓捋胡弄带，拉花摇鬓舞扇，逗得场外观众一个个眉开眼笑，连声称绝。

　　五寨秧歌因为以四个丑鼓、四个拉花共八人作为主角，故称"八大角秧歌"，还因伴奏乐器为鼓、锣、铙、镲，演员踩着鼓点儿表演，又称"踢鼓子秧歌"。据专家学者推测，五寨秧歌很可能产生于元代中期，是汉蒙民族融合的产物。八大角秧歌表演形式通常为地面表演，俗名"打场子"，表演内容多是关于百姓喜庆丰收、人民安居乐业等。

　　八大角秧歌行当分明，角色具体，人物个性鲜明，排列次序井然。领头为鞑靼四人，之后是正鼓、正花四人，渔翁、渔婆两人，接下来是主角四丑鼓、四拉花，八大角之后依次是老婆和老汉、愣小子和愣闺女、花和尚、毛货郎、卖麻糖，最后则为风公子与瞎儿马。秧歌队全套角色有二十七人左右。

■五寨八大角秧歌亮相古城　梁兴国　摄

如今，八大角秧歌在传承的基础上有了较大变化，就拿今日秧歌来讲，伴奏响器倍增，双鼓、双镲、双铙钹，声势愈显浩大；行头上了档次，头饰珠环鲜亮，衣装清一色戏服；行当角色也有了很大变化，领头鞑靼身后少了正鼓、正花，多了丑鼓、拉花，由过去的八大角扩为十六角，随场角色仅保留了老汉和老婆、愣小子和愣闺女、风公子。

一场表演结束后，秧歌队走向下一个表演场地，我正打算跟着他们一起往前走，这时秧歌队的负责人宫华走过来跟我打招呼，并告诉我说，这次带队来忻州古城展演，不仅是为了促进忻州古城的蓬勃发展，同时还想宣传五寨的特色民俗文化——八大角秧歌。谈及八大角秧歌，宫华掩饰不住热爱之情，他说眼下八大角秧歌作为五寨唯一的省级非遗文化项目，前景不容乐观，必须得在传承和发展上下辛苦，不仅要完善各乡镇的八大角秧歌班子，做到传承有队伍，发展有基地，还要开办秧歌培训班，解决目前秧歌队伍老化、秧歌艺术趋于断层的问题，以师带徒，以老带青，组建一支有朝气、有活力的秧歌队伍。我们谈得正欢，身边忽然挤进两位外国友人，经过询问得知原来二人来自巴基斯坦。他们激动地表示，这次来中国旅游很高兴能见到这么纯正的民间艺术，回国后一定要跟亲朋好友们宣传一下。

闲聊过后，我踏着铿锵有力的鼓点，乘兴登上南城门楼，极目眺望，只见古城老街布局井然，砖墙瓦屋鳞次栉比，青石板路光泽熠熠，巷道游人三五相依，真可谓秀容静卧神牛，老街尽展风采！

昔日，五寨非遗文化八大角秧歌是蒙汉民族文化大融合的结晶，历经千年，历久弥新；今日，忻州古城修复改造，将各地特色文化"请"进老街，亦是一次大融合。我相信，忻州的文化和旅游事业必将迎来空前的繁荣与发展。

（原载于2020年5月24日《忻州日报·文化旅游周刊》）

行走在忻州古城

◆张斯直

■人流如潮 李勇鹏 摄

行走在忻州古城，就行走在忻州1800多年的历史中。沿着时光的隧道，历经东汉魏晋、隋唐宋元明清，看风霜雪月，雾里桃花；赏城墙风云，兵戈铮鸣；直到今天，看楼阁巍峨壮观，想古城彻夜璀璨。

行走在忻州古城，看古"卧牛城"原貌，赏"九原城"风光。看那高耸的门楼，绽放历史的风韵；看那紧闭的城门，深藏着历史的神秘；一座古城，就是半部忻州史。"双流合抱""三关总要""九峰雄峙""晋北锁钥"，一个个紧扣着忻州的文脉和历史，彰显着忻州的厚重和大气。

行走在忻州古城，就行走在古代延伸到当代的梦境。白日的华丽多彩，热闹繁华；夜晚的灯火璀璨，月轮朗照，香满街巷，处处展现着忻州人与时俱进的胆略和孜孜以求的魅力。

行走在秀容古城，就会把爱留在这里。每一举手投足，每一开心一笑，都凝聚着忻州人的精神和豪气，折射出忻州未来的辉煌和壮丽。

行走在秀容古城，就会感觉到这里的商贸繁荣和忻商魅力。旅游、餐饮、住宿、购物、休闲、娱乐等项目齐全，上千家商户云集，可容纳数十万人的深度旅游，是当代慢生活的理想去处。明清之际，繁荣的忻州古城南北大街，以有400余户商家而名扬三晋，成为晋商的重要力量，而今古城的商业规模和档次，繁华和品质，远超明清，是明清忻商梦想的延续和发展，忻商的魅力由此得到切实彰显和弘扬。

行走在忻州古城，看泰山庙、财神庙、关帝庙、陈公祠、遗山祠的历史。每一处建筑，都凝聚着忻州人民的智慧；每一段文字，都记载着忻州厚重的历史；每一块碑石，都散发着忻州文化的光辉和魅力。

行走在忻州古城，最好到秀容书院，从下院拾级而上，到中院和上院。到那里观赏槐树院、枣树院和柏树院的风光，体会忻州文化教育的奥妙，探索忻州古代的教育制度，仰望先贤的人文风采和历史担当。

行走在忻州古城，最好到秀容书院六角亭、八角亭和四角阁畅游。这里位于忻州的九龙冈，是古城的最高处，登临斯地，忻州古城和秀容书院那高高低低、层层叠叠、错落有致的建筑，会一览无余地走进你的视野。牧马河从西南向东北绕古城而过的蜿蜒姿态尽显——潺潺的溪水，明媚的风光，与南面高峻挺拔、郁郁葱葱的系舟山，正好形成山、水、城的绝好风光画面，折射出"南绛北代、忻州不赖"的谚语；古代诗人站立九龙冈咏忻州风光诗"九龙冈上望晴川，水色悠悠接远天。绝似江南风景好，烟波只欠钓鱼船"的余音，会在你的耳旁久久回荡。

行走在忻州古城，最数在深冬，轻盈的雪花从阴沉的天际涌来，一粒粒、一片片、一团团，飘飘洒洒，落在秀容大地。那冰雪中的寂静，那树梢上的冰花，哪怕是大街上跑着的小狗，都会透过一幕幕雪帘，给你留下美好温馨的记忆和深切难忘的怀念。

行走在忻州古城，最好去山长院看看历史。从琳琅满目的图像和书籍中，你会目睹历代山长们和蔼的面容、亲切的话语、不朽的诗文、孤单的背影、为国为民的情怀。忻州秀容书院第六任山长米毓瑞《请选任州县以资治理疏》《请实行禁烟宜断厘税疏》等文论，振聋发聩，会透过历史，打开你的视野，震撼你的心灵，会让你驻足历史，感受清末中国社会变革激荡起伏的政治潮流。

行走在忻州古城，站在时代的交汇点，你感受到更多的是当代的美好。旅游，是释放人思想和情怀的最有效方式，是当代人最好的生活选择之一，而秀容古城就是镶嵌在三晋大地的一个实实在在、光彩耀目的明珠。这里东接五台山，南望太原城，西联芦芽山，北眺雁门关，处处可见晋北独特的风光，处处可闻美丽的神话，处处可昭彰出中国的历史。

行走在忻州古城，你会强烈感受到这里的活力遍及周边的区域。忻府区的合索、奇村、顿村、西张等四个重要旅游乡镇和原平、定襄等周边县市，正和古城的旅游联系成一个整体，形成一个独特自在的五台山下的"漫生活旅游圈"。这个旅游圈，正日益迸发出强大的能量，带动忻州的经济社会全面发展。

行走在忻州古城，假如你穿南城门而至秀容中学，向南跨牧马河走向西张镇；沿途的旅游景点"貂蝉文化园""元好问文化园""福田寺""禹王洞风景区"等，会让你精神勃发，心旷神怡。近几年来，西张镇正以发展旅游乡镇为目标，倾力打造"忻府后花园"。假如把该镇西面的牧马河，也能建成像云中河一样波光荡漾、五光十色的现代水上公园，与忻州古城及西张境内的风景区连成一片，形成真正意义上的山（系舟山）、洞（禹王洞）、寺（福田寺）、园（貂蝉文化园和元好问文化园）、水（牧马河）、城（忻州古城）布局，对丰富忻州古城旅游，实现忻州的旅游梦想，促进当地经济发展，意义是十分重大的。

行走在忻州古城，我浮想联翩，眼前光明一片。一座系舟山、一个禹王洞、一座福田寺、一个元好问文化园、一个貂蝉文化园、一条牧马河、一座忻州古城，把我的思绪紧紧连在一起，无法分开。我仿佛看到忻州古城未来的大旅游格局，看到忻州古城未来的美好愿景……

（原载于 2021 年 12 月 1 日《山西日报》）

雪安，忻州古城

◆冯媛 张宇

雪，终于落了下来。是的，我不曾相信它将深情地从白昼下至夜晚，直到白色涂满了路面，雪花飞进我的双眸。雪总是值得期待的，那种与生俱来的浪漫情调和素白的仪式感令人欣喜。

然而，总有些事物比雪更值得期待。古城里干冷的瓦片需要一件雪白的氅子，书院里年长的柏树期待老友的来访，徘徊于工作和生活之间的人们等待一个造访古城的新理由……所以，有人冒着雪来了，来瞧瞧古城里的积雪有什么不同，来问问自己的内心该何去何从。而那些等在雪巷中的人，想必一半的心思在工作上头，一半的心思在雪花上头，以至于他们自己竟像一片一片的雪花，在每一个所到之处翻飞不已。朱红的墙面、静默的神兽，都不曾因为这场雪改了容颜、换了心肠。古城，还是那座古城，不过是游人的心境变了。

冬天一定要来忻州古城，因为这里的风光大不一样——它寒冷、庄严，与远处的系舟山连成一片，烟波朦胧；它黯淡、粗犷，与整个北方的豪迈自成一体，气势磅礴。它就像这雪，能给人带去希冀。

雪安，忻州古城。

（原载于2019年12月2日"大美忻州"）

雪意 李林春 摄

后 记

◆王改瑛

城市,是人们情感的依托,也是心灵的家园。

或许,在忻州人的心目中,忻州古城就是幽巷中的童年嬉戏声,六角亭上的少年凌云志,秀容书院的琅琅读书声……或是蓝天下的青瓦朱檐,夜幕降临后的灿然楼宇、嵯峨城墙,抑或是青石板上袅娜走来的汉服小姐姐,泰山庙前的老铜壶、小香茗,香喷喷的铜锅豆腐脑……漫步街头,不时有慷慨激昂的北路梆子、缠绵凄美的二人台曲调飘来,人们沉浸其中,仿佛醉了一般……千年古城,千种风情,千般期冀,人们对古城有各种各样的期望和寄托,而时任忻州市委书记郑连生高瞻远瞩:"家有梧桐树,才有凤凰来。我们建设城市、开发古城的最终目的……是为我们忻州群众提供更多的就业岗位,提升我们的收入水平和生活水平。"

"要做好'产城融合'的文章,筑牢产业新城主阵地……努力打造有特色、有魅力、有品质、生产生活性价比最优的精品城市。"忻州市委书记朱晓东的话坚定有力。

这既是一份责任和担当,也是一种家国情怀。2017年1月,按照忻州市委、市政府关于不断完善城市功能,保护和传承珍贵的历史文化资源,提升城市品位,改善人居环境,促进文化旅游产业发展的忻州古

后记

城保护改造活化建设总体部署，忻州市委、市政府启动实施了忻州古城保护改造活化建设工程。

按照"修旧如故，以存其真"的原则，忻州市政府与山西秀容古城袁家村策划运营管理有限公司联手，共同打造忻州古城项目，一期、二期、三期、四期，从安置补偿，到招商引资，忻州市委、市政府，忻府区委、区政府，还有忻州的父老乡亲，都作出了巨大牺牲和无私奉献！一座沉寂百年的古城凤凰涅槃，浴火重生，千年古城风韵再现，悠然恬适的"家山归梦图"情境再现！2019年7月1日，随着"七一"建党节的到来，忻州古城东大街盛大开街，忻州人潮水般涌上街头，他们的期盼、兴奋、激动、眷恋都映在脸上，飞扬在眉梢上，攒聚在踮起的脚尖上……此时，还在修复改造活化中的半座古城已经"红火"起来了……游客从四面八方纷至沓来，省级和国家级媒体接踵而至，留下许多珍贵的文字和镜头，忻州古城打开"锁钥"，逐渐走向全国，成为周边省份乃至全国的网红打卡地。

2021年，按照忻州市委领导的安排，忻州市文联组织成立编委会，开始收集、征集中央、省、市媒体有关忻州古城和忻州城市建设的新闻报道及文学作品，拾珠串玉，开始编辑《走近秀容》。期间，编委会安排部分编委对收集到的文章、照片等进行全面整理和初选，通过无数次的电话、微信联络，终于找齐了原稿的发表平台、时间和作者；随后，由编委中的忻州作家对初选稿件进行编辑甄选，并对书籍作了精心编排、认真校对和严格审阅把关，《走近秀容》基本成型；之后，编委会主任、副主任、主编、执行主编高度负责，认真审阅，去粗取精，去芜存菁，经过反复斟酌修改，使《走近秀容》终于面世。在成书过程中，忻州市文联得到市领导的高度重视和热忱关怀，从经费下拨到审阅把关，全程关注支持。山西出版传媒集团三晋出版社、忻州市摄影家协会、忻州东亚广告有限公司和尚书堂也给予了大力支持，在此表示真挚的谢意！

《走近秀容》32万字，60篇文章，配照片若干。其中，时任忻州市委副书记、政法委书记、宣传部部长郭奔胜同志的文章7篇，以其首篇《读懂忻州：梦想正在起飞》为序。全书共分五个单元："读懂忻州""千秋神韵""沧桑回眸""市井风情""围炉品读"，真实再现忻州如火如荼的城市建设和忻州古城保护改造活化场景，真诚展现一座既有烟火气、又有书卷气的活化古城对人们思想、情感、观念的巨大冲击和变化，真情感受古老与时尚、传统与潮流、文化与市场的融合与嬗变，反映外界对忻州新的认识与感知……让读者以全新的视角认知忻州、读懂忻州、走进忻州、投资忻州，共同建设忻州，这就是《走近秀容》出版的意义所在。

2022年4月

图书在版编目(CIP)数据

走近秀容 / 郭奔胜主编.--太原：三晋出版社，2023.4

ISBN 978-7-5457-2614-5

Ⅰ.①走… Ⅱ.①郭… Ⅲ.①散文集-中国-当代 Ⅳ.①I267

中国国家版本馆CIP数据核字（2023）第055692号

走近秀容

主　　编：郭奔胜
执行主编：王改瑛　王利民
责任编辑：落馥香
出 版 者：山西出版传媒集团·三晋出版社
地　　址：太原市建设南路21号
邮　　编：030012
电　　话：0351-4956036（总编室）
　　　　　0351-4922203（印制部）
网　　址：http://www.sjcbs.cn
经 销 者：新华书店
承 印 者：忻州市佳特印业有限公司
开　　本：787mm×960mm　1/16
印　　张：24.75个
字　　数：340千字
版　　次：2023年4月　第1版
印　　次：2024年1月　第1次印刷
书　　号：ISBN 978-7-5457-2614-5
定　　价：89.00元

如有印装质量问题，请与本社发行部联系　电话：0351-4922268